U0498928

21ST CENTURY

Chinese Novels

小說現場

新世纪长篇小说编年

孟繁华 著

商务印书馆
创于1897 The Commercial Press

2018年·北京

图书在版编目(CIP)数据

小说现场：新世纪长篇小说编年／孟繁华著.—北京：
商务印书馆，2018
ISBN 978 – 7 – 100 – 16705 – 5

I.①小… II.①孟… III.①长篇小说—小说评论—
中国—当代 IV.①I207.425

中国版本图书馆 CIP 数据核字(2018)第 231261 号

权利保留，侵权必究。

小说现场：新世纪长篇小说编年

孟繁华 著

商 务 印 书 馆 出 版
(北京王府井大街36号 邮政编码 100710)
商 务 印 书 馆 发 行
北京博海升彩色印刷有限公司印刷
ISBN 978 – 7 – 100 – 16705 – 5

2018年10月第1版 开本 880×1230 1/32
2018年10月北京第1次印刷 印张12

定价：58.00元

前　　言

当文学被无数次地宣告死亡之后，2003年美国批评家希利斯·米勒再次访问了北京，他在带来的新作《论文学》中，对文学的命运做了如下表达："文学的终结就在眼前，文学的时代几近尾声。该是时候了。这就是说，该是不同媒介的不同纪元了。文学尽管在趋近它的终点，但它绵延不绝且无处不在。它将于历史和技术的巨变中幸存下来。文学是任何时间、地点之任何人类文化的标志。今日所有关于'文学'的严肃思考都必须以此相互矛盾的两个假定为基点。"这确实是一个悖论，一方面我们为文学的当下处境忧心忡忡，为文学不远的末日深感不安和惊恐；另一方面，新世纪文学日见奇异和灿烂的想象，又为文学注入了前所未有的活力和魅力。

现代小说的诞生在中国已百余年。四部不列，士人不齿的小说，其地位的改变缘于现代小说观念的提出。这一点，梁启超的《论小说与群治之关系》大概最有代表性。小说地位的提高及其再阐释，背后隐含了那一代知识分子对建立现代民族国家强烈而激进的渴望。于是，小说成了开启民智最得心应手的工具，小说带着通俗易懂的故事传播了小说家希望表达的思想。这一现代小说传统在20世纪大部分时间里得以延续，并成为那一世纪思想文化遗产重要的组成部分。

这个小说传统在后来的一段时间里遭到了质疑，普遍的看法是，20世纪激进的思想潮流培育了作家对"宏大叙事"的热情，培育了作家参与社会生活的情感需求。这一传统形成的"主流文学"压抑或压制了"非主流"文学的生长，因此也是文学统一风格形成的重要前提和土壤。如果从文化多元主义的角度出发，从文学生产和消费的多样性需求出发，这一质疑无疑是合理的。但一个有趣的现象是，这个争论在今天已经没有意义，或者说，文学传统及其解构者谁是谁非都不能解决小说生死存亡的现实和今后。就现代长篇小说而言，其成熟的标志无论是《子夜》还是《财主的儿女们》，他们都是从社会问题出发的，但它们都取得了伟大的艺术成就。当呼求的多元文化在今天可以部分地实现的时候，长篇小说创作的整体水平可以说已经达到了百年来的最高水平。这个时候我们可能会发现，包括长篇小说在内的叙事文体的衰落，显然并不来自小说创作的内部问题。

新世纪以来，虽然有一大批很好或艺术性很高的长篇作品，但小说在今天社会文化生活结构中的地位，仍然不令人感到鼓舞。因此，在我看来，一个令人悲观又无可回避的问题是，包括长篇小说在内的叙事文学的确式微了。在中国文学发展的历史上，每一文体都有它的鼎盛时代，诗、词、曲、赋和散文都曾引领过风骚，都曾显示过一个文体的优越和不可超越。但同样无可避免的是，这些辉煌过的文体也终于与自己的衰落不期而遇。于是，曾辉煌又衰落的文体被作为文学史的知识在大学课堂讲授，被作为一种修养甚至识别民族身份的符号而确认和存在。它们是具体可感的历史，通过这些文体的辉煌和衰落，我们认知了民族文化的源远流长。因此，一个文体的衰落是不可避免的，它只能以"历史"的方式获得存活。今天的长篇小说同样遇到了这个问题。也就是说，无论如何评价近百年的中国现代长篇小说创作，无论这一文体取得了怎样的成就，它的辉煌时代已经成为历史。它的经典之作通过文学史的叙事会被反复阅读，就像已经衰落的其他文体一样。新的长篇小说可能还会大量生产，但当我们再谈论这一文体的时候，它还能被多少人所认知，显然已经是个问题。

当然，如果把包括长篇小说在内的文学地位的下跌，归结于市场和利益的驱动是不准确的。这一说法的不可靠就在于，市场可能改变作家的创作动机，但在现代中国，许多作家也是靠稿酬生存的，鲁迅的收支账目大多来自稿酬。这些靠稿酬生活的作家与市场有极其密切的关系，但并没有因市场的存在而改变大师的创作动机，也没有因市场的存在而失去他们大师的魅力。另一方面，市场的诱惑又确实可以改变作家的目标诉求。利益也可以成为一个作家创作潜在或明确的目标。因此，小说的衰落与其说是与市场的关系，不如说是与接受者的趣味变化的关系更大。现在，对鲁迅及其那一代作家有了不同的评价及争论，不同的评论我们暂不评说，但有一点可以肯定的是，鲁迅的意义和价值，其人格成就可能大于他的文学成就。鲁迅的魅力不仅仅来自他对现代小说形式把握的能力，不仅仅来自他娴熟的现代小说艺术技巧，更来自于他的文化信念和坚守的人格。也正因为如此，他才能在小说中表达出他的悲悯和无奈。他是在市场化的时代用一种非市场的力量获得尊重和信任的。当代中国的知识分子，在不间断的政治批判运动和不间断的检讨过程中，独立的精神空间几近全部陷落。当政治挤压被置换为经济困窘之后，检讨也置换为世俗感慨。当希望能够维护知识分子最后的一点儿尊严的时候，推出的也是陈寅恪、吴宓等已经作古的人。因此，作家人格力量的萎缩和文化信念的丧失，才是当代小说缺乏力量的重要原因之一。

另外，消费文化的兴起和传媒多样化的发展，也终结了长篇小说在文化市场一枝独秀的"霸权"历史。科学技术主义霸权的建立，是带着它的意识形态一起走进现代社会的。虽然我们可以批判包括网络在内的现代电子传媒是虚拟的"电子幻觉世界",以"天涯若比邻"的虚假方式加剧了人与人之间的冷漠,但在亚文化群那里,电子幻觉世界提供的自我满足和幻觉实现,是传统的平面传媒难以抗衡的。它在塑造"开放、平等、自由、匿名"的写作空间的同时,也在无意中结束了经典文学的观念和历史。因此,现代传媒的发展和多元文化,特别是与科技手段相关的消费文化的兴起,是文学不断走向式微的原因和条件。无论如何,当下的长篇小说还在发展,作家还在创作,新世纪的长篇小说还相当繁荣。这部关于新世纪长篇小说的编年就是一个佐证。因此,这里不讨论问题,只看这近二十年来长篇小说创作的实绩。

值得说明的是,这个编年对一些作家作品难免有所遗漏。实际上,它只能算得上是一部个人化的小说编年史。

目　录

2000

鲍　十：痴迷 / 001

郁　秀：太阳鸟 / 003

2001

张　炜：能不忆蜀葵 / 007

陈众议：风醉月迷 / 009

陈士濂：樟树王遗事 / 011

阎　真：沧浪之水 / 014

2002

张抗抗：作女 / 017

张　者：桃李 / 019

柯云路：龙年档案 / 021

戴　来：鼻子挺挺 / 025

莫怀戚：经典关系 / 027

姝　娟：摇曳的教堂 / 031

张海迪：绝顶 / 033

贝　拉：911生死婚礼 / 034

徐　坤：春天的二十二个夜晚 / 039

2003

麦　家：暗算 / 043

张　炜：丑行或浪漫 / 046

许春樵：放下武器 / 048

王家达：所谓作家 / 050

王梓夫：漕运码头 / 052

董立勃：白豆 / 054

薛燕平：我的柔情你不懂 / 055

毕淑敏：拯救乳房 / 057

林　白：万物花开 / 059

叶兆言：我们的心多么顽固 / 061

张　朴：轻轻的，我走了 / 063

顾晓阳：收费风景区 / 066

雪　漠：猎原 / 068

王　刚：英格力士 / 070

邵　丽：我的生活质量 / 073

海　男：花纹 / 077

石钟山：石光荣和他的儿女们 / 079

王兆军：把兄弟 / 081

2004

范　稳：水乳大地 / 085

董立勃：米香 / 088

林　白：说吧，房间 / 090

盛可以：北妹 / 095

文　兰：命运峡谷 / 098

王　伶、楮远亮：月上昆仑 / 100

宁　肯：沉默之门 / 102

摩　罗：六道悲伤 / 104

阎连科：受活 / 109

2005

贾平凹：秦腔 / 111

刘醒龙：圣天门口 / 113

目　录

李师江：逍遥游 / 115

阿　来：空山 / 117

张　者：零炮楼 / 119

林　白：妇女闲聊录 / 121

2006

铁　凝：笨花 / 125

周大新：湖光山色 / 128

苏　童：碧奴 / 133

安妮宝贝：莲花 / 135

范　稳：悲悯大地 / 137

徐名涛：蟋蟀 / 142

石钟山：天下兄弟 / 144

2007

盛可以：道德颂 / 147

关仁山：白纸门 / 150

陈行之：当青春成为往事 / 155

汤吉夫：大学纪事 / 157

彭定安：离离原上草 / 161

范小青：赤脚医生万泉和 / 164

张海迪：天长地久 / 169

贾平凹：高兴 / 173

麦　家：风声 / 176

杨黎光：园青坊老宅 / 178

储福金：黑白 / 180

2008

吴　玄：陌生人 / 183

邓一光：我是我的神 / 186

孙皓晖：大秦帝国 / 191

赵本夫：无土时代 / 194

徐　坤：八月狂想曲 / 197

赵德发：双手合十 / 199

潘　灵：泥太阳 / 202

张学东：妙音鸟 / 205

2009

刘震云：一句顶一万句 / 208

曹征路：问苍茫 / 212

王晓方：公务员笔记 / 217

2010

张　炜：你在高原 / 220

关仁山：麦河 / 222

须一瓜：太阳黑子 / 225

宁　肯：天·藏 / 228

刘亮程：凿空 / 232

张仁译、津子围：口袋里的美国 / 234

艾　伟：风和日丽 / 241

2011

葛水平：裸地 / 246

贾平凹：古炉 / 248

张之路：千雯之舞 / 255

石一枫：青春三部曲 / 257

津子围：童年书 / 261

林那北：我的唐山 / 264

2012

袁志学：真情岁月 / 266

余一鸣：江入大荒流 / 268

目　录

周大新：安魂 / 271

初　十：刺青 / 274

彭名燕：倾斜至深处 / 276

李兰妮：我因思爱成病 / 278

2013

凡一平：上岭村的谋杀案 / 282

老　羿：桃源遗事 / 284

李凤群：颤抖 / 287

张　欣：终极底牌 / 289

黄永玉：无愁河的浪荡汉子 / 292

2014

李晓桦：世纪病人 / 295

关仁山：日头 / 297

范小青：我的名字叫王村 / 302

王妹英：山川记 / 305

范　稳：吾血吾土 / 308

荆永鸣：北京时间 / 310

徐则臣：耶路撒冷 / 313

徐兆寿：荒原问道 / 316

2015

陈　彦：装台 / 319

东　西：篡改的命 / 322

弋　舟：我们的跛蹒 / 324

周大新：曲终人在 / 326

晓　航：被声音打扰的时光 / 330

迟子建：群山之巅 / 333

2016

格　非：望春风 / 337

哲　贵：猛虎图 / 340

北　村：安慰书 / 343

胡学文：血梅花 / 345

2017

宗　璞：北归记 / 348

严歌苓：芳华 / 351

关仁山：金谷银山 / 355

王妹英：得城记 / 359

刘震云：吃瓜时代的儿女们 / 363

后记 / 368

2000

鲍十：痴迷

90年代后期以来，开放的公共生活，使文学创作也鲜有表达传统意义上的爱情故事，美丽的爱情被视为肤浅，被视为过于古典或守旧。开放的性爱替代了情爱，人类生活不再有隐秘可言。于是，哪怕是专事爱情写作的小说，浪漫或感动也几近奢侈。这可以说是当下文学创作的严重病患。

90年代末，中国文学出现了两种写作实践：一种是受全球化语境的影响，着意书写都市的生活时尚，书写青春的快意和体验。当下生活的浮华和想象，在他们的笔下得到了淋漓尽致和无所顾忌的表达。他们在"时尚"的时间维度中，也引领了另一种写作风潮。这种写作在走向市场的同时也引起了广泛的争议。另一种写作，可称为"本土化"的写作，在这样的写作中，可以明显地感觉到传统仍在缓慢地流淌，他们的感受方式，叙事方式以及人物和故事，都是人们所熟悉并可以亲近的。经历了漫长的追新逐潮之后，希望能获得稍许松弛或平缓，把阅读当作一种享受或消遣，而不必再绞尽脑汁。因此，我在祝福新潮写作一帆风顺的同时，对"本土化"的写作充满了更多的期待和热情。

现在我读到了青年作家鲍十的长篇小说《痴迷》。此前鲍十的中篇小说《念》曾被电影导演张艺谋改编为电影《我的父亲母亲》，鲍十也因此一举成名。现在看来，这位青年作家并未因"知名"而不知所措、莫衷一是。他仍然坚持着他选择的写作道路。这是一条重返传统的写作道路，也是不断融汇吸纳新质的写作道路。《痴迷》讲述的是我们不断遭遇的爱情故事，但这个故事动人心魄并充满了传奇性。乡村医生华宗德终生爱恋着一个名叫二丫的姑娘，但他却没能够娶到她。原因是二丫被人强暴后自尽身亡。此后华医生只能在想象中，在夜深人静的时候同二丫相聚。华医生也曾同其他人发生过关系，并有私生子，但这些都不能割舍他与二丫的生死之恋。华医生只能在死后将坟墓与二丫埋葬在一起。这似乎是一个老而又老的爱情悲剧，无论是二丫还是华医生，他们都生活在传统中国古旧的情感方式中，都有一种"从一而终"的道德伦理规约。在当下的人们看来，这一情男痴女也许过于夸大了他们的情感关系，他们的生死之恋似乎也缺乏依据和合理性。但是值得我们注意的是，作家在刻画渲染华医生对二丫一往情深的思念时，叙事中时时涌动的动人之处来自作家对人们内心准确的体悟和把握。这是一种朴实无华的情爱故事，是只有传统中国文化才可能培育发生的情爱故事。

作为一个从事文学批评工作的人，经常处于矛盾的状态，也就是说，当文学创作受到外来迫力压制时，当文学创作甘愿受制于这种压制时，批评将会鼓动新潮的崛起，鼓动那些敢于突围的违时与叛逆。这种鼓动当然是为了张扬被压抑了的人性。这时，批评甚至不惜以激进的姿态去引领风潮。但是，当创作一味地强调"个性"，甚至不惜以牺牲普遍的阅读作为代价时，批评又会怀念那些不在的昔日风光。这种怀念与那些对现实格格不入的怀旧病不同。也就是说，当个性的生长有了可能的空间，当各式新潮已经成为时尚的时候，就无须批评再为它锦上添花。批评这时应该张扬那些书写普遍性的、公共性的东西。在这个意义上，《痴迷》显然属于后者。特别是20世纪90年代后期以来，开放的公共生活，使文学创作也鲜有表达传统意义上的爱情故事，美丽的爱情被视为肤浅，被视为过于古典或守旧。开放的性爱替代了情爱，人类生活不再有隐秘可言。于是，哪怕是专事爱情写作的小说，浪漫或感动也几近奢侈。这可以说是当下文学创作的严重病患。指出这一点，是希望小说创作在表达新的情感的同时，也有可能对传统的情感方式给予重新认识，用添加新质的方式予以激活。

《痴迷》在表达形式上，显然有新质的添加。华医生在幻觉中与二丫一次次相聚，已不止是生者与死者的对话，它所要张扬的更多的是作者对传统情爱的理解和意属。华医生和二丫青梅竹马，这是他们生死之恋的全部理由。这种情爱有时超越了男女之爱。特别是华医生进入老年之后，那种情感似乎更近似于亲情。二丫是这位老人全部的寄托所在。而这一阅读效果的实现，与作者使用的亦真亦幻的"人鬼情未了"的虚构大有关系。而这一虚构又有民间传奇的内在依据。它不属于"魔幻"或"荒诞"，而是传统中国文化的一种美丽诠释。也正是在这个意义上，我认为《痴迷》是当下语境中的一部有趣的小说。

郁秀：太阳鸟

《太阳鸟》这个作品命名就透露了可能流淌在作品中的调子，它轻快、流畅、没有负担，这一方面传达了这代留学生的心态，同时也可以看作是"全球化"文化意识形态的后果。

留学生文学给我以深刻印象的，大概有台湾作家於梨华的《又见棕榈，又见棕榈》，80年代去美国留学的查建英的《丛林下的冰河》，以及20世纪90年代初期的《北京人在纽约》《曼哈顿的中国女人》《我的财富在澳洲》等。这些不同时期的作品，极其鲜明地呈现出了留学生文学的"代际"距离。他们表现出的不同体验和情感，我们几乎很难寻找出其间的承传关系。在这个意义上，我不能不认同关于现代性的"断裂"解释。

在於梨华那里，那种"无根"感几乎是切入骨髓的，更重要的是，作者可以提炼出一代人共同的情感体验："书中牟天磊的经验，也是我的，也是其他许许多多年轻人的。他的'无根'的感觉，更是他那个时代的年轻人共同感受的"。到了查建英那里，留美学生"我"开始产生了矛盾，她仿佛处于两个世界的边缘：美国不属于她，尽管她生日那天可以得到一辆白色的汽车，而在国内，过生日时父亲只是揪了揪她的小辫子。但仍然有一种放不下又说不清的、不能释怀的东西缠绕着她。她回来寻找她想要的那个东西，结果还是大失所望。于是她不知道是应该留在美国还是应该留在中国。也正是这一矛盾心态的表达，使查建英的小说在那一时代的留学生文学中格外引人瞩目。但是，到了20世纪90年代，对"洋插队"进行疯狂叙事的"留学生文学"，则完全是另外一种面孔，它以夸张、张扬的方式所表达的弱势文化心态，以及在迟到的中国市场上捷足先登式的趁火打劫，使这些文本永远地休止于文学的门槛之外。那是特殊时期产生的扭曲了的所谓的"留学生文学"。

现在我们所要谈论的《太阳鸟》，并不是一部特别令人感到兴奋的作品。这部作品的问题是它的平面化，这可能也是作者的有意追求。她说"表现这一代留学生真实的心路历程和精神风貌，除了大刀阔斧的笔法，应该还有曲径通幽可寻。我力求用真切的心、风趣的笔，描述那些平凡真实的故事。我抛开许多大场景和一些庄严的话题，只想从情感的角度加以挖掘。我想在任何时候，任何地方，人们对美好情感的追求总是一致的，而这种美好的情感不仅维系着一个家庭、一个群体，也维系着一个民族"。但这种宣言并没有很好地贯彻到作品的具体写作中。在她的表述中显然也有"大叙事"的愿望，并试图通过"平凡真实的故事"得以实现。然而读过作品之后，我觉得除了陈天舒和她的朋友们关乎个人的情感忧伤或满足之外，留下来的就没有什么印象了。而这一感受同阅读於梨华、查建英的作品是非常不同的。我并不是说这两个作家就是评价留学生文学的一个尺度，而是说，读过她们的作品之后，心灵总会受到某种震动，那里总有一些令人感动的东西。它触动的是心灵深处的只可意会而又难以名状的东西。这就是作家的过人之处。《太阳鸟》可能缺乏这种有力量的东西，也就是撼动人心的东西。但有趣的是，从於梨华到查建英再到郁秀，留学生文学恰好走过了"痛苦—矛盾—解脱"的全过程。但是，这一叙事真的是留学生文学的福音吗？

《太阳鸟》这个作品命名就透露了可能流淌在作品中的调子，它轻快、流畅、没有负担，这一方面传达了这代留学生的心态，同时也可以看作是"全球化"文化意识形态的后果。在作品中有一个令人不安的细节，那个名叫林希的青年，曾有过痛苦的情感记忆，她在国内与男友同居，遭到了长辈的痛恨和诅咒。这一挫折是林希难以走出的心理泥沼，甚至最真挚的爱情也不能将她拯救。但是，美国的观念拯救了她，使她拥有了"另一种活法"。"全球化"从本质上说就是"美国化"，而林希恰恰是在美国观念那里得到自我救赎的。这一看似不经意的细节，却从一个方面表达了文化意识形态霸权不规则渗透的现状。因此，对《太阳鸟》的阅读我似乎有一种矛盾的感受，一方面我希望留学生能够写出超越意识形态、民族国家等"大叙事"的作品，能写出独特的个人化的真实体会；另一方面，我又对纯粹的个人情感体验，对缺乏震撼力的作品有一种排斥的心态。这是批评家的问题，作品中越是缺乏的，也正是他们越加挑剔的。批评家作为一个"特殊"的读者，他的看法仅仅是一家之言，在这个意义上就不是陈词滥调。但这部作品很可能会受到在平面文化氛围中成长起来的一代读者的喜欢，这不仅在于作者是《花季·雨季》的作者，更重要的是，《太阳鸟》提供了一种他们熟悉并乐于接受的叙事范型，这就是——生命不能承受之重。

2001

张炜：能不忆蜀葵

文学从本质上说，就是帮助人们做梦的，它不那么现实，是因为要弥补现实的不完美，它塑造另一种生活，是要表达人们对生活更美好的期许或想象。

张炜的小说创作，几十年来被评论界一直关注，这证明了张炜的价值——他值得关注。从开始创作，张炜就被认为是一个理想主义的作家。理想主义在80年代如日中天，塑造了它难以重临并值得怀恋的过去。90年代以后，在实利主义的蛊惑或支配下，理想主义仿佛永远度过了蜜月期，理想主义作家所招致的议论便与这一背景相关。但我一直认为，文学从本质上说，就是帮助人们做梦的，它不那么现实，是因为要弥补现实的不完美，它塑造另一种生活，是要表达人们对生活更美好的期许或想象。浪漫主义文学和理想主义精神为我们创造或实现了这种可能。于是，表达或关注人类精神事务的文学，就成为我们心灵的家园。当浪漫或感人的文学渐次消失的时候，我们对这样的文学无比怀念。

《能不忆蜀葵》应当属于非写实主义的文学。在张炜的创作中，它可能是一个"异数"。或者说，张炜离开了他90年代激烈、紧张、外化的立场，而是通过隐喻、象征的方式，在亦真亦幻、空灵飘逸、神秘诡异和大智若愚的叙事中，在荒诞、离奇、夸张的艺术表达中，在逃亡者淳于阳立和姨妈、桤明、苏棉、雪聪，以及公司的"八大路军"的关系中，为我们讲述了一个试图进入今天主流生活，又不得不再次逃亡的故事。作为画家的淳于阳立，在莫名的焦虑中遭遇了一次仿佛是等待已久的奇遇：与当年愚蠢无比的同学如今的老板老广建的重逢，既是一次充满刺激的奇幻之旅，同时也是一次充满了痛苦记忆的羞辱经历。于是天才淳于决定告别艺术，也到主流生活中搏击一番。然而这个被称为"主战场"的空间并不是可以用艺术家的想象就可以驾驭的。到头来留给这位"天才"的只有一千五百万的亏空。当他试图用"艺术天才"的绘画重新筹集资金时，却再也没有人为他的艺术感到惊叹。留给这个与时代格格不入的艺术家唯一的选择，只有再次逃亡。有趣的是，这个逃亡者唯一带走的东西，就是那张《蜀葵》绘画。究竟是这种美丽的观赏之物，使淳于回到了能够感动的过去，还是这个乖张天才莫名其妙的偶然之举，我们不得而知。我们能够感受到，这个艺术天才的生活竟是那样的匪夷所思，那样的不真实。

这是一部带有隐喻性的作品，也是一部充满了复杂性的作品。但最使我感到有趣的，是作家张炜的叙事才能。它既与这个红尘滚滚的现实生活相关，与充满了欲望的社会风潮相关，但它又不那么写实。主人公淳于这个人物仿佛若隐若现、面目不清，他既生活在现实中，又仿佛是天外来客；他天马行空、专横跋扈，又想入非非、自以为是。因此，我们很难对这个人物做出简单的批判或同情。这是一个很长时间不曾见过的虚构和想象的文学人物，或者说是一个"典型人物"。这表明了这部小说的成功。还可以肯定的是，能接受或欣赏这部小说的读者，一定是有文学修养和准备的读者。

陈众议：风醉月迷

"电子狂欢时代"，即"后青春时代"。科技神话在改变了现实物质世界的同时，也必将给人际社会以深刻影响。

当科学和技术主义神话在当代社会建立起来之后，人文知识分子似乎永远失去了对时代解说的权威性，他们甚至丧失了最后的自信，他们明确拥有的可能仅仅是身心俱惫的无力感。科学技术主义神话改变了人与自然的关系，缩短了人类的空间距离。特别是因特网的出现，它在无视人与人之间隔阂渐剧的同时，也创造了"天涯若比邻"的电子幻觉。被称为"第四传媒"的网上空间，建立了一种超现实的仿真霸权，"后青春"一代在这个虚拟的空间里像游牧者一样，自由地奔驰于千座高原并乐此不疲。于是，没有历史记忆的一代终于迎来了属于他们的"电子狂欢时代"，即后青春时代。科技神话在改变了现实物质世界的同时，也必将给人际社会以深刻影响。

现在，我们谈论的这部长篇小说《风醉月迷》，就是在这一背景下产生的作品。它的作者陈众议先生是著名的外国文学研究专家，谙熟与后现代有关的叙述策略，对西方当代文学大师的文本有过深入持久的研究。他的知识背景和他对当下中国"后青春"语境的熟知，使他的这部作品不仅以时尚的方式与读者的阅读期待不期而遇，重要的是，他用他熟悉的方式有趣地反映了这个"电子幻觉"时代的某些方面的同时，在表达了年轻一代"E"文化狂欢的同时，也隐含了他将计就计的解构主义策略。

小说的主人公是三个时代女性，因追星实施绑架又遭遇反绑架，以至于阴差阳错引出了一段因果倒转、鬼施神设、险象环生的冒险故事。她们具有这个时代无往不胜的重要资本：青春、靓丽、魔鬼般的体魄。就凭这些自然资本，她们就足可以征服这个世界。但有趣的是，陈众议并没有、大概也不可能写成当下流行的女性文学"写真集"，但这确实是一个能够触动当下卖点的出发点。然而，当我们读过这部作品之后，我们却分明感到作者的叙事时时在偏离我们的阅读经验，那些我们在生活中熟悉但在小说文本中并未接触的话语之流扑面而来：这里没有循序渐进的情节，也没有惊心动魄的故事。在亦真亦幻、戏仿和漫游式的变换场景中，我们几乎理不出故事的头绪。现实与想象的交织使我们真假难辨。我们仿佛自己也不知身在何处。但可以清楚识别的是，当鬼、野人交替出现的时候，婷婷、楚楚和卿卿身置红村或清白镇，或是成为民主斗士，或是成为部落女酋长，这种仿造的空间隔膜，却用另一种叙述道出了人间的真问题：这个时代只能有电子幻觉而不可能有"天涯若比邻"。

无可避讳的是，陈众议用平面叙述的方式戏仿了流行的"电子写作"策略，或者说，他用后现代小说的形式道出了电子幻觉对人的某种意志控制。科技神话带给我们的也仅仅是"风醉月迷"而已。我们深怀兴趣的是，作者陈众议为我们提供了另一种阅读经验，他奇崛的想象和新的小说逻辑，在日暮途穷的小说创作中，为我们带来了死灰复燃的希望。

陈士濂：樟树王遗事

"生活政治便是生活方式的政治。"传统中国的家族有自己的生活方式，这种方式我们在《红楼梦》《家》《白鹿原》等不同时代的家族小说中可以找到一脉相承的文化线索。这种生活方式或生活政治就是家族的权力关系或等级关系，在这个霸权的统治下，表面的平静总是不能掩盖随时出现的危机，对名分、财产、尊卑的争夺，成为生活政治斗争的基本内容。

自上个世纪末以来，都市白领和都市情爱是长篇小说创作的主调，都市生活中最适于煽情和调动读者欲望的题材，被无数年轻乃至不年轻的作家疯狂地生产出来。徒有其表的现代都市仿佛到处充满了欲望的尖叫。也就是十年的光景，叙事中的都市生活于我们说来恍如隔世。即便是主旋律的作品，在义正词严的反贪风暴中，其背景也是灯红酒绿、红男绿女的糜烂城市。这些场景使我们仿佛又置身于30年代的十里洋场，又置身于"新感觉"或"鸳鸯蝴蝶"派的迷乱想象中。这两种不同诉求的小说创作，一个共同的特征，就是它们都着眼于当下的都市生活，都以夸张的修辞放大了都市的欲望。这一不经意揭示的背后，却隐含着一个致命的虚假叙事，这就是，中国的城市化进程仿佛已经完成，中国所有的快乐和痛苦仿佛都包藏在城市的钢筋水泥中，然后再暴露于光怪陆离的霓虹灯下或某个宾馆的神秘房间里。

这一新的创作潮流所隐含的问题将会越来越充分地暴露出来，那些语言的才情或对感觉精到的描述，是不能将作品的"气象""韵味"置换掉的，单一的都市生活题材也将会使我们千呼万唤、无比热爱的多元化、多样性流于空谈，困难的争取将会用另外一种形式轻易地放弃。面对这一创作状况我常常十分不解，就当代中国的小说创作传统来说，最富于经验和成就的小说应该是农村题材和民俗风情题材的小说。但90年代以后，这一传统已鲜有接续者。正是在这种情况下，我读到了陈士濂的长篇小说《樟树王遗事》。这是一部远离当下时尚的小说，也是一部与传统的小说结构和叙述方式相去甚远的小说。它没有与宏大叙事相关的齐家治国的英雄，也没有追求史诗品格的高远抱负。但是，就在作家从容节制的叙述中，在作家多少有些眷恋而又迷蒙的想象中，我们不仅遭遇了许多有趣或陌生的人物，感受了上个世纪中叶中国江南农村社会的风情风貌，更重要的是，在作家解构的故事和虚构的人物关系中，我们认识了另外一种历史。

小说将樟树王家族的兴旺与衰败的过程，设定于新中国成立前后的转折时代。转折的时代是不安定的时代，普通人虽然不参与国家权力的争夺，但社会生活的变化总会与家族、家庭生活发生直接或间接的关系。这种转折在小说中构成了一个不可忽视的背景，这个家族的兴旺与衰败，都与这个背景相关。但值得注意的是，作家在反映樟树王家族变化的时候，没有把兴衰过程全部归结于时代的变动。事实上，就在这个变动到来之前，家族内部的分化就已经预示了衰败的无可避免。这些分化，是通过小说的细部传达出来的。比如丫鬟桂花与父亲的关系、由这一关系所影响的夫妻关系，五哥暧昧的身份焦虑，以及家族内部不能言说、但又无时不在的兄弟们混乱和复杂的身份关系，晚来的新潮对家族内部的冲击等，都预示了危机的存在。只有细部才能进入历史，这些细部事实上就是支配中国民间生活的政治。按照吉登斯的解释，"生活政治便是生活方式的政治。"传统中国的家族有自己的生活方式，这种方式我们在《红楼梦》《家》《白鹿原》等不同时代的家族小说中可以找到一脉相承的文化线索。这种生活方式或生活政治就是家族的权力关系或等级关系，在这个霸权的统治下，表面的平静总是不能掩盖随时出现的危机，对名分、财产、尊卑的争夺，成为生活政治斗争的基本内容。在大变动到来之前，家族的问题和分化事实上已经完成了。

在这个意义上，《樟树王遗事》为我们提供了解读历史的另外一种参照。但是，樟树王家族的最后衰败，毕竟是通过时代的大变动实现的。小说在后半部对"土改"和工作组的描写，虽然并不精彩，它甚至还没有超出四、五十年代之交的"土改小说"所能达到的程度。但是，问题在今天提出，显然具有了不同的意义。或者说，历史曾经要求打倒富人，他们的财产无论是通过什么方式聚敛起来的，都要平均地分配给每一个人；但今天的口号则是"让一部分人先富起来"。历史言说的合理性总会找到无可辩驳的依据，无论它是多么的不同。但有一点使我感兴趣的是，那个被命名为金秋月的"童养媳"，在工作组的诱导下，并没有声泪俱下地控诉她的主人，她只提出了和她身份相符的陪嫁条件。阶级的阵线在条件的满足中隐去了。阶级关系的普遍适用在金秋月这里被终结了，我们熟悉的历史叙事在这样的生活细部中得以瓦解。因此，这又是一篇重新解读历史的长篇小说。

《樟树王遗事》还可以肯定的，是对众多人物的刻画。比如伯父的刚愎自用、父亲的唯唯诺诺、五哥的自暴自弃、桂花的质朴善良等，都给人以深刻的印象。作家在塑造他的这些人物时，并没有预设具有判断性的价值尺度，每一个人都有他们的复杂性或多面性。那个威严甚至有些残酷的伯父，当他最后与樟树王同时毁灭的时候，虽然我们被告知一个时代已经结束，但他对土地发自内心的热爱和坚韧的性格，以及试图重振家业的幻想，仍然给我们以极大的震动。在他的身上几乎蕴含了中国传统农民的全部复杂性。在当下的文学生产环境中，《樟树王遗事》可能因其题材的古旧反而别具一格，即便是在文学消费的意义上，这部小说也是值得一读的。

阎真：沧浪之水

现代文化研究表明，每个人的自我界定以及生活方式不是由个人的愿望独立完成的，而是通过和其他人"对话"实现的。在"对话"的过程中，那些给予我们健康语言和影响的人被称为"有意义的他者"，他们的爱和关切影响并深刻地造就了我们。

阎真的长篇小说《沧浪之水》可以从许多角度进行解读，比如知识分子与传统的关系，特权阶层对社会生活、精神生活以及心理结构的支配性影响，商品社会中欲望与价值的关系，他者的影响或平民的心理恐慌等。这足以证实《沧浪之水》的丰富性和它所具有的文学价值。但在我看来，这部小说最值得重视或谈论的，是它对市场经济条件下世道人心的透视和关注，是它对人在外力挤压下潜在欲望被调动后的恶性喷涌，是人与人在对话中的被左右与强迫认同，并因此反映出的当下社会承认的政治与尊严的危机。

小说的主人公池大为从一个清高的旧式知识分子演变为一个现代官僚，其故事并没有超出于连式的奋斗模型，于连渴望的上流社会与池大为心向往之的权力中心在心理结构上并没有本质区别。不同的是，池大为的向往并不像于连一样出于原初的谋划。池大为虽然出身低微，但淳朴的文化血缘和独善其身的自我设定，使他希望固守"中式"的精神园林。这一情怀从本质上说不仅与现代社会格格不入，与现代知识分子对社会公共事物的参与热情相去甚远，而且这种试图保持内心幽静的士大夫心态本身是否健康是值得讨论的，因为它仍然是一种对旧文化的依附关系。如果说这是池大为个人的选择，社会应该给予应有的尊重，但是，池大为坚持的困难不仅来自他自己，还来自他与"他者"的对话过程。

现代文化研究表明，每个人的自我界定以及生活方式不是由个人的愿望独立完成的，而是通过和其他人"对话"实现的。在"对话"的过程中，那些给予我们健康语言和影响的人被称为"有意义的他者"，他们的爱和关切影响并深刻地造就了我们。池大为的父亲就是一个这样的"他者"，池大为毕业7年仍然是一个普通科员，这时，不仅池大为的内心产生了严重的失衡和坚持的困难，更重要的是他和妻子董柳、厅长马垂章、退休科员晏之鹤以及潜在的对话者儿子之间漫长的对话过程。这些不同的社会、家庭关系再造了池大为。特别是经过"现代隐士"晏之鹤的点拨，池大为迅速时来运转，不仅在短时间里连升三级，而且也连续换了两次房子。这时的池大为因社会、家庭评价的变化，才真正获得了自我确认和"尊严感"。这一确认是在社会、家庭"承认"的前提下产生的，其"尊严感"同样来源于这里。

小说不仅书写了池大为的心路历程和生存观念的改变，它更概括了已经被我们感知却无从体验的社会普遍存在的生活政治，也就是"承认的政治"。查尔斯·泰勒曾指出：一个群体或个人如果得不到他人的承认或只得到扭曲的承认，就会遭受伤害或歪曲。扭曲的承认不仅为对象造成可怕的创伤，并且会使受害者背负着致命的自我仇恨。拒绝"承认"的现象在任何社会都存在，但在池大为的环境里已经成为一种普遍的存在。被拒绝者如前期池大为，他人为设计的那种低劣和卑贱的形象曾被他自己内在化，在他与妻子董柳的耳熟能详的日常生活中，在与不学无术、浅薄低能的丁处长和专横跋扈的马厅长的关系中，甚至在与孩子的关系中，这种"卑贱"的形象进一步得到了证实，池大为的"觉醒"就是在这种关系中因尊严的丧失被唤起的。现代生活似乎具有了平等的尊严，具有了可以分享社会关注的可能，但是这种虚假的平等从来也没有深入生活内部。尤其在我们的社会生活中，等级的划分或根据社会身份获得的尊严感，几乎是未做宣告但又是根深蒂固深入人心的观念或条文。

现代文明的诞生也是等级社会衰败的开始。现代文明所强调和追求的是赫尔德所称的"本真性"理想，或者说我们每一个人都有一种独特的作为人的存在方式，每个人都有他或她自己的尺度。自己内心发出的召唤要求自己按照这种方式生活，而不是模仿别人的生活，如果我不这样做，我的生活就会失去意义。这种生活实现了真正属于我的潜能，这种实现也就是个人尊严的实现。但是，在池大为面对的环境中，他的"本真性"理想不啻为天方夜谭。如果他要保有自己的"士大夫"情怀和生活方式，若干年后他就是"师爷"晏之鹤，但如果是这样，他就不可能改变自己低劣或卑贱的形象，就不可能获得尊严，不可能从"贱民"阶层被分离出来。于是，"承认的政治"就这样在日常生活中弥漫开来。它是特权阶级制造的，也是平民阶级渴望并强化的。在池大为的生活中，马垂章和董柳是这两个阶级的典型，然后池大为重新成为下一代人艳羡的对象或某种"尺度"。读过小说之后，我内心充满了恐慌，在今天的社会生活中，一个人将怎样被"承认"，一个人尊严的危机怎样才能得到缓解？阎真的发现是此前知识分子文学不曾涉及的。

2002

张抗抗：作女

社会的意识形态是一个人进入社会的通行证，也就是说，一个人在什么样的程度上认同了意识形态，也就决定了一个人在什么样的程度上进入这个社会。20世纪以来的"卓尔们"之所以屡战屡败，就在于他们没有取得这样的"通行证"。

张抗抗的《作女》是一部奇异的小说。主人公卓尔是这个时代年轻女性的"运动"先锋，也是这个时代以求一逞的冒险家。我们不知道卓尔为什么要"作"，她的"作"用世俗的眼光看来是难以做出解释的。她有稳定的工作，有稳定的收入，有良好的教育背景。她完全可以平静地对待生活，找个爱人安分守己地过日子。但这一切恰恰是卓尔厌倦或不屑的。我们不知卓尔要什么，我们知道的是卓尔就是要"卓尔不群"、与众不同，在自我想象中不断构造自己不知所终的人生之旅。

卓尔"作"的欲望是一种普遍的欲望，不同的是，不是所有的人都敢于像卓尔那样"作"，或者有条件去折腾。时代环境的相对宽松，以及商业主义霸权的建立，调动或膨胀了人们潜隐的、但又所指不明的躁动感，没有任何一个时代像今天这样既蠢蠢欲动又方位不明，每个人都有要做点什么的欲望，但又不知究竟做什么，卓尔是放大了的我们每一个人。这是社会世俗化运动带来的必然后果，90年代以后的小说，已经将这种后果描述得万花纷呈，特别是在知识阶层，卓尔只不过是个集大成者而已。因此，卓尔的欲望是超性别的欲望，无论男性女性，也无论是想象还是实践。在这个意义上说，这不是一部女性主义的作品。

我们分析卓尔的不安分，大概来自一种可能：为了自由的逃亡，她不能容忍任何来自世俗世界的束缚，她希望想做什么就做什么。卓尔在某种意义上实现了自己的期许，她辞了《周末女人》杂志的职务以后，开始了她"作"的旅途。但任何自由都是有限度的，绝对的自由是不存在的。我们发现，卓尔每一次异想天开的折腾，都不能离开她和周边的关系，特别是和三个男人的关系。通过卓尔的视角可以看到，老乔、卢荟、郑达磊这三个男人，事实上是三个不同的符号，他们分别和性、文明、金钱相关。如果这一指认成立的话，那么卓尔的折腾或"作"，就始终与她的欲望联系在一起，也就是说，卓尔与其说要自由，毋宁说她什么都想得到。她确实部分地体验了自由的快乐：她可以随心所欲地到任何地方，可以心血来潮地与陌生人做爱，可以让爱她的男人招之即来、挥之即去，可以通过自己的想象把握展示自己才能的机会……但结果她还是什么也没有得到。自由的代价只有卓尔自己知道，她会为去南极的资金发愁，会在夜深人静的时候因孤独而独自饮泣，在小说的最后，卓尔还是无可奈何地将自己放逐了，她完成的只是一场不知所终的"作女"运动。

卓尔的再次出走是意味深长的，20世纪以来，在中国任何一个变动或转型时期，都不乏卓尔式的人物，他们要特立独行，要与世俗社会势不两立。但他们不会被社会所容忍，或者说社会不是为任何一个个人准备的。社会的意识形态是一个人进入社会的通行证，也就是说，一个人在什么样的程度上认同了意识形态，也就决定了一个人在什么样的程度上进入这个社会。20世纪以来的"卓尔们"之所以屡战屡败，就在于他们没有取得这样的"通行证"。在一个身份社会里，卓尔抛弃了身份，她不但不要社会身份，而且不要家庭身份，她不要工作、不要丈夫、不要孩子，这是一种不做宣告的革命，对于社会来说，她之所以不被容纳，是因为她潜隐着某种令人不安的东西。但这也正是卓尔作为小说人物的成功。她内心的欲望是我们每一个人都有的欲望，但她比我们每一个人都强烈、勇敢，她集中了这个时代共同的想象并敢于实践，因此卓尔的"绝对化"恰恰造就了一个"典型"人物。当这个人物出走和我们告别的时候，我们记住并会怀念她。

张者：桃李

《桃李》用非常幽默的方式，也可以说是《儒林外史》或《围城》的方式，揭示了当下知识分子的内心问题。

张者的《桃李》可以看作是新《儒林外史》或新《围城》。《儒林外史》虽然尖刻，但也从一个方面表达或揭示出了这个阶层内心的问题。如果说在科举时代，入朝做官被知识阶层普遍认为是人生价值实现的话，能否做官就是他们最大的焦虑。1905年科举制度终结之后，逐渐产生了现代知识分子，现代知识分子最明显的标志之一就是身份革命，他们可以做官，也可以不做官。可以当教师、报人、自由作家等，因此身份革命对知识阶层来说，是一个巨大的心灵的解脱。但这个解脱并不是说知识阶层不再有问题了。《围城》说的就是现代知识分子的故事。

无论是《儒林外史》还是《围城》，都尖锐地讽刺了知识阶层存在的问题，揭示了他们内心世界的另一个方面。这也成为中国现代小说的非主流传统。主流传统是知识分子与"革命"的关系的问题，比如"革命文学"，比如路翎的《财主的儿女们》；50年代知识分子的问题是思想改造的问题，80年代"归来"的一代被叙事为如何保持政治"贞节"的问题，就像婚姻一样，虽然怀里有"休书"，但仍然是"贞洁"的。主流传统引领了知识分子写作潮流之后，非主流的传统几乎断流，后来我们在李晓的《继续操练》中隐约又看到了知识分子卑微的愿望和有趣的景观。

进入90年代之后，校园知识分子的焦虑并没有得到缓解。《桃李》用非常幽默的方式，也可以说是《儒林外史》或《围城》的方式，揭示了当下知识分子的内心问题。这对后发的现代化国家是普遍的：首先面对的问题就是压抑过后的没有节制和边界的欲望释放。知识分子的欲望和社会的普遍欲望并没有本质的区别。当然小说是一种想象和虚构，但这种非写实的方式，却从一个方面透露了知识阶层真正的问题。《桃李》中的导师邵景文和弟子们的故事，就是当代世俗化运动中典型化了的故事。

这是一部非常有趣的小说，是一部超越了雅俗界限的小说。在当下严肃文学或通俗文学构成争论甚至对立的情况下，《桃李》提供了一个超越性的文本。也就是说，小说既可以写得好看，同时又具有深刻的思想内涵，不同的读者可以读出不同的东西。这就是小说的丰富性。如果分析起来，小说提供的多种符号是非常复杂的：教授、博士生、硕士生、老板、小姐、贫困的农民、恶霸乡里的干部，还有一夜情、弄假成真的爱情、死于非命的凶杀等。现代性就是复杂性和矛盾性。校园应该和社会保持一定的距离，因为大学是民族的精神堡垒，保持一定的距离，是大学保有自己独立性的一个前提条件。但红尘滚滚的今日中国，社会上存在的一切，大学几乎都不缺少，有的甚至表达得更充分。《桃李》虽然幽默，但它的尖锐性仍然清晰可辨。它无情地撕去了斯文的面纱，为我们展示了一个曾经神秘、神圣、净土般的领域的虚假和矫揉。被学生称为"老板"的博士生导师邵景文，在这个时代好像恰逢其时，他意气风发、志满意得。作为一个新时代的教授，精英知识分子和世俗世界所期待的一切，他都得到了。他开放、豁达，和学生关系融洽，因其学术地位和掌控的学院政治，他如鱼得水。但他也确实是"玩大了"，最后，他的身体像筛子一样被情人捅了一百零八刀，而且每个刀口里都放了一枚珍珠。邵教授之死完全缘于他个人膨胀的欲望，当他不再履行知识分子职能，完全成为一个商人的时候，他的死亡就是知识分子的死亡。

柯云路：龙年档案

　　罗成固然悲壮、崇高，甚至也很堂·吉诃德，也实现了"寻仇"的愿望，但理想化如果失去了复杂性的基础，就是肤浅的乐观主义。

　　90年代以来官场小说的繁荣，可能源于两个方面的原因：一是权力的异化导致的官僚腐败，它真实地存在于我们生活中，文学有义务对此做出必要的反映；一是商业文化的驱使，商业文化可以消费一切，当官场腐败以文学的形式出现在文化市场的时候，事实上，它也是作为一种可供展示的奇观被消费的。这两方面的原因导致了两种不同的"官场小说"：一种是以文化批判为目标诉求的，它在揭示权力腐败的同时，进一步揭示了滋生这种现象的文化土壤；一种是以"正剧"或"闹剧"的形式搭乘了商业霸权主义的快车，在展示、观赏官场腐败并以"政治正确"面貌出现的同时，实现了市场价值的目标诉求。它们在印刷媒介完成了本文之后，又可以改编成其他形式在大众传媒中流播，进一步证实它的市场价值。但这类"官场小说"的非文学性特征十分明显。

"官场小说"是权力支配下的政治文化的一种表意形式。所谓"政治文化"就是："一个民族在特定时期流行的一套政治态度、信仰和感情。这个政治文化是本民族的历史在现在社会、经济、政治活动的进程中所形成的。人们在过去的经历中形成的态度类型对未来的政治行为有着重要的强制作用。政治文化影响各个担任政治角色者的行为、他们的政治要求内容和对法律的反映。"（阿尔蒙德·鲍威尔：《比较政治学：体系、过程和政策》，曹沛林等译，上海译文出版社1987）根据不同政治学家对政治文化的解释，有人把它概括为如下三个特征：一，它专门指向一个民族的群体政治心态，或该民族在政治方面的群体主观取向；二，它强调民族的历史和现实的社会运动对群体政治心态形式的影响；三，它注重群体政治心态对于群体政治行为的制约作用。（高毅：《法兰西风格：大革命的政治文化》，浙江人民出版社1991年）政治文化不是社会整体文化，但作为社会总体文化包容下的一部分，却可以把它看作是社会群体对政治的一种情感和态度的简约表达。既然政治文化规约了民族群体的政治心态和主观取向，权力拥有者作为民族群体的一部分，也必然要受到政治文化的规约。

因此，如果把官场的权力争夺和官场腐败仅仅归结于商业主义或市场意识形态霸权的建立是不够的。事实上，它背后最具支配性的因素是权力意志和权力崇拜。在传统文化那里，虽然"万般皆下品，唯有读书高"，但"学而优则仕"才是真正的目的。入朝做官"兼善天下"不仅是读书人的价值目标，而且也是人生的最高目标。要兼善天下就要拥有权力，权力意志和兼善天下是相伴相随的。对于更多的不能兼善天下和入朝做官的人来说，权力崇拜或者说是权力畏惧，就是一种没有被言说的文化心理。这种政治文化是一个事物的两面，它们之间的关系越是紧张，表达出的问题就越是严重。

《龙年档案》是一部反映当代中国政治文化的小说。它与我们读过的《羊的门》《国画》《沧浪之水》等小说是非常不同的。上述小说在不同的程度上揭示了政治文化在中国深厚的土壤和基础，或者说，无论出身于农民还是知识分子，他们只要和权力接触，"权力意志"便会成倍地膨胀，权力成了一种无意识的、与生俱来的欲望。这就是政治文化对一个民族文化心理难以抗拒的制约。但《龙年档案》不同，作品中的主要人物都已经是中国政治生活结构中的主要角色，作者表现这些人物的主要方法，是他们在权力结构中的不同身份——即改革者和利益集团的斗争。这些人物事实上是十多年前"京都三部曲"的延伸和发展，人物类型和斗争方式没有超出当年的基本框架。这一方面可以看出政治文化在中国并没有本质上的变化，另一方面也可以认为作者在艺术处理和架构故事的方式上同样没有发展和变化。它是《新星》在十多年之后的重新书写。

应该承认，《龙年档案》是一部非常好看的小说，它的结构之缜密、叙事之流畅、文字之明快，都显示了作家重出江湖之后武功依旧的风采。作家对中国政治生活的熟悉以及参与和推动中国政治体制改革的热情和愿望，都在许多小说之上。但我必须坦率地说，这部"好看"的政治文化小说，事实上是一部"类武侠"小说。或者说作家在叙事策略上，极大地汲取了武侠小说的方式和技巧。它特别类似一个"寻仇"的故事，主人公罗成也恰似一个武功高强、具有道德意义的武林高手。在整治天州市的过程中，他虽然历尽艰险、步履维艰，但他"天上人间、飞檐走壁"，最终实现了"快意恩仇"。在塑造罗成这个人物时，道德意义在作家那里仿佛是第一要义：从他一出道开始就访贫问苦、镇压乡绅，进入天州之后满眼不平事，然后是"比鸡起得早、比狗睡得晚"的勤政，处理上访、解决全州小学教室危改、处理天州机床厂危机、女儿遭暗算、自己被累倒、微服私访"黑三角"、下井解救矿工等，和武侠小说中的英雄磨难一脉相承。如果采用章回体，就是一部地道的武侠小说。在道德意义上，罗成已经不战自胜，他很少对手龙福海正面冲突，但他却在"围魏救赵"的外围功夫上打败了龙福海。而龙福海则是一个相当脸谱化的邪恶势力的代表，他除了"摆弄人头"搞阴谋之外好像不干什么事。这个叙事模式，同"文革"时期的"低头拉车"与"抬头看路"的斗争、新时期的"改革派"与"保守派"的斗争没有什么区别。也与柯云路自己的《三千万》和"京都三部曲"的叙事策略没有什么区别。因此就小说的叙事角度来说，十几年过去之后，作家并没有发生什么艺术上的变化。

在试图反映或揭示当下中国现实问题的作品中，道德化是一个普遍采取的策略，"正义一定会战胜邪恶"，"清官一定战胜贪官"乃至大团圆的结局，满足了普通文学消费者的阅读期待，这也是这类作品受到普遍欢迎的文化接受心理。但问题是，在当下的中国，道德化的文学叙事很可能遮蔽了更重要的问题，或者说，政治体制改革的问题，是否通过道德化就可以解决，政治体制中最重要的问题是不是道德问题？我在提出这个问题的同时，必须肯定柯云路没有更多地涉及诸如男女生活作风问题。虽然在许多小说里这是一个拉动阅读的敏感卖点，但可以说，这种最表层的道德问题在许多作品那里只是生理问题，连心理的层面都没有达到，更遑论人性了。柯云路仅含蓄地在几处涉及了这个内容，他并没有以热衷甚至欣赏的笔触去展开，这是应该肯定的。

我非常赞赏作家推动和参与政治体制改革的愿望和热情。但中国现代性的复杂性并没有在作家的表达中得到充分的揭示。比如，最动人的章节和情节，总是与罗成和农民和苦难和危险的接触相关，改革中遇到的重大问题，比如国企改造、下岗就业环境整治与再生产等问题，罗成同样是缺乏主意的，他在天州机床厂的表演，虽然悲壮但也苍白，没了下文也说明这个复杂的问题超出了作家的解决能力和想象能力。当然，现代性是一项未竟的事业，文学作品不能解决这个问题，但它却可以从不同的方面反映或表达这个问题。不能为了迎合阅读，就将一个十分复杂的问题简单化地演绎为大众文学。罗成固然悲壮、崇高，甚至也很堂·吉诃德，也实现了"寻仇"的愿望，但理想化如果失去了复杂性的基础，就是肤浅的乐观主义。

戴来：鼻子挺挺

我惊异于戴来出色的讲述能力和营建小说气息的能力。事实上，这部作品的故事情节并不重要，重要的是小说通过几个不同人物的生活和个性，为我们构造了一种既浪漫又忧郁的都市生活气氛。

《布谷鸟丛书》被命名为"都市浪漫先锋系列"，这一命名很容易让我们联想到80年代中国的"先锋文学"。80年代的"先锋文学"重要的特征之一就是它的复杂性,它的语言或人物,故事或叙事,经常会让人感到扑朔迷离语焉不详。非常有趣的是,同样被命名为"先锋"的《布谷鸟丛书》,却用另一种叙事方式讲述了新一代作家所理解的不再那么复杂的文学的"先锋性"。戴来的长篇小说《鼻子挺挺》就是这样一部作品。

应该说,就小说的情节而言,这是一部很戏剧化的作品:两代人的爱情关系极具偶然性地交叠在一起。甚至还有那么一点儿宿命色彩。上一代人沉重的浪漫爱情,在下一代人那里付出了惨重的代价。但他们之间又没有构成必然的逻辑关系和责任关系。因此都市"浪漫"的背后其实是不同的感伤或幽怨的故事。就小说的情节构成而言似乎并没有太多的新意,甚至带有通俗小说的某种味道。但这篇小说值得注意的也许不是它的故事情节,而是在这个故事框架中弥漫的一种气息或感觉。这是属于年轻的戴来特有的感觉,也是作为作家的戴来对小说的另一种理解。如果作为畅销小说来阅读,这是一篇非常有趣的小说:故事充满了偶然性,主人公古天明与电台播音员任浩的不期而遇,牵出了古氏家族隐秘的过去:任浩就是与古天明的母亲林芹私奔的叔叔古随恒。而后来与古天明建立了爱情关系的刘柯,就是任浩和林芹的儿子小山的情人。小山为刘柯殉情跳楼而死。古天明则婚姻解体情人远去。于是小说演绎了一场生离死别的现代悲喜剧。如果从情节结构的角度来看,这可能不是一篇多么优秀的小说,这里有太多的偶然性和戏剧性。但是,值得注意的是,戴来在小说中表达了一种极端感性化的气氛:任浩的声音,古天明的鼻子,古天明与马昕酒后的长吻,古天明与刘柯的电话长谈,流行歌曲的不断介入,等等。这些感性化的描写和都市常见的生活景观,看似极其的表面化，但是，这恰恰是今日都市生活的常态。或者说，在新一代小说家那里，都市生活就是如此。一切都没有深意。都市太多的感性场景，仿佛是无处不在的欲望的诱惑，年轻人在抵制的同时又不断地接近它的诱惑。古天明甚至隆起了自己的鼻子，割开了眼皮，他成了一个焕然一新的人。对自己先天面目的挑战和修改都可以做到，那么，改变自己生活的其他方面就不会是个问题。于是，他和马昕关系的改变，和刘柯关系的改变，就不再是令人触目惊心的事件。都市青年改写了过去所有的生活方式和观念。

我惊异于戴来出色的讲述能力和营建小说气氛的能力。事实上，这部作品的故事情节并不重要，重要的是小说通过几个不同人物的生活和个性，为我们构造了一种既浪漫又忧郁的都市生活气氛：从某种意义上说他们是自由的，他们拥有了坚持自己独立个性的条件和可能，但他们又是不自由的，当每个人都拥有了独立个性的时候，相互间的兼容就成为一个问题。不仅爱情需要妥协，就是离婚也需要妥协。在今日都市，在张扬个性的今天，他们不仅左右不了别人，甚至自己的命运也不在自己的把握之中。个性也因此付出了代价。他们时时表现出的压抑在说明，或许他们并无多少快乐可言。当然，这是戴来的个人叙事和想象，但我相信，生活在今日都市的青年，或许都可以在这部小说中读到自己曾经有过的某种体验或感受。

莫怀戚：经典关系

我们会误以为社会生活的变化只限于这些特殊的群体或阶层。但是，读过《经典关系》之后，我们才有可能在作品中被告知，我们所生活的这个时代，确实发生了我们意想不到的变化。或者说，那不被注意的社会群体的日常生活的变化，才是真正的变化。

《经典关系》是一部写普通人生活的小说，普通人的小说就是写日常生活的小说。但《经典关系》的普通人还是有区别的，它主要的叙述对象是一群可以称为"知识阶层"的群体——它的主要人物都是有高等教育背景的人。在当下的小说创作中，可能有两种题材最为引人注目：一种是年轻人，他们被称为"七十年代"，一种是"成功人士"，他们位高权重。这两个群体被表达出的生活方式和思想观念，都是令人触目惊心的。在不断的文学叙述中，我们会误以为社会生活的变化只限于这些特殊的群体或阶层。但是，读过《经典关系》之后，我们才有可能在作品中被告知，我们所生活的这个时代，确实发生了我们意想不到的变化。或者说，那不被注意的社会群体的日常生活的变化，才是真正的变化。

在以往的舆论或意识形态的表达中，"知识阶层"和他们坚守的领域，一直有一层神秘的面纱，他们在不同的叙述中似乎仍然是中国最后的精神和道德堡垒，他们仍然怀有和民众不同的生活信念或道德要求，他们仍然生活在手造的幻影当中。但事实上，在80年代中期，知识分子内部的变化就已经开始发生。不同的是，那时知识分子的"动摇"或变化还不是堂而皇之的，他们是怀着复杂的心情离开校园或书房的。进入90年代之后，曾经有过关于知识分子经商的大讨论。有识之士对知识分子经商给予了坚决的支持。现在看来，这场讨论本身就是知识分子问题的反映：这个惯于坐而论道的阶层总是讷于行动而敏于言辞。但对于勇敢的年轻人来说，他们没有顾忌地实现了自我解放，他们随心所欲地选择了自己喜欢的职业，同时也就选择了新的价值观念。如果说，1905年以前士大夫阶层死抱着从政做官不放，是那个时代的价值观念问题的话，那么，今天的知识阶层死抱着书本不放，其内在的问题并没有本质的不同。当社会提供了身份革命条件的时候，这个犹豫不决的群体总会首先选择观望，然后是指手画脚。

《经典关系》中的人物不是坐而论道的人物。他们无论是主动选择还是被动裹胁，都顺应了时代潮流，在他们新的选择中，重建了新的"经典关系"。经典关系，事实上是日常生活中最常见的关系，它是夫妻、父子、翁婿、师生、情人等血缘和非血缘关系。但人在社会生活结构中的位置发生变化之后，这些关系也就不再是传统的亲情或友情关系，每种关系里都隐含着新的内容，也隐含着利害和危机。"关系"是在欲望、金钱、利益的控制下，或者说是在自己的意愿之外重新建立的。在这种新的关系中发现"故事"，是作者非同寻常的艺术眼光。20世纪以来，我们就是生活在不同的"故事"当中，从"狂人"的故事、"阿Q"的故事，到"白毛女"的故事、"王贵李香香"的故事，到"林道静"的故事、"阿庆嫂"的故事，到"乔厂长"的故事、"废都"的故事等，每种故事都浓缩了我们生活的环境，都类似"镜像"一样，既让我们身置其间，又窥视到了我们的真实处境。"经典关系"所具有的"镜像"作用，就这样与上述"故事"类似到了这样的程度。或者说，我们的生活仿佛是不真实的，而"经典关系"的生活比我们正在经历的生活还要真实得多。在《经典关系》的生活中，我们才有可能发现生活已经发生了什么，它虽然触目惊心，虽然惨烈、残酷，但我们必须面对它。

在作者构造的"经典关系"中，那个地质工程师的岳父东方云海处于中心的位置，但这个"中心"是虚设的。在脆弱的家庭伦理关系中，他的中心地位只是个符号而已，在实际生活中他真实的地位是相当边缘的，他难以参与其间。虽然儿女们还恪守着传统的孝道，但他已经不可能再以权威的方式左右他们的生活。他选择了自尽的方式结束自己的生命，与王国维结束自己的生命没有区别，他意识到了这个时代与他已经格格不入的。茅草根、南月一以及东方兰、东方红、摩托甚至茅头，他们仿佛在故事中是叙述中心，但他们都不是中心。在故事中每个人都是以自我为中心，那个十岁的毛孩子，为和父亲争夺"姨妈"，甚至不惜开枪射杀他的父亲，使英俊父亲的眼睛只剩下了"一目半"。这个以"自我"为中心的"经典关系"一经被发现，它的戏剧性、残酷性，我们在惊讶之余也不寒而栗。

这时，我们就不得不再一次谈论已经沦为陈词滥调的"现代性"。因为除此之外我们很难做出其他解释。现代性就是复杂性，就是一切都不在我们把握控制之中的历史情境。我们试图构造的历史也同时在构造着我们。谁也不曾想到，自以为是随遇而安的茅草根会被学生兼情人"裹胁"进商海，谁也不会想到东方红会那样有城府地算计她的姐姐，当然也不会想到茅草根的欲望会是那样的无边，最后竟"栽"在自己儿子的手中。"经典关系"是复杂的，但又是简单的。说它复杂，是他们必须生活在诸种关系中，没有这些关系也就失去了利益，欲望也无从实现；说它简单，是因为每个人都是以自我为中心。他们虽然良心未泯热情洋溢生机勃勃，但在这种危机四伏的关系中，谁还有可能把握自己的命运呢？当茅草根如愿以偿地找到了《川江号子》的投资之后，那里是否潜藏着另一种危机，是否是另一个"故事"的开始，我们在为茅草根庆幸的同时，也难免为他忧心忡忡。

姝娟: 摇曳的教堂

这是一部特别适于在沙龙里与烛光和咖啡一起享用的小说。"沙龙气质"和"东方罗曼司情调"弥漫于这部小说的字里行间。

《摇曳的教堂》出版的同时,已经有掌声响起,一些善意的署名或匿名评论慷慨地赞扬了这部小说。可以肯定的是,这是一部才华横溢的小说,它流畅瑰丽的诗性语言、出神入化的想象,它的异国情调、优雅爱情、家族隐秘的历史等,在作者从容自若的叙述中,给人以扑朔迷离的阅读体验。作者的感受力、语言表达能力和对特定氛围的渲染把握,给人以深刻的印象。在北国苍茫遥远的冰天雪地里,演绎的那场如火如荼的现代爱情,主人公陈苏儿自信、自负,逼人的冷艳以及诡异多变的人生阅历和命运等,就像一出漫长而又常演常新的冰上芭蕾舞剧,色彩斑斓又神出鬼没。作者为读者制造了一个美丽的幻影。

因此,这是一部特别适于在沙龙里与烛光和咖啡一起享用的小说。"沙龙气质"和"东方罗曼司情调"弥漫于这部小说的字里行间。由此我们可以判断,作者对西方十八、十九世纪贵族阶级的生活不仅兴致盎然而且心向往之。不同的是,陈苏儿是一个生活于中国北方的混血儿,她的时代虽然有不同种族的人群杂居于她的城市,但那个贫困交加的时代大环境注定了"东方罗曼司"的有限性,讲述话语的年代与话语讲述的年代存在着一个难于调和的悖论,这时,聪明的作者便引进了一个与陈苏儿唱对手戏的俄罗斯青年。安德列的贵族气息与陈苏儿未做宣告的爱情期待不期而遇。于是,这个异国之恋便为小说罩上了一种奇异的光芒。有趣的是，这个作为主线的情爱故事不时被中断，颠沛流离的生活或居无定所的飘零，特别适于浪漫的爱情小说，一对靓丽的情男痴女相互追寻，或不期而遇或悲欢离合，在漫不经心或欲擒故纵的叙事策略中，完成了作者关于爱情乌托邦的理性设定。这时，我们才有可能指认这部小说的"沙龙气质"，它有绝望但没有感伤，她缱绻但不缠绵。因此它是贵族式的，起码是中产阶级的，而不是琼瑶的市民化或小资式式的。我们注意到，小说的表达无论怎样华丽，它都是的"片段"式的，"飞舞旋转"的故事碎片纷纷扬扬飘散在哈尔滨的城里城外，那里仿佛透露着一种难以名状的绝望的东西，一种透彻冰冷的东西，就像北方的严冬一样肃穆得令人害怕，也像一个冷艳逼人的女性，她的美丽恰恰成了拒人千里之外的理由。这与作家华丽的语言叙事形成了鲜明的比照。

这是一部想象力丰富的小说，这不只是说在20世纪初期的中国北方，集合了各色人等，逼真地书写了坐落于本土的各国风情，重要的是，姝娟对一种"迷离"状态的描摹，对一个美丽的文学幻影的制造能力。无论是场景还是人物，都与我们若即若离，如梦如画犹疑不决。那种"漂移"的感觉即让我们身怀恐慌没有归依，又让我们惊心动魄挥之不去。在当下小说屡屡抚摩身体，以为只有身体才是坚实存在的时候，姝娟带给我们一种飞翔的东西。她的趣味是一个可以讨论的复杂话题，但她对另一种"美"兴致盎然的探求，显然应该受到注意和欢迎。

张海迪：绝顶

人类一次次向巅峰攀登意味着什么？这种原始的、夹杂着使命感的冲动，促使他们总是不断地告别亲人，义无反顾地奔向不可预知的地带。

这是一个英雄已经远去的时代，也是一个没有英雄的时代。但对于深受英雄主义哺育的理想主义者来说，是不能忍受英雄的缺失的。于是张海迪在她新近出版的长篇小说《绝顶》中，为我们塑造了她想象和渴望的文化英雄。那是一群已经远去的英雄，面对他们的背影，作为理想主义者的张海迪多少有些失落甚至伤感。因此她用想象的方式填补了这个时代的某种缺失，在想象中去接近挽留他们并一次次相遇。因此，在一个没有英雄的时代，那些有英雄主义情怀的人是寂寞而孤独的。所幸的是张海迪是一个作家，她可以按照自己的情怀意愿去选择和塑造她喜欢的人物，在这个没有英雄的时代实现了她的英雄壮举和辉煌的梦幻。这种对英雄的追随和崇拜的情感已经恍如隔世，但对我们这代人说来却感到十分的熟悉和亲切。

这是作者用四年的时间创作的一部作品：一群勇敢的年轻人，在向人类的极限挑战，人类尚未征服的梅里雪山，充满了诗意也充满了诱惑，中日青年将联手向这座处女峰发起冲击。"人类一次次向巅峰攀登意味着什么？这种原始的、夹杂着使命感的冲动，促使他们总是不断地告别亲人，义无反顾地奔向不可预知的地带。"这是一种和绝对精神相关的选择，也是一种张显英雄对壮美渴望的选择。它在显示人类战胜自我和极端勇气的同时，也隐含了作者在想象中对挑战的向往和回答。肖顿河和小川是生活于不同国度的青年，他们有不同的文化和教育背景，但对一种绝对精神的共同向往使他们超越了国家民族界限，在向极限的挑战中也实现了对功利主义的超越。作品给我深刻印象的，不只是对梅里雪山神秘圣洁的描摹，它不是东方奇观也超越了地域风情；不只是主人公们为了自我确认而对梅里雪山的心仪与征服，还有流淌在作品中的那种整体氛围和心理环境，它就像尚未遭遇污染和侵蚀的香格里拉上空的空气一样，清新、纯粹而透明。尽管它距我们红尘滚滚的现实是那样遥远，但它犹如天籁之音，一如千年的祈盼和远古的呼唤……肖顿河是否登上了梅里"绝顶"并不重要，重要的是在这一登攀过程中，肖顿河们为我们展示了别一种人生和境界，他们登上了人类绝对精神的"绝顶"。因此这是一个理想主义者面对英雄背影奏响的慷慨悲歌，也是一部显示了作者非凡想象力和创造才能的艺术作品。

在以往的印象中，张海迪似乎是一个偶像型的作家，她的作品仿佛是因了她的"偶像因素"才引起关注的。但起码通过《绝顶》我们可以被告知，张海迪的"偶像因素"在某种意义上遮蔽了她作品的艺术魅力。当我们阅读这部作品之后，我们有理由相信，张海迪的创作在当下中国小说创作的整体格局中，应该而且已经占有了一席之地。

贝拉：911生死婚礼

"摩登"文学占有市场，真正的文学永驻人心。

贝拉的小说《911生死婚礼》在中国出版之后，迅速地成为媒体关注的焦点。贝拉，这个在中国文坛陌生的名字，骤然间成为文坛新星，她被反复地书写和谈论着。她似乎创造了一个奇迹和神话：这部小说不仅在中国畅销流行，而且还将走进美国、日本、法国的图书市场。更令媒体兴奋的是，据说好莱坞20世纪福克斯公司以巨额买断其影视改编权，并由曾执导《泰坦尼克号》的国际著名导演詹姆斯·卡梅隆执导。媒体声称，如果签约，这将是美国好莱坞首次以巨资买断中国内地出版的中文小说的电影改编权。这些刺激性消息的真实性已经不重要，重要的是这些消息不胫而走所带来的轰动性的社会效应和市场效应。但是，值得注意的是，与媒体的热情形成鲜明对比的，则是主流批评界熟视无睹的缄默。这个现象本身，也许从一个方面未做宣告地印证了这部小说的性质以及对它感兴趣的群体。

这个十几万字的小长篇，叙述的是中国留日女学生王纯洁，在中国经历的情感伤害和失败的婚姻。"初夜"未见"红"，使王纯洁的新婚一开始就蒙上了悲剧阴影。根深蒂固的"处女情结"使王纯洁成为一个现代的受害者。于是，为了逃离婚姻和家庭的不幸，王纯洁设法东渡日本。她先是爱上了比她小五岁的日本男孩海天，后来又爱上了比她大很多岁的美国老男人格拉姆，格拉姆有家室，海天家里又不同意婚娶。但"纯洁"游刃有余地周旋于两个男性之间。海天对纯洁的追逐非常激烈、坚定、至死不渝。两个人终于踏上了婚姻的红地毯。但作家用了非常戏剧化的方式处理了这个场景：格拉姆在他们的婚礼上飞车赶到，格拉姆抢走了身披婚纱的新娘。女主人公在犹疑不决中被格拉姆裹胁而去。然后，他们找到一个旅馆疯狂地做爱。这个故事的结局是，格拉姆在9·11事件中遇难，海天离开了纯洁之后跳了富士山。就是这样一个漏洞百出的好莱坞式的小说，被一些人看作是"杰作"，作者被认为是写情爱的杰出作家。小说最"摩登"的表达是个人生活无限开放的可能性，小说有一句话，是纯洁内心的独白：我觉得一个女人是完全可以同时爱上两个男人的。这句独白是对小说主人公命名的最具讽刺意味的诠释。更致命的是，小说还要搭乘美国诉诸全球的反恐意识形态，搭乘这个时代最大的时尚。这种奇怪的文学"时尚"，是难以让人接受的。它就像虚假的广告和中产阶级杂志一样，以幻觉的方式去诱导、迷惑善良的人们的同时，也满足了他们自己的虚荣心。因此，《911生死婚礼》的"摩登"，已经不是"小资"的"摩登"，而是中产阶级的"摩登"，是"跨国文化资本"的浅薄炫耀。

另一方面，小说中描述的中国、日本、美国，也无意间构成了一种隐喻关系：中国丈夫的愚昧、固执、昏暗和令人发指的不能容忍，日本情人樱花般的纯情、惨烈，以及美国情人的多情、成熟和对情感的执着，都跃然纸上、声情并茂。这个故国、东洋、美国的情感之旅，总会让人不由自主联想到王纯洁的内心向往以及这个向往的意识形态性。

《911生死婚礼》出版的同一时期，中国翻译出版了日本文学批评家柄谷行人的《日本现代文学起源》一书。在中文版序言中，柄谷行人说："我写作此书是在1970年代后期，后来才注意到那个时候日本的'现代文学'正在走向末路，换句话说，赋予文学以深刻意义的时代就要过去了。在目前的日本社会状况之下，我大概不会来写这样一本书的。如今，已经没有必要刻意批判这个'现代文学'了，因为人们几乎不再对文学抱以特别的关切。这种情况并非日本所特有，我想中国也是一样吧——文学似乎已经失去了昔日那种特权地位。不过，我们也不必为此而担忧，我觉得正是在这样的时刻，文学的存在根据将受到质疑，同时文学也会展示出其固有的力量。"

读过柄谷行人开篇的这段话，我感到无比的震惊。震惊并非来自柄谷对文学命运的基本判断，而是来自他对文学在中国命运的判断——在经济和文学都"欠发达"的国度里，文学的衰落竟和发达国家相似到了这样的程度，这究竟是文学无可避免的宿命，还是"全球化"像"非典"一样迅速蔓延的结果？我们都知道柄谷所说的"现代文学"和我们所说的"文学"指的是什么。被赋予"深刻意义"的文学在今天确实不会被人们特别关切了。因此，中国当下文学著作印数的下跌和批评家的无关紧要，就不应看作是个别的例子，它恰恰是全球性的共同问题。

一方面是文学在衰落，另一方面，文学的"摩登"化写作却如日中天。中国文学的权威报纸曾为此做过长时间的专门讨论。对这一现象我曾表示过迷惘或"两难"，这是因为：一方面，"摩登"化有其发展的历史合目的性。或者说，在现实生活里没有人反对"摩登"对生活的修饰。即便在大学校园里，80年代谈论的是诸如"启蒙""民主""人道主义"等话题。但90年代后期以来，教授们对"买房""买车"同样津津乐道。这种对摩登的追随几乎没有人加以指责，那么对文学的摩登化写作为什么要指责？如果是这样，生活与文学的关系将怎样去处理？但是，当面对文学摩登化的具体文本的时候，我仍抑制不住对其批判的强烈心理，尽管批评家的声音已经不再重要。

从《911生死婚礼》这个个案中我们发现，文学的摩登化事实上就是文学的"小资产阶级化"或曰文学的"中产阶级化"。它具备大众文化所有的要素。不同的是，那里除了性、暴力之外，还要加上东方奇观和跨国想象。因为摩登从来就与穷人或底层人没有关系，因此穷人或底层人也从来不在文学摩登化写作的表达范围之中，摩登化的阶级阵线是十分鲜明的。文学摩登化的诞生应该始于"网络文学"。网络是社会摩登文化最具覆盖性和煽动性的媒体。在网络文学中，我们看到的内容、趣味和情调，都可以概括在"小资"写作的范畴之内。并不是说这类题材和趣味不可以写，而是说当这种写作蔚然成风的时候，它也逐渐建立起了一种文学的意识形态霸权。这种意识形态就是"中产阶级"的意识形态。事实上，这种文学"摩登"正与中产阶级文化联手合谋，它们试图为我们描绘的图景是：消费就是一切，享乐就是一切，满足个人欲望就是一切。这种虚幻的承诺不仅加剧了普通人内心不平等的焦虑感和紧张感，而且将现代性过程中几乎耗尽的批判性资源完全删除。在中产阶级意识形态的蛊惑下，除了想入非非、跨国婚姻、床上激情戏、香车美女之外几乎所剩无几。现实的问题从来没有进入他们表达的视野之中，他们甚至连起码的批判愿望都没有。

因此我们不禁要问：全球化时代的文学"摩登化"究竟是谁的"摩登"？它和普通人能够建立起什么关系？我至今认为，文学是关乎人类心灵的领域，是关注人的命运、心理、矛盾、悲剧的领域，它为流浪的心灵寻找栖息安放的家园，并抚慰那些痛苦的灵魂。但"摩登"的文学却建立了文学的等级秩序："摩登"的制造者和参与者如小资产阶级、中产阶级是可以进入文学的，无产阶级、普通人和底层人是不能进入文学的。这种文学意识形态隐含的这种等级观念要排除什么和维护什么是很清楚的。文学的"人民性"在"摩登"文学里早已不复存在。在这个意义上，文学的"摩登化"必须予以警惕和批判。虽然"摩登"的文学仍在大行其道，但我们相信柄谷行人的说法是，文学还会展示出其固有的力量。"摩登"文学占有市场，真正的文学永驻人心。

徐坤：春天的二十二个夜晚

这是一个美丽爱情破产的故事，是一个在"现代性"的旋涡中憧憬、幸福、挣扎、绝望过的个体经验的内心告白，是一幅在新旧世纪交汇点上凝望过去、拯救未来，既充满怀旧情怀，又在自我疗治中试图随波逐流的当代青年矛盾的心理结构图。因此，这部长篇小说远不仅仅是"一个女人和三个男人的故事"。

现代生活就像德勒兹所说的"千座高原"一样，我们可能拥有了狂欢与狂奔的空间和可能，可以像游牧者一样自由地向四方行走。但是这一自由对于有过历史的人来说真的是福音吗？曾有过的文化地图失效了，再也没有方位、没有目标，没有人告诉你前方在哪里、是什么。当我们的想象和神话的自由降临之后，当短暂的"解放"和"幸福"的体验已经成为过去，被突然告知的却是"千座高原"的巨大空旷给我们造成的恐惧和迷失感。这就是被称为"未竟事业"的"现代性"的真实景况，它正在真切地被我们体验着：一切都不在我们的把握之中，然而我们又必须没有选择地走下去。

这就是读过徐坤的长篇处女作——《春天的二十二个夜晚》之后我真切的感受。这是一个美丽爱情破产的故事，是一个在"现代性"的旋涡中憧憬、幸福、挣扎、绝望过的个体经验的内心告白，是一幅在新旧世纪交汇点上凝望过去、拯救未来，既充满怀旧情怀，又在自我疗治中试图随波逐流的当代青年矛盾的心理结构图。因此，这部长篇小说远不仅仅是"一个女人和三个男人的故事"。毛榛和陈米松的爱情之旅，曾如诗如画、如醉如痴，就连他们的分别都充满了刻骨铭心的缱绻和爱意。但没有人知道，一个曾经平静如水的家庭，一对恩爱的青年夫妻却突然在缘由不明的情况下宣告解体。它的神秘性不仅读者无从知晓，就是当事人毛榛也同样在云里雾里。因此，这个奇异而神秘的破产爱情，既不是风流的"人间四月天"，也不是涓生子君没有附丽的"伤逝"，既不是满大街过了景的"第三者"插足，也不是"贫困夫妻百事哀"的经济危机。我们最终也不知道陈米松离家出走的真实理由，这对毛榛来说实在是不公平。但是，也正是这一没有理由的爱情破产，道出了现代生活真正的复杂性——我们以为可以把握的生活其实远不在我们的把握之中，甚至最亲近的人随时都可以隐秘地离去或消失。但更值得我们思考和探究的也许不在于作品已经呈现出来的毛榛的困惑、痛苦和迷惘——对毛榛来说，她的不幸已经引起了足够的关注、同情和理解。而隐秘消失的陈米松，他内心经历的一切：他长久的痛苦、矛盾和毅然出走的决心，毅然离爱情和家庭而去的原因，甚至连得到表达的可能都不存在。从这个意义上说，陈米松被遮蔽的言说的可能，同样令人同情和不安。作为"冰山"之下被悬置的问题，不仅在小说中悬而未决，同时它也是现代生活具有寓意性的问题之一：未被我们认知或不被我们了解的事物，就在我们身边或就是我们自身。这显然是我们共同的困惑。

　　90年代以后，像徐坤在这部作品中表达的浪漫、青春、诗意和哀婉凄美的爱情故事已不多见。当女性的隐秘心理和压抑的渴求得到了淋漓尽致的书写，女性的私密空间得到了空前大胆的揭示或展露之后，女性如何表达自己的故事就成为一个巨大的挑战。因此，《春天的二十二个夜晚》是否是"写真集"或"自叙传"，对我们来说已经不重要，重要的是徐坤在重返爱情之旅的叙事中，在解构她的作品时对历史语境的尊重和流连的心态。我们不仅重新感知了80年代浪漫乐观的"蜜月"，重新体验了爱情般的"青春中国"的诗意岁月，同时也经历了一次"寻梦"幻灭的历史爱情过程。有趣的是，毛榛追寻爱情的历程，同"向往北京"的历程交叠在一起。80年代的北京在那一时代青年的心中，就是辉煌的圣殿，在不断的叙事中，北京罩上了一层遥远、诗性和神秘的色彩，它的不可撼动的中心地位使无数青年心向往之。于是，毛榛在追随爱情的同时，也踏上了她"心向北京"的心路之旅。中心及男性的隐喻在这里不期而遇。当她如愿以偿，有了"筒子楼"宿舍，有了北三环的"两居室"，本可以安居乐业一展身手的时候，爱情的甜蜜色彩和北京的神性地位一起褪去了。男性中心的坍塌并没有为女性带来福音，可怜的毛榛也一起坍塌了。因此这绝不是一部女性主义的作品，不是为了张扬女性主义而首先粉碎个人生活的文学加行为艺术。事实上，毛榛是家庭生活最积极的捍卫者，是家庭生活颓败后无奈和绝望的拯救者。尽管她还是去了月坛公园离婚办事处，但这个过程中她对陈米松的思念、担忧以及独自承受的一切都感人至深。这是在当下时尚、新潮的作品中不屑于表达的情感，是尚未入世却自以为是的时髦小青年难以理解的"八十年代过来人"的情感。

年轻的毛榛离婚后，在寻找新生活的过程中又遇到了两个男人：庞大固埃和汪新荃。虽然毛榛和这两个男人都有过肌肤之亲，但她再也没有像和陈米松在一起时的浪漫和激情了。按说这两个男人的身份和职业，他们的行为和禀性与这个时代更合拍，更"酷"更热闹。他们不像陈米松带着"体制内"的强烈味道，带着理想、追求的过去时代的鲜明印记。但是陈米松没有毛榛以外的女人，"他相貌英俊，一表人才；他洁身自好，清正廉洁，奉公守法；他知识渊博，喜爱读书冥想；他对朋友谦虚，仗义疏财，两肋插刀"，他离去的忧伤都富于诗意，他不辞而别都让毛榛流连不已。因此，一年过去之后，当毛榛自我疗治了忧郁症，当毛榛又有了新的男朋友，当毛榛完全可以忘记陈米松开始新生活的时候，商人的陈米松出现了。"毛榛的目光……对汪新荃的到来视而不见，而是越过他的身形，把目光完全直直投落在他身后的陈米松身上。"过去的一切并没有"随风而逝，不留任何踪迹"。在毛榛那里，"她满含泪水，在心里低低呼唤：爱人啊，不要不告别就走啊！衷心祝福你有个好的前程……"这个固执而绝望的爱情，这个"弃而不舍"的女性，在最后的呼唤、祈盼和祝愿中完成了她形象的自塑：那萦绕于心头的过去远没有消失，曾有过的历史不会因全球化和电子幻觉而彻底断裂。但毛榛未来的生活能够在缅怀中度过吗？曾拥有的一切能够替代未来的生活吗？我们在祝福毛榛的同时又不禁为她忧心忡忡。

2003

麦家：暗算

多年以后，《暗算》成了小说新题材的孵化器，成了荧屏银幕文化产业的发动机。

麦家是近年来新崛起的小说家。他为数并不太多的中、长篇，比如《解密》《暗算》《黑记》《蒙面人手记》《刀尖上行走》等，引起了读者和批评界极大的兴趣和关注，麦家成了一个瞩目的焦点，在对小说创作整体评价日渐恶化的时候，麦家像奇迹一样出现在我们面前。麦家带来了新的小说资源，带来了一种神秘和解密同时存在、情节上山重水复、出其不意的叙述以及结局的彻骨悲凉的小说。他的小说富于可读性，在游刃有余、从容不迫的叙述中波澜突起，故事常有出人意料的想象。麦家的小说被称为是"新智力小说""特情小说"或"当代特工悬疑小说"，不同的命名已经表明读者和评论界对麦家小说的热情。但我认为命名并不重要。重要的是麦家在小说中究竟言说了什么，我们怎样才能有效地阐释麦家为我们提供的这些故事和人物。

麦家的小说世界是我们陌生又深不可测的世界，在这个封闭的甚至与世隔绝的世界里，麦家的人物生活在另外一种空间，也是另外一种时间里。他们和俗世生活似乎没有关系，他们在一种崇高、庄严和使命神话的笼罩下，枯燥寂寞的日子被赋予了意义。于是，《暗算》中的人物成了"听风者""看风者"和"捕风者"。他们在"暗算"也被"暗算"。他们"暗算"的是和国家民族利益相关的异国异军的密码情报，而这些天才的特殊工作者所遭遇的"暗算"付出的却是个人生命的代价。因此麦家的小说不仅有题材的优越性，重要的还是他对人性和人的命运的深刻理解与关怀。《暗算》中的故事确实给我们带来了闻所未闻的新奇感，那里有冷战时代国际风云际会的大背景，有高层决策者仿佛来自云端的指令，有密码破译天才与扑朔迷离变幻无常的绝密数字的神秘对话，也有半个世纪前与国民党军统系统的情报战。这些故事具有极大的"游戏性"，它酷似当代高科技制作的《反恐精英》游戏，或者说，画面上的血腥厮杀和枪战，背后都隐含了一个操纵者。只有操纵者才能洞察全局控制游戏。情报领域的这个游戏也是在操纵者的控制下完成的。不同的是，这个游戏实在是太危险、太残酷。它的危险与残酷就在于它时刻都与政治和权力相联系。密码情报从表面上说，它是破译与反破译的高超游戏，但背后却是颠覆与反颠覆、支配与反支配的国家安全和国际政治权力的争斗。因此当这个具有游戏性的活动与政治争斗联系在一起的时候，它的游戏性就彻底消失了，突显出来的就是游戏的残酷性。或者说，麦家的小说用一个游戏的模式颠覆了游戏，它自身具有的这种消解性，使麦家既有现实依据又有虚构想象的小说，蕴含了不易被察觉的"后现代"性质。

　　《暗算》是几个不具有连续性的故事构成的长篇。这一点很类似武侠小说，不断有武林高手出现，然后他们都死于非命，他们的死几乎都是宿命性的。《暗算》不同的故事讲述的是不同的人物，但不同人物又有大致相同的悲惨命运。这些人物命运的共同性，述说或揭示了这个游戏对人性的致命伤害。瞎子阿炳、黄依依、韦夫、难产的情报员，他们都死于人的欲望。这个欲望是不可抑制和赤裸的。在封闭的院落里，他们的欲望对象和欲望资源极其有限，但在有限的对象和资源里，他们仍进行了可能的配置。欲望支配下的组合生出的却是相反的结果。阿炳以他天才的耳朵识别出了孩子不是自己的血肉，他不能接受这个事实，只能选择了自杀；黄依依受异域自由文化的影响，为所欲为地坚持她的性爱方式，结果死于情敌不共戴天又简略的谋杀；间谍韦夫虽然不是直接死于性事，但他生命垂危之际与美女崇高的献身关系极大；而50年前的情报员死于难产，不仅暴露了自己，也暴露了她真实的丈夫。这些勉为其难的组合本身也具有游戏性：林小芳以悲壮的冲动嫁给了英雄般的阿炳；黄依依与两个男人的性爱并无障碍；女护士因韦夫的英勇而果敢献身；最具游戏性的是难产的情报员和自己的哥哥假扮夫妇。当然，《暗算》中的性，仅仅是麦家的表意符号，他并不是为了写性而写性，小说中并没有夸张、放大的床上运动，也没有刻意渲染的欲生欲死般的性气息。在麦家那里，人的最基本的要求是当作人性来表达的。

这些离奇的游戏般的性爱故事，如果不是在这个特殊的领域里大概不会发生，或者说即便发生，悲剧的概率也不会这样高。因此，这个酷似游戏的领域并不像《反恐精英》那样具有娱乐性。麦家通过人性的扭曲和变异发现了这个游戏的残酷性和悲剧性。于是，以游戏颠覆游戏，是麦家小说最突出的特征。这个颠覆是由人的悲剧命运来实现的。小说中的那个麦家说："如果一个人可以选择自己的命运，坦率说，我不会选择干破译的，因为这是一门孤独的科学，充满了对人性的扭曲和扼杀。"但这个残酷孤独的科学领域，却造就了麦家的小说，并使他名满文坛。真是破译者不幸麦家幸。多年以后,《暗算》成了小说新题材的孵化器,成了荧屏银幕文化产业的发动机。

张炜:丑行或浪漫

《丑行或浪漫》的贡献在于:他不是从一个既定的理念出发,不是决意反驳或背离过去的乡村乌托邦,而是着意于文学本体,使文学在最大的可能性上展示与人相关的性与情。

张炜是书写大地的当代圣手,也是这个时代最后的理想主义作家。在他以往的作品中,乡村乌托邦一直是他挥之不去的精神宿地,对乡村的诗意想象一直是他持久固守的文学观念。这一"张炜的方式"一方面延续了20世纪中国文学的民粹主义传统,一方面也可理解为他对现代性的某种警觉和夸张的抵抗。但是,从《能不忆蜀葵》开始,张炜似乎离开了过去城市与乡村、理想与世俗僵硬的对立立场,而回到了文学的人本主义。

现在我们要谈论的《丑行或浪漫》,是一部典型的人本主义的文本:一个乡村美丽丰饶的女子刘蜜蜡,经历重重磨难,浪迹天涯,最终与青年时代的情人不期而遇。但这不是一个大团圆的故事。在刘蜜蜡漫长苦难的经历中,在她以身体推动情节发展的过程中,我们发现了"历史是一个女人的身体"。刘蜜蜡以自己的身体揭开了"隐藏的历史"。

《丑行或浪漫》对张炜来说是一次空前的超越。尽管此前已有许多作品质疑或颠覆了民粹主义的立场,但《丑行或浪漫》的贡献在于:他不是从一个既定的理念出发,不是决意反驳或背离过去的乡村乌托邦，而是着意于文学本体，使文学在最大的可能性上展示与人相关的性与情。于是，小说就有了刘蜜蜡、雷丁、铜娃和老刘懵，就有了伍爷大河马、老獾和小油焌父子、"高干女"等人。这些人物用"人民""农民""群众"等复数概念已经难以概括，这些复数概念对这不同的人物已经失去了阐释效力。他们同为农民，但在和刘蜜蜡的关系上，特别是在与刘蜜蜡的"身体"的关系上，产生了本质性的差异。因此，小说超越了阶级和身份的划分方式，而是在对女性"身体"欲望的差异上，区分了人性的善与恶。在这个意义上，历史是一个女人的身体。在小说的内部结构上，它是以刘蜜蜡的身体叙事推动情节发展，并敞开了隐秘的历史。

值得注意的是，张炜在这里并没有将刘蜜蜡塑造成一个东方圣母的形象，她不再是一个大地和母亲的载意符号。她只是一个善良、多情、美丽的乡村女人。她可以爱两个男人，也可用施与的方式委身一个破落的光棍汉。这时的张炜自然还是一个理想主义者，但他已不再是一个乌托邦式的理想主义者。他在坚持文学批判性的同时，不只是对城市和现代性的批判，而首先批判的是农民阶级自身存在并难以超越的劣根性和因愚昧而与生俱来的人性之"恶"。对人性内在问题的关注，对性与情连根拔起式的挖掘，显示了张炜理解和创造文学的无限潜力。在2003年的长篇小说创作中，或者说在张炜自己的创作生涯中，将因他的《丑行或浪漫》而写下灿烂辉煌的一笔。

许春樵：放下武器

这个武器是什么呢？就是权力拥有者对权力的无限放大，他们有恃无恐地使用着这个"武器"。

《放下武器》无疑是同类题材作品中一部优秀的长篇小说。这部作品在我看来它的艺术成就可以概括这样几点：

叙述的魅力。作家对郑天良转变的叙述十分耐心。他没有直奔主题。在一般的意义上说，郑天良成为腐败分子，可能是商品经济、社会转型带来的另一种负面效应。但这个逻辑起点是不对的。商品经济或以经济建设为中心，得到了社会各阶层的广泛支持，国家变得更加强大。在全球领域内，中国的经济发展几乎"一枝独秀"。这与改革开放的大政方针是不能分开的。郑天良作为农民出身的干部，开始并不适应改革开放的环境，这与他的小农经济思想，眼光只有酱菜厂那么大有关系。他做了副县长、实验区主任，仍然是一个农民出身的乡长水平。他做的一切都像一个农民，只要结了果实就满足。酱菜厂是一个典型的例子，他的"酱菜厂情结"具有典型的象征意义。他没有改革的视野和思路。一个诚实的农民是不可能和腐败沾边的。但到了"下篇"，他掌握了实际权力之后，变化开始发生了。这个转变是耐人寻味的。这和郑天良出身农民的虚荣、对权力的崇拜有关，在以他为"核心"的场合，他总是有极大的满足感，对控制"局面"和场景兴致盎然。因此"腐败"在《放下武器》这里，与中国农民文化建立起了联系。

对中国现代社会生活复杂性的揭示。郑天良的腐败和腐败的土壤环境是有关的。从某种意义上说，每一个人都有成为腐败分子的可能。

围绕在郑天良身边的人，无论是个体户赵全福、商人万源、基层干部沈一飞还是"双料色情间谍"沈汇丽等，他们是有机会接触郑天良的。但这些人接触郑天良都和他们的利益有关。如果郑天良没有权力为他们带来利益，他们也不会向郑进行金钱和色情行贿。另一方面是权力阶层的复杂。当然小说不是全面反映或表达官场工作状态的实录。但在小说中我们可以发现，没有什么人真正地对国家和百姓负责。一个县的改革和整体设计换一个执政者就会换一个样子。他们都说得头头是道，都有道理，但其间都隐含着个人的目的。或是换取政治资本，或捞取个人好处。在这一点上黄以恒、郑天良并没有本质区别。他们对权力的理解也大致相同。黄和梁书记的关系，郑和叶书记的关系，是他们执政的理由和资源。于是，小说以形象的方式提出了一个我们长期议论的政治改革的尖锐话题：究竟谁来监督执政者？因此，一个腐败分子与他的出身没有关系，与他掌握了权力也没有关系，郑天良掌权很久，并不是一有权力就一定腐败，他还有抵制的起码愿望。有关的是没有谁来监督权力。黄以恒个人在这场权力角逐中似乎胜利了，但对于中国的前途、国家的命运来说，我们仍然忧愤并且担忧。那么，小说要求"放下武器"，这个武器是什么呢？就是权力拥有者对权力的无限放大，他们有恃无恐地使用着这个"武器"。我对作者的胆识和艺术才能深表钦佩。他的"官场"小说在表达现实的同时走进了历史，因此是一部有历史感的好作品。

在结构上，小说充满了悬念，上篇每一章的结尾几乎都要提到郑天良被枪毙。这个具有刺激性的提示始终让读者感到兴奋。至于郑天良真的被枪毙了，真相大白了，读者也就释然了。沈汇丽这个人物的设计也非常有匠心，她非常像一个"双料间谍"，既服务于黄以恒，也服务于郑天良。她究竟属于谁已经不重要，重要的是一个漂亮的女性总是逃不脱权力牺牲品的命运。这个人物不令人同情，但作为女性则是令人同情的。当然也包括出污泥而不染的王月玲。

我略感不满的是"叙述者"的设定。这个叙述者的主要对话者是书商姚遥。其他的采访或叙录都是"潜对话者"。没有这个形式，郑天良同样可以叙述出来。书商要求叙述者写成一个淫乱作品，被作者拒绝了。其实这个叙述者和传统小说的"说书人"有极大的相似性。没有这个设定的叙述者，我觉得小说更简洁。因为郑天良的问题或者腐败分子的问题从来就不仅仅是一个道德问题。叙述者对书商的抵制并没有太大的意义。

王家达：所谓作家

小说在结构和叙述上是特别值得关注的。虽然作家试图在探讨和叩问这个群体的命运和问题，它的庄重性是不容置疑的，但在篇章结构上又袭用了传统的章回体形式，以一种亦庄亦谐轻松的笔触生动地叙述了人物和故事，故事情节的丝丝入扣和人物命运的跌宕起伏，使我们明确感知了作家对中国传统小说技巧的吸纳和继承。

在商品社会里，作家的光环正渐次褪去。这一现象的出现，不只源于社会价值观念的深刻变化，同时也与历史赋予作家的某种"神秘"和荣誉有关。但当价值观念发生变化和作家的"解秘"过程业已实现之后，作家便不再是原来想象的作家。王家达的《所谓作家》也正是在这样的背景下产生的一部奇异的小说。应该说这是一部非常好看的小说，围绕作家胡然产生的一系列悲喜剧，不仅生动地描述了作家群体在这个时代尴尬的命运，塑造了性格迥异的作家形象，而且以苍凉、悲婉的基调为这个群体壮写了一曲最后的挽歌。胡然、野风等短暂的生涯，以及他们或与风尘女子为伍、或用"文学权力"获得生命欢乐的满足与失意，事实上还都没有超出当下世风或消费主义的深刻影响，作家光环的褪落或者将作家还原为世俗世界的普通人，以及他们在"高雅"面纱掩盖下的心灵世界，彻底摧毁了作家现实生活与精神世界的最后一道防线。而围绕一篇文章构成的古城事件和作家们的最后命运和归宿，也似乎成了这个时代没落知识分子群体的缩影。

小说在结构和叙述上是特别值得关注的。虽然作家试图在探讨和叩问这个群体的命运和问题，它的庄重性是不容置疑的，但在篇章结构上又袭用了传统的章回体形式，以一种亦庄亦谐轻松的笔触生动地叙述了人物和故事，故事情节的丝丝入扣和人物命运的跌宕起伏，使我们明确感知了作家对中国传统小说技巧的吸纳和继承。这一现象在当代小说创作中已经是凤毛麟角，普遍的看法是，在西方强势文化那里，或者只有在卡尔维诺、博尔赫斯这些西方大师那里才能获得新的灵感，中国传统小说连同它的技巧，已经不做宣告地判为死亡。然而事情确实并不这样简单。我在《所谓作家》这里不仅看到了王家达对传统小说技法的尊重和继承，而且感到了一种久违的新奇和亲切。这时我才敢于放言：传统并没有死亡，而且也不会死亡。它总会以我们可以感知的方式默默但又顽强地流淌。

但我不得不指出的是，小说有太多的《废都》的印痕，比如胡然和田珍、章桂英、杨小霞、沈萍四个女人的关系、比如古城艺术界的"四大名旦"以及渗透于古城每一个角落的文化和生活气息，都使人如再次重临"废都"一样。另一方面，小说也有概念化的问题，比如对见利忘义、水性杨花的女性的刻画，无论是性爱场面还是移情别恋，还只限于社会对类型化女性的一般理解，还没有上升到人物性格的层面，而对农村妇女田珍的始乱终弃和最后重修旧好，也示喻了一个知识分子与人民和土地的寓言，在这一点上，作家仍没有超越20世纪以来激进主义的思想潮流。这是小说的遗憾。但即便如此，我仍然觉得这是我近期读到的最有文学性的一部长篇小说，是一部值得批评并会引发对当下文学创作和批评重大问题讨论的一部作品。

王梓夫：漕运码头

与坊间流行的明清小说或影视作品不同的是，《漕运码头》没有集中虚构和想象宫廷奇观，而是将笔墨投向人物的塑造上。

明清两代的帝王小说或影视作品，是近年来文化市场战无不胜的"拳头产品"，这些作品为什么会在大众文化市场上受到欢迎？是民族性、是戏说、是窥视帝王生活的欲望，还是纯粹的娱乐，大概至今还没有被说清楚，可能也没有必要说清楚。大众文化作为消费文化，没有也不必要负载更多的意识形态内容。但这一现象却引发了"历史文化"消费的热潮，正史野史想象虚构布满了荧屏和书摊。在这种情况下，王梓夫的《漕运码头》大概有些"生不逢时"，或者说，如果不认真阅读，这部小说很可能混杂在明清消费文化的汪洋大海之中。但《漕运码头》确实是一部严肃的、有追求的、有文学价值的小说。

小说从道光皇帝整顿漕运流弊、爱新觉罗·铁麟临危受命接任仓场总督写起，写他置身于另一个权力旋涡之后，引出了无数个惊心动魄的故事情节和各色人物。这是一部写人物和故事的小说。铁麟是宗室贵族，权高位重，但他也是一位励精图治忠于朝廷的命臣。他到了漕运码头通州之后，才体悟到漕运流弊之严重。于是围绕整顿漕运展开了一场在阴谋密布中的复杂斗争。漕运营造流弊已久，牵扯到的人物无一不与利益相关，甚至不惜为利益引发命案，官场腐败可见一斑。铁麟虽然小心谨慎一身正气，但在地方势力与朝廷大员勾结的情况下，漕运流弊并未因铁麟的存在而革除。最后在铁麟进退维谷、身处两难的时候，却意外地得到了升迁，但就革除漕运流弊的这场斗争中，他显然是个失败者。这个有趣的结局没有遮蔽大清帝国由盛而衰的历史趋势，而是在不做宣告中预示和隐含了帝国时代的终结。

与坊间流行的明清小说或影视作品不同的是，《漕运码头》没有集中虚构和想象宫廷奇观，而是将笔墨投向人物的塑造上。铁麟是个清官，但他50多岁仍不能"断奶"，他有过无数的奶妈，从幼时起的孙嬷嬷一直到樊小篦、韩小月，他对乳汁和乳房的兴趣，可以有许多阐释。但有一点可以肯定的是，王孙贵族与平民百姓终归是不同的，尽管他是一位有抱负的命臣。此外，控制漕运码头通州各方势力的人物韩克镛、夏雨轩、陈天伦、许良年、金汝林、金简以及烟花女子，百姓下人如唐大姑、妞妞、冬梅、林满帆、冯寡妇等，都跃然纸上充满个性。小说对160多年前通州风土人情、勾栏瓦舍的生动描绘，对底层百姓生活和内心世界的准确把握和悲悯情怀，都显示了作家非凡的艺术功力。其间穿插的林则徐先禁烟后遭贬，革职发配途中治黄，龚自珍厌倦官场通州辞行等，都有效地增强了小说的历史真实感。由于作家是著名的话剧编剧，因此小说中也不免有一些戏剧性的因素和情节，这从另一个方面增强了小说的可读性和悬念感。因此，《漕运码头》可以说是近年来出版的最优秀的历史小说之一。

董立勃：白豆

《白豆》的写作，使我们重新想起了十八、十九世纪批判现实主义的文学传统，想起了文学是人学的古老命题。无论社会、时代发生怎样的变化，人性的本质是不会变化的。

《白豆》的人物和故事，重新激活了发生在"下野地"那段已经终结的历史。但是，作家董立勃复活白豆和白豆周边的人物，显然不是出于怀旧的诉求，或者说，任何历史的书写都直接或间接地与现实有关。"下野地"这个虚构的边陲故地和它发生的一切，并没有从历史的记忆中抹去，当它被重新书写之后，起码有两方面的意义值得我们注意：一是对当下时尚化写作的某种反拨，一是对人的欲望、暴力、权力的揭露与申控。因此，《白豆》是在都市白领文化覆盖文化市场，成功人士招摇过市的时代的一曲边塞悲歌，是维护弱势群体尊严和正当人性要求的悲凉证词，是重新张扬人本主义的当代绝唱。

《白豆》的场景是在空旷贫瘠的"下野地"，那里远离都市，没有灯红酒绿甚至没有任何消费场所：人物是农工和被干部挑了几遍剩下的年轻女人。男人粗陋、女人平常，精神和物质一无所有是"下野地"人物的普遍特征。无论在任何时代，他们都是地道的边缘和弱势人群。主人公白豆因为不出众、不漂亮，便宿命般地被安排在这个群体中。男女比例失调，不出众的白豆也有追逐者。白豆的命运就在追逐者的搏斗中一波三折。值得注意的是，白豆在个人婚恋过程中，始终是个被动者，一方面与她的经历、出身、文化背景有关，一方面与男性强势力量的控制有关。白豆有了自主要求，是在她经历了几个不同的男人之后才觉醒的。但是，白豆的婚恋和恋人胡铁的悲剧，始终处在一种权力关系之中。在《白豆》里，权力与支配关系是决定人的命运的本质关系。小说揭示的这种关系，在现实社会中并没有消逝或者缓解。

但是，如果把白豆、胡铁的悲剧仅仅理解为权力与支配关系是不够的。事实上，民间暴力是权力的合谋者。如果没有杨来顺图谋已久的"匿名"强奸，如果没有杨来顺欲擒故纵富于心计的阴谋，白豆和胡铁的悲剧同样不能发生，或者不至于这样惨烈。因此，在《白豆》的故事里，无论权力还是暴力，都是人性"恶"的表现形式。权力、暴力如果联结着人的欲望，它就会以支配和毁灭的形式诉诸同样的目的：为了满足个体"恶"的欲望，就会制造善和美的悲剧。

《白豆》的写作，使我们重新想起了十八、十九世纪批判现实主义的文学传统，想起了文学是人学的古老命题。无论社会、时代发生怎样的变化，人性的本质是不会变化的。在反对本质主义判断的同时，对人性不能没有价值判断。《白豆》在延续了关怀人性这一传统的同时，也对文学的悲剧力量给予了新的肯定。在很长一段时间里文学总是感到缺乏力量，这与悲剧文学的缺失是有关的。作家董立勃在这一方面的努力，将会唤起文学对悲剧新的理解和认识，旧的美学原则仍然会焕发出新的活力。

薛燕平：我的柔情你不懂

《我的柔情你不懂》所叙述的群体，已经不是修齐治平、心怀天下或者创造精神财富和探求真理的知识分子。这个群体最多是一个"知识者"群体，或者用时髦的话说叫作"知道分子"群体。所以小说呈现的是"知识者"在当下社会生活切近的人生风景。

　　近年来，以"知识分子"为题材的长篇小说虽然还难以主打文化市场，但在文学读者和批评界那里还是分外抢眼。这种文学现象的出现不仅与作家对这一群体的熟悉相关，同时在新的文化语境中也与这个群体的心理环境和生存处境的巨大变动有关。现代中国以知识分子为题材的长篇小说，大概有两种不同的表现方式：一种是钱锺书"调侃戏说"式的《围城》，一种是路翎"灵魂拷问"式的《财主的儿女们》。进入当代中国之后，《围城》的传统不复存在，路翎的传统也不复存在。偶然出现的知识分子题材，也是歌颂追随的"青春之歌"，身份的置换远比知识分子的精神矛盾和心理苦痛更值得关注。80年代，知识分子题材小说遍地开花，但离开了具体的语境之后，更多看到的可能还是自恋或自虐，那种雷同的精神和价值取向，本身就与知识分子的独立精神不沾边。有趣的是90年代以后同类题材的小说，大概自《废都》始，这一群体对时代环境的变化表现出的惊恐或慌乱，镇定或狂欢，魂不守舍或恰逢其时，六神无主或得过且过，各色人等轮番粉墨登场。这时我们可能突然发现，知识分子之死的时代真的不期而遇了。

　　薛燕平的长篇小说《我的柔情你不懂》，似乎是以"知识分子"为题材的长篇小说。她写了一个出版社的知识群体，以及这个群体同社会各色人等的关系，写了上级表面的跋扈和私下的卑微，也写了下级表面的谦卑和私下的怨恨；这里存在的等级关系和每个人具体的生存和心理景况，以及随处可见的家庭婚姻危机，已经与红尘滚滚的世俗世界没有区别。因此，《我的柔情你不懂》所叙述的群体，已经不是修齐治平、心怀天下或者创造精神财富和探求真理的知识分子。这个群体最多是一个"知识者"群体，或者用时髦的话说叫作"知道分子"群体。所以小说呈现的是"知识者"与当下社会生活切近的人生风景。

日本大批评家柄谷行人发现了日本现代文学的"风景"，他通过"风景"考察了日本现代文学的构建过程。他在这种通常认为的景物、景致描写中发现了其间隐含的与日本现代性相关的问题。《我的柔情你不懂》中的风景，不是名胜和自然，而是一种人生"风景"。作家薛燕平描述或呈现的这个"风景"，事实上同样触及了中国现代性的问题。或者说，20世纪以来以启蒙为己任的知识分子，一直在呼唤中国的现代化，一直在呼唤国富民强，建设一个强大的现代民族国家是一个世纪绵延不绝的梦想。但是，有趣的是，现代化并没有以想象的方式出现，当它部分地来临的时候，首先感到困惑的是这个呼唤现代化的群体：与物质世界变得丰饶相伴相随的，还有欲望世界迅猛的崛起，他们不得不与魔共舞，不得不"半魔半佛"地混迹于世俗社会。但是，历史的合目的性发展就是这样不以知识分子的想象为转移，历史的进步总是和代价共生。

毕淑敏：拯救乳房

《拯救乳房》不同的是，它不是我们惯常见到的心理小说，它是以"心理疗治"为题材的小说。这一题材在我的阅读经验中还是第一次读到，它给人以强烈的新鲜感。

《拯救乳房》大概是国内第一部标示为心理治疗的小说作品，也是第一部标示心理学家写作的长篇小说。在小说的前面，已经有三位著名的心理学家对作品做出了评价，既然是心理治疗小说，又有心理学家的评价，批评家对它的评价就显得微不足道。但是这毕竟是一部文学作品，而不是心理治疗的专著。从这个意义上说，批评家似乎还存有话语空间，特别是经历了"非典"之后，乳房的疾病与心理恐惧的疾病也有相似之处。因此，谈论《拯救乳房》不仅是文学批评活动，同时也与现实有关。

人类对死亡的恐惧，是因为死亡的不可避免和无力改变，不可避免的事物恰恰是人们有意识回避的事物。癌症被认为是人类的不治之症，这个令人类绝望的病症在某种意义上就成为一种"禁忌"，不敢面对它是许多人内心的一个"死结"。程远青博士招募的乳癌患者，无论有怎样的经历、教育背景，开始时几乎没有人坦然地承认自己患了癌症。而不敢面对的背后恰恰是心照不宣的心理负担。这种负担强化和加重了病情的发展。程博士的工作就是疗治这一"心理疾病"，他要让所有患病者敢于面对病魔，在减轻心理负荷的情况下，最大限度上"正常的"病人生活。事实上，任何一个患病的人，其心理疾病远不只是不敢于承认意味着"死刑"的癌症诊断，每个人的背后还隐藏着更多的鲜为人知的私密的"心理故事"。

文学是关乎人类精神和心理的领域，人性不只和外部的物质世界发生关联，它更和人的内心世界有关。《拯救乳房》不同的是，它不是我们惯常见到的心理小说，它是以"心理疗治"为题材的小说。这一题材在我的阅读经验中还是第一次读到，它给人以强烈的新鲜感。但作品不是在展示一个鲜为人知的奇观，而是在一个特殊的题材中揭示了癌症与心理、与社会问题的关系。小说中的癌症患者几乎都有心理问题，这些心理问题无一不关系着社会问题。心理治疗在这个意义上就不仅仅是针对癌症患者的，小说隐含的深广内容显然更在于人与人之间的善待和关爱。善待和关爱才是解除人心理疾患的一剂良药和最后拯救者。

小说有一种隐隐的不满足感。这一不满足显然来自"心理治疗小说"的概念，这个概念像一个隐形之手无处不在地控制着作家的写作，似乎心理问题是解决疾病的主要矛盾，这一矛盾化解其他问题便指日可待，我对这一处理的合理性感到怀疑。另一方面，社会问题作为心理问题的延伸，在小说中也多感牵强。这可能是《拯救乳房》文学性尚有欠缺的原因之一。

林白：万物花开

林白小说的变化却成了她的常态。从《说吧，房间》到《玻璃虫》再到《万物花开》，林白似乎是在飞翔中写作，她独行侠般的天马行空如影随形，带给我们的却是意想不到的阅读效果。

林白的小说除了个别的几篇之外，都引发过激烈的争论。争论就意味着不同看法的存在。争论对作家而言是一件幸事，起码他的作品被认真地对待过。但争论也为作家带来苦恼，那些莫衷一是的分歧他将如何处理和对待？林白显然是一个久经争论历练的"老江湖"了，近十年的时间她曾几经文坛波峰浪谷，各处险要已谙熟于心，但最要紧的大概就是"你打你的，我打我的"。于是，林白小说的变化却成了她的常态。从《说吧，房间》到《玻璃虫》再到《万物花开》，林白似乎是在飞翔中写作，她独行侠般的天马行空如影随形，带给我们的却是意想不到的阅读效果。

《万物花开》和她此前的作品相比，是一部变化极大的作品。这里没有了《说吧，房间》的现实主义风格，也没有了《玻璃虫》亦真亦幻的写实加虚构。这部小说的主体是一部怪异甚至是荒诞、完全虚构的作品。小说的人物也由过去我们熟悉的"古怪、神秘、歇斯底里、自怨自艾，也性感，也优雅，也魅惑"的女人变成了一个脑袋里长着五个瘤子的古怪男孩。窗帘掩映的女性故事或只在私密领域上映的风花雪月，在这里置换为一个愚顽、奇观似的生活片段，像碎片一样拼贴成一幅古怪的画图。瘤子大头既是一个被述对象，也是一个奇观的当事人和窥视者。王榨这个地方似乎是一个地老天荒的处所，在瘤子大头不连贯的叙述中勉强模糊地呈现出来。我们逐渐接触了那些只会说出人的本能要求的各式人物，他们是杀猪的人，是制造土铳的人，是没有被命名的在荒芜中杂乱生长出的人物。这些人物在原初的生活场景中或是粗俗地打情骂俏，或是人与兽共舞。那些难以理喻毫无意义的生活在他们那里兴致盎然地过着。人的最原初的要求在这里成为最高正义甚至是神话，他们的语言、行为方式乃至兴奋的焦点无不与这个要求发生关联，它既是出发点也是归宿。这个类似飞翔的写作，没有为我们提供一个完整的故事，也没有一条清晰可辨的情节线索，它留给我们的恰似散落一地不能收复的石玉相间的珠串。

有趣的是，小说附录有"妇女闲聊录"及"补遗"。这个"闲聊录"以"仿真"的形式记录了王榨发生的真实事件。所谓事件同样是一些琐屑得不能再琐屑的生活片段，同样是细微得不能再细微的日常符号。但在小说中却有了"互文"的作用：正文发生的一切，在"闲聊"中获得了印证，王榨的人原本就是这样生活的。在我看来，这是林白一次有意的艺术实验和冒险。她与众不同的艺术追求需要走出常规，需要再次挑战人们的想象力和艺术感受力。在这种挑战中她获得的是飞翔和独来独往的快感，是观赏万物花开的虚拟实践。但我坦率地说，就我个人的趣味而言，我还是欣赏林白前期的作品，那里的尖锐、勇敢地面对现实而不是天马行空的艺术想象，可能更需要艺术勇气和胆识。飞翔是自由的，但它是否也意味着对现实的某种回避或逃离呢？

叶兆言：我们的心多么顽固

在叶兆言这里，他改写了有关知青生活的历史叙事。他将知青生活以及他们的历史，在日常生活中展开，他有意回避或者说有意剥离了漂浮于生活表面的意识形态，而是深入到生活的细部，探究支配人的内在力量究竟是什么。

《我们的心多么顽固》不是一部扬善惩恶的小说，也不是一部表达因果报应的小说。这是一部解读人的心灵秘史的小说，是写人的风流史和忏悔录的小说，是写人的原始欲望被压抑和无限膨胀过程的小说，当然也是一部欲望和爱意相互纠缠彼此消长的小说。叶兆言以他对人性的深刻理解，从一个侧面揭示了生命内在的支配力量，在彰显自然人本主义，在暴力、性的背后，隐含了他对世道人心、人情冷暖变化的细微体察。他在书写日常生活的微妙以及放纵、宽容的同时，也表达了他对人的情感、精神等形而上领域的某种深刻思考和诗意眷恋。

这也可以称作是一部书写知青这一代人历史的小说。不同的是，知青这一代人的生活在想象中获得了真实性的重构。此前的知青小说，大多与"宏大叙事"相关，似乎知青这一代生来就是造就和承担历史的。当然这一历史幻觉和知青一代生活的具体情境有关，如果还原于那个时代的具体情境，它们当然有时代的合理性。然而，在叶兆言这里，他改写了有关知青生活的历史叙事。他将知青生活以及他们的历史，在日常生活中展开，他有意回避或者说有意剥离了漂浮于生活表面的意识形态，而是深入到生活的细部，探究支配人的内在力量究竟是什么。

小说的主角蔡学民——也就是老四或后来的四爷，在知青岁月几乎无所作为，他对异性的盎然兴致也与我们惯常见到的知青形象相去甚远。他从下乡的路上开始，在朦胧的潜意识的支配下，眼光就兴奋快乐地落在异性的身上，他没有离开城市的沮丧和痛苦。他和情人——后来的妻子薛丽妍或者阿妍，从一开始的相互吸引，就建立在情欲的基础上，他们的生活历程中的欢乐痛苦，也无不与人的情欲紧密地联系在一起。这个情欲似乎和不断书写的至死不渝的爱情和忠诚无关，有关的是人对欲望的无限要求和肆意的放纵。即便在知青时代，放纵的条件极端有限的情况下，情欲之花仍旧悄然开放。老四和谢静文的第一次偷情，以及谢静文拒绝与老四建立爱情和婚姻关系，从一个方面透露了人的情欲的旺盛和蓬勃。禁忌只是表达了那个时代的道德意识形态，但对具体的人来说，情欲的要求不可能得到真正的平息。无论是宗教还是革命，在压抑情欲的同时，也从一个方面膨胀和激励了情欲的冒险想象。

阿妍在小说中几乎被塑造成一个东方圣母，她爱老四，甚至亲自去医院帮助丁香处理了产下的胎儿。但老四不思悔改，就在老四肆无忌惮地与他的女打工者快意恩仇的时候，阿妍无声地消失了。我们曾为她忧心忡忡深怀不平。然而，这时却意想不到地出现了一个干儿子余宇强。阿妍和干儿子的这份"孽缘"是否合理已经不重要，重要的是，当妻子红杏出墙遭遇了老四的肆意放纵将会怎样。我觉得这是小说最重要的一个关节，因为小说在这里才显示了它的极端化。这个极端化的遭遇，不仅要表达作家和小说的观念，同时也是作家如何处理化险为夷的紧要处。这时叙事者和阿妍发出了如下议论：

人都想放纵一下，放纵是人的一种本能，放纵会有很多意想不到的乐趣。阿妍显然尝到了放纵的甜头，但是她似乎更知道克制的重要。阿妍说，是人就必须有所克制，是人就必须克制自己的欲望，她觉得我们的问题是不知道如何克制，我们都出了轨，都放纵了自己的欲望。人的心永远是顽固的，放纵固然让人心旷神怡，甚至会产生巨大的快乐，但是，放纵同样也会产生很严重的后果。

这段议论缓解了小说的内在紧张，开始变得舒缓起来。这种缓解为后来的诗意抒发构造了合理性的基础。人的行为还是要和道德建立联系，还是要原谅、宽容、善意地处理哪怕是最亲密的关系。我惊异叶兆言从容的叙述，在这个红尘滚滚的时代，这个故事很容易滑向始乱终弃的原型，但在叶兆言这里，却出现了一个诗意盎然又不乏感伤的结局：老四和阿妍尽释前嫌、和好如初，依然相依为命。这个结局表达了作家更为人性的处理方式，人有人的弱点，但人不能以恶报恶、以怨报怨。他在揭示人性弱点的同时，也揭示了人性的包容性和忏悔性。在这点上，显示了作为作家的叶兆言，在揭示人的迷狂欲望的同时，内心所拥有的温暖、爱意和诚挚的悲悯：他与众不同。

然而，读罢这部小说，心还是顿时紧缩起来：知青一代就像一个远去的苍凉的手势，就这么过来也就将要这么过去了。

张朴：轻轻的，我走了

这显然是一个悲惨的人生之旅，是一个彻底失败的文化认同过程，因此，这个故事也就具有某种中西方文化关系的寓言性质。

　　张朴的长篇小说《轻轻的，我走了》，大致可以置于留学生文学的范畴内来谈论，如果这个指认能够成立的话，那么，我可以肯定的说，张朴的小说为我们提供了此前不曾有过的阅读经验。在我的印象中，留学生文学大致始于五四前夕的《留东外史》，这部章回体的虚构文字，最多也就提供了些许"他者"眼中的"东洋景"；现代文学史上最著名的应该是郁达夫的《沉沦》，主人公满足了欲望宣泄之后再呼唤祖国的强大；台湾於梨华的《又见棕榈，又见棕榈》，抒发了"无根"一代的苦闷；80年代查建英的《丛林下的冰河》，表达了第三世界知识分子游离于两个世界边缘的矛盾和犹疑；90年代留学生文学曾掀起过热潮，但它的商业性要远远大于文学性；郁秀因为年轻，《太阳鸟》只写出了受宠爱一代的异国快乐生活。在这些留学生文学中，最动人的部分，是身置异国的主人公们精神上的苦痛，他们的屈辱、矛盾、犹疑乃至不可化解的乡愁，还漂浮于具体生存的层面之上，他们的危机和困境更多的还属于意义世界的范畴。

　　《轻轻的，我走了》，是一个远要复杂的小说文本。主人公忆摩，不仅命名与毕业于康桥的徐志摩同学有关，而且硕士论文研究的内容也与这位因写了《再别康桥》而成名的诗人有关。但忆摩的处境与徐志摩的浪漫几乎是天壤之别，甚至也与早年她父亲读康桥的景况大不相同。忆摩在伦敦最刻骨铭心的遭遇，大概非"身份不明"莫属。在极短的时间里，忆摩忙碌的唯一一件事，大概就是寻夫嫁人，她几乎阅尽"伦敦春色"，从自己的导师、律师一直到肮脏的油漆工人，无论是他人介绍还是被强行"劫持"，她遭遇到的不是被欺骗就是被侮辱，所到之处屡试不爽，忆摩最终还是孤独地回到了只有自己的小屋。她试图通过嫁人获得合法性的身份，定居之后再接儿子出国的梦想彻底幻灭了。

这显然是一个悲惨的人生之旅，是一个彻底失败的文化认同过程，因此，这个故事也就具有某种中西方文化关系的寓言性质。

忆摩的苦痛源于故乡，先是丈夫背叛了她，她出国起码有一半的原因是为了疗治婚姻的创伤；而后是儿子患了绝症。或者说，这个情节示喻了在故乡她既没有过去也失去了未来。情人的一声召唤便急不可待地来到了伦敦，情人不仅是情感上的联系，同时也是一种文化的互相认同。但一个虽然浪漫却穷困潦倒的画家，不仅没有能力医治儿子的绝症，甚至自己的生计都是问题。他洋洋自得的一个构思遭到了一钱不值的拒绝，而且拒绝他的竟然是一个中国老板。这个致命的挫折更是文化意义上的失败。忆摩的不辞而别不具有充分的理由，她显然是出于一种更现实的考虑。但"嫁人才能定居"的公式在忆摩这里并没有兑现。从导师到油漆工人，无论忆摩倾心还是厌恶，事实上她只是一个来自东方的美人，是一个欲望的对象。

忆摩的角色始终是一个被动的角色，她被介绍给不同的"他者"，但无论是彬彬有礼的英国绅士，还是丑陋不堪的底层工人，忆摩永远没有"自主权利"。在英国绅士兼导师那里，她只得到了半推半就一夜情的短暂快乐，而在婚姻介绍所被"编号"推出之后，她理所当然地当成了性对象。这个被动的角色，隐喻了中西文化的冲突，忆摩就在碰撞的夹缝之中，她的不认同和不被认同，事实上正是两种文化难以融合的寓言。因此，忆摩试图在西方获得幸福或疗治东方创痛的期许，换得的只是康桥噩梦。故事的结局更加惨不忍睹，一个期待融入西方社会的青年仍然孑然一身，而且故土又传来了更加不幸的消息。这个悲惨的结局以及小说本身提出的问题，恰恰是文化研究最核心的问题，即身份、性别、种族的问题：忆摩是来自第三世界的留学生、女性、非白色人种。在强势文化支配世界的今日，忆摩噩梦般的结果几乎就是宿命性的。也正是在这个意义上，反对文化霸权的侵入和统治，才成为弱势文化和边缘群体的主题词。《轻轻的，我走了》，以小说的形式深刻地表达了今日世界的文化矛盾，也深刻地表达了在霸权文化宰制下弱势文化面对的现代性问题，因此，它的意义也就远远地超出了文学的范畴。

顾晓阳：收费风景区

欲望是要付出代价的，这个代价不只是金钱，它还是人的精神、心理乃至人生的前景。因此《收费风景区》既是一部风流史，也是一部忏悔录。

当我们置身于普通人日常生活中的时候，对生活的大变动并没有惊心动魄的感知，一切都平淡如水、波澜不惊。但是在顾晓阳的《收费风景区》中，我们不能不震惊于转型极限时代生活的巨变，这一变化不只是社会资源分配的变化或新阶层的形成，更重要的是生活方式和价值观念的变化为欲望膨胀提供的机缘，以及给当事者造成的心理负荷及残缺。我们发现，狂欢的时代如期而至，喧嚣都市的每一个角落都被欲望所充斥，但欲望是要付出代价的，这个代价不只是金钱，它还是人的精神、心理乃至人生的前景。因此《收费风景区》既是一部风流史，也是一部忏悔录。

"海归"学人史辉成了美国一家公司驻北京的买办，这个"跨国资本"的身份为史辉欲望的释放提供了多重帮助：一方面，为女性的欲望和想象带来了可能，首先，他是个"有教养的人"，虽然他的真实身份仍然是个"博士候选人"，但史辉回国后已经将"候选人"删除了；他是一个"老板"，在这个时代金钱是价值最重要的尺度之一；他是一个"有趣味的人"，对有教育背景的女性来说这一点很重要。史辉这个时候不仅是一个具体的人，而且他还是这个时代女性欲望的理想符码。因此欲望在这个时代从来就是男女两性双边共同构成的。于是，史辉不仅拥有了漂亮的妻子唐玲玲，而且迅速地拥有了书丽红和陆霞：这是两个风格迥异的现代都市女性，不论她们有什么样的性格差异，有一点是共同的，那就是性感和风情万种，她们同样也是史辉最理想的欲望对象。史辉如愿地得到或者说占有了她们，但女性的"风景"绝不是免费的午餐，事实上，当史辉享受着欲望满足的快感的同时，他尚未支付的代价已经注定。书丽红要嫁给他，陆当然也要嫁给他，但当史辉希望"迅速撤退"的时候，他应当承受的一切也适时地降临了。

我们惊异于书丽红的手段和强悍，她不仅雇佣了前夫充当"私人侦探"，拍录了史辉与陆霞的私密和亲密接触，而且她不能实现个人意愿的时候，她还可以从容地找到史辉的妻子唐玲玲倾诉，两个人居然平静地面对了这件事。当然，史辉的后果从此便可想而知。应该说书丽红对史辉的欲望或占有，与情感领域还有些关系。陆霞对史辉的占有就是纯粹物资性的了，她精明的算计和对身份的改写或者说隐瞒，使她从出场到消失都给人一种阴谋感，但史辉即便在最落魄的时候仍然对她情深似海、绵绵不绝，男人的不可思议由此可见一斑。史辉为自己的欲望付出了人生的代价，没有了家庭，没有了前景。当然三个女性也并没有因此获得幸福，她们的代价仍然是令人同情。

应该说，这是一部非常好看的小说，它具有大众文化或消费文化的所有要素，当然最重要的还是对男性欲望汪洋恣肆的铺陈和书写，对男性面对女性的欲望被戳穿后的手足无措、惊慌错乱的真实描绘。当然，这个小说也可以理解为向"妻子"致敬的文本，在小说中唐玲玲的无辜、无助和史辉的虚伪、不真实形成了鲜明的反差。因此，小说也可以理解为是一个虚构男性情天恨海的风流史，也是一个男性在欲望无边时代的忏悔录。

雪漠：猎原

　　小说对男女性爱的描写，与当下流行的男欢女爱大异其趣，他们大胆而不猥琐，直露但不下流，即便是调情，也健康智慧。

　　雪漠的小说我并不陌生，2001年，曾经读到过他的《大漠祭》。这部作品对西部农民生活原生状态的书写，给我留下了深刻的印象。在红尘万丈的今天，雪漠能以那样遒劲的笔触书写西部农民，应该说是一个奇迹。《大漠祭》后来获得的荣誉证实了这一点。《猎原》从某种意义上延续了《大漠祭》的风格，它仍以没有修饰的、天然的、原生的方式书写和处理了西部农牧民的现实生活。时代的迁动在辽远的西部并没有即时地留下深刻的烙印，孟八爷、猛子、豁子和他的女人以及众多的农牧民，就生活在黄沙蔽日、缺少水源、与狼共舞的日子里。艰难的岁月锤炼了西部普通人豁达、健康和达观的性格。这是一个不述说苦难的人群，是一个直面苦难又乐观生活的人群。豁子的女人是小说塑造的最有光彩的人物，她是一个没有被命名的女人，是一个被拐骗的女人，但在大漠中与豁子构成的平静生活，使她不再有更高的奢望，她多情重义、豪爽智慧、欲望充沛、敢爱敢恨，但在最关键的时候，在豁子危在旦夕的时候，她表现出了一个女人的所有的人性光彩。在她看来，人比一切都重要。金钱、水井都不能换取那个"一无是处"的老豁子。孟八爷似乎是大漠上或猪肚井的灵魂，但小说事实上是围绕着这个江湖"女人"展开的，她才是小说真正的核心和魂灵。无论猛子、豁子这些重要的人物，离开了这个女人几乎就无所作为。一个没有被命名过的女人在小说中又处于绝对的中心地位，这个处理或安排显然是意味深长的。

小说对男女性爱的描写，与当下流行的男欢女爱大异其趣，他们大胆而不猥琐，直露但不下流，即便是调情，也健康智慧。猛子和豁子女人也有"一夜情"，但那是情之所至，并不打算做第三者拆散豁子家庭。而最动人的情爱书写，是黑羔子和拉姆的少年之恋，憨厚的黑羔子和纯情的拉姆是大漠的天籁之音，他们之间是人间最动人的少男少女的爱情。因此，《猎原》所捕捉到的大漠气息和大漠风情，不在于小说如何逼真地描绘了大漠的地貌或前现代的荒漠，不在于他们的生活和现代的距离如何遥远。在我看来，最重要的还是作家以最直觉、直接和原生的方式，描绘了西部的人际关系。这种质朴、坚韧、粗犷、达观和多情重义是所谓"现代"生活永远消失了的。现代生活的柔软也软化了人的精神和意志，优越的生活也变得复杂而无聊。这些，我们在都市小说、"官场"小说中已经耳熟能详了。也正因为如此，我们在雪漠创造的另一个世界里，体验了别一种生活和人生。这一体验，就像又听到了来自遥远、苍茫边塞的一曲《凉州词》：它悠长悲壮又充满了英雄气。

这部小说值得夸耀的，还有文字的厚道。这个厚道指的是文字的简洁凝练，它不是注水或充气的文字。雪漠下笔遒劲有力但不雕琢，他对文字的讲究是近年来不多见的。除了对人物刻画的功力，雪漠对大漠、沙丘、沙山、沙包、沙纹、沙海、沙窝、沙壁、沙坡、沙漩、沙浪以及"海子"、野鸭、沙鸡等大漠风光的描写，都是相当优美的文字。读当下的小说，已经很少读到景物描写了。事实上，景物描写不仅验证着一个作家的文字能力，而且，按照柄谷行人的说法，"风景"是有意义的，它同样是一种"意识形态"。在这个意义上，雪漠应该还是一个古典的现实主义作家，他的情怀里，还涌动着理想主义和英雄主义的遗风流韵。

王刚：英格力士

　　一个属于未来的主人选择了属于未来的文化，在两种文化矛盾冲突的时代，他们都必须付出代价。

　　《英格力士》大概是自铁凝的《没有纽扣的红衬衫》之后，最具冲击力的集中书写中学生"问题"的小说，是第一次以"过来人"的身份言说特殊年代中学生活和心理经验的小说。如果说《没有纽扣的红衬衫》还仅仅限于代际观念冲突的话，展示的还仅仅是那个时代青少年个性意识萌发觉醒的话，那么，《英格力士》则以校园社会问题的方式，向我们展示了那个时代中学生教育和心理令人震惊的残酷性。在这部作品里，我们看到的已不只是观念的冲突，还是教育者和被教育者的彼此隔膜和尖锐的对峙，是两种文化难以兼容的巨大冲突，是两种意识形态和文化观念不能逾越的巨大障碍，或者说，文明与愚昧的两种文化冲突，已经形成了一个令人难以承受的心灵的巨大隐痛。

　　这是一部成长的小说。成长小说在中国历来不发达，已经被命名为"经典"的《青春之歌》《欧阳海之歌》等作品，不是成长小说。那里讲述的主人公的故事好像也是关乎成长的，但他们都是在导师的教导下——意识形态的"规训"中完成人生观念和价值观念的。成长小说不是这样。这一类型化的小说是通过主人公自己在成长中遭遇的失败、挫折逐渐成长并形成对世界和他人的看法和价值观念的。在这个意义上说，《英格力士》就可以被认为是一部严格意义上的成长小说。主人公刘爱，与父母、校长、范主任等父辈构成了尖锐的矛盾和冲突，这是一种不能化解和调和的矛盾与冲突。他有强烈的反抗和"弑父"倾向，但他却热爱英语老师王亚军和维语老师阿吉泰。因此，《英格力士》和当下在不同文字中见到的中学生活是非常不同的。当下的中学生活也有反抗，课堂、家庭不再是接受教育的场所，而是集体叛逆，与教育者战斗、周旋的战场。课堂上下，老师与同学各行其是，仿佛只有身份的差别而不再是施教与受业的关系。那里没有亲切也没有渴望，没有倾心的交流也没有真挚的关切；在家里，学生欺瞒家长，家长威胁恫吓学生。于是，校园失去了宁静，家庭失去了祥和，在学校与家庭之间，是他们大显身手也是大打出手的地方。他们或是吸烟、喝酒、恋爱、捉弄老师、考试舞弊、撕榜甚至找小姐，小小年纪就已经成为"顽主"。他们心灵苍白如纸，生活既无理想也无动力。如果仅从这些现象上看，他们确实是一群无可救药的"垮掉的一代"。但王刚的叙述却远要深刻和有意味得多。

小说的前几页有一句话："童年的忧郁经常远远胜过那些风烛残年的老人。"这句话如流星划破天山的暗夜，给人心头猛然一击的同时，也照亮了被暗夜包裹和遮蔽的天山和童年的心灵天地。这句话奠定了小说的整体基调。刘爱生活在一个知识分子家庭，父母都是工程师，他们喜欢苏联音乐和歌曲，他们知道在精神生活最困难的时代如何体贴和照顾自己的心灵世界。但是，在对待孩子和外部世界压力的时候，他们几乎是无知的白痴和懦弱的奴隶。他们逆来顺受，沾沾自喜，然后是母亲偷情父亲容忍。他们将一切不如意和嫉恨都倾泻在对孩子的塑造和教育过程中。但他们却没有一天走进过孩子的心灵世界。童年的忧郁就是这样远远胜过那些风烛残年的老人的。刘爱有父亲母亲，有老师和同学，但他却更像一个孤独无助的漂泊者和流浪儿，他也因此离家出走，当这个家于他没有意义的时候。

刘爱喜欢阿吉泰老师，因为阿吉泰老师长得漂亮。我们都曾经喜欢漂亮的女老师，尤其是漂亮又和蔼、脸上充满阳光的女老师。她们曾是我们童年的偶像或暗恋的对象。但谁都知道那是一种精神依恋或"恋母情结"所致。包括刘爱在内的男同学都喜欢阿吉泰，当然与她的漂亮和她对同学的平等有关。但刘爱喜欢英语老师王亚军却并不完全一样。王亚军在那个时代完全是一个"另类"，他衣着得体，谈吐文雅，生活和教学一丝不苟。他向往和崇尚西方文明，他甚至每天用香水。在那样一个时代这意味着什么是不言而喻的。但他理解刘爱，这个年轻的孩子甚至成了他唯一的朋友。王亚军内心的孤独可想而知。王老师得到同学的爱戴不只因为他自尊自爱的形象，也不只因为他教给孩子们英文歌曲，让他们肤浅地体悟另一种文化的新奇和魅力，更因为王老师在一个权力结构的社会环境里，他平等和温暖地与同学交流，使忧郁胜过老人的童年有了临时的精神依托和避难所。因此，王老师代表的另一种文化，与当时的流行文化或霸权文化构成了无可避免的冲突，他一定为他所处的时代所不容。刘爱选择了他，但不能向他学习，甚至模仿也不被允许。一个属于未来的主人选择了属于未来的文化，在两种文化矛盾冲突的时代，他们都必须付出代价。

《英格力士》不是童年的控诉书或忏悔录。作为一部文学作品，它所体现出的文学性，是尤其值得谈论的。它的修辞诙谐、幽默是表面的，它通过具体的细节走进了那个时代的历史，走进了一代少年的心灵世界。文学性就是将属于精神和心灵层面的困难、茫然、困惑、孤苦、寂寞、无助、无奈等，写到绝对和极端。这个绝对和极端不一定是面对断崖或绝路的处理，不一定是生死的选择。它是在特定的环境里将这些问题在心理和精神层面深入而广阔地展开，表现主人公的绝望或生不如死或凤凰涅槃。刘爱和王亚军所处的环境以及他们内心的压抑、绝望被王刚写到了极致。因此这是一部具有极强的文学性的小说。另一方面，小说在讲述那个可能是亲历的故事的时候，叙述语调帮助或强化了人物的心灵苦难，就像遥远的天山，高山雪冠也寂寞无边，犹如融化的雪水涓涓流淌却撞击人心。

邵丽：我的生活质量

记忆的公众处所大至社会、宗教活动，小至家庭相处、朋友聚会，共同的活动使得记忆成为一种具有社会意义的行为。记忆所涉及的不只是回忆的"能力"，而且更是回忆的公众权利和社会作用。不与他人相关的记忆是经不起时间销蚀的。

在读过了许多"官场小说"之后，再读邵丽的《我的生活质量》，我相信有过官场经历和官员身份的人，既可能心情舒畅也可能忧心忡忡。原因是，在过去的官场小说中，官场几乎就是人性的墓场：尔虞我诈、欺上瞒下、鱼肉百姓、贪污腐败，最后，或者亡命天涯或者苦海余生。这些小说在"反腐败"的主流话语或生活的浅表层面，确实获得了固若金汤的依据。但它的文学性始终受到怀疑，总让人感到文学力量的欠缺。这与这些小说对官场生活追问的不彻底、对人性深处缺乏把握的能力是大有关系的。我们在这些小说中看到的还只是官场奇观，或者是夸大了的畸形黑暗的生活。邵丽的小说《我的生活质量》，也描摹或书写了官场人生，但这不是一部仅仅展示腐败和黑暗的小说，不是对官场异化人性的仇恨书写。在某种意义上，这是一部充满了同情和悲悯的小说，是一部对人的文化记忆、文化遗忘以及自我救赎绝望的写真和证词。

　　小说的主角王祈隆，是一个传统的农家子弟，他在奶奶的教导下艰难地成长，终于读完大学，并在偶然的机遇中走上仕途。他并不刻意为官之道，却一路顺风地当上市长。这个为世俗社会羡慕的角色背后，却有许多不足为外人道的人生苦衷和内心的煎熬。他恶劣的生活质量不是物质的，而是精神和心灵的，或者说就是情感的。一个人的生活幸福与否，不是来自外在世界的评价，外在的评价只能部分地满足一个人的虚荣心和成就感，但不是幸福的全部。特别是一个人的虚荣心和成就感已经获得满足的时候，其他方面尤其是情感生活方面的欠缺就会强烈地凸现出来。王祈隆的生活质量之所以成为问题，就在于他已经实现的社会地位、社会身份和未能实现的情感要求的巨大反差。在王祈隆没有当上市长的时候，对妻子许彩霞并无恶意，甚至还不经意地流露满足和得意。王祈隆的情感质量和不幸福感，来自于他社会地位和身份的变化，或者说是这一变化膨胀了他的幻觉和欲望。欲望的膨胀与他情感资源的不断丰富是有关的，他的不幸福感也是在对比中凸现出来的。王祈隆先后遇到了几个青年女性：旧情人黄小凤、妓女戴小桃、大学生李青苹和名门之后安妮。王祈隆对黄小凤是逢场作戏，他并不真爱这个半老的徐娘；对妓女戴小桃王祈隆是喜忧参半，他拒绝了这个美色又后悔不迭；对李青苹是发乎情而止乎礼不了了之。如果小说只写了王祈隆与这三个女人的关系，也就是并无惊人之处的平平之作。王祈隆的欲望和对欲望的克制，与常见的文学人物的心理活动并没有本质区别。但邵丽的过人之处恰恰是她处理了王祈隆与安妮的情感过程。

王祈隆与安妮的情感过程，是小说最精彩的一笔。两个人都是当下的"成功人士"、社会精英，两情相悦互相需要。按照一般的理解，他们的结合是皆大欢喜情理之中。两人的互相欣赏和倾心爱慕跃然纸上。但面对安妮的时候，王祈隆有难以克服的心理障碍：他脚上的"拐"——那个"小王庄出身"的标记，是他深入骨髓的自传性记忆。这个来自底层的卑微的徽记，即便他当上市长之后仍然难以遗忘，难以从心理上实现他的自我救赎。他见到安妮就丧失了男性的功能，而面对许彩霞的时候他就勇武无比。文化记忆的支配性在王祈隆这里根深蒂固并不是他个人的原因，哈布瓦奇在《论集体记忆》中区别了"历史记忆"和"自传记忆"两个不同的范畴。他说：历史记忆是社会文化成员通过文字或其他记载来获得的，历史记忆必须通过公众活动，如庆典、节假日纪念等才能得以保持新鲜；自传记忆则是个人对于自己经历过的往事的回忆。公众场所的个人记忆也有助于维系人与人的关系，如亲朋、婚姻、同学会、俱乐部关系，等等。无论是历史记忆还是自传记忆，记忆都必须依赖某种集体处所和公众论坛，通过人与人的相互接触才能得以保存。记忆的公众处所大至社会、宗教活动，小至家庭相处、朋友聚会，共同的活动使得记忆成为一种具有社会意义的行为。记忆所涉及的不只是回忆的"能力"，而且更是回忆的公众权利和社会作用。不与他人相关的记忆是经不起时间销蚀的。而且，它无法被社会所保存，更无法表现为一种有社会文化意义的集体行为。哈布瓦奇的集体记忆理论强调记忆的当下性。在他看来，人们头脑中的"过去"，并不是客观实在的，而是一种社会性的建构。回忆永远是在回忆的对象成为过去之后。不同的时代、时期的人们不可能对同一段"过去"形成同样的想法。人们如何建构和叙述过去在极大程度上取决于他们当下的理念、利益和期待。回忆是为此刻的需要服务的。

"回忆"当然也是一种社会资源和争夺的对象。在过去的历史叙事中，农民因在革命历史中的巨大作用，这个身份就具有了神圣和崇高的意味。但在当下的语境中，在革命终结的时代，农民可能意味着贫困、打工、不体面、没有尊严、失去土地或流离失所。它过去拥有的意义正在向负面转化。这样，农民——尤其是带有"小王庄"标记的农民，在王祈隆这里就成为一种卑微和耻辱的象征。面对安妮，这个具有优越的文化历史和资本的欲望对象的时候，王祈隆就彻底地崩溃了，他不能遗忘自己小王庄的出身和历史。这是王市长的失败，也是传统的农民文化在当下语境中的失败。因此王祈隆与安妮就成为传统与现代冲突的表意符号，他们的两败俱伤是意味深长的。

邵丽是一个写作不久的青年作家，我曾读过她许多中、短篇小说。实事求是地说，她的中、短篇小说还是有刚出道者常见的问题和痕迹。但是当《我的生活质量》出版之后，邵丽几乎变成了另外一个作家。在长篇小说创作竞争越来越趋于激烈的情况下，她如洪水泻闸夺门而出，表现了她对小说新的理解和创造力，这不能不说是一个奇迹。

海男：花纹

《花纹》的写作延续了海男一贯关注的主题。女性与男性的关系
以及女性为身体花朵的开放而投向男性怀抱，或被男性始乱终弃或对男
性深怀绝望，形成了海男主人公的永久焦虑。

海男的小说创作，在当代中国已经成为一个不可忽视的存在。从某
种意义上说，她的小说因其尖锐、大胆、直逼人性的最隐秘处而使她处
于文坛的波峰浪谷之中。她曾遭受非议，同时也受到一些重要批评家、
作家的鼓励和支持。这截然相反的态度本身，不做宣告地证实了海男的
价值。

《花纹》的写作延续了海男一贯关注的主题。女性与男性的关系以
及女性为身体花朵的开放而投向男性怀抱，或被男性始乱终弃或对男性
深怀绝望，形成了海男主人公的永久焦虑。这一焦虑不只是对精神、价
值、男女关系等形上领域的焦虑，同时也是对女性自身身体的关注、迷
恋、困惑、质疑等，在彰显自然人本主义的同时，也超越了自然人本主
义。这一女性永恒的困惑，甚至也超越了性别的困惑而成为人性共同的
难解之谜。不同的是，由于女性的性别特征，她们曾经是花蕾、花纹，
然后是盛开或衰落的花朵。

《花纹》书写了"三个女孩"到"三个女人"的身体成长史，当
然也是精神成长史。小说将三个女性的成长环境设置于校园与社会的边
缘地带，这一边缘处也正是理想与世俗、浪漫与现实的交叠处。它具有
其他任何一个时代都不能置换的时代性：校园的理想主义仍然在生长，
女大学生宿舍还有剩余的浪漫气质，开放、自由的时代环境打破了长久

封闭的校园院墙，世俗现实主义乘虚而入，不战自胜；女性在这样的环境中成长了，但对成长的代价我们却喜忧参半——女性介入社会是成长的开始，但女性认识社会却必须是"身体"力行。当然，对于小说《花纹》来说，这个概括仅仅是一个抽象的线索。更重要的显然是海男对三个女人身体经历的叙事。萧雨和凯在老房子里、吴豆豆和简在现代建筑的28层公寓里、夏冰冰和赖哥在一个旅馆里，这些暧昧的场所发生了女孩子渴望和恐惧交织的身体叙事，这些原初欲望的实现，并不是女性成长的起点，它可能仅仅是女性认识性别的他者和自身的起点。在这些原初欲望实现的初始，它延宕着校园理想主义的遗风流韵，萧雨和凯一夜和衣而眠，让她联想到的是童年和乡村有限的时光，一个窄床上的相拥仿佛就是拥抱童年时代的河床。这样的书写，不经意地透露了海男对青春浪漫情怀的些许眷恋，这里的浪漫因其短暂而略有忧伤。因这浪漫的背后，拥有的并不仅仅是她们的故事，它还隐秘地存在着那些男性不为人知的过去和正在发生的故事。三个女性的真正的成长正是与男性隐秘的故事相关的。

《花纹》作为虚构的小说，最为惊心动魄之处，是萧雨和母亲共同拥有的一个情人，这个乱伦的故事以极端化的方式道出了女性悲哀的宿命：男性的权力和金钱的支配，使女性难以自拔地陷入了自身那个矛盾而又欲望无边的旋涡，这就是女性的身体。这不只是对故事的处理方式，同时它也是女性对自身疑窦丛生又不能自已的起点和归宿。这时，我们情不自禁地想起了近年来自异邦日本的小说家渡边淳一的作品。除了渡边是个男性的老年作家，除了他的男性视角之外，《花纹》对情感的质疑和不信任，和渡边对婚姻的不信任几乎异曲同工。不同的是，渡边以樱花般的绚丽使美丽的婚外情惨烈地凋谢。而《花纹》则以中国的认知方式，无言地承受现实提供的一切。她们成长了，但这又能怎么样呢？这就是海男的方式，她以残酷的述说从一个方面表达了她对女性命运的关注，尽管那里不乏今天大众文化市场需要的消费性因素。

石钟山：石光荣和他的儿女们

这部小说也可以说是一部石光荣的"家庭传记"，是石光荣一家进入当下生活的记录和历史。小说虽然"借势"于石光荣的"红色历史"，但在具体表达上，"革命"已经成为背景悄然退去，日常生活成为小说的基本内容。

按当下流行的说法，石钟山是一个"军旅作家"。所谓"军旅作家"，是石钟山的"身份"，与他的创作并没有多少关系。但是我们得承认，从《激情燃烧的岁月》到《军歌嘹亮》《幸福像花样灿烂》《玫瑰绽放的年代》等电视连续剧的播出，石钟山成了一个"符号"。或者说，在重新讲述父辈革命历史的领域里，石钟山找到了一个得心应手的创作领地，打造了他个人的风格印记，也完成了一个作家自我形象的塑造。

现在，我们谈论的石钟山的长篇小说《石光荣和他的儿女们》，显然是小说《父亲进城》或电视连续剧《激情燃烧的岁月》的续篇。小说中的人物的前史都曾在这些作品中得到过书写。不同的是，小说中的主角除了石光荣、褚琴之外，他们的"儿女们"石林、石晶、石海也都走向了前台。因此，这部小说也可以说是一部石光荣的"家庭传记"，是石光荣一家进入当下生活的记录和历史。小说虽然"借势"于石光荣的"红色历史"，但在具体表达上，"革命"已经成为背景悄然退去，日常生活成为小说的基本内容。这一结构，与社会历史发展构成了同构对应关系。家庭矛盾、情感纠纷及经济社会的众生相扑面而来，"革命"身份的优越性不复存在，经济或资本的力量迅速地覆盖了革命时期的激情与理想。这一切我们是如此的熟悉。小说开始于石海的"逃兵阴谋"，继而牵扯出石家两代人的情感纠葛。因此可以说，《石光荣和他的儿女们》注定是一出"情感大戏"：从褚琴青年时代恋人夕枫的出现开始，小说进入高潮。夕枫就是当年的谢枫，一个非常"文艺"的青年。朝鲜战场误传牺牲，实际是命悬一线、死而复活。为了褚琴他一生未婚，为了不再打扰褚琴的生活，他隐名改姓生活于默默无闻中。这样的痴情男性在今天可谓凤毛麟角。而于对谢枫并未忘怀的褚琴来说喜忧参半无可置否。可以肯定的是，褚琴在情感领域一直不曾忘记谢枫，否则就不能理解为什么当谢枫出现并被证实后，褚琴不顾一切地走向了谢枫。当然，褚琴并不是要抛弃石光荣与谢枫重温旧梦，褚琴的感情显然一言难尽，无论过去的旧情还是谢枫当下的处境，褚琴的所有举动都有可理解之处。一件演出的衬衫暴露了褚琴与谢枫的关系，于是家庭风波如期而至。当然，作为老一辈无产阶级革命家一定恰到好处地处理了他们的感情纠葛，而且那里不乏高尚与伟大。

但是，我不能不指出，这部小说毕竟还是一部大众文学，或者说更具有电视剧的特征。小说还仅仅停留在对人物表面或外部关系的描写上，还仅仅停留在讲述故事的层面。我可以举出一个极端化的例子来比较，比如路翎的《财主的儿女们》，也是写一个家族的传记，写一个家族的儿女们在革命时期道路的选择。但这个选择对那代青年来说并非是易事，他们的痛苦、矛盾以及迷茫和无助，真实地表达了面对大变动时代青年的思想和精神的艰难处境。这是大作品留给我们的文学遗产。但《石光荣和他的儿女们》更多的是在个人情感领域中展开的，它的有限性也决定了它的思想深度。但是，小说最后悲剧性的处理，却不乏感人之处。那个叫作"丫头"的褚琴，就这样永远地留在的读者和观众的记忆中。从这一点看，石钟山的文学功绩已经值得我们感佩了。

王兆军：把兄弟

《把兄弟》旧瓶装新酒，意在通过传统文学讲述方式表达新生活新内容。虽然作家并不刻意行事作为，但其不经意的努力也从一个方面表达了王兆军对文学传承的理解。

当下作家关注的对象或焦点，正在从乡村逐渐向都市转移。这个结构性的变化不仅仅是文学创作空间的挪移，也并非是作家对乡村人口向城市转移追踪性的文学"报道"。这一趋向出现的主要原因，是中国的现代性——乡村文明的溃败和新文明的迅速崛起带来的必然结果。这一变化，使百年来作为主流文学的乡村书写遭遇了不曾经历的挑战。或者说，百年来中国文学的主要成就表现在乡土文学方面。即便到了21世纪，乡土文学在文学整体结构中仍然处于主流地位。但是，深入观察文学的发展趋向，我们发现有一个巨大的文学潜流已经浮出地表，这个潜流就是与都市相关的文学。这一现象是对笼罩百年文坛的乡村题材一次有声有色的突围，也是对当下中国社会生活发生巨变的有力表现和回响。但是，值得我们注意的是，乡村文明的溃败，并不意味着乡村文明书写的终结。我们同时发现，那些有着深厚乡村文明记忆和情感的作家，仍在这一领域孜孜不倦地创作着与乡村文明变迁相关的作品。其中，王兆军的《把兄弟》就是这样的作品。

1984年，王兆军在《钟山》杂志发表了他著名的中篇小说《拂晓前的葬礼》。小说发表后好评如潮并获得第三届全国优秀中篇小说奖。《拂晓前的葬礼》写知青王晓云离开大苇塘村八年，大学毕业后重访当年下乡插队的大苇塘村，以追忆的方式讲述下乡插队到返城这一期间的生活和感情经历的故事，塑造了田家祥、吕峰、田永顺等农民形象，在这一追忆中书写了王晓云的思想感情变化，以及知青上山下乡和乡村中国社会生活的变迁历程。那个象征性的"葬礼"预示了乡土中国和知青一代走向新生活的决绝。因此，《拂晓前的葬礼》既是一部现实主义的力作，同时也是一部充满了理想主义精神的作品。三十年过去后，王兆军又返回了他的大苇塘村，在新的历史条件下接续了他的主人公田家祥、吕峰们的生活。已经是局长的吕峰重返大苇塘村，与他的把兄弟田家祥谋划把主要精力转移到副业和工商业。有利的条件是，吕峰是商业局长，"村里搞点副业，挣点钱的路子是可靠的"。当然，小说不是乡村致富指南，其主要篇幅也不是讲述大苇塘村脱贫致富的过程。小说主要处理的还是大苇塘村在新的历史条件下的人际关系。由于历史的原因，大苇塘村也难免矛盾丛生盘根错节。因为田家祥、申凤坤的矛盾，田家祥与吕峰的作风问题被牵扯出来。申凤坤意在通过杨守道整治这两个把兄弟。两个人"其实是一路货色，都在一个女人的肚子上混过，有私生子为证，姓田的至今对那女人还有想法，只是人言可畏，没敢太嚣张"。这个女人是张二妮。乡村中国的世风世情与对人的评价并不完全是同构关系。但是，要毁坏一个人或整治一个人，道德化是最有效和便捷的武器。另一方面，在男女关系问题上，一个人的担当、情操和个性

高下立判。事实是田家祥与吕锋确实都与张二妮有染。吕锋这个号称
"大姑娘食儿"的英俊男人，也确实被当年称为"小石榴儿"的二妮恋
着，但阴差阳错还是没有走到一起。田家祥在一次酒后强行与二妮发生
了关系并致使二妮怀孕，二妮生下了孩子。有趣的是，田家祥、吕峰的
冤家申凤坤走上经商之路后，也把忍辱负重的二妮从乡下带到了城里。
吕锋为了自我保护不惜陷害二妮，田家祥则因对二妮犯下的罪过悔恨交
加，他忏悔的方式就是无声地关注、支持二妮。经历商业大潮的历练，
有着乡村农民固有的勤劳、坚忍和善良的品性，二妮终于成长为这个时
代的新人并当选为商城劳模。

　　《把兄弟》在结构方式上，有传统小说的演绎性质。比如二妮离
开大苇塘村前，她用上坟的方式告别她曾经的男人。这一章回的标题是
"张二妮上坟了解从前，田永昌送礼投其所好"：

　　　　对张二妮来说，这次祭奠是一场严肃的告别，不仅是居住
　　地，还有伦理的诀别。她确认自己和孩子们进城定居了，不会再回
　　到这里。她也不再回来种地了，从此告别了庄稼和菜园，告别了酷
　　热的阳光和呼啸的风雪。新的生活环境，新的立足点，新的希望，
　　让她下定决心彻底告别这个曾经拥有的家、这个村子和这里的生活
　　方式。多年前深埋于心中的渴望，如今实现了。她梦寐以求的就是
　　这种脱离，脱离就是解放。

　　当然，这段旁白与其说是张二妮的心理活动，毋宁说是作家对人
物处境的理解。但是，当进入具体祭奠活动时，比如木驴子如何敲打纸
钱印记、二妮如何敲打木驴子的动作等，这些细节是难以编造的；然后

是二妮在男人坟前的祭奠，四色祭品一壶酒，还有她与死者的对话等。这是乡村与死者的告别仪式，也是张二妮为人品行的佐证。这里有传统小说的印记，但是它的根基和基础则是乡村生活现实决定的。因此，这些大众化的小说元素一旦进入小说，显然与读者拉近了距离，与此相类似的是小说的结尾。这是一个典型的大团圆结局。二妮与田家祥冰释前嫌，田家祥当选为村委会主任，申凤坤在老屋原地建起了三层别墅。大苇塘村经过市场经济终于旧貌换新颜。乡村中国在历史变迁中看到了自己的希望。

　　《把兄弟》不是一部颂歌式的小说。但当作家用传统小说的方式进入写作时，这一体式的内在要求决定了它的走向。因此，对改革开放的歌颂恰恰是由作品内在结构决定而不是有意为之的。还值得注意的是，小说用了传统的章回体，这一体式在当代小说创作中已经极为鲜见。章回体具有演绎性质，它的特点是故事性强，好看好读，普通读者喜闻乐见。《把兄弟》旧瓶装新酒，意在通过传统文学讲述方式表达新生活新内容。虽然作家并不刻意行事作为，但其不经意的努力也从一个方面表达了王兆军对文学传承的理解。

2004

范稳：水乳大地

《水乳大地》就是以想象的方式处理了不同宗教和信仰之间的问题。应该说，这是一部非常复杂和丰富的作品，是一部雪域高原般纯粹和透明的作品，它是宗教和人性的对话，是面对天空和大地的深情呼唤与祈祷。

当年美国学者亨廷顿的《文明的冲突》一书，给知识界带来了极大的震动，这一震动不只是亨氏的语出惊人，重要的是，国际局势的发展和局部地区的暴力流血事件，以及因宗教衍生的战事和国际恐怖主义的存在，从一个方面印证了亨氏的预言，亨氏由此暴得大名。但是，"文明的冲突"毕竟是短暂的，和平、进步和发展的努力，不仅是当今世界主导性的潮流，同时也是全世界人民发自内心的共同愿望。有趣的是，在共同的历史处境中，一个中国的文学家在处理宗教题材的时候，他对"文明的冲突"进行了重新书写和命名，这就是《水乳大地》。

当然，文学家和政治预言家所处理的问题和方式是非常不同的，政治预言家是以现实的方式面对现实的问题，文学家则以想象的方式建构他理想的世界。《水乳大地》就是以想象的方式处理了不同宗教和信仰之间的问题。应该说，这是一部非常复杂和丰富的作品，是一部雪域高原般纯粹和透明的作品，它是宗教和人性的对话，是面对天空和大地的深情呼唤与祈祷。

在当代中国，宗教题材文学作品的稀缺，一方面固然是因为它写作和处理的难度，一方面也与我们对宗教的精神世界所知甚少有关。《水乳大地》的作者范稳生活在中国少数民族最多的地方，而他这部小说故事的发生地——滇藏交接处，也是宗教最为丰富的地区之一。范稳曾多年从事这一地区的文化研究，或者说，他的《水乳大地》是经过长期认真准备、潜心营造的一部作品。他娓娓道来耳熟能详的宗教和奇异的生活方式，对我们来说是遥远而神秘的，他命名和要表达的人物、事件及其冲突，也是令人惊心动魄的。说它复杂，是因为故事里不仅有土司、祭司、神父、金发碧眼的异国小姐、朴素单纯的佃户母女和虔诚美丽的修女，而且有藏传佛教、基督教徒和东巴文化信仰者，还有纳西女人的勇武、康巴汉子的强悍、多情的姑娘和痴情的男子……复杂的故事和众多的人物，使小说色彩迷离斑斓；雪域高原的独特风情，使小说浪漫又悠远。这部厚重的书写，阅读时如身置其间，孤旅上路。但遭遇的历史和故事，恰如高原奇特的风貌，不胜险峻又忍俊不禁，惊心动魄又流连忘返。

固然，这里也有文明的冲突，世纪初当杜郎迪神父和沙利士神父要叩开西藏大门的时候，面对"卡瓦格博"雪山时，藏族向导和来自西方的神父们表现出了截然不同的态度：藏族向导面对神山呢喃地虔诚礼赞，西方神父则要将他们的十字架插上雪峰。在西方神父看来，这个藏传佛教徒是"多么的愚蠢"。虽然是不同的宗教信仰，但作为具体的人，这些来自西方的神父们仍然有鲜明的普通人的个性：杜郎迪神父的自负甚至傲慢、虚荣；沙利士神父的天真和未泯的童心。开篇不动声色的寥寥数笔, 就预示了不同宗教的冲突。事实的确如此, 在小说中, 不同教派的血肉争斗和试图以信仰换取利益的诱惑几乎比比皆是。但信仰在这里高于一切, 沙利士神父也曾以利益换取信仰作为利息, 但被东巴教的和万祥坚决地拒绝了。在和万祥看来, 如果这样做, 就是以纳西人的灵魂做抵押。信仰为人的灵魂安放了栖息的家园, 对信仰者来说, 没有什么比这更重要。这是宗教的力量也是宗教的魅力。但是, 也正因为彼此的难以兼容才酿成了血与火的斗争。在《水乳大地》中各种宗教的争斗最后都平息了。作家以理想化的方式处理了这个最难以处理的题材, 它是作家美好的愿望, 也是作家无声却深长悲凉的祈祷和呼唤。事实上, 各种不同的信仰是可以和平共处的, 重要的是相互理解和尊重, 在不危及国家、民族和他人的情况下, 每一种信仰都是自己信仰存在的前提。

《水乳大地》给我以深刻印象的, 还有对西方传教士的动人摹写。在过去的历史叙事中, 西方传教士被描写成一群阴险的文化侵略者, 他们以伪善的面孔愚弄中国人民。但在《水乳大地》中, 沙利士——这个为宗教事业奋斗一生的基督教徒, 内心充满了悲悯, 他叩开了西藏的大门, 在纯净的边地播撒他的福音。他敢于到各族民众杂居的危险之地, 甚至敢于到麻风病人生活的地方, 为他们带去生活必需品。他到处奔走, 传教布道, 最后死于异国他乡。因此, 小说在表现宗教信仰相互冲突的同时, 更表现了作家对人性的理解和期待。在我看来, 这更是一部宗教和人性的对话。小说不只生动地表现了沙利士、泽仁达娃、和万祥等不同人物的信仰, 同时更写出了他们动人和鲜活的人性。泽仁达娃以强悍的方式将圣母般圣洁的木芳占有, 却没有让人觉得不可接受, 而感到的是力与美的结合; 异曲同工的是独西和白玛拉珍的盐田之爱, 人性之爱融化了千年的企盼，粗犷的方式恰似奔涌无碍的澜沧江一泻万丈；同样动人的是都柏修士和凯瑟琳修女，他们在禁忌中不能自已，人性的冲动虽然有悖宗教教义，但在那个特殊的环境中，却给我们一种凄绝之美……《水乳大地》就是这样酣畅淋漓地书写了人性之美，它发生在遥远的过去，却又像发生在我们的内心，那就是我们想象和欣赏的人性之爱。

董立勃：米香

这个故事可能并不新鲜，但在新世纪作家仍以这个原型结构故事，则从一个方面表达了他对这个群体的怀疑或不信任，许明的历史不只是知识分子的前史，他们的故事在今天还在上演。

如果说，《米香》仅仅写了米香的单纯、美丽和献身、被骗后的放纵，这个故事除了时代环境不同外，也并无太多的新鲜之处。但是《米香》的不同凡响，就在于小说同时也书写了一个被命名为宋兰的女性。这两个女性命运、性格的对比，使《米香》在同样平实的叙述中，焕发出了小说几缕灿烂而意想不到的光芒。宋兰来自上海，是一个"支边"青年，米香是因家乡水灾逃难到下野地；宋兰有文化，能读《钢铁是怎样炼成的》，米香几乎大字不识。但是命运并没有按照她们身份的等级来给予安排。宋兰被牧羊人老谢强暴之后，还是嫁给了这个粗俗的土著。老谢塑造自己老婆的本土方式，主要是诉诸暴力，就在宋兰将被得以塑造的时候，她逆来顺受的性格发生了革命性的变化。在忍无可忍生不如死时，宋兰挥刀斩杀了老谢的爱犬阿黄，并以同样暴力的方式，改变了或者"颠覆"了老谢的暴力。从此，两个人的世界相安无事，相亲相爱，双双感到过上了好日子。就在上海知青可以返回上海的政策颁发的时候，宋兰依然不为所动，依然和老谢相依为命生活在她本不热爱然后又不能割舍的下野地。

米香的命运完全不同了。米香是小说的主角，在作家的设计中，她的命运理所当然地要曲折复杂。她虽然出身低微，是一个"盲流"，但她心性高，生得一副好皮囊，有浪漫天性，爱知识分子。这一出身和性格的矛盾，注定了米香悲剧性的命运。从人物自身来分析，米香无论出身如何，她完全有选择个人生活和爱情的权利。但是由于米香一定要爱有知识分子气质的许明，甚至不顾世俗社会的种种非议委身与他，结果她被欺骗了。许明在前途、功名和爱人之间选择了前者而抛弃了米香。这个毁灭性的打击彻底改变了米香，她同样无所顾忌地放纵自己的肉体，她试图以此来对抗或报复自己不公正的遭遇。这个放纵使米香虽然"过得比下野地任何一个女人都快乐"，但米香再也找不到自己想要的东西了。因此，米香才是下野地悲剧的真正主角。

除了时代的原因之外，酿成米香悲剧的直接原因是小说中的一个配角——"知识分子"许明。套用一句老话说，"性格即命运"。在小说中，米香应该是宋兰的位置，而米香的性格、浪漫和趣味也应该是宋兰的。但她们的性格阴差阳错地被作家置换了，于是她们都承担了本不属于她们命运的人生。偶然性和绝对化的书写，是《米香》最引人注目的地方。如果没有偶然性，就没有两个女人倒置的命运，如果没有绝对化，米香和宋兰的人生就不会这样震撼人心。她们都以绝对化的方式改变了自己。米香热爱知识分子使许明有了可乘之机，这个谦卑懦弱的知识分子是我们常见的形象，"始乱终弃"的叙事原型也是小说基本的结构方式。但这个知识分子在情感上的背叛却构成了米香悲剧具有决定性的偶然因素。如果没有许明的背叛，米香不会以放浪形骸的方式对待人生和身体。许明的背叛原因很简单，他曾是一个落难的"公子"，米香在最危难的时候爱上了他，米香的给予创造了一个不死的许明，但在"功名"面前，许明选择了"功名"而放弃了爱情。这个故事可能并不新鲜，但在新世纪作家仍以这个原型结构故事，则从一个方面表达了他对这个群体的怀疑或不信任，许明的历史不只是知识分子的前史，他们的故事在今天还在上演。

林白：说吧，房间

在"铁姑娘"那猎猎飞舞的旗帜下，在绞尽脑汁的商场与官场的角逐中，在男性话语期待的视野里，一方面女性放大了对自身的想象，一方面则遮蔽了她们受到的真实性压抑。而女性这一性别，在现代诠释的昭示下，越发变得语焉不详、面目皆非。

女性解放，是当代中国历久不衰的话题，也是东方古国走向现代化文明的表征和神话，是当代中国宏伟叙事中最强劲的话语之一。它不仅在话语实践中大获全胜，而且在诉诸社会实践的过程中，创造出了比话语实践更为鲜活的实际例证，从"铁姑娘""三八红旗手"，到"女经理""女企业家"，时代的变幻，并没有妨碍将女性解放的叙事纳入到既定秩序中展开。在军营、在工厂、在商场官场情场，有人群活动的地方，必有女性矫健搏击的身影。作为民主、平等的社会表征，女性的成功仿佛是永远书写不完的壮丽画卷，我们除了没有女王、女总统之外，女性在其他所有的领域似乎都占有不可忽略的份额——从话语权到领导权。

但是，这一辉煌的女性解放史或成功史，并非不存有争议，女性究竟在什么样的意义上获得了解放，始终是个问题。她们在必须承担传统的家庭角色的同时，还必须在心理、生理上承担现代的社会角色，尽管她们不必像花木兰那样女扮男装。但是，在"铁姑娘"那猎猎飞舞的旗帜下，在绞尽脑汁的商场与官场的角逐中，在男性话语期待的视野里，一方面女性放大了对自身的想象，一方面则遮蔽了她们受到的真实性压抑。而女性这一性别，在现代诠释的昭示下，越发变得语焉不详、面目皆非。

女性文学崛起的诸多原因，我们不在这里讨论，但女性文学毕竟已经成为存在的事实。她们的队伍并不庞大，但声名显赫，并成为这个时代最具前卫意识的文学现象之一。林白置身于这一现象当中并占据突出的位置，她的作品曾在多种不同的解读中变幻莫测。她受到过来自不同方面的挤压，对她的评价，在一段时期内曾暧昧而含混。但我一直认为，林白是个相当浪漫而富于想象力的作家，一个自信而又多少有些奢望的作家，那些从沙街走出的女性们，一开始就不在传统的"解放者"的序列中，她们既有些古怪又生气勃勃，既自以为是又惊世骇俗。于是，便有了狂妄的《一个人的战争》、华丽的《守望空心岁月》、优雅而哀婉的《回廊之椅》《瓶中之水》，以及《林白文集》四卷。林白写作这些作品时，内心充盈着激情和冲动，她的人物虽然不合时宜，但她自信地揭示了女性在精神范畴被遮蔽的另一世界，她们以另外一种方式回应了流行话语对女性的期待和猜想。然而，林白创造的人物显然也只是一种话语实践，一种文本的存在形式，她们只有在林白式的想象中才卓尔不群、触目惊心。面对持久的生活秩序和庞大的、无处不在的意识形态网络，那些生不逢时的女性只能绝望地完成一次次致命的飞翔，而难以在现实的土壤上驻足。因此，从本质上说，林白的上述作品仍属于浪漫主义的范畴，不同的是，它被注入了东方女性的当代想象。那突兀而细致的感受和语言冲击力，使林白在女性文学中格外引人注目。

但是，林白的这部作品——《说吧，房间》的内在气质和叙事方式，同她以往的作品相比较，发生了极大的变化，她的青春式的狂妄和华丽变得平易素朴，以往因对女性想象过高的奢望难以实现的痛苦，变为生命不能承受之重的疲惫，这使林白的这部作品更具现实感，更切近这个时代生活的整体情绪和风貌。如果说过去她更注重表达女性的精神历程和内心世界，更注重揭示女性被遮蔽了的压抑苦痛的话，那么，这部长篇小说则对女性的生存现实有了更多的关怀和热情。那个被命名为林多米的下岗女编辑，再也不是自视甚高的多米或米诺，更不是优雅并充溢着诗性的朱琼。多米虽然贫困，但在另一世界可以独来独往随心所欲，她无论乘上轮船还是走在山间小路，都有一种生活在别处的浪漫，她的我行我素仿佛已经自我放逐于社会契约之外；而朱琼虽然在红色暴力中惊恐不安，但那朱门廊椅秀扇清茶也总还透着另外一种优越。因此，林白以往的女性形象，在精神层面与世俗生活不怎么沾边，这当然体现了林白在一个时期内的想象和趣味。但是，对现实秩序你可以挑战和蔑视，却难以逃脱它无处不在的制约力，林多米莫名其妙的下岗是一个无可回避的事实。而她的下岗与上海十几万纺织女工下岗完全不同，十几万纺织女工的集体下岗成了一个悲壮的事件，它是现代化进程中产业调整必须付出的代价，她们昔日的辉煌人们记忆犹新，她们的再就业和生活问题成了社会问题，并被当作焦点性新闻走上国家权威传媒。而林多米的下岗成了一个纯粹的"个人事件"，她没有得到正面通知，既没有听到下岗的原因，也没有机会进行申辩，或者说，她连这个起码的权利都在无声中被剥夺了。因此，当林多米失魂落魄地离开单位时，她反倒不大像一个下岗的女编辑，而更像是一个阴谋的牺牲品；继续聘用的人可以体面地继续开会，只有林多米一个人因未接到通知而逃之夭夭。

于是，寻找工作便成了林多米在小说中的核心事件。而这时的林多米不仅是个失业者，而且是一个离了婚的寡妇，一个名叫"扣扣"的小女孩的母亲。这是林多米最为真实的现实背景，然而在林多米被解聘时没有谁注意过这一事实。无助的林多米无言地承受了这一现实，这与其说是对"改革"的理解，毋宁说是一个弱女子难以改变它的无可奈何。而这一切仅仅是林多米厄运的开始，她与这个既生气勃勃又纷乱动荡时代的不适仿佛与生俱来，从她踏上求职的漫漫长途开始，她就不曾交过好运。多次求职的失败缘于多种理由，或因不能回答莫名其妙的提问，或因性别弱势，便永远地将林多米置于门外。不断重临的失败终于让林多米明白了一个道理："多次失败之后，我才知道这一次的失败微不足道，根本就不存在蒙受委屈的问题，一切都正常至极，气氛与提问、人的脸色，再也没有比这更正常的了，我实在是缺少经历，没见过世面，把正常的事情无限放大。"但这种具有自我抚慰性质的认知，于林多米说来又意味着什么呢！

作者将林多米送上求职的漫漫长途并屡试不爽，恰恰隐喻了林多米无法进入这个社会或者说被社会拒绝的命运。于林多米来说，作为一介书生，她对这个社会是陌生的，或者说她对这个时代的意识形态并不熟悉。她可能有很好的教育背景，有很好的文化修养，但这并不是一个人进入社会的先决条件，它并不意味着因此比别人优越。进入任何一个社会，除个人的才能和偶然机遇外，对意识形态的熟悉和认同程度将起到关键性的作用。因此，意识形态也是"一个人进入并生活在一个社会中的许可证书。一个人只有通过教化与一种意识形态认同，才可能与以这种意识形态为主导思想的社会认同"。所以林多米格外告诉我们，一个人在社会中接受的教化越多，他在该社会中就愈具有现实力量。林多米看来没有接受社会足够的教化，她不会推销自己，不会见人就侃侃而谈并从容自若，进一步说，林多米面对着社会时，似乎还多少有些怯懦、有些自卑，甚至在潜意识中盼望着逃之夭夭，面对社会这个庞然大物，她软弱至极。

　　林白的创作历程确实是个有趣的话题。她笔下过去诞生的女性与社会的不适仿佛与生俱来，她们只好选择远走他乡，沙街的生活像尘封经年的故事，它让一个个有太多憧憬的女性深怀失望。但作者在塑造她们的形象时，似乎更多的是心理履历，而不是现实履历，她们在作者的想象中自命不凡、超然物外，她们内心都充满了抗争或不能认同的情绪，而向往红尘之外的另一境地。这一想象的境地并不存在。她们只要生存，就无可避免地要同这个社会发生多种联系，那个想象的飞地——"自己的一间屋"，其紧闭的房门终要开放。然而，当林白的人物回到现实的土地上时，她们的不适更是雪上加霜——一种逆向的拒绝不期而至。于林多米说来，她已不能想象"报国无门"这个词，她们的期许已退居到最低限度，即起码的生存保障，然而这对林多米仍有一段遥远的路途。这时的林多米只能退回到自身："我既爱我的身体，也爱我的大脑，更爱我的心灵，我爱我的意志与激情，我爱我对自己的爱，自爱真是一个无比美好的词。"这种重新焕发的自尊与自爱，无疑加剧了林多米与社会的距离感，它仍属于知识者的书卷气。而这个时代，对书卷气从来是不屑一顾的。

与林多米的境遇形成对比的，是小说中的另一个人物南红，作为林多米的朋友，她有与林多米截然不同的生存观念和方式。在这个时代，南红虽然不可能进入主流社会，但她可以凭借不断更换男朋友来不断更新工作，她不仅没有知识界流行的女性观念和自主意识，甚至没有起码的贞操观念。也正因为如此，南红似乎又是今日某种时尚的符号。她人在江湖，游刃有余。在道德内涵十分混乱的当下，我们自然不能用传统的道德尺度去评价她，但南红的方式显然也是一种非正常状态，她既付出了女性作为人的尊严的代价，又终于没有逃脱宿命般的厄运。

《说吧，房间》虽然还可以当作一个反对性别歧视的女性文学文本来阅读，但就它表达的深度而言，已远远超出了这一范畴。林白在表现当下变动的时代生活中，超越了性别关怀，为我们提供了更为丰富的社会生活内容。更值得我们关注的是，作为弱势性别，在与现实艰难的对话中，作者没有将历史道德化，小说中没有我们常见的道德败坏或品行不端的人，但作为一个青年编辑在求职的过程中总是一败涂地，林多米仿佛陷入了一个"无物之阵"，她想要抗争或战斗都无法确定自己的对象，这就使她的失败给人一种无处诉说之感。它既深刻地揭示了当代中国现代性追求过程所隐含的巨大病灶，同时也为人物平添了无辜与无助，这也正是小说的深刻性和魅力所在。

盛可以：北妹

《北妹》是个与欲望战斗的故事，一方面她要抵御来自男性的侵占，一方面她要抵制来自自身的要求和诱惑。这个过程中盛可以以想象的方式处理了乡村迈向现代的艰难。

盛可以是70年代出生的作家，她带着她特有的经验、方式和想象闯入文坛，并以《水乳》《火宅》等作品声名鹊起。70年代的作家写作多关注都市生活场景和"身体战斗"，那些不断重复和似曾相识的场景、战斗既为这个年代出生的作家带来了异军突起的声誉，同时也引起了批评界和读者毁誉参半的议论或批评。值得注意的是，盛可以的创作并没有在这样的视野和范畴内展开。《水乳》和《火宅》所表现出的悲剧意识和人生深重的苦难感，使她不大像她这个年代出生的作家，而更像是一个思想上历经沧桑的作家。比如《水乳》中对左依娜内心隐痛的挖掘和书写，比如《火宅》中对球球母女相似的悲惨命运的描绘，都显示了盛可以对现实生活，尤其是对底层普通人生存状况和精神状况的深切关怀，对文学传统的尊重和可能的继承。

当然，任何一个作家的写作都不可能不和人的身体发生关系，都不可能离开对人的身体的描绘和想象。但盛可以不是以对人的"身体趣味"，特别是对男女性事的夸张性书写被我们关注和认识的，而是以她对人的生存困境尤其是心灵苦难的独特认识吸引了我们。在她新近出版的长篇小说《北妹》中，仍然承继了她对底层人生存状况的持久关注。《北妹》和《水乳》的人物焦虑，都和身体有关，不同的是《水乳》中的左依娜是因为胸部的平坦，因为缺乏女性的性别特征而焦虑，她的焦虑是来自作为一个女人的不自信。或者说，是来自男性建构起的欲望表征的稀缺而焦虑，她成了一个被"阉割"的女人。但左依娜的悲剧并不彻底，她是在一种自我想象中编织的悲剧，她最后和丈夫平头前进依然生活在一起，她的脆弱表明了盛可以与流行的鹦鹉学舌式的"女权主义"毫无相似之处。《北妹》中的钱小红与《水乳》中左依娜恰好相反：钱小红有一双奇异丰满的乳房。这一性别特征为钱小红带来了来自外部的焦虑和麻烦，她所到之处，几乎所有的异性目光都集中在她的这一部位。这个突出的特征既为她不断变换打工场所提供了保证和条件，同时也为她预设了无尽的冒险之旅，她突显的躯体恰恰是自己无底的陷阱。这个出身底层的女孩与其说是与外部的占有者斗争，毋宁说她一直在进行着自我的战斗，她在各种诱惑中始终没有出卖过自己，从而使这部与当下生活有密切关联的小说，在某种意义上保有了"乡村"精神的纯洁性。

《北妹》是个与欲望战斗的故事，一方面她要抵御来自男性的侵占，一方面她要抵制来自自身的要求和诱惑。这个过程中盛可以以想象的方式处理了乡村迈向现代的艰难。事实上，当乡村一开始遭遇都市现代性的时候，乡村乌托邦在顷刻间就坍塌了。那个我们想象的质朴、清纯、宁静的乡村世外桃源，迅速地走向了滚滚红尘。因此，钱小红从乡村走向都市，虽然历尽艰辛，仍然没有被都市欲望所吞噬，仍然显示着来自大地蓬勃的生命活力，她是盛可以的理想。钱小红没有引路人，她是在迈向都市的过程中，是自己在没有方位、没有目标，与各色人等交往、熟悉的过程中了解城市、了解自己的。因此，这部表面上用真实的细节和场景处理，和现实主义有血缘关系的作品，在本质上是一部浪漫主义的成长小说。在被都市欲望和乡村欲望驱使的写作大面积出现的时候，《北妹》以卓然不群和反时尚的品格书写了另外一种人物和理想，这是盛可以的贡献，也是她对当下小说写作理解的独到之处。

文兰：命运峡谷

身体作为人的物质基础，在特殊的年代受到如此残酷的摧残，则以最具象的方式指控了那个年代的非人化本质。小说的力量因此而震撼人心。

重要的文学作品有两种：一种是文学经典，一种是文学史经典。文学经典有一个经典化过程，也就是历史化的过程。文学经典通过文学史叙事、学院教育或民间口头承传得以延续流播，成为人类理解、认识文学和人类精神情感活动的重要文本，也为文学写作留下原型或典范而成为经典。文学史经典，是在文学思潮、文学现象或文学论争中占有重要地位的作品。它或是触及了禁忌，或是改写了思潮、现象及通常的文学理解。这类作品因其时间距离或尚未经历经典化的过程，还不能称为文学经典，但它却具有了文学史经典的意义。文兰的《命运峡谷》，就是一部具有文学史经典意义的作品。

《命运峡谷》是书写了20世纪50年代末期到"文革"期间一群知识分子命运的小说，通过蔡文若、葛东红、白丽、梁萍等人物形象的政治命运和情感经历，反映了特殊历史时期这个阶层独特的心理扭曲和精神变形。特别是主人公蔡文若，从一个才华横溢、很有诗意和浪漫气质的青年学生，逐渐演变为一个主动投靠极"左"路线并适应了这样环境的人。蔡文若这个形象是意味深长的。或者说，知识界对当时来自政治的压迫是多有不平之气的，认为是动荡或不断激进的政治力量使知识分子越来越丧失了独立思想的能力和环境，是实践条件改变了这个阶层的命运和精神世界。但在《命运峡谷》中，文兰先生对这一说法起码是怀疑的。没有人逼迫蔡文若认同那个环境，没有人指使他投靠极"左"思潮，但他个人仍然选择了那个时代的政治时尚。因此，问题也同样出在知识分子这个阶层的身上。在这一点上，《命运峡谷》因其历史的真实显得卓尔不群。

另一方面，自50年代开始，知识分子题材小说一般是两种倾向：一种是林道静式的"凯旋的英雄"，通过人生导师的不断指引，经过思想改造完成身份的置换，从而成为革命队伍中的成员。但这样的人物不再是知识分子，他们已经是坚定的革命者。一种是80年代"归来者"的形象。比如《天云山传奇》《布礼》《大墙下的红玉兰》《绿化树》《人到中年》等作品中的知识分子形象。他们是受难的天使，是有坚定信仰而又被放逐了的热情的革命者。就像一个被休弃的女人，虽然怀里揣着休书但目光坚定，虽然面色苍白但心里坦然，他们还不是失败者，这是那个时代典型的中国式知识分子的想象。《命运峡谷》改写了知识分子题材写作的这两种传统。这里所有的人物几乎都是失败者。因此文兰接续了另外一种传统，也就是现实主义地书写中国知识分子心灵或精神自传的传统。这个传统是鲁迅缔造的，并经由瞿秋白、茅盾、巴金、路翎等接续光大的文学传统。知识分子在这个传统中不是文化英雄，他们在社会重大变革的时候，充满了矛盾、犹疑和无所适从，或者选择了随波逐流放弃个人独立的精神空间。文兰在接续了这个传统的同时，也改写了80年代知识分子写作的立场，他的主人公们，从精神到身体已经全面破碎。因此，《命运峡谷》在知识分子题材的写作中就具有了文学史的意义。说它是一部文学史经典并非耸人听闻。当然，这部小说在具体文本中可供解读的东西是相当丰富的，尤其是关于身体的叙事。主要人物最后或是肢体不全，或是身体消失，或是失去身体的功能等，都给人以巨大的震撼。身体作为人的物质基础，在特殊的年代受到如此残酷的摧残，则以最具象的方式指控了那个年代的非人化本质。小说的力量因此而震撼人心。

王伶、楮远亮：月上昆仑

历史只能检讨而不能假设，《月上昆仑》的人物留给我们的只有崇敬、同情，却不能使他们得以救还，他们永远地留在了历史记忆的深处。

王伶、楮远亮的《月上昆仑》，从小说的题目看，很壮美，也很诗意，但这壮美和诗意里却隐含着一种悲怆甚至悲壮。事实上，"月上昆仑"是一个隐喻，它隐含的是800名山东姑娘为稳定军心、解决新疆军垦官兵的婚姻而西上昆仑的故事。这个故事在今天听来不仅令人震惊，而且匪夷所思。但在50年代初期，确有20万解放军官兵在新疆屯垦戍边，他们平均年龄已经38岁，团以下官兵几乎清一色光棍汉。是党中央、毛主席批准，招800山东女兵奔赴新疆屯垦戍边。那是一个令行禁止的时代，是理想主义灿烂照耀的时代。800山东姑娘如期而至，军垦官兵雀跃欢呼。故事就在这样一个大背景下拉开了序幕。

军垦官兵和800山东姑娘使昆仑更加巍峨，那座亘古不变的巨大山脉因此更加辉煌，它高山雪冠，甚至成了民族崇高、尊严的象征。但是，军垦官兵和800山东姑娘却在昆仑山下演绎了悲壮苍凉的人生。当800姑娘初临边地时，那种青春的献身、豪迈顿时为边地的荒凉和苍茫所击倒，一种上当受骗的感觉让她们哭成一团。招兵时说的"楼上楼下，电灯电话，工厂烟囱林立，学校书声琅琅"的美妙图景，被置换成光秃秃的连一棵树都没有的苍茫。这些细节是特别值得解读的。但是，青春的想象毕竟没有现实更有力量。她们不仅适应了荒凉、适应了艰苦，而且易被感染的天性使她们终于留了下来并迅速恢复了快乐的青春。但是，800姑娘走向军垦大军就意味着男婚女嫁，就意味着走向悲欢离合的情感剧场。事实的确如此。那是个"配给"的时代，即便是婚姻爱情也概莫能外，有了感觉的男女首先要打报告，批准之后才能进入情况。但是，即便在那样的时代，对人的情感控制仍然是有限的。我们发现，无论是连长周福贵还是指导员宋长河，无论是队长梅馨还是曾是逃兵的郑月儿，或者是灯草或者是春蛾，他们的情感波折和经历的苦痛，并不比任何一个时代来得更轻松。特别是指导员宋长河，因才华和英俊，先后和几个女性发生过情感纠葛，但他最后是否获得了幸福呢？小说着重书写的还是几个女性的情感经历，在大漠边关，在最艰苦的日子里，小说为我们提供了那种只可想象而不可经验的"激情燃烧的岁月"。

历史只能检讨而不能假设，《月上昆仑》的人物留给我们的只有崇敬、同情，却不能使他们得以救还，他们永远地留在了历史记忆的深处。但是，当我们有机会再度接触包括小说叙述的这段历史的时候，事实上我们的心情是相当复杂的。或者说，就国家民族利益而言，男女官兵的屯边是无可避免的，即便在今天，同样的历史仍然有人在经历和承受。但是，我们仍为那个时代的青春悲剧和人为压抑深感震惊，那个遥远地域和历史并没有模糊或消失。当然，《月上昆仑》再度将那段历史呈现在我们面前的时候，对历史的记忆显然是以当下为参照的，那重新建构和叙述的历史，之所以能够变得清晰起来，恰恰是历史的巨大变化使然。但是我们不能因为拥有了今天而忘记过去，是20万军垦官兵和800名沂蒙老区儿女的青春，使昆仑巍峨，边塞生辉，但他们个人悲怆的人生在过去却鲜被提及。我发现，在《月上昆仑》中，屯垦戍边更多的时候仅仅成为一个背景，它更多的描述，还是在人的情感和心灵领域展开的。因此《月上昆仑》是在"昆仑"宏大的布景下演绎的"小写"的人生，宏大的叙事退居到了次要地位，这恰恰是这部小说的不同凡响之处。

宁肯：沉默之门

这是一部表达跨世纪"多余人"或"局外人"的小说。所谓跨世纪是指从20世纪八九十年代到新世纪以来这段时间，李慢就是一个多余者、局外人的形象。

《沉默之门》没有出版我就读过，起码对我而言，《沉默之门》经受住一年的考验，是否还能够接受更长时间的考验，还要时间来证明。两年前在北京作协开第四届代表大会的时候，我和宁肯住一个房间，那时他就把这个小说讲给了我。我说这是一个成长的小说，他当时点了头，说了一句"你这么说我明白这部小说了"，我也不知道什么意思。后来才读到这本书。我读过他的《蒙面之城》，我认为这两个小说是完全独立的。《蒙面之城》写得非常浪漫，马格这个主人公在一个巨大的空间穿梭，北京、秦岭、西藏、深圳，是从一个自然空间里面找到自我的一个人，这显然是一个成长小说，也是一个流浪汉小说，在流浪中成长。到了《沉默之门》完全变化了，《沉默之门》从外面的世界回到自己的内心的世界。《蒙面之城》是一个外部的大环境，《沉默之门》是一个完全封闭的小环境，比如图书馆、大杂院的小平房、精神病院或编辑部等。我们可以说这是一个隐秘地拒绝历史或者说自己不能够融入到历史的小说。

在我看来，《沉默之门》比《蒙面之城》写得深沉，更有隐喻的性质。比如精神病院的程式化生活，其实和所谓的健康世界并没有太大的区别。那里的建制也曾有过连、排、班，取消之后，还保留了读报制度，领导检查时也要大扫除，还要集体电疗一次。为了不出事情收了所有的腰带，每个人都提着裤子。所有人都等着或盼望别人的裤子掉下来，然后哈哈大笑。这些细节非常棒。这不是医疗，是权力关系在病院的反映，是医生对病人尊严的剥夺。杜眉医生把腰带还给病人，也就是把有限的尊严还给了病人，但李慢还是下意识地提着裤子。社会和环境的"规训"对每一个人的影响幻化为潜意识。在这个意义上，可以说《沉默之门》是一部维护人的尊严的小说，或者说是一部对无视人的尊严表达抗议的小说。

但我还认为这是一部表达跨世纪"多余人"或"局外人"的小说。所谓跨世纪是指从20世纪八九十年代到新世纪以来这段时间，李慢就是一个多余者、局外人的形象。"多余人"现象始于俄罗斯19世纪早期普希金的"奥涅金"，然后是莱蒙托夫的《当代英雄》中的皮却休、屠格涅夫的《罗亭》、冈察洛夫的《奥波洛摩夫》等。在英国有拜伦的《哈尔德·恰洛尔德游记》；在法国有加缪的《局外人》；在日本有二叶亭四迷的《浮云》、夏目漱石的《我是猫》等；在中国有早期郁达夫的"零余者"，有鲁迅的"魏连殳"，80年代末以后现代派小说中的主人公几乎都是"多余者"或"局外人"。李慢也是这样一个人。李慢他非常欣赏美国诗人史蒂文斯的《观察乌鸫的十三种方法》，这首诗就是一个无所事事人的内心独白。一个只能观察乌鸦的人，并且有十三种方法，可见他与外部世界已没有什么关系。

李慢的独处或有意与外界隔绝，表达了他与这个时代的某种不适应。这与马格是非常不同的。《蒙面之城》中的马格是一个"时代的浪者"，他主动地游离于这个世界，向一个敞开的世界走去，他有自己的主体性。但李慢没有这个主体性，他是身不由己、无能为力，只能龟缩在不同的封闭的空间中，是一个"精神的流浪者"。90年代以后，局外人或多余人的现象有重新"复兴"的迹象，甚至已经蔚为大观，特别是关于知识分子小说，"出走"、逃亡，非常普遍。李慢虽然没有出走，但他的前景也是可以预知的。因此，这部小说写出了这个时代的某种心态，特别是青年的心态，它的价值和意义可能在今后的时间里会更凸显出来。

他们非常希望不被打扰，确实感到内心无助、无聊、无奈。刚才说的史蒂文斯的诗，为什么李慢对这首诗那么感兴趣？那个读诗细节写得非常有趣。《沉默之门》里面有一些场景也非常有意思，比如说她和唐漓的关系，李慢因唐神秘的电话（唐漓的身份就很神秘）产生了巨大的恐惧，因而一下在床上无所作为了，欲求再也无法满足，这时李慢在这里就变成一无是处。我觉得这个细节写得非常深刻，是这部小说写的具有巨大隐喻力量的地方。期待下一部小说，与这两部形成三部曲，前两部写了马格和李慢，第三部写谁呢，我们拭目以待。

摩罗：六道悲伤

在一个时期里，这个阶层因为掌控了话语权力，他们曾夸张地倾诉过自己遭遇过的苦难。但那里没有任何动人和感人的力量。这和俄罗斯文学在苦难中不经意表达和流露的诗意、圣洁和纯粹的美学精神相去甚远。那些号称受过俄罗斯文学哺育和影响的作家，甚至连皮毛都没有学到。他们以为呻吟就是苦难，自怜就是文学。摩罗对此显然不以为然，他甚至无言地嘲笑和讽刺了这些自诩为文化英雄的真正弱者。

如果从小说的命名看，《六道悲伤》很像一部宗教小说，佛陀曾有"六道悲伤"说，但走进小说，我们发现它却是一个具有人间情怀的作家借佛陀之语表达的"伤六道之悲"。小说里有各色人等，"逃亡"的知识者、轿夫出身的村书记、普通的乡村女性、"变节"的书生，以及芸芸众生和各种屠杀者。作品以知识分子张钟鸣逃亡故里为主线，以平行的叙述视角描述了在特殊年代张家湾的人与事。张钟鸣是小说的主角。这个出身于乡村的知识分子重回故里并非衣锦还乡，自身难保的他也不是开启民众的启蒙角色。在北京运动不断并即将牵连他的时候，他选择了希望能够渡过难关可以避风的张家湾。但是，张家湾并不是他想象的世外桃源或可以避风的平静的港湾。风起云涌的运动已经席卷全国，张家湾当然不能幸免。于是张钟鸣便目睹亲历了那一切。

有趣的是，张钟鸣是小说的主角，但却不是张家湾的主角。张家湾的主角是轿夫出身的书记章世松。轿夫在当地的风俗中是社会地位最为卑贱的角色，是革命为他带来了新的命运和身份，在张家湾他是最为显赫的人物，是君临一切的暴君和主宰者。但是，当他丧妻之后，他试图娶一个有拖累的寡妇而不成的时候，他内心的卑微被重新唤起，民间传统和习俗并没有因为革命而成为过去。于是，他的卑微幻化为更深重的仇恨和残暴。当然，小说的诉求并不只是揭示章世松这一符号化的人物，而是深入地揭示了产生章世松的文化土壤。在小说中，给我们留下印象最深的应该是红土地的血腥和屠杀。开篇传说中的故事似乎是一个隐喻，鲜血浸透了张家湾的每一寸土地，任何一寸土地都可以挖出一个血坑。被涂炭和屠杀的包括人在内的生灵，似乎阴魂不散积淤于大地。而现实生活中，屠杀并没有终止。我们看到，小说中宰杀牛、猪、狗、蛤蟆、打虎等场景比比皆是。有一个叫张孔秀的人：

> ……人高马大，无论站在村子里什么地方都不像一个人而像一头巨兽。但是他面容仁和，目光厚道，腮帮上长着一对小姑娘式的小酒窝，说话微笑之间，小酒窝就在脸上不断浮动漂移，变化出各种表情，有时显得温顺，有时显得友善，有时显得羞怯。他说起话来更让人感到吃惊，常常像一个大病初愈的老太太一样虚声低气，轻得让人无法听清。那么大的个头和那么小的声音联结在一起，老让人觉得难以相信。
>
> 可是每次当他杀猪时，只要杀猪刀上手，立时神气饱满、声音洪亮，脸上的微笑和酒窝不翼而飞，腮帮子扭成疙瘩，眼睛闪烁着凶光，叫人不寒而栗。等到一头猪身首异处、肝胆分离、血迹洗尽、刀斧入箱，他脱下油腻腻的围裙一扔，马上杀气消失，光彩丧尽，重新变回原来的样子，声音憋闷柔弱，眼光和善仁厚。

张孔秀是个"职业杀手"，他杀猪是一种职业，他只对屠杀有快意和满足，除此之外，他对这个世界没有别的热情和兴趣。这反映了一种文化心理。而其他杀手杀狗、杀牛、杀蛤蟆的场景有过之而无不及，他们剥皮、破膛，乐此不疲。小说逼真的场面描写，让人不寒而栗。这些场景成为张家湾的一种文化，它深深地浸透了这片土地，也哺育了章世松残酷暴戾的文化性格。作者的这种铺排，一方面揭示了章世松文化性格的基础，一方面也通过场景描述揭示了这种文化性格即冷硬与荒寒普遍存在的可怕。因此，摩罗表面上描述了暴力和血腥的场景，但他非欣赏的叙述视角又表明了他的反暴力和血腥的立场，他对被屠杀对象的同情及人格化的理解，则以非宗教的方式表达了他的悲悯和无奈。

暴力倾向和对暴力的意识形态化，是现当代文学创作的一个重要特征。由于20世纪独特的历史处境和激进主义的思想潮流、革命话语合法性的建立，"革命的暴力"总是不断得到夸张性的宣喻。主流文学同样血雨腥风、血流成河。一个人只要被命名为"敌人"、命名为"地富反坏右"，对其诉诸任何暴力甚至肉体消灭都是合理的。这种暴力倾向也培育了对暴力的欣赏趣味。章世松不是一个个别的现象，但摩罗通过这个人物令人恐惧的一面揭示出了民族性格的另一方面。表面上看，章世松是一个乡村霸主，他对政治一无所知。但小说通过他和几个女性的关系，我们可以发现，统治就是支配和占有，在这一点上性和政治有同构关系。章世松统治了张家湾，但他卑微的出身和生理缺陷（狐臭），使他难以支配、占有两个寡妇：一个是有拖累的寡妇，一个是丧夫的许红兰。他以为自己是村书记，是政治文化的掌控者，完全可以实现对异性的掌控。但他失败了。这个挫折构成了章世松挥之不去的内在焦虑。他对现实的掌控事实上只是意识形态的而不是本质性的。但是他的焦虑却在意识形态层面变本加厉。张钟鸣们在这一紧张中的处境便可想而知。

张钟鸣的还乡，对知识分子的身份和处境来说是一个隐喻。对于民众来说，这个阶层曾有过极大的自信和优越，他们是启蒙者，是愚昧、麻木、茫然和不觉醒的指认者和开蒙者。但是，许多年过去之后，特别是启蒙话语失败之后，知识分子发现了自己的先天不足和自以为是。《六道悲伤》突出地检讨了知识分子现在存有的问题。张钟鸣为了避难还乡了，他受到了不曾想象的礼遇，不是因为他是一个知识分子，而是因为他作为一个归来的游子与过去有过的历史联系。许红兰与他的关系是童年记忆的重现，也是特殊处境的精神和身体的双重需要。但是，在张钟鸣和许红兰的关系上，却出现了两个超越了张钟鸣想象的不同后果。首先是与章世松构成的紧张关系。当许红兰被章世松勾引而不得反被张钟鸣占有之后，张虽然获得了短暂的胜利，但他身体和精神的满足必然要以同样的方式付出代价。他的港湾同样也是他的祭坛，他还是没有逃脱被批斗、被羞辱的命运。

张钟鸣的命运和性格使我们的心情矛盾而复杂。在社会生活结构中，在特殊的历史时期，他是弱势群体中的一个，他自身难保，更遑论责任使命了。这有他可以理解的一面，但是他也毕竟是知识分子群体中的成员，对任何时代，他也应该负有担当的责任或义务。然而张钟鸣在主动地放弃了这一切的时候，却在避风的港湾实现了与女性的欢愉。这样，张钟鸣的方式就不再令人理解或同情。这当然与摩罗对中国知识分子性格和社会历史角色的理解有关。在摩罗以往的写作中我们知道，他对俄罗斯文化和俄罗斯知识分子充满了憧憬和热爱。他热爱别林斯基，热爱杜波罗留勃夫，热爱赫尔岑，热爱十二月党人和他们的妻子。但是，当他回到本土审视自己阶层的时候，他深怀痛苦和绝望。像张钟鸣、常修文们，在冷硬与荒寒的环境中，如何能够有社会担当的能力，对他们甚至怀有起码的期待都枉然。在一个时期里，这个阶层因为掌控了话语权力，他们曾夸张地倾诉过自己遭遇过的苦难。但那里没有任何动人和感人的力量。这和俄罗斯文学在苦难中不经意表达和流露的诗意、圣洁和纯粹的美学精神相去甚远。那些号称受过俄罗斯文学哺育和影响的作家，甚至连皮毛都没有学到。他们以为呻吟就是苦难，自怜就是文学。摩罗对此显然不以为然，他甚至无言地嘲笑和讽刺了这些自诩为文化英雄的真正弱者。

阎连科：受活

对历史的书写，就是对记忆的回望。那段历史在时间的意义上是"现代"的，但在精神史上，它仍然是蛮荒和荒诞的。

阎连科的长篇小说《受活》刚一出版，在批评界就引起了强烈的震动。他以狂想的方式在当代背景下书写了乡村另一种蛮荒的精神史。《受活》的故事几乎是荒诞不经的，它像一个传说，也像一个寓言，但它更是一段我们熟悉并且亲历的过去：故事的发生地受活庄，是一个由残疾人构成的偏远村落，村民虽然过着听天由命的日子，但浑然不觉、其乐融融。女红军茅枝婆战场负伤掉队流落到这里后，在她的带领下，村民几乎经历了农村革命的全过程。但在"圆全人"的盘剥下，受活庄仍然一贫如洗。茅枝婆最后的愿望就是坚决要求退社。小说另一条线索是总把自己和政治伟人联系在一起的柳鹰雀副县长带领受活庄人脱贫的当代故事。苏联解体的消息，让他萌生了一个极富想象力的致富门路——从俄罗斯买列宁遗体，在家乡建立列宁纪念堂，通过门票收入致富。为筹措"购列款"，柳县长组成了残疾人"绝术团"巡回演出……这虽然是个荒诞不经的故事，但这个故事却会让人联想到汤因比对《伊利亚特》的评价：如果把它当作历史来读，故事充满了虚构，如果把它当作文学来读，那里却充满了历史。在汤因比看来，一个伟大的历史学家，也一定是一个伟大的艺术家。阎连科是一个文学家，但他却用文学的方式真实地反映或表现了那段荒诞历史的某个方面。如果从故事本身来说，它仿佛是虚拟的、想象的，但那些亦真亦幻、虚实相间的叙述，对表现那段历史来说，却达到了"神似"的效果，它比真实的历史还要"真实"，比纪实性的写作更给人以震撼。这是艺术想象力的无穷魅力。

对历史的书写，就是对记忆的回望。那段历史在时间的意义上是"现代"的，但在精神史上，它仍然是蛮荒和荒诞的。对这段荒诞的历史，阎连科似乎深怀惊恐。不只阎连科，包括我们自己，身置其间的时候，我们并没有察觉历史的残酷性，我们甚至兴致盎然并且真诚地推动它的发展。但是，当历史已经成为陈迹，我们有能力对它做出反省和检讨的时候，它严酷和惨烈的一面才有可能被呈现出来。当它被呈现出来的时候，惊恐就化为神奇。这个神奇是杰出的艺术表现才能所致。我们发现，在小说中阎连科汪洋恣肆书写无碍，但他奔涌的想象力和独特的语言方式，并不是为了求得语言狂欢的效果。恰恰相反的是，那些俗语俚语神形兼具地成为尚未开蒙的偏远和愚昧的外壳，这个独特性是中国特殊性的一个表意形式。尤其是中国广大的农村，在融入现代的过程中，它不可能顺理成章畅行无阻。因此，《受活》在表达那段历史残酷性的同时，也从一个方面表达了中国进入"现代"的复杂性和曲折性。阎连科对历史的惊恐感显然不只是来自历史的残酷性和全部苦难，同时也隐含了他对中国社会发展复杂性和曲折性的体悟与认识。

当然，阎连科不是历史学家和社会学家。但是，作为一个文学家，在表现那段历史的时候，他在某种意义上甚至比历史学家和社会学家为我们提供的还要多。"茅枝婆""柳县长""绝术团""购列款"，可能不会发生在真实的历史和生活中，但它就像这本书夸张的印制一样，让我们心领神会、心照不宣地回到了历史记忆的深处，同时也认识了我们曾经经历的历史的真相。阎连科曾经写过《耙耧山脉》《耙耧天歌》《日光流年》《坚硬如水》等优秀作品，他的苦难感和悲剧感在当下的文学创作格局中独树一帜。

贾平凹：秦腔

"秦腔"在这里是一个象征和隐喻，它是传统乡村中国的象征，它证实着乡村中国曾经的历史和存在。在小说中，这一古老的民间艺术正在渐渐流失，它片段地出现在小说中，恰好印证了它艰难的残存。

贾平凹是这个时代最重要的作家之一，他已经完成的创作无可置疑地成为这个时代重要的文学经验的一部分。这些作品备受争议、毁誉参半，恰恰证实了贾平凹的重要：他是一个值得争议和批评的作家。在我看来，无论对贾平凹的看法有多么不同，有一点可以肯定的是，贾平凹几乎所有的长篇创作，都是与现实相关的题材。二十多年来，贾平凹用文学作品的方式，密切地关注着他视野所及的变化着的生活和世道人心，并以他的方式对这一变化的现代生活，特别是农村生活和人的生存、心理状态表达着他的犹疑和困惑。《浮躁》《土门》《高老庄》《怀念狼》等，都可以看作是这样的作品。

现在我们读到的《秦腔》，应该是贾平凹对他一以贯之关注的问题的某种延续。不同的是，在他以往的作品中都可以读到相对完整的故事情节，都有贯穿始终的主要人物推动故事或情节的发展。或者说，在贾平凹看来，以往的乡村生活虽然有变化甚至震荡，但还可以整合出相对完整的故事，那里还有能够完整叙事的历史存在，历史的整体性还没有完全破解。这样的叙事或理解，潜含了贾平凹对乡村中国生活变化的乐观态度甚至对未来的允诺性的期许。但是，到了《秦腔》这里，小说发生了重大的变化：这里已经没有完整的故事，没有令人震惊的情节，也没有所谓形象极端个性化的人物。清风街上只剩下了琐屑无聊的生活碎片和日复一日的平常日子。再也没有大悲痛和大欢乐，一切都变得平淡无奇。"秦腔"在这里是一个象征和隐喻，它是传统乡村中国的象征，它证实着乡村中国曾经的历史和存在。在小说中，这一古老的民间艺术正在渐渐流失，它片段地出现在小说中，恰好印证了它艰难的残存。疯人引生是小说的叙述者，但他在小说中最大的作为就是痴心不改地爱着白雪，不仅因为白雪漂亮，重要的还有白雪会唱秦腔。因此引生对白雪的爱也不是简单的男女之爱，而是对某种文化或某种文化承传者的一往情深。对于引生或贾平凹而言，白雪是清风街东方文化最后的女神：她漂亮、贤惠、忍辱负重又善解人意。但白雪的命运却不能不是宿命性的，她最终还是一个被抛弃的对象，而引生并没有能力拯救她。这个故事其实就是清风街或传统的乡村中国文化的故事：白雪、秦腔，以及"仁义礼智"等乡村中国最后神话即将成为过去，清风街再也不是过去的清风街，世风改变了一切。

《秦腔》并没有写什么悲痛的故事，但读过之后却让人很感伤。这时候，我们不得不对"现代"这个神话产生质疑。事实上我们在按照西方的"现代"改变或塑造我们的"现代"，全球一体化的趋势已经冲破了我们传统的堤坝，民族国家的特性和边界正在消失。一方面它打破了许多界限，比如城乡、工农，以及传统的身份界限；一方面我们赖以认同的文化身份也越来越模糊。如果说"现代"的就是好的，那我们还是停留在进化论的理论。《秦腔》的感伤正是对传统文化越来越遥远的凭吊，它是一曲关于传统文化的挽歌，也是对"现代"的叩问和疑惑。这样的思想贾平凹在《土门》《怀念狼》等作品中也表达过。如果是这样的话，我同时也不免踌躇：《秦腔》站在过去的立场，或怀旧的立场面对今日的生活，它对敦厚、仁义、淳朴等乡村中国伦理文化的认同，是否也影响或阻碍了他对"现代"生活的理解和认识，因为对任何一种生活的理解和描述，都不免片面甚至夸张。《秦腔》的"反现代"的现代性，在这个意义上也是值得讨论的。因此，面对"现代"的叩问或困惑，就不只是《秦腔》及作者的问题，对我们而言同时也是关己的问题。

刘醒龙：圣天门口

在过去与历史有关的小说创作中，最常见的一是"史诗"，二是"家族小说"。但是，《圣天门口》既不是传统的"史诗"，也不是传统的"家族小说"。

煌煌百万言的《圣天门口》的出版，是对读者和作者自己的双重挑战：它考验读者的阅读耐心，读者是否还有阅读耐心我们难以预料。可以肯定的是，作家刘醒龙有持久的写作耐心。在这个狂躁的写作年代，他潜心六年以求一逞，足以表达了他对文学的勃勃野心。仅这一点也足以让我们对刘醒龙表达文学的敬意。他是一个真正的作家，真正的作家都有一个梦想。

《圣天门口》是刘醒龙的一个梦：他要通过《圣天门口》打捞出历史新的秘密，要通过新的编码和解码建构起百年中国的新史诗，要通过小说内部全部的复杂性表达关于小说的意识形态，等等。在过去与历史有关的小说创作中，最常见的一是"史诗"，二是"家族小说"。但是，《圣天门口》既不是传统的"史诗"，也不是传统的"家族小说"。

革命文学的史诗在建构革命历史合理性的同时，也将历史的叙事呈现为唯一的形式，这样就遮蔽了历史的全部复杂性和阐释历史、叙述历史多样性的可能。《圣天门口》在某种意义上改变了这两个传统。故事集中在大别山区一个命名为"天门口"的小镇上展开。从时间上来说，它从上世纪的民主革命一直讲述到"文革"，其间有军阀混战、国共战争、抗日战争、解放战争、土地改革。但这些宏大的历史事件仅仅是天门口小镇风云际会、社会变迁、爱恨情仇的一个布景，重大的历史事件并不是主要的被述对象。从故事结构和人物设计来说，小说主要是围绕雪、杭两个家族的相互争斗的恩怨情仇和彼此消长来展开的。因此它又不是一个纯粹的家族故事。将国家与家族的历史命运交织整合于一部作品中，在当代小说创作中还不多见。值得我们注意的是，已经被清晰叙述的百年历史，在刘醒龙的叙事中遭到了质疑。这就是在清晰的历史叙述下还掩盖了更多的、没有呈现出来的秘密。

在30年代，或者说在本雅明的年代，就已经对小说的"忠告"性提出了质疑，经验的凋零也使其可传达性不再有可能；在七八十年代，或者说是在罗兰·巴特或米兰·昆德拉的年代，他们已经明确表达了小说的非指导性和暧昧性，认为小说要专注的是人类行为和动机的复杂性。这是一个"秘密"，这个秘密就像品钦在《万有引力之虹》的回忆中所描述的一样："如果说，为了避免毁于历史的离心力，有些秘密交给了吉卜赛人，有些交给了犹太教神秘哲学论者、圣殿武士、蔷薇十字会员，那么，这个可怕聚会的秘密和其他秘密，就已经在各个种族的笑话中找到了安身之地。"但是，迈克尔·伍德认为："秘密是从历史中拯救出来的，或者是四散在历史各个不起眼的角落中。"如果我们认同这个说法的话，那么我们也可以说，在天门口这个不起眼的小镇上，刘醒龙打捞出了百年历史中我们不曾了解和注意的历史的秘密。

雪、杭两家的恩怨情仇是小说的基本情节。杭家的杭大爹、杭天甲、杭九枫等起家于劫匪，他们刚烈又率真、暴虐又狭隘。他们既是中国民间革命力量的象征，同时也是暴力美学的体现者，与《水浒传》以来的草莽英雄有一脉相承的血缘关系。雪家的雪大爹、雪大奶、梅外公、梅外婆、雪茄、雪柠、雪蓝、雪茈、柳子墨等，都有一种类宗教的家族情怀，他们宽容、隐忍、一心向善。本来构成势不两立的情仇关系，完全可以演绎出各种暴力和血腥的故事。但雪家"善"的伦理观念避免了刀光剑影血流成河。天门口多次历史劫难也因雪家的这一观念而得以避过。这是小说要彰显的基本价值，也是对历史叙述中暴力美学的一次检讨和反省。历史叙事是一种编码过程，读者的接受和理解是解码过程，在解码过程中完成了意识形态的接受。那么，《圣天门口》对历史的重新编码，使我们有机会了解了还有另外的历史叙述存在的可能。

李师江：逍遥游

这部作品延续了他一贯的语言风格：行云流水旁若无人，出人意料又在情理之中，幽默智慧又奔涌无碍。我认为这是一部当代的"文人小说"。

李师江是这个时代的小说奇才。最初读到李师江的小说是《比爱情更假》和《爱你就是害你》。当时的直觉是李师江是这个时代最大的文学"异数"之一。他的小说和我们曾经习惯了的阅读经验相去甚远。这两部长篇小说，就其题材和叙述方法有某些相似性，但这些作品都是非常好看的小说，他的题材几乎都与当下特别是他那代人独特的生活方式和处境相关，与他观察世界的方式和话语方式相关，在社会与学院的交结地带。过去被认为最纯粹的群体所隐含的或与生俱来的问题，被他无情地撕破。

知识分子群体，无论是青年还是老年，他们中某些人的琐屑、无聊、空洞和脆弱，都被他暴露得体无完肤。他的残忍正是来自于他对这个群体切实的认识和感知。在只有两个人存在的时候，生活尚未展示在公共领域的时候，人没有遮掩和表演意识的时候，本来的面目才有可能被认识。李师江处理的生活场景，有大量的两个人私密交往，这时，他就为自己创造了充分的剥离人性虚假外衣的可能和机会。在他的作品中，我们不仅看到了不曾被揭示的灵魂世界，而且看到了更年轻一代自由、松弛和处乱不惊的处世态度。因此在今日复杂多变的生活中，他们才是游刃有余的生活的主人和青春的表达者和解释者。

最近，李师江出版了他新的长篇小说《逍遥游》。这部作品延续了他一贯的语言风格：行云流水旁若无人，出人意料又在情理之中，幽默智慧又奔涌无碍。我认为这是一部当代的"文人小说"。"文人"是一个本土的说法，它既不是古代"为万世开太平"的官僚阶层，也不是"以天下为己任"的现代知识分子，他们不明道救世，不启蒙救亡。他们只是社会中的一个边缘群体，既生活于黎民百姓之中，又有自己的趣味和交往群体。他们落拓但不卑微，我行我素但有气节，明清之际的文人群体是最具代表性的。《逍遥游》中的李师江、吴茂盛等就有"文人气"。他们有各种让人不能接受的习气和生活习惯，无组织无纪律，言而无信不拘小节。但他们又都多情重义，热爱生活和女人。他们没有稳定的生活，似乎也不渴望更不羡慕"成功人士"。他们更像是生活的旁观者，一切都可遇不可求，虽然漂泊动荡为生存挣扎，但也随遇而安得过且过。他们经常上当受骗，但决不悲天悯人自艾自怜。生活仿佛就在他们放肆的话语中成为过去。李师江、吴茂盛们没有宏大抱负，大处不谈国家社稷、小处不谈爱情。这些事情在他们看来既奢侈又矫情。因此李师江笔下的人物都很放达，很有些胸怀。这就是小说的"文人"的气质，评论李师江小说的文字，都注意到了他很"现代"的一面，这是对的，但他对传统文化的接续和继承似乎还没有被注意。

在李师江这里，小说又重新回到了"小说"，现代小说建立的"大叙事"的传统被他重新纠正，个人生活、私密生活和文人趣味等，被他重新镶嵌于小说之中。

阿来：空山

《空山》的写作在当下的"纯文学"的创作中是一个奇迹。这部小说需要慢慢阅读。它不是消费性的文字，它不那么赏心悦目可以一目十行，但它确实是一篇多年潜心营造的作品，它将一个时代的苦难和荒谬，就蕴含于一对母子的日常生活里，蕴含于一场精心构划却又含而不露的"天火"中。

《尘埃落定》的出版，使阿来一夜成名。读过《尘埃落定》之后，再读《空山》会觉得这是一部很奇怪的小说：《尘埃落定》是一部英雄传奇，是叱咤风云的土司和他们子孙的英雄史诗，他们在壮丽广袤的古老空间上演了一部雄赳赳的男性故事。而《空山》几乎没有值得讲述的故事，拼接和连缀起的生活碎片充斥全篇，在结构上也是由两个不连贯的篇章组成。它与《尘埃落定》是如此的不同。如果这一点可以指认的话，那么，《空山》的"后现代"性就完全能够成立了。但事情似乎又没这么简单。

《随风飘散》是《空山》的第一卷。这一卷只讲述了私生子格拉和母亲相依为命毫无意义的日常生活，他们屈辱而没有尊严，甚至冤屈地死亡还浑然不知。如果只读《随风飘散》，我们会以为这是一部支离破碎很不完整的小片段，但是当读完卷二《天火》之后，那场没有尽期的大火不仅照亮了自身，同时也照亮了《随风飘散》中格拉冤屈的灵魂。格拉的悲剧是在日常生活中酿成的，格拉和他母亲的尊严是被机村普通人给剥夺的，无论成人还是孩子，他们随意欺辱这仅仅是活着的母子。原始的愚昧在机村弥漫四方，于是，对人性的追问就成为《随风飘散》挥之不去一以贯之的主题。

《空山》的写作在当下的"纯文学"的创作中是一个奇迹。这部小说需要慢慢阅读。它不是消费性的文字，它不那么赏心悦目可以一目十行，但它确实是一篇多年潜心营造的作品，它将一个时代的苦难和荒谬，就蕴含于一对母子的日常生活里，蕴含于一场精心构划却又含而不露的"天火"中。这时我们发现，任何一场运动、一场灾难过后，它留下的是永驻人心的创伤，而不仅仅是自然环境的伤痕。生活中原始的愚昧，一旦遭遇适合生长的环境，就会以百倍的疯狂、千倍的仇恨挥发出来，那个时候，灾难就到来了。《空山》讲述的故事就这样意味深长。

张者：零炮楼

小说并没有在正面战场展开，没有常见的血肉横飞血流成河的血腥场景，也没有或少有日本侵略者被魔鬼化的狰狞面孔。它围绕着"零炮楼"的修建和漫长的抗日战争，更多呈现的是两种文化的斗争和中原的民间传奇。

关于现代中国的战争小说，一个有趣的现象是，八年的抗日战争远不如三年的解放战争。中国当代文学史上的经典作品"三红一创，保山青林"，起码有四部是写解放战争的，而且都可以称为"史诗性"的作品。但写抗日战争的如《铁道游击队》《敌后武工队》《烈火金刚》等，虽然有鲜明的传统特色，但其影响和地位远不如反映解放战争的作品。问题到此好像还没有结束，改革开放以后，电影界还拍摄过反映解放战争的全景式巨片《大决战》，但抗日战争作为一个重要的创作资源和题材，并没有在文艺领域得到持续的开掘。

在抗日战争和全世界反法西斯战争胜利60周年的时候，年轻的张者出版了抗战题材的长篇小说《零炮楼》。小说并没有在正面战场展开，没有常见的血肉横飞血流成河的血腥场景，也没有或少有日本侵略者被魔鬼化的狰狞面孔。它围绕着"零炮楼"的修建和漫长的抗日战争，更多呈现的是两种文化的斗争和中原的民间传奇。与日本侵略者的民族矛盾和民间内部的矛盾争斗，交替往复。从某种意义上说，支撑小说的骨干情节还是民间内部的民族性格的争斗。这种情况的出现，我们不能理解为是张者对抗战生活的缺失而有意回避，而恰恰是张者对抗战时期复杂、矛盾生活的独特理解。作为非常时期的战争，不仅引发了民族矛盾，使救亡成为民族的普遍共识。同时，突发事件也可以改变民族内部的关系和结构。日本人意外地要在贾寨或张寨修炮楼，贾、张两寨人都不愿意修炮楼是真的，但都不愿意修到自己的寨上也是真的。面对一个炮楼先是民族矛盾，接着就是民间内部矛盾。而贾二爷将炮楼地点选在"死穴"上，同样是两个民族、两种文化的对抗。中原的神秘文化表达的是一种情感愿望，它被后来的历史证实并不意味着它是先知般的"箴言"，也不意味着是这种文化的胜利，但作为一种文化信念对民间来说，却是一种强大的精神力量。它的神秘色彩和传奇性质，不仅使小说充满了趣味和可读性，而且也显示了年轻的张者对民族战争和民族文化关系思考所能达到的深刻程度。

战争是对人性最严峻的叩问。我们在许多西方关于战争题材的作品中，明显感受到的是因战争而引发的人性的问题，它们对人性和灵魂的追问至今没有成为过去。《零炮楼》在这一点上所做的努力应该是一个重要的突破。侵略者的丧失人性，我们在许多作品中都耳熟能详，但民族或家族内部的人性问题在《零炮楼》中的揭示同样令人触目惊心。"大娘"玉仙被送给了龟田做夫人，只因为她不是贾家的人，丈夫在外她就成了"外姓人"；为救全村人玉仙无奈前往，但当龟田被消灭后，贾家人又不兑现有过的承诺；杨翠花为救全村人性命分了墙壁中的麦子，却被自己的小叔活埋了。女性在传统文化中的低下地位，在战争时期尤为突出地表现出来。她们不仅是民族战争的牺牲品，同时也是自己民族文化的牺牲品。因此，《零炮楼》的意义不仅在于它是一部反映抗日战争题材的作品，反映了民间社会在抗日战争时期的生存、精神状态，同时也在于它对非常时期民族文化的复杂和问题，这一检讨和反省的态度，可能比简单地歌颂胜利还要有意义得多、深刻得多。它使这一题材的小说向更深刻的方向发展提供了新的可能。

林白：妇女闲聊录

《妇女闲聊录》以拼贴和散点的方式结构作品，它没有故事主线，没有贯穿小说始终的人物。它是借一个农村妇女的"闲聊"来呈现木珍或者说林白视野所及的底层民众生活和心灵世界的。

林白以"仿真"方式完成的《妇女闲聊录》。仿真技术的发明，使技术主义霸权如虎添翼。它不仅可以"真实"地提供立体的三维空间，展示关乎未来的想象，而且在艺术领域，任何一位最伟大的大师，其作品通过它的处理都可以批量地生产，将珍贵的、唯一的艺术以低廉的价格带进千家万户。"廉价"解构了珍贵，于是，博物馆和收藏家的优越在仿真技术面前手足无措、目瞪口呆。仿真是平民的节日，是技术主义霸权的里程碑。仿真技术也从一个方面启发了作家的灵感，作家也可以以仿真的形式展开他们的文学叙事。口述实录小说和我们现在要谈论的林白新近发表的长篇小说《妇女闲聊录》，就可以看作是一部以仿真术书写的小说文本。

《妇女闲聊录》确切地标明了"闲聊"的时间、地点和讲述者的姓名，这一交代所暗示的是它的"真实性"。真实性在这里不是现实主义的写作原则和批评尺度，作家已不期许现实主义的文学奖章。它是作为一种文学叙事策略被林白愉快地使用的，它获得了意想不到的奇异效果。一方面，作家借助那个被名为"木珍"的妇女之口，实施了一次有声有色的话语狂欢，一次为所欲为的话语实验；一方面，林白在实验中获得了前所未有的心理快感。这一判断我们可以在以诗的形式书写的小说题记中得到证实：

> 为什么要踏遍千湖之水
>
> 为什么要记下她们的述说
>
> 是谁轻轻告诉你
>
> 世界如此辽阔

在阅读林白小说的经验中，还从来没有发现她的心情是如此轻松和舒展的。《一个人的战争》《说吧，房间》《玻璃虫》《万物花开》等长篇小说，都负载着作家沉重的思考和对深度意义的期待。这些小说或是凝重或是迟疑，她不吐不快又疑虑重重、心事重重。这一春风得意和丽日明天的心情，是林白发现了文学"仿真术"之后获得的。谁都知道，"闲聊"的"妇女"是木珍，但记录者是作家林白。那貌似真实的叙述，在作家"后记"的自白中暴露了它的秘密："《妇女闲聊录》是我所有作品中最朴素、最具现实感、最口语，与人世的痛痒最有关联，并且也最有趣味的一部作品，它有着另一种文学伦理和另一种小说观。"作家的心情决定了作品的叙述语调和修辞风格。《妇女闲聊录》以拼贴和散点的方式结构作品，它没有故事主线，没有贯穿小说始终的人物。它是借一个农村妇女的"闲聊"来呈现木珍或者说林白视野所及的底层民众生活和心灵世界的。"闲聊"为作家带来了空前的叙事自由，自由带来了自信的愉悦和书写的快感，她信马由缰、无所顾忌、信手拈来。

在木珍的叙述中，有一个难以解释的悖论：在现代化的过程中，王榨村似乎处于一种夹缝之中，他们生存于前现代的状态中，但对现代生活又充满了饥渴。结果，前现代的乡村伦理和平静的生活被打破了，但现代的生活却又不属于他们。王榨村一如既往的贫困，以打斗娱乐，以偷情为快，卖妻子，医治不起疾病夫妇双双投河，六年级的学生还不会加减法，日用品多有假货……但在木珍的叙述中，她没有忧愁也不倾诉苦难，她平静如水如同讲述别人的故事，而且在讲述中似乎还有一种话语的快意。这当然是林白对小说的期待，也是她对底层民众因日久积累而麻木的一种理解，一种前现代的生存状态在后现代的书写方式中得到了阐释和表达。

民众并不是生活在意义世界中，世俗生活本身就是他们"意义"的全部，但这个世俗生活对作家林白来说却重要无比，发现了这一点，她就重新"感到山河日月，千湖浩荡"。评论家贺绍俊说，在急剧变化的世界面前，作家"亲身体会到伴随着社会秩序瓦解而带来的文学话语大厦濒临倒闭的危机，因此他们需要寻找到阐释世界的另一套话语系统"。这方面比较成功的，林白就是其中一个。而林白阐释王榨村民众生活时，表达的是一种民间世界观。"这种叙述所构造起来的世界显然不同于既定文学叙述中的世界。既定文学叙述中的世界服从于公理和逻辑，而公理和逻辑代表着社会的权威。但在木珍的叙述中，公理和逻辑遭到了蔑视，王榨村的人以自己的世界观处理日常生活。"这一看法是非常有见地的。民众的日常生活并不是按着既定逻辑展开的，在木珍或林白展示的乡村中，它既是经过作家剪裁的，同时也是一种以仿真的原生态表现的，民间世界观在作家的话语框架中得到了应有的重视。因此，在阅读这部作品的时候，我们常常不知道究竟哪些是来自木珍的叙述，哪些是作家刻意修剪和提炼的。重要的是作家林白在杂乱无序的生活片段中发现了文学性，在木珍的讲述中，王榨生活的丰富性得以充分地展现，生老病死、家长里短、情爱性事等交替出现，它琐屑、枝蔓甚至不值一提，但民众的日常生活就是如此，他们习以为常并乐此不疲。对民众生活麻木而不自觉的揭示，是启蒙话语或启蒙文学的重要特征。《妇女闲聊录》虽然不是意在启蒙，唤起民众对生存处境的清醒认识，但小说对王榨村人生活状态客观性的描述，也确实体现了启蒙文学的遗风流韵。

2006

铁凝：笨花

《笨花》是回望历史的一部小说，但它是在国族历史背景下讲述的民间故事，是一部"大叙事"和"小叙事"相互交织融会的小说。它既没有正统小说的慷慨悲壮，也没有民间稗史的恣意横流。

在中国百年文学史上，乡村中国一直是最重要的叙述对象。在现代文学起始时代，乡村叙事是分裂的：一方面，穷苦的农民因愚昧、麻木被当作启蒙的对象；一方面，平静的田园又是一个诗意的所在。因此，那个时代对乡村的想象是矛盾的。乡村叙事整体性的出现，与中国共产党建立现代民族国家的目标密切相关。农民占中国人口的绝大多数，动员这个阶级参与建立现代民族国家的进程，是被后来历史证明的必由之路。于是，自延安时代起，特别是反映或表达"土改"运动的长篇小说《太阳照在桑干河上》《暴风骤雨》等的发表，中国乡村生活的整体性叙事与社会历史发展进程的紧密缝合，被完整地创造出来。此后，当代文学关于乡村中国的整体性叙事几乎都是按照这一模式书写的，"史诗性"是这些作品基本的也是最后的追求。《创业史》《山乡巨变》《三里湾》《红旗谱》《艳阳天》《金光大道》《黄河东流去》等概莫能外。"整体性"和"史诗性"的创作来自两个依据和传统：一是西方自黑格尔以来建构的历史哲学，它为"史诗"的创作提供了哲学依据；一是中国文学的"史传传统"，它为"史诗"的写作提供了基本范型。于是，史诗便在相当长的一个历史时段甚至成为评价文艺的一个尺度，也是评价革命文学的尺度和最高追求。

但是，这个整体性的叙事很快就遇到了问题，不仅柳青的《创业史》难以续写，而且80年代以后，周克芹的《许茂和他的女儿们》以"生活真实"的方式，率先对这个整体性提出了质疑。陈忠实的《白鹿原》对乡村生活"超稳定结构"的呈现，以及对社会变革关系的处理，使他因远离了整体性而使这部作品具有了某种"疏异性"。在张炜的《丑行或浪漫》中，历史仅存于一个女人的身体中。这种变化首先是历史发展与"合目的性"假想的疏离，或者说，当设定的历史发展路线出现问题之后，真实的乡村中国并没有完全沿着历史发展的"路线图"前行，因为在这条"路线"上并没有找到乡村中国所需要的东西。这种变化反映在文学作品中，就出现了难以整合的历史。整体性的瓦解或碎裂，是当前长篇小说表现乡村中国最重要的特征之一。

铁凝新近出版的《笨花》，也是一部书写乡村历史的小说。小说叙述了笨花村从清末民初一直到20世纪40年代中期抗战结束的历史演变。但是，值得注意的是，国族的历史演变更像是一个虚拟的背景，而笨花村的历史则是具体可感、鲜活生动的。因此可以说，《笨花》是回望历史的一部小说，但它是在国族历史背景下讲述的民间故事，是一部"大叙事"和"小叙事"相互交织融会的小说。它既没有正统小说的慷慨悲壮，也没有民间稗史的恣意横流。"向家"的命运是镶嵌在国族命运之中的，向中和和他的儿女向文成、取灯及向文成的两个儿子，都与这一时段的历史有关系。但是，他们并没有、也不可能建构甚至成为这段历史的缩影，尽管在向中和和取灯的身上体现了民族的英雄主义。但小说真正给人深刻印象的，还是笨花村的日常生活，是向中和的三次婚姻及笨花村窝棚里的故事。因此，《笨花》在这个意义上也可以看作是一部对"整体性"的逆向写作。

笨花村棉花地里的窝棚，是小说中的一个经典场景。它像一个暗夜笼罩的舞台：既有心神不定看花的男人，也有心情像棉花一样盛开的拾花的女人；既有游走的"糖担儿"，也有暗哑的糖锣。无数个窝棚既扑朔迷离又充满诱惑，它是笨花村一道独特又暧昧的景观。它是笨花村的风俗，也是笨花村的风情。在这个场景里出入了与笨花村相关的各色人等，在笨花村，它是人所共知的公开的秘密。它像一个男女之事的"飞地"，也是一个诱惑无边的肉体与棉花的民间"交易所"。但笨花村似乎习以为常并没有从道德的意义上评价或议论它，除非在矛盾极端的时候，偶尔骂一句"钻窝棚的货"。但是，窝棚里的交易却在最本质的意义上表现着人的性格、禀性和善与恶。西贝牛、小治、时令、"糖担儿"、向桂、大花瓣、小袄子等，都与窝棚有不同的关系，甚至取灯最后也被日本鬼子糟蹋、杀害在窝棚里。

窝棚仅仅是小说大舞台中的一个角落，与窝棚有关的人物也不是小说中的主要人物。但在这个暗夜笼罩的角落里，小说以从容不迫的叙述，通过小人物照亮了过去许多抽象或不证自明的观念。比如"人民""民众""群众"等，他们被指认为与革命有天然的联系，而且神圣不容侵犯，他们是不能超越和质疑的。但在《笨花》中，他们既可以钻窝棚，也可以上学堂；既可以不自觉地参与抗日，也可以轻易地变节通敌。那个被命名为小袄子的年轻女孩就是一个典型。她不同于她的前辈向喜、向中和，也不同于她的同代人取灯。她既没有旧式人物的民族气节，也没有新式人物的革命理想。她只是一个普通人，她在动荡年代只希望能够求得生存，但最后她还是被处决了。但这样的人物也被动地参与了笨花村历史的书写。

《笨花》是一部既表达了家国之恋也表达了乡村自由的小说。家国之恋是通过向喜和他的儿女并不张扬但却极其悲壮的方式展现的；乡村自由是通过笨花村那种"超稳定"的乡风乡俗表现的。因此，这是一部国族历史背景下的民间传奇，是一部在宏大叙事的框架内镶嵌的民间故事。可以肯定的是，铁凝这一探索的有效性，为中国乡村的历史叙事带来了新的经验。

周大新：湖光山色

楚王庄既不是过去的也不是现代的，它正处在一个进退维谷的两难境地。或者说，楚王庄就是今日中国广大乡村的缩影，艰难的蜕变是它走进现代必须经历的。

如何表达变革时期乡村中国的社会生活和世道人心，如何展现一个真实的乡村中国的存在，如何使自己对乡村中国的书写成为一部人所未道的文学作品等问题，可能是在这个范畴内展开文学想象的所有作家面对的共同困惑。这确实是一个问题。当全球化、现代性、后现代性等问题在都市文学中几近爆裂的时候，我们会发现，真正具有巨大冲击力的小说，可能还是存在于对乡土中国的书写和表达中。究其原因并不复杂：一是当下中国最广大的地区仍然是没有发生本质变化的农村，这个本质性的变化，不是说乡村的物质生活仍处在原始状态，仍是老死不相往来的封闭或自足，而是说在观念层面，即便在表面上有了"现代"的震荡或介入，"乡村"对"现代"的既向往又抗拒、既接受又破坏的矛盾，仍然是一个普遍的存在。二是在现代中国，对乡村的叙事几乎是"追踪式"的，农村生活的任何细微变化，都会引起作家强烈的兴趣和表达的热情。这就为中国的农村题材文学积累了丰富的经验，也正是这一极端本土化的文学形态，建构了一种隐约可见的"文学的政治"。

现在，我们读到的周大新的长篇新作《湖光山色》，就是对中国农村生活变革的续写。改革开放二十多年的历史，也是中国乡村生活被不断书写的历史。在这个不断书写的历史中，我们既看到了最广大农村逐渐被放大了的微茫的曙光，也看到了矛盾、焦虑甚至绝望中的艰难挣扎。这是一个和"新新中国"截然不同的承诺和描述。《湖光山色》的故事也许并不复杂：它讲述的是改革大潮中发生在一个被称为"楚王庄"里的故事。主人公暖暖是一个"公主"式的乡村姑娘，她几乎是楚王庄所有男性青年的共同梦想。村主任詹石磴的弟弟詹石梯甚至自认为暖暖非他莫属。但暖暖却以决绝的方式嫁给了贫穷的青年旷开田，并因此与横行乡里的村主任詹石磴结下仇怨。从此，这个见过世面性格倔强心气甚高的女性，开始了她漫长艰辛的人生道路。但这不是一部兴致盎然虚构当代乡村爱恨情仇的畅销小说，不是一个偏远乡村走向温饱的致富史，也不是简单的扬善惩恶因果报应的通俗故事。在这个结构严密充满悲情和暖意的小说中，周大新以他对中国乡村生活的独特理解，既书写了乡村表层生活的巨大变迁和当代气息，同时也发现了乡村中国深层结构的坚固和蜕变的艰难。因此，这是一个平民作家对中原乡村如归故里般的一次亲近和拥抱，是一个理想主义者对乡村变革发自内心的渴望和期待，是一个有识见的作家洞穿历史后对今天诗意的祈祷和愿望。

　　主人公暖暖无疑是一个理想的人物，也是我们在理想主义作品中经常看到的大地圣母般的人物：她美丽善良、多情重义、朴素而智慧、自尊并心存高远。楚王庄的文化传统养育了这个正面而理想的女性。暖暖给人印象最为深刻的，不是她决然地嫁给旷开田，不是她靠商业的敏感为家庭带来最初的物质积累，不是她像秋菊一样坚忍地为开田上告打官司，也不是她像当年毅然嫁给开田一样又毅然和开田离婚。而是她为了解救开田委曲求全被村主任詹石磴侮辱之后，虽然心怀仇恨，但当詹石磴不久人世之际，仍能以德报怨，以仁爱之心替代往日冤仇，甚至为詹石磴送去了医治的费用。这一笔确实使暖暖深明大义的形象如圣母般地光焰万丈。在传统的阶级对立的表达中，仇恨和暴力是我们最常见的人际关系，对暴力的崇尚是源于快意恩仇的冤冤相报。仇恨和暴力转换的美学传统至今仍没有彻底根绝。在这样的美学原则统治下，当然不会产生冉·阿让或聂赫留朵夫这样的人物。但到了暖暖这里，可以断定的是，即便在传统的批评框架内，周大新为我们提供的，也是一个崭新的人物和崭新的人伦关系。这一超越性的创作震撼人心。

　　《湖光山色》对人性复杂性、可能性的表达是小说值得称道的另一个方面。詹石磴在任村主任期间，是一个典型的横行乡里的恶霸。在楚王庄"他想办的事没有办不成的"，他"想睡的女人，没有睡不成的"。他城府极深，几乎把权力用到了无以复加的地步。他对暖暖的迫害让人看到了人性全部的恶。他不仅在因农药事件拘留开田、查封楚地居等行为中体验到了权力带给他的快感，而且还利用权力两次占有了暖暖的身体，"性与政治"在詹石磴这里以极端的方式得到了体现。在楚王庄他有恃无恐，他唯一惧怕的就是失去权力。只有在"民选"的时候，他才会向"选民"们表示一下"谦恭"。詹石磴的作为使暖暖们也意识到，楚王庄要过上好日子，自己要过上安稳生活，必须把詹石磴选下去。暖暖拉选票的方式在一个民主社会中也未必是合法的，但在乡村中国暖暖的做法却有合理性。詹石磴被村民选下去之后，再也没有气焰可言。但他为报复暖暖，还是将他与暖暖发生关系的事情以歪曲的方式告诉了后来楚王庄的"王"——旷开田。这是导致暖暖婚姻破裂的开始，詹石磴内心深处的阴暗由此可见。但是，当他绝症在身不久于人世的时候，暖暖不计恩怨情仇，不仅看望了詹石磴，而且送去了用作治疗的费用。詹石磴尽管已经丧失了语言功能，但还是让人抬着他去看望了伤后的暖暖，并带来了一包红枣。这个细节如果以恩怨情仇的方式来看的话，可能不那么动人，但对于詹石磴来说却在末日来临的时候发生了人性的转变。作家通过詹石磴不仅揭示了人性的复杂性和恶的一面，而且他坚信人性终有善的一面。当然，詹石磴变化更重要的意义，是作为对暖暖善和爱的衬托而存在的。

作为一部书写乡村中国的小说，作家所追寻、探讨的历史和现实深度，更体现在旷开田这个人物上，这是一个乡村中国典型的青年农民形象。他曾是一个普通的，小农经济时代目光短浅、心无大志的农民，也是一个遇事无主张、很容易满足的农民。就在他一文不名的时候，暖暖以超出楚王庄所有人想象的方式嫁给了他。他是在暖暖的温暖、启发甚至是教导下成长起来的。暖暖不仅是他的妻子、恩人，同时也是他成长的导师。当他是楚王庄普通农民的时候，他对暖暖几乎没有任何疑义言听计从，并且发自内心地爱着暖暖。他不是那种阴险、狡诈的坏人。但是，当暖暖联合村民将他选上村主任之后，他逐渐发生了变化。他曾和暖暖玩笑地说："将来我就是楚王庄的'王'。"这不经意的玩笑却被后来的历史所证实。他不仅专横跋扈为所欲为，不仅与各种女人发生两性关系，同时也不再把暖暖放在心上。因对经营方式的分歧，对暖暖与詹石磴发生关系的怨恨等，终于导致了两人婚姻的破裂。

有趣的是，楚王庄两千三百多年前曾是楚国的领地，为了抵御秦国的入侵，楚国臣民修筑了楚长城，但当年的楚文王赀却是一个飞扬跋扈、骄奢淫逸的君主。两千多年过后，暖暖在楚王庄用湖光山色引进资金创建了"赏心苑"，为了吸引游客，又命名了"离别棚"并上演以楚国为题材的大型节目"离别"，演出人员达八十人之多，可见规模和气势。当初让刚被选举上村主任的旷开田饰演楚文王赀，旷开田还推辞，但演了几次之后，旷开田不仅乐此不疲甚至无比受用。这时的旷开田已经下意识地将自己作为楚王庄的"王"了。他不仅溢于言表而且在行为方式上也情不自禁地有了"王"者之气。他对企业的管理、对妻子的情感、对民众的态度，以及对情欲的放纵，等等，都不加掩饰并越演越烈，最后终于也到了飞扬跋扈横行乡里的地步，与詹石磴没有什么区别。从楚文王赀到詹石磴和旷开田，中国乡村的专制或统治意识几乎没有发生本质性的变化。詹石磴和旷开田虽然是民众选举出来的村主任，但在缺乏民主和法制的乡村社会，民选也只能流于一种形式而难以实现真正的民主。在这样的环境里面，无论是谁，都会被塑造成詹石磴或旷开田。小说始于"水"又止于"水"，这当然不是一个简单轮回的隐喻，也不是对乡村变革具有某种神秘色彩的解释。但可以肯定的是，周大新在这个有意的结构中，一定寄寓了他对中国传统文化，特别是中原农村文化某种深思熟虑的、具有穿透性的思考，在这个意义上，《湖光山色》所做的努力和探索应该说是前所未有的。或者说，《湖光山色》同李佩甫的《羊的门》、张炜的《丑行或浪漫》、董立勃的《白豆》、林白的《妇女闲聊录》、阎连科的《受活》、摩罗的《六道悲伤》等，一起构成了新世纪启蒙主义文学新的浪潮。

当孙惠芬的《上塘书》、贾平凹的《秦腔》、阿来的《空山》等作品发表之后，我曾断言，乡村中国的整体性叙事已经彻底崩解，现实的乡村中国将成为一个支离破碎的叙述对象。我仍然相信这一判断对当下乡村中国的叙事并没有成为过去。周大新的《湖光山色》对乡村中国重新做了整体性的叙事，它是作家周大新理想主义的产物。事实上，社会历史的发展是被一只隐形之手所操控的，它超越了人的意志和想象。"现代"将带着人们希望和不希望的一切如期而至，它像空气一样弥漫四方挥之不去。楚王庄的"湖光山色"终将在"招商引资"、在"赏心苑"按摩小姐及薛传薪"现代"管理和拜金主义的冲击下褪尽它最后的诗意。就它的社会形态而言，楚王庄既不是过去的也不是现代的，它正处在一个进退维谷的两难境地。或者说，楚王庄就是今日中国广大乡村的缩影，艰难的蜕变是它走进现代必须经历的。暖暖的愿望在乡村中国还很难实现，暖暖的理想是作家周大新的"理想"，是周大新的期待和愿望。如果这个看法成立的话，《湖光山色》在本质上还是一部浪漫主义小说。

苏童：碧奴

在当下的生活环境中，要想找到孟姜女的故事几乎是不可能的。也只有文化的童年时代才有可能出现如此浪漫和悲怆的情感故事。有趣的是，这个故事的男主人公被隐匿起来，他只是碧奴的一个想象，一个情有所系的乌托邦。也正因为如此，碧奴的决绝和坚忍的悲剧才感天撼地成千古绝唱。

　　苏童的《碧奴》是一个由三十多个国家共同参与策划的出版活动的一种。它是对"孟姜女哭长城"传说的重新书写。在当下的生活环境中，要想找到孟姜女的故事几乎是不可能的。也只有文化的童年时代才有可能出现如此浪漫和悲怆的情感故事。有趣的是，这个故事的男主人公被隐匿起来，他只是碧奴的一个想象，一个情有所系的乌托邦。也正因为如此，碧奴的决绝和坚忍的悲剧才感天撼地成千古绝唱。当然，作为资料极端匮乏的一个传说，我惊叹苏童的想象力和虚构能力。小说不仅用魔幻的方法将眼泪写到了极致，为碧奴最后哭倒长城做了有力的渲染和铺垫。更重要的是，苏童用他奇异的想象和对民族文化的理解，将碧奴终于送到了长城脚下。这个过程大概是《碧奴》的紧要处。苏童自己说"孟姜女的故事是传奇，但也许那不是一个底层女子的传奇，是属于一个阶级的传奇"。这句自白非常重要。孟姜女时代的底层阶级如果可以类比的话，大概就是今天的农民工。按照过去阶级论的解释，这个阶级是最富于革命精神的。事实也的确如此，从陈胜、吴广的大泽乡起义一直到社会主义革命政权的建立，农民阶级与革命的天然联系成为一个最大的神话。但在《碧奴》这里，这个阶级与我们惯常的理解发生很大的变异。孟姜女去长城的路上所遇到羞辱、恐怖或困难，大都来自于同一阶级。乡兵、蒙面客、门客、车夫、痨病患者、卖糖人、假罗锅，等等，这些人和碧奴属于同一阶级，但这些人从来没有给碧奴任何帮助甚至倾听碧奴的述说。同一阶级的复杂性在碧奴去大燕山的路上被呈现出来。因此，送碧奴到长城脚下的过程，才显示了苏童的过人之处。

　　顾颉刚认为，与其说孟姜女故事的本来面目为民众所改变，不如说从民众的感情与想象中建立出一个或若干个孟姜女来，因为民众的感情与想象中有这类故事的需求，孟姜女的故事才得到凭借的势力而日益发展。他还注意到这个故事中民众和士流的思想分别，认为民众的东西，"一向为士大夫阶级所压服"。但苏童的《碧奴》以当代的方式延续了这个民族传奇，作为"士大夫阶级"的苏童对这个传奇做了全新的诠释。当然，苏童也借助这个传奇延续了他的小说生涯。无论是全球性的对非物质文化遗产的救助行为，还是一个中国作家有意的写作策略，我都认为苏童"向后看"的意愿都正确无比。在不断合理化的现代性进程中，地域性的经验和知识尤其显得重要。这是保有文化多元化的前提和保证。

安妮宝贝：莲花

《莲花》不是轻狂或时尚的写作，轻狂以"另类"自诩丰艳而苍白，时尚以优越自得造作而虚空。安妮似乎远离潮流，一如她对墨脱的钟情。她对浅近的事务也没有兴趣，她独自高蹈兴致盎然。文学最终要处理的还是与内心或与心灵相关的事务，它是关乎灵魂的领域。安妮的作品很少进入"官学"视野，这个在民间有极大声望的作家也很少被"批评家"们高谈阔论，自然也不见她出入某些讨论会或座谈会，她对此似乎也没有兴趣。但我相信，《莲花》将会改变许多人对安妮的看法，因为《莲花》作为一部好作品当之无愧。

放浪于幻路，是80年代以来常见的写作方式，而这幻路又多以新疆、西藏等空旷辽远的地域为场景。这一选择背后的寓意是远离喧嚣红尘、返璞归真，而幻路的奇遇或前途未卜的浪漫等，也为写作空余了无限的可能。但这个幻路不是"流浪汉"小说的零余或无奈，也不是"成长小说"于绝望中杀出的一条生路。这个"放浪于幻路"是作家一开始就设定的，幻路是虚拟的另一空间，它是对俗世的拒绝，也是试图重临想象的没有边界的千座高原。于是，悬念奇遇、孤旅独行、神踪侠影、一见钟情等便皆有可能。因此，从本质上说，"幻路"的写作是属于浪漫主义的写作。

但是，现在我读到的安妮的《莲花》有所不同。这当然也是"放浪于幻路"的写作，也有奇遇或偶然化的因素。但安妮在期待幻路的同时，她是向后看的，抑或说是在那个空旷寂寥的空间或回望或内省，因此小说便具有一种精神自叙传的味道。《莲花》的故事并不复杂，一如安妮所有的小说。曾因病滞留拉萨的庆昭在旅馆里偶遇要去墨脱看朋友的纪善生，于是他们结伴前往。纪善生的那个朋友是只存留于他心中的幼年同学苏内河，她的重要只是对纪善生而言。墨脱是一个真实的所在，安妮也曾强调这一点。但在我看来这个真实的存在并不重要，即便那是一个乌有之邦，对小说和小说要表达的旨意并无妨碍。因此墨脱之旅无论有怎样的经历，也都可以归结为重新感悟或检视生命的过程。庆昭只是一个旅伴，但她的神态、无足轻重的身份，却与善生、内河们构成了心有灵犀的一群。他们上路之后，内河大多是呈现在善生的讲述中，从少年到青年。他们也曾反叛并且无助，也曾为所欲为但心无皈依。经历了红尘也见过世面，但还是难以面对真实而孤寂的内心。于是便有了墨脱之旅，这是一个殊途同归的精神之旅。在墨脱——自然的极地，也是想象的精神极地，"我长久沉默地凝望着那些云朵，心怀感恩和谦卑"。高山雪冠的尊严和纤尘未染的宁静，让安妮的主人公们看到了需要的敬畏和折服。这不是宗教，当然也不是神秘主义，但还是人难以超越或不能触及的所在。它昭示心的善或高远，那种幸福感是世俗世界不能找到的。因此，《莲花》是安妮从幻路抵达内心的心灵之旅。

我注意到安妮的文字，简洁而果决，它的纯净感常常让人想到一些美文。这既是一种自信也是一种与生俱来或修炼的内心要求。但在叙事上又与故事的简单形成了明显的反差。按照叙事学的理论，在《莲花》中，前叙事、平行叙事和后叙事交替而行，这使一个简单的故事讲述起来又不那么简单。这样，我们的阅读经验按照布鲁姆在《西方正典》中的说法，就有了一种"疏异性"，这是安妮的经验。

《莲花》不是轻狂或时尚的写作，轻狂以"另类"自诩丰艳而苍白，时尚以优越自得造作而虚空。安妮似乎远离潮流，一如她对墨脱的钟情。她对浅近的事务也没有兴趣，她独自高蹈兴致盎然。文学最终要处理的还是与内心或与心灵相关的事务，它是关乎灵魂的领域。安妮的作品很少进入"官学"视野，这个在民间有极大声望的作家也很少被"批评家"们高谈阔论，自然也不见她出入某些讨论会或座谈会，她对此似乎也没有兴趣。但我相信，《莲花》将会改变许多人对安妮的看法，因为《莲花》作为一部好作品当之无愧。

范稳：悲悯大地

《悲悯大地》是一个藏区文化的"他者"试图透过重重迷雾，感悟和理解藏区文化的一部小说，是一个执着的文化探险家铤而走险坚忍跋涉发现的文化宝藏，是一个富有想象力的文学家构建的一个悬念不断层峦叠嶂的文学宫殿，是一个揭秘者在雪域云端追踪眺望看到的两个世界。

80年代中期以来，青藏高原或者说藏传佛教文化，几乎成了文学题材的圣地。在这片不断被传诵的圣地上，不断绽放着神奇的文学雪

莲——马原、扎西达娃、马丽华、阿来、范稳、安妮宝贝等作家，用他
们的神来之笔不断述说着在这里发现的神奇故事。尽管如此，雪域高原
仿佛依然悠远静穆深不可测，它的高深一如它久远的历史，在高贵的静
默中放射着神秘、奇异、博大和睿智的光芒。事实上，高原的神奇显然
不只是它的自然地貌风光风情，它更蕴含在像风光风情一样久远的历
史文化中。谁接近或揭示了高原文化的秘密，谁才真正走进了高原的
深处。

《悲悯大地》是作家范稳继《水乳大地》之后创作的又一部表现藏
区历史文化的长篇小说。它不是格萨尔王式的英雄赞歌，不是部落土司
的勇武传奇。它是一个藏区文化的"他者"试图透过重重迷雾，感悟和
理解藏区文化的一部小说，是一个执着的文化探险家铤而走险、坚忍跋
涉发现的文化宝藏，是一个富有想象力的文学家构建的一个悬念不断、
层峦叠嶂的文学宫殿，是一个揭秘者在雪域云端追踪眺望看到的两个世
界。因此，这部可以称为中国的《百年孤独》的作品，不仅具有极大的
文学价值，而且也具有较高的文化人类学的价值。

文学确实有属于它永恒的主题，这个问题已经而且还将被千百遍地
谈论。比如对爱情、正义、善与美、英雄、勤劳等的歌颂，对邪恶、丑
陋、怨恨、战争、贪婪等的批判，都属于永恒的主题。这些在文学创作
者和接受者那里已经获得了普遍的认同。但这些抽象的概念必须附着于
具体的行为和文化方式中才有可能得到具体的表达。在我看来，不同地
区、种族、群体中，那些具有"超稳定"意义的文化结构，对族群的生
活方式、行为方式、思维方式及道德准则具有支配、控制功能的文化结
构，就是文学应该寻找和表达的永恒的主题。宗教就是这种具有"超稳
定"意义的文化之一或典型，它虽然也处在不断被建构或重构之中，但

在本质上并不因时代或社会制度的变迁发生变化。

《悲悯大地》表达的是一个藏人的成佛史，它以极端的想象描述了藏人阿拉西—洛桑丹增成佛的艰难而残酷的过程，并在这个过程中展现了教徒是如何超越了世俗世界进入宗教世界的。我们不能回答或理解宗教对一个人的感召或吸引，因此也不能回答或理解阿拉西—洛桑丹增为什么花费了七个春秋、经历了世俗人生不能忍受的身体和精神的磨砺长跪山路去拉萨朝拜。但洛桑丹增高山雪冠般的尊严、意志和失去了所有的亲人所表达出的坚忍、悲悯，我们在震惊不已的同时也被深深打动。那个神秘的世界距我们是如此的遥远，但令人心碎的洛桑丹增仿佛就在眼前。他终于找到了属于自己的佛、法、僧的"藏三宝"。《悲悯大地》动人心魄的魅力，就在于通过洛桑丹增成佛的过程展示了世俗世界不能经验也难以想象的另一个世界。漫长的朝拜路途，恰似藏区缓慢的宗教文化时间，因浓重而凝固，因缓慢而千年万年。当然，如果没有母亲、妻子、兄弟的"后援"，这个成佛过程是不能实现的。这个难以用世俗价值解释的故事，在雪域高原却有着坚实和稳固的文化基础。众多的喇嘛、上师，以及各种仪式、民歌，等等，藏区独特的宗教文化气息在小说中弥漫四方挥之不去。因此，小说是范稳以他对滇藏交界处或澜沧江两岸藏区文化的独特理解，真正走进了雪域高原的纵深处。

当然，作为一部杰出的文学作品，《悲悯大地》对世俗世界的描绘同样精彩绝伦。寻找世俗世界快刀、快枪、快马"藏三宝"的达波多杰也经历了难以计数的屈辱和磨难，他也找到了心仪已久的"藏三宝"。但他的仇怨、贪婪、世俗欲望并没有改变，苦难对他不是一心向善的磨砺，而是越发激起了他复仇、怨恨和仇杀的心理。达波多杰在和洛桑丹增的比较中，深刻地表达了两个世界的难以跨越。兄弟共妻的阿拉西、玉丹和达娃卓玛的婚姻温暖而凄楚，他们的礼让谦恭使这奇异的婚配充满了高原的诗意。这独特的爱情最后终结于朝拜路上，不仅使朝拜更加悲壮，而且也使这美丽的爱情悲剧充满了宗教色彩；但郎萨家族的兄弟却上演了叔嫂通奸的故事。达波多杰与嫂子贝珠的身体接触虽然被书写得干柴烈火惊心动魄，但千娇百媚的性爱背后隐藏的阴谋和杀机，可能更触目惊心。在世俗世界，即便是一个女人，一旦被权力或贪欲所掌控，她因野心而释放出的人性之恶可能会更加疯狂而无所不用其极。女人倾其所有要对象化的东西，她将不计后果。范稳对世俗世界的理解虽然没有在本质上超出我们的阅读经验，但他生动的描绘在更深刻的意义上留在了我们的印象中。贝珠用多年的牢狱代价换取了她的梦想，但她不能拥有幸福也是意料之中的。小说不仅有宗教和世俗两个世界的对比，而且在世俗世界中也有白玛坚赞和都吉、阿拉西和达波多杰、达娃卓玛和贝珠等的多种比较，使小说充分呈现了人性的丰富性和复杂性。

　　我还惊异于作家在小说中对魔幻现实主义的成功借鉴。80年代中期加西亚·马尔克斯的《百年孤独》在中国翻译出版之后，这个创作方法曾盛极一时。他山之石可以攻玉。许多当今名重一时的作家几乎都曾借鉴或模仿了这位来自拉丁美洲作家的创作方法，当然也包括书写藏区历史文化或当代生活的作家。但是，值得注意的是，每一种创作方法显然不只是个技术性的问题。事实上，它是对一个民族、一个族群、一个文化共同体历史传统和生活方式的文学理解。它是以极端甚至夸张的方式，试图在本质的意义上表达出这个文化共同体的特殊性。当然，这个特殊性也只有在世界多元文化格局形成之后才有可能获得承认。因此，这个现象既是民族的，同时也是政治的。有趣的是，虽然我们可以明确无误地指认作家范稳借鉴了魔幻现实主义的方法，但我认为他是那样驾轻就熟水到渠成，毫无牵强生硬或临摹之感。小说中，传说与魔幻的现实无处不在：冰雹将软弱的东西打进一尺深的土地里，神巫斗法，豹子吃蟒蛇，骡子"勇纪武"可以与人对话，达娃卓玛与豹的搏斗，死去的玉丹轮回为守护的花斑豹，孩子危机时刻，花斑豹从天而降救出了豺狗嘴里的孩子，财主轮回为蛇仍是守财奴，人身分离上身依然说话，寻找"藏三宝"的达波多杰沦陷女儿国，等等。这些魔幻或超现实的情节，是作家奇异的想象，它可以因此获取诸多质疑。但在我看来，恰恰是这些超出我们经验的想象，才会在本质的意义上深刻有力地表现出高原藏区的历史和文化。这些想象未免夸张，但生活在传说和超验世界的民族群体，也唯有如此才能更形神兼具地表达出那种文化的奇异、悠远、神秘和博大。这既是文学的修辞需要，同时更是那种历史文化被表达的需要。在这一点上，范稳的努力使他得到了自己需要的东西。

这虽然是一部描写"一个藏人的成佛史"，但同样在经验之外的作家范稳的诉求还是可以猜想的。他试图借助一种文化表达他对彼岸世界的理解和对现实世界的企盼或祈祷，一如他在《水乳大地》中所表达的思想和愿望。小说中的成佛故事我们难以做出价值判断，那种仁忍、悲悯，比苍天还博大宽广的心灵世界，除了让我们震撼、感动之外，几乎无话可说。但他对现实世俗世界的揭示还是让我们看到了作家的焦虑和不安。他希望世间能够和平相处，希望人与人能够有更多的悲悯弥漫心灵。当然，这仅仅是文学家的想象。事实是没有任何一种宗教能够拯救人类，即便同是宗教，也还存在着"文明的冲突"。只要打开地图，战火和敌视就会在不同地区或狼烟四起或磨刀霍霍。但是，播撒的悲悯总有一天会化解、超越人类的仇恨，让人间布满福音。也许，这就是作家在高原深处发出的最后的祈祷和祝愿。

徐名涛：蟋蟀

他对享乐的体悟和对颓唐之美的拿捏，既让人不可思议，又让人忍
俊不禁并生发出强烈的好奇心理和兴趣。

徐名涛的长篇小说《蟋蟀》，是一部对传统文化和生活集中书写的
一部作品。在当下长篇小说创作的整体格局中，《蟋蟀》肯定是一个例
外：我们难以判断它是一个什么样的题材，也不能确定它究竟要言说什
么。可以肯定的是：这是一部离奇而怪异的小说，是一部情节密集又悬
疑丛生的小说，它是一部关于过去的民间秘史，也是一部折射当代世风
和私密心理的启示录。它在各种时尚的潮流之外，但又在我们时时更新
却又万古不变的文化布景之内。故事的时间和背景都隐约迷离，我们只
能在不确切的描述中知道，这是一个发生在清末民初期间、巢湖一带的
姥桥镇陈家大院和妓院翠苑楼里的故事。大院的封闭性、私密性和妓院
制度，预示了这是一段陈年旧事，它一旦被敞开，扑面而来挥之不去的
是一种陈腐霉变的腐烂气息。这种气息我们既熟悉又陌生，既心向往之
又望而却步：妻妾成群的陈天万陈掌柜、深怀怨恨的少东家陈金坤、风
情万种的小妾阿雄、秉性难改的小妾梅娘、表面儒雅心怀叵测的义子王
世毅、始终不在场但阴魂不散的情种秦钟及一任管家两任知县等，各怀
心腹事地款款而来。

这是两个不同的场景，一个是私人化的宅院，一个是公共化的妓
院。但这两个不同的场景却隐含了共同的人性和欲望，在无数的谎言中
上演了相似的爱恨情仇。陈家大院的主人陈天万陈掌柜一生沉迷斗蟋

蟀，他的生死悲欢都与蟋蟀息息相关，在爱妾与蟋蟀之间他更爱蟋蟀，但他必须说出更爱小妾阿雄；小妾梅娘与少东家有染、与知县两情相悦、与义子王士毅有肌肤之亲并最终身怀六甲；王士毅表面儒雅但与妻子豆儿同床异梦，对收留他的义父陈掌柜的两个小妾虎视眈眈以怨报德；管家表面忠诚但对陈家家产蓄谋已久韬光养晦……而这一切都被谎言所遮蔽。院墙之外虽然传言不绝街谈巷议，但大院昏暗的生活仍在瞒与骗中悄然流逝。然而死水微澜终酿成滔天大浪，陈家大院更换了主人，那个只有母亲而父亲匿名的孩子，虽然身份暧昧，但因眉眼、提蟋蟀罐走路的姿态和对蟋蟀的痴迷，使人们有理由相信那就是陈掌柜的孩子。邻里释然大院宁静，但这个被命名为司钊的孩子，许多年过后，无论他的父亲是谁，可以肯定的是，他是又一个陈天万。他一定会承传陈家大院——也是中国传统生活中最陈腐却又魅力无边的方式。这个意味深长的结尾，也使《蟋蟀》成为一部"意味"深长的小说。

在故事的结构方式上，《蟋蟀》有两条明暗交织的线索：一条是长颚蟋的被盗，一条是秦钟的神秘之死。这两条线索几乎掌控了陈家大院所有人的心理和精神生活，所有人的恐惧和快乐无不与这两个秘密相关。秦钟不散的阴魂不仅笼罩在陈家每个人的心头，甚至惊动了两任知县。每每提及秦钟命案，陈家上下便魂不守舍讳莫如深，其实这个令人惊恐的事件水落石出时并不那么复杂，但它却是提领小说的灵魂；陈掌柜虽然不至于玩物丧志，但他对蟋蟀的迷恋最终还是走向万劫不复——长颚蟋的被盗终于让陈掌柜心无所系一命归西。《蟋蟀》中的文化与传统中国的主流文化既有关系又有区别：达官贵人对享乐的迷恋与陈家大院在本质上是一样的，但他们同时也有或兼善天下或独善其身的情怀或抱负。不同的是，陈家大院作为颓废的民间文化，所散发的仅仅是无可救要的腐烂气。这种文化犹如风中的罂粟，摇曳中的凄美惨烈的背后隐藏着致命的绝杀。我惊讶于徐名涛对这种文化气味的熟悉、提炼和掌控能力，他对享乐的体悟和对颓唐之美的拿捏，既让人不可思议，又让人忍俊不禁并生发出强烈的好奇心理和兴趣。这是东方奇观，也是华夏文化大地上的"恶之花"。

石钟山：天下兄弟

《天下兄弟》因其戏剧性而具有可读性，它奇异的故事，以及围绕故事的节外生枝，都诱惑或吸引着读者。小说超越了"军民鱼水情"模式，而升华为对人性探讨的深度。另一方面，小说对农村特殊年代苦难的书写，对普通农民对苦难忍受力的书写，都因其真实性而给人以极大的震撼。

战争文学或中国现代革命历史，是当代中国文学最重要的创作资源之一，当代文学的经典作品，有相当一部分是和革命战争有关的。但我们也必须承认，对战争文学或我们称为"军旅文学"的创作，需要探索的道路仍然还很漫长。说得极端一点儿的话，这一领域的创作对作家构成的挑战仍然是相当尖锐的。特别是在和平时期，如何书写军队生活，离开战争后的军人该怎样表现，应该是所有军队作家共同面对的问题。石钟山的出现并不是说他找到了解决这一问题最有效或最好的途径，但他的探索于军旅文学来说，具有文学史的意义是没有问题的。他的《男人没有故乡》《向北，向北》《遍地鬼子》《红土黑血》《玫瑰绽放的年代》《激情燃烧的岁月》《军歌嘹亮》《母亲》《幸福像花样灿烂》等作品的出版或播映，不仅使石钟山名重一时，而且，和平时期的军旅文学也在他这里发生了某些重要的变化和转向，作为一种文学现象，石钟山的意义便不同凡响。

《天下兄弟》是石钟山新近出版的一部长篇小说。这部作品不是通过战争与和平的对比寻找差异性，也不是在退伍与退休离开部队或岗位的落差中突显人物性格。这样展开故事的方式石钟山已经尝试过。因此，《天下兄弟》如何突破过去的军旅文学并且超越自己的创作，对石钟山来说是首先面对的困难。在我看来，《天下兄弟》最大的特征就是它的戏剧性因素：无力抚养一对双胞胎兄弟的母亲，将其中一个孩子送给了不能生育的团长田辽沈夫妇，取名田村的孩子高中毕业后被养父母送进部队；为了改变家庭和个人命运，留下来的孩子刘栋，也以姐姐牺牲婚姻幸福为代价走进了军营。兄弟两个被分配到同一个部队。这样戏剧性的情节设置，自然会有既出人意料又在意料之中的故事发生。他们既是竞争对手，同时又在关键时刻相互帮助甚至拯救对方的生命。最后谜底托出，兄弟俩身世被告知，田村与苏小小终结良缘，又生出一对双胞胎。小说以大团圆结束故事。

在以往的军旅文学中，国家叙事是不能改写的主旋律，个人命运或人性的因素一直受到压抑。这是这一题材的小说难以突破的主要原因。石钟山在《天下兄弟》中虽然设置了戏剧化的情节主线，但在这个框架中他力求表现的还是普通人性的问题。生母王桂香的忍辱负重牵肠挂肚，几乎写尽了天下母亲的骨肉亲情；养母杨佩佩意外得子的欢欣和怕失去的心神不宁；大哥刘树的一再牺牲直至捐给弟弟眼角膜；姐姐刘草为了让弟弟参军而宁愿嫁给自己不喜欢的人；农村姑娘苏小小对爱情的美丽想象和坚韧的等待等，都写得极为令人感动。这些动人的因素就是因为那是普通的人性，是任何人面对或遭遇了这些问题时都会产生的情感和行为。因此，小说就超越了"军民鱼水情"模式，而升华为对人性探讨的深度。另一方面，小说对农村特殊年代苦难的书写，对普通农民对苦难忍受力的书写，都因其真实性而给人以极大的震撼。

需要指出的是，《天下兄弟》因其戏剧性而具有可读性，它奇异的故事，以及围绕故事的节外生枝，都诱惑或吸引着读者。但夸张的戏剧性和密集的故事更像是一部长篇电视连续剧，这样又压抑或制约了小说文学性的生成。直白的语言和过多的交代叙述，使这部小说几乎一览无余，小说的"意味"所剩无几。这是对大众文学因素接受或吸收过多所导致的。此前他的小说也程度不同地存在这样的问题。这个问题对石钟山来说，可能是今后需要超越的最大的问题。"石钟山现象"是一个值得研究的现象，同样"石钟山模式"也是一个值得警惕的模式。

盛可以：道德颂

人类的精神矛盾和困境没有终点，欲望之水永远高于理性的堤坝，这就是精神困境永无出头之日的最大原因。

盛可以的小说一出现，就显示了她不同凡响的语言姿态，她语言的锋芒和奇崛，如列兵临阵刀戈毕现。她的长篇小说如《火宅》《北妹》《水乳》及短篇小说《手术》等，都不是触目惊心的故事，也没有跌宕起伏刻意设置的情节或悬念。可以说，盛可以小说最大的魅力就在于她锐利如刀削般的语言。在她那里，怎么写远远大于写什么。《道德颂》也是这样一部长篇小说。如果我们简单概括这部作品的话，也可以说，这是一个始乱终弃的故事，是一个女人和三个男人的故事，是这个时代文学表达最常见的婚外恋的故事。事实也的确如此。但是，需要指出的是，越是常见的事物就越难以表达，在常见的事物中发现别人没有发现的，就是作家的过人之处。而盛可以恰恰在别人无数遍书写过的地方，或者止步的地方开始，让这个有古老原型的故事重新绽放出新的文学光彩。这是因为，《道德颂》将男人与女人的身体故事，送进了精神领域，旨邑与水荆秋所经历的更是一个精神事件。

小说的命名就极具挑战的意味：一个婚外恋的故事与道德相连，混沌而迷蒙。我们不知道在道德的意义上如何判断旨邑与水荆秋，可以肯定的是，盛可以尖锐诚实地讲述了当下社会生活中常见的精神现象，这个诚实就是道德的。仿佛一切都平淡无奇："一个普通的高原之夜，因为后来的故事，变得尖锐。"水荆秋，一个四十出头的男人，在近三十岁的旨邑眼中是"比德于玉，而且是和田玉，是玉之精英。……水荆秋并不英俊，然而这块北方的玉，其声沉重，性温润，'佩带它益人性灵'，她以为他的思想影响将深入，并延续到她的整个生命。"小说开篇的路数与其他言情故事区别不大，但修辞老辣，一个"她以为"预示了故事不再简单。小说的基本情节也波澜不惊：旨邑和水荆秋一见钟情，约会、怀孕、堕胎，同水荆秋的太太战斗，与谢不周、秦半两暧昧周旋取舍不定等。但在这些常见的生活故事里，盛可以锐利地感知了情感困境更是一种精神困境。特别是历史学教授水荆秋，他可以风光地四处讲授他的历史学，但他唯独不能处理的恰恰是他自己面对的"历史"："在水荆秋看来，日常生活与精神生活是敌对的，甚至前者瓦解后者，他做梦都想逃离日常生活，最终只是越陷越深。"历史学教授的方寸确实乱了。精神生活不可能与日常生活无关，没有从日常生活中剥离出的纯粹的"精神生活"等待教授去享受，这个学问甚大的教授面临不可解的现实难题时，竟然试图以"形上"的方式寻找借口逃避，可见水荆秋的无力和无助。说水荆秋虚伪、自私、懦弱都成立，但却不能解释他止步、逃避、矛盾的全部复杂性。因为那不是水荆秋一个人面临的问题。水荆秋是情感事件的当事人，他不能处理他面对的事务，所以作为小说"人物"他就显得有些苍白。谢不周没有身置其间，他没有被规定"轨迹"，所以谢不周作为人物"就从容丰满些"。

旨邑其实是一个有些理想化的人物。她多情美丽、胆大妄为、敢于爱恨，但紧要处又心慈手软不下猛药。作为一个事件中没有主体地位的女性，她的结局是不难预料的。但她的困境也许不仅在与水荆秋的关系中，同时也在她与谢不周和秦半两的关系中。这些男人，就像她开的玉饰店一样，虽然命名为"德玉阁"，但却都是赝品。倒是那个被称为"阿喀琉斯"的小狗，忠诚地跟在旨邑的身边。因此，包括旨邑在内的小说中的所有人物，很难以道德的尺度评价，即便是作为基本线索的情感关系，也多具隐喻性。人类的精神矛盾和困境没有终点，欲望之水永远高于理性的堤坝，这就是精神困境永无出头之日的最大原因。

　　如前所述，《道德颂》的值得关注，不只在于小说提出或处理问题的难度，也不在于小说对人物内心把握的准确，更值得谈论的是小说的语言修辞。无论是人与事，《道德颂》的语言都是拔地而起，所到之处入木三分。盛可以曾在《让语言站起来》一文中说："我的小说中有许多比喻。运用精确形象的比喻，也能使语言站起来。余华的比喻是精辟的，如说路上的月光像洒满了盐；博尔赫斯说死，就像一滴水消失在水中；普鲁斯特在《追忆逝水年华》里写'感到思念奥黛特的思绪跟一头爱畜一样已经跳上车来，蜷伏在他膝上，将伴着他入席而不被同餐的客人发觉。他抚摸它，在它身上焐暖双手……'这只有'神经质的、敏感到病态程度'的普鲁斯特才写得出来；茨威格华丽而充满激情的语言及精彩的比喻让人折服。用形象的隐喻使人想象陌生事物或某种感情，甚至味觉、嗅觉、触觉等真实的基本感觉来唤起对事物的另一种想象，既有强烈的智力快感，也有独特新奇的审美愉悦。"这是盛可以的小说修辞学，她以自己的神来之笔实现了自己的期许。她那"站起来"的语言，就这样或山峰或美女般地在眼前威武仁立闪动舞蹈。

关仁山：白纸门

《白纸门》给人印象最深的，就是它对民间文化或民俗民风的呈现与描绘。它像"箴言"或"咒语"，它不能改变现实却预言了现实。我们可以说它是"迷信"，是非理性，但它却是雪莲湾的民间信仰。

通过对新世纪小说创作的观察和分析，我曾提出了"边缘文化与超稳定文化结构"的看法。这一看法的提出，是缘于大量的小说创作对过去被我们忽略，甚至批判乃至抛弃的文化资源重新关注并注入了新的理解。这一现象的出现，一方面与西方强势文化的挤压有关，一方面与作家对本土文化新的理解有关。在西方强势文化的挤压和"形式的意识形态"的诱导下，我们的文学焦虑不安，在急于获得西方承认的心理诉求下，只能"跟着说"。这个结果伤害了中国文学的自尊心。于是，从本土文化寻找文学资源就成为作家自觉的意识并逐渐形成潮流。《白纸门》就是在这一潮流中意识和特点鲜明的作品。

腊月的雪，疯了，纷纷扬扬不开脸。烈风催得急，抹白了一片大海湾。白得圣洁的雪野里零零散散地泊着几只老龟一样的旧船。疙瘩爷把腿盘在炕头，屁股上坐着一个红海藻做的圆垫子，烤着火盆，吧嗒着长烟袋，眯着浑黄的眼睛瞄了一眼门神，把目光探到窗外。荒凉海滩上压着层层叠叠的厚雪，撩得他猛来了精神儿。他心里念叨打海狗的季节到了。他别好徒弟梭子花送给他的长烟袋，挺直了腰，拧屁股下炕，从黑土墙上摘下一只明晃晃的打狗叉。叉的颜色跟大铁锅一个模样。他独自哼了几声闰年谣，拎起栓狗套，披上油脂麻花的羊皮袄，戴一顶海狗皮帽子，甩着胳膊，扑扑跌跌地栽进雪野里。

这是关仁山长篇小说《白纸门》开篇描绘的一个场景。这个场景与其他地域日常生活场景的差异性显而易见：这是冀北海滨雪莲湾的冬季，一个略有委靡无所事事的渔民在火盆边吸烟袋。当他看到海滩上的积雪被烈风抽打的时候，职业的敏感使他顿时精神抖擞，然后便跌跌撞撞地栽到雪野里去了。值得我们注意的是，在这个开篇的叙述中，有几个独特的关键词是我们不熟悉的：红海藻、门神、梭子花、大铁锅、闰年谣，等等。事实上，在《白纸门》的"引子"《鹰背上的雪》中，这样的关键词出现了49个，而这49个关键词也恰恰是《白纸门》49个章节的标题。我们不免疑惑，那已经给了注释符号的类似词条式的关键词，到最后作者也没有给出我们可以理解的注释，也没有做出任何说明性的文字。这是作者的有意的遗漏还是无意的故弄玄虚？

这是一部表现当下农村日常生活的小说，但日常生活仅仅是作家现有经验的文学化呈现。比如当下农村改革的状况，变革的农村在向什么样的方向发展，等等，但我们看到的这些现实的生活在小说中更像是一个"由头"，更像是要通过这些"现实的生活"表达一种非现实的东西。这也是一部表现人性的小说，但这个人性不是我们惯常看到的人与人交往中流露出的善与恶，也不是在突发事件、在戏剧化的场景中所表达的人性极端化的心理或行为。而是所有的人性似乎都被纳入到了一种"规训"的掌控之中，一种超自然的力量使人性有了顾忌或敬畏，为所欲为在雪莲湾难以大行其道。

小说似乎是以麦家祖孙三代人：七奶奶、疙瘩爷和重孙女麦兰子的生活和性格展开故事的，但它又不是一部家族小说。这个家族与雪莲湾的民俗风情有密切关系，甚至可以说，"麦家"的历史就是雪莲湾的历史，麦家的风俗影响或塑造了雪莲湾的文化或生活方式。小说的空间在雪莲湾，但雪莲湾的时间源头却是不可考的久远历史。这个历史仍然与麦家有关："古时候发海啸，雪莲湾一片汪洋，七奶奶的先人会剪纸手艺，平时就在门板上糊上剪纸钟馗，家家户户进水，唯独七奶奶先人家里没进海水。这下就把白纸门传神了，家家户户买来白纸，请七奶奶先人给剪钟馗。明眼人一看，雪莲湾家家户户都是一色白纸门了。"与门文化有关的还有，谁家男人死了，要摘下左扇白纸门随同下葬，女人走了要摘下右扇白纸门下葬，新人入住要重新换上门，贴上七奶奶剪的白纸钟馗。雪莲湾的风俗就这样延续下来。这大概是小说对《白纸门》唯一做出注释的"词条"。其他没有做出注释的"词条"，都隐含在雪莲湾的生活词典里。也许在作者看来，民间生活的秘密是只可意会不可言说的，而这个不可言说的有意"省略"，恰恰是小说的高明之处。

疙瘩爷和七奶奶是《白纸门》的主要人物，也是雪莲湾"旧文化"的守护者和象征。疙瘩爷不仅面对社会生活严格恪守公平原则，认为公平本身就是对尊严的捍卫，而且在与动物的厮杀搏斗中，也要以公平的方式对待。他杀猎海狗不用现代的火枪，而是用"打狗叉"。他的理由一是祖传的规矩，一是不能干断子绝孙的蠢事。但当他面对"现代"的时候，疙瘩爷不仅不能阻止年轻人的火枪，甚至他也难以左右自己。当他当上村干部之后，他雅努斯式的犹疑和茫然，也出现在他被民间古旧文化熏陶过的沧桑面孔上。传统遭遇了"现代"，传统的无能为力是因为"现代"的无所顾忌。七奶奶虽然敢于出头为村里讨债，但讨回的钱却让村书记买了轿车，"小吕子"书记虽然被绳之以法，但七奶奶的"规矩"还能够制约多少人或多长时间呢？因工厂的污染，雪莲湾大片红海藻"走了"，七奶奶竖起她的白纸门，但七奶奶能够挽留红海藻吗？因此，《白纸门》表达了传统与现代的文化冲突，表达了现代没有边界发展的困惑和隐忧，当然，它也检讨了百年来对传统文化彻底排斥、抛弃乃至毁灭的后果。

因此，《白纸门》给人印象最深的，就是它对民间文化或民俗民风的呈现与描绘。它像"箴言"或"咒语"，它不能改变现实却预言了现实。我们可以说它是"迷信"，是非理性，但它却是雪莲湾的民间信仰。"民间信仰，是对超自然力的信仰而形成的观念以及在观念统治下形成的态度和行为。这种超自然力，既包括人格化的力量（如神灵），也包括非人格化的力量（如法术）。一般来说，民间信仰缺乏统一的神系、固定的组织以及统一的教义，因而在形态上同制度化的宗教有较大差异，并因此而长期被人们普遍以'迷信'相称，来强调它与科学的对立，特别是与狭义'宗教'（高级宗教）的区别。但其实在本质上，它同各种高级宗教是一致的。从客观的经验来看，或者说，从科学的角度来看，它们均属于非理性的范畴。在人类学、民俗学当中，与制度化的宗教相对，民间信仰常被称作'普化宗教'。对于中国的民间信仰，有些学者又常常称之为'民间宗教'，并且把它看作中国民众自己的宗教。"文化人类学或民间文化研究专家正确地指出了"民间信仰"的功能或价值。而《白纸门》重返民间文化，重新表达对神秘事物的敬畏和顾忌，意义显然重大。

关仁山是著名的"现实主义冲击波"的代表性作家，他创作的《大雪无乡》《九月还乡》《天高地厚》等作品，在主流批评那里获得了很高的评价和声誉。《白纸门》与他以往的作品相比，发生了极大的变化。他在谈到自己这部作品的时候说："作家没有明确的民间立场也就没有明确判断生活的尺度，价值观念也难确立。经过这些年的思考，我认为现实主义作家确立民间立场十分重要。建立民间立场，即确立自己的独立精神。从《白纸门》的创作，我有意识向民间立场迈了一步，尽管有点儿为难，可能还会丢掉一些利益，但还是值得的。"在他的独白中，我们确实感到了他转变的艰难甚至犹疑。但他毕竟实现了超越自己的"突围"。值得商榷的可能是他所说的"民间立场"。事实上，我觉得《白纸门》恰恰是典型的精英立场，他对传统文化的反省或检讨的自觉，站在纯粹的民间立场上是不能完成的。如果站在民间的立场上，可能仅仅会"风俗"性地对民间文化表示留恋或怀念，而难以表达这一文化形态的魅力和功能。而恰恰是这一文化形态本身，甚至为他的小说结构带来了新的面貌，这怎么会是"民间立场"呢？

就小说而言，我唯一不满足的，是小说在现实与传统之间还没有建构起无碍的内部关系，还没有达到不露痕迹的统一或融合，它们之间总像隔着还没跨越的沟堑。因此，那些传统的民风民俗就像庙会一样，有"策划"的味道。这种情况是否与作家的直接经验不够有关呢，还是与传统渐行渐远痕迹难寻有关？我不能断言，但总是觉得在哪些地方还没有"焊接"好。但无论如何，在一个没有敬畏和顾忌的年代，关仁山在乡村中国超稳定的文化结构中，重新打捞出了尘封已久的陈年旧事，重新将被压抑的民间文化呈现在我们的阅读中，使我们对"神秘的事物"有了新的认识和感知。仅此一点，他就功莫大焉。

陈行之：当青春成为往事

青春已成为往事，历史也已成为往事。作家当然不只是叙述了石玉兰以及与她有关的故事，而是在强悍的理性思辨下，表达了他的历史观。

陈行之的长篇小说《当青春成为往事》，如果只看书名，会以为这是一本很时尚、很流行的"小资"的书，或者是一本"网络"小说。但是，如果这样认为显然错了。怀有这样期待的读者在这本书里肯定找不到他们所期待的东西。这是一部与知青生活有关的小说，是一部重新阐释或想象知青历史的小说，是一部在历史中发掘和展示人性的强悍或无能为力的小说，当然也是一部突显作者思想能力的小说。在我的阅读经验中，知青小说进入90年代之后逐渐消歇，那段历史即便在当时人的视野里似乎也渐行渐远逐渐隐去。这个现象与文学史上对其他历史事件的态度一样没有得到持久的关注。在这个追新逐潮的时代，很少有人耐心地思考一个历史现象。包括知青题材的小说在内，尽管已经积累了很多值得重视的经验，但可以肯定的是，我们还没有看到那种让人振聋发聩心头一震的小说。这样的小说我们还需要等待多久没有人知道。

现在，我们读到的陈行之的《当青春成为往事》，应该说是作家期待着别开生面的小说，在某种意义上，它实现了作家的期许。在作家以平行视角讲述的知青的历史与现实生活中，镶嵌的故事主体，却是一段鲜为人知的陈年旧事。这段故事是叙述人苏北转述的，真正的讲述者是隐匿的主人公吴克勤。在历史的故事中，主人公遇到了威震乡里的商人井云飞的佃户老婆石玉兰。她是井云飞的第三个太太。石玉兰大起大落沉浮不定的一生，就从这时开始：父亲被杀害、丈夫被剿灭、最后又亲手杀死了自己的儿子。新中国成立前，在丈夫和其他太太面前要小心翼翼如履薄冰，新中国成立后，必须为活着处心积虑强作欢颜。但石玉兰还是没有活下来，她一生的疲惫、焦虑或不堪，是可以想见的。青春已成为往事，历史也已成为往事。作家当然不只是叙述了石玉兰以及与她有关的故事，而是在强悍的理性思辨下，表达了他的历史观。历史的偶然性或面对历史时个人的无力、无助或无奈，几乎就是命定的。如果说石玉兰太渺小了，她难以或不能改变自己的命运的话，那么井云飞应该是强大的，但仍难免走向死亡。如果说井云飞在历史面前做了错误的选择，他试图改变历史时恰恰被历史所淹没，那么其他几个太太并没有这样的勃勃野心，但也难逃宿命般的下场。因此，作家陈行之悲凉的历史意识或悲剧的人生理解，在小说中得到了深刻的诠释和表达。当然，小说并不是历史学著作，它的生动性必须蕴含在富于文学性的表达中。我注意到，陈行之对人物的刻画极具功力，他几行文字便将一个形象活灵活现地呈现出来。井云飞的第一个太太出现时是这般模样：

　　这是林姓商人的最小的女儿，巨胖，看上去简直是一座肉山，爱吃——什么都吃，只要能够往嘴里放的东西，她都会想方设法放到嘴里去咀嚼。这个家伙还有一个显著的特点：不爱说话。那可不是一般的不爱说话，她竟然能够在长达一个月的时间里不说一句话。井云飞常常出神地看着这个可爱的妻子，琢磨这究竟是一个什么东西。

既没有脸谱化又不失幽默，确实身手不凡。

我对小说不满足的是，小说过多地穿插了汤因比、休谟、荣格等关于历史或哲学的论述。如果这些论述写在后记《文学应当有一条哲学的通道》，讲述关于作家的理性思考的话，是完全可以的，但把它写进小说中就未免牵强。80年代的张贤亮曾经这样做过，当时就有批评家批评了这样的做法。现在陈行之这样做，同样是有问题的。它在显示作家较强的理性思维能力、修养和气象的同时，我仍然觉得对于小说创作来说不是什么好方法。人物形象或具体事件已经将作家对历史的理解形象地展示了，那些理性的表达就显得十分多余。当然，这是一个可以讨论的问题。

汤吉夫：大学纪事

朱利安·本达在《知识分子的背叛》中指出，"包括知识分子在内，整个人类已经世俗化了"。

"院校合并"是大学教育的一大景观，从实施至今一直是大学谈论的重要话题。"合并"的是非曲直、利弊得失也一直是见仁见智、莫衷一是。但可以肯定的是，"合并"打造了大学的超级"航母"。当我们在全球大学排名不能名列前茅的时候，试图以办学规模获得某种心理上的满足，也不失为一个勉为其难的策略。"合并"的规模不只在于在校学生数字的激增，同时还伴有当权者莫名的冲动、兴奋、诺言、畅想或悲喜交加、前程未卜。于是，"合并"后的大学更像是一个惊慌失措的暴富者，不知以什么样的形象面世。在慌不择路之际，就像急于跨进现代的欠发达国家强烈表达自己"现代"的欲望一样，以贷款的形式开展的大规模校园建设蔚为大观，大学也因大楼"旧貌换新颜"。尽管教学质量依旧，教学秩序混乱，校内问题重重危机四伏，但对未来的想象淹没了现实危机，当权者仍然在憧憬或不能兑现的诺言中巧舌如簧。这是汤吉夫长篇小说《大学纪事》故事发生的基本背景。

H大学是以一个师范院校为主体合并的大学。原师院的政治系主任何季洲被任命为大学校长，不久又被任命为书记兼校长。他在"不墨守成规，敢于创新"思想的指导下大展宏图，要"五年进入国内一流，十年进入世界一流"大学的行列。志向不能说不高远，胆识不能说不过人。但是，一个以师范院校为主体合并的大学要实现这样的目标谈何容易。但何校长并不仅仅是一个空想家，在他看来一切都事在人为。他指示下属说："我们师资力量不足，博士嘛可以引进一点，专家嘛也可以调过来，条件可以商量；不能调来的，我们可以花钱买他的署名权，他的科研成果发表时，署上H大的名字就行，我们出钱就是了。"他还抱怨说："最要命的是我们的人不懂公关，今天是什么时代？你又穷又横，谱摆得跟大爷似的，哪个肯买你的账？评委是要经常联络的，要经常到人家家里看看，重要评委，我们校领导可以亲自去，要让人家感动。"在何校长的引导下，H大面貌果然焕然一新。不仅引进了德国地球物理专家海伦娜，引进了国内知名作家麦子，而且拿到了教授审批权，校内教授从五十多一下猛增到三百多，以何校长为带头人的政治学专业也拿下了博士点。他要五年之内创建二十个博士点、一百个硕士点，同时还要搞好校办企业，推动教育产业化的发展，五年以内，H大教工的平均收入要达到年薪八万元。要建造五星级的学生公寓，建造有五百个地下停车位的教学大楼，用一千万买下两辆列车的命名权……何校长的豪情壮志和为H大描绘的美妙前景激动人心。而且何校长正一步步稳扎稳打地实现或接近他的目标。

但是，在H大盛世繁华的背后，潜伏着致命的危机：申请博士点破坏了教学秩序，因实验室的无望海伦娜愤然离去，阿古教授涉嫌剽窃，作家麦子只对女同学感兴趣，学校基础设施因年久失修终酿成大祸……但这都不重要，在宴请学校中层干部的宴会上，何校长依然春风满面地向他的下属宣布着H大的无数喜讯，当然也是他的丰功伟绩。在小说结尾处，H大正在度过一个不眠的夜晚，灯红酒绿中人们击掌相庆。H大就在这样的谎言和虚假繁荣中过着美好的日子，而且还将继续下去。

H大不是没有人发现问题，也不是没有仗义执言、正直的知识分子。但是，在权力过于集中的何校长那里，他的意志就是学校的意志，他专横跋扈、一言九鼎。大学在他那里就是官场，就是权力关系和个人意志。他改写了"大学"的全部含义。即便是有盛副校长这样坚持正义、正直的大学管理者或知识分子，但面对何校长这样的当权者，他的锋芒也如入"无物之阵"。过去，我们所理解的大学是"学术共同体""学术殿堂""学者的圣地""社会的灯塔""精神的堡垒"，等等，即便是多少有些贬义的"象牙塔"，也从不同方面揭示了大学自觉边缘于社会，将这一社会机构变成一个自治性的机构，始终能够保持相对独立性，以抗拒社会的干扰或干预。在象牙塔中，学者拒绝非学术性的活动，他们营造的是学术堡垒或精神家园。即便与外界发生联系，学者也是以"旁观者"或"批判者"的姿态出现，他们不为世事沉浮或世风代变所动，只坚持学者的精神信念和行为方式。当然，时代的发展不再允许学者沉溺于象牙塔而对世事不闻不问。特别在中国，百年来风云变幻的时代环境，迫使知识分子走出象牙塔去参与社会事务，去关心国

家民族的兴衰存亡。这也造就了中国现代知识分子参与公共事务，做代
言人和社会良知的热情。尽管他们也为此付出了惨重的代价。但是，这
种参与同何季洲式的专断、追风、没有独立精神和思考能力是完全不同
的。可以说，大学的危机，就在于是何季洲这样的当权者和他们的思想
在掌控大学。如果是这样，大学培育出的就只能是短视的功利主义者、
实利主义者，而不是知识分子。

　　法国学者朱利安·本达在《知识分子的背叛》一书中曾引用莱努
维尔的一句话："世界为缺乏那种超越真实的信仰而苦恼。"信仰是超
越真实而存在的，信仰与现实的一切利益、功利无关，它像太阳一样照
耀温暖人的心灵，像雨露一样浇灌抚慰人的精神世界。何季洲没有信
仰，他是一个十足的功利主义者。当然，作家在处理这个人物的时候，
并没有将他脸谱化或塑造成一个僵硬的事务主义者。他也有不足与外人
道的内心隐痛，也有个人私密的情感生活。他好大喜功，出访国外看脱
衣舞或与大学旧情人信誓旦旦等，在今天也不属于道德或品质问题。如
果他是个普通教师可另当别论，但他是一校之长，是决定大学现实与未
来命运的决策者。如果他将个人的趣味或意志凌驾于大学精神之上，那
么性质就完全不同了。相对而言，盛副校长关于申博、关于大学办学规
律、关于评估标准的一些想法，可能要更切合当下大学的实际。但是，
这个敢于说出真话的管理者显然是违时的，他不受欢迎是可以预料和想
象的。朱利安·本达在《知识分子的背叛》中指出，"包括知识分子在
内，整个人类已经世俗化了"。法国作家、批评家爱迪安勃尔在这本书
的序言中说，本达的分析可以说无懈可击，这种世俗化的道路"是日耳
曼文化的胜利，希腊文明的破灭"。如果牵强比附的话，今天的H大学
就是校长何季洲的胜利，副校长盛霖的破灭。

汤吉夫先生长期在大学任教，他对大学生活的变迁感同身受。他曾长久地关注过这个群体，对当下大学中知识分子的认识入木三分。他的《地铁里的故事》《苏联鳕鱼》《旋涡》《宝贝儿》《上海阿江》等作品，将知识分子的众生相描绘得淋漓尽致、生动无比。这个阶层精神的萎缩和人格弱点自然有更为复杂的原因，但可以肯定的是，现行的大学体制是造成这种精神面貌最直接的原因之一。阿古教授、卢放飞主任、麦子院长以及小林这样的大学教师和管理者，几乎在所有的大学校园里随处可见。大学的问题正日益成为社会关注的焦点问题之一。也正因为如此，《大学纪事》的价值远远超出了文学的范畴，它将引起包括文学界在内的整个社会的关注是完全可以意料的。

彭定安：离离原上草

《离离原上草》，是一部全景式的反映知识分子在当代中国命运的长篇巨著，它是当代中国知识分子的心灵史和精神编年史，是一部充满了理想主义诗意的自叙传。

彭定安先生是著名的鲁迅研究专家，著名的文学理论家和批评家。他毕生致力于文学研究，是一个非常优秀的前辈学者。因此，当他出版了160万言的长篇小说《离离原上草》的时候，我们的震惊可想而知。这不只是说定安先生的宏大抱负和对于文学的勃勃雄心，同时也表现在他对长篇小说的理解叙述的极端耐心。

《离离原上草》是一部表现当代中国知识分子题材的长篇小说。这一题材，在80年代之前是相当匮乏的。这源于中国知识分子在社会生活结构中的地位，或者说，当工农兵成为文学主要的被述对象的时候，身份不明或者暧昧的知识分子，不能或难以走进文学领域是完全可以理解的。名重一时的《青春之歌》，虽然是一部知识分子题材的小说，但是，如果没有林道静身份的转换，没有对思想改造的深刻认同，她的凯旋是不能想象的。因此，我们与其把《青春之歌》当作一部小说来读，毋宁说它更是一部知识分子思想改造的教科书。进入新时期之后，我们读到许多表达知识分子题材的小说。但是，在"伤痕文学""反思文学"的潮流中，知识分子泪水涟涟的控诉，也完全是因依附于主流意识形态而获得合法性的。那里的自艾自怜不仅深刻地表现了知识分子内心的脆弱，以及独立精神空间的陷落，同时也从一个方面表达了中国知识分子主体性建立的困难。或者说中国知识分子建立强大的精神空间还有漫长的道路要走。90年代以后，知识分子题材得到了空前的发展，在表达这个阶层随波逐流以及背叛、出走和死亡的作品中，我们看到了作家对这个阶层反省、批判和检讨的愿望。但是，我们不能不说，那种令人震撼的知识分子小说，那种深刻剖析知识分子问题的小说，至今还没有达到路翎的《财主的儿女们》的水平。更不要说昆德拉、帕斯捷尔纳克、索尔仁尼琴等作家的作品了。

现在，我们读到的定安先生的《离离原上草》，是一部全景式的反映知识分子在当代中国命运的长篇巨著，它是当代中国知识分子的心灵史和精神编年史，是一部充满了理想主义诗意的自叙传。它用新史传的笔法，在继承史传传统的基础上，探索了史传笔法的新的可能性。史传传统是中国小说最重要的写作方法之一。但是，过去的史传传统主要是对民族国家的叙事，特别是我们接受了西方从黑格尔到斯宾格勒建构起的庞大的历史哲学之后，史传传统被进一步光大。在当代中国，从《红旗谱》到《创业史》，从《保卫延安》到《艳阳天》，一直到80年代的《黄河东流去》《花园街五号》《沉重的翅膀》等，国家民族叙事一直是文学创作的主流。彭定安先生的史传笔法，虽然也没有离开国家民族的历史命运和社会发展，但它更侧重于个人心灵或精神的记录。它将国家民族命运与个人的遭遇紧密地结合起来，通过欧阳独离和他的朋友们的经历，既表达或反映了近半个世纪中国社会的发展变化，也书写了一代知识分子的坎坷路程和精神历程。理性美，是《离离原上草》最重要的特征之一。在当代中国，知识分子的命运密切地联系着国家民族命运，任何一种社会变动，几乎都会深刻地影响到知识分子的生活和思想。欧阳独离从求学一直到科学院院长，前后四十年的生活经历都与社会生活的风吹草动有关。大的事件如反右、"文革"、改革开放等，不同的历史时期，欧阳独离的命运与时代的潮流几乎是同步的。因此说，这部小说是当代中国知识分子的心灵史或精神编年史。

理想主义的诗意，是小说最主要的特征。这主要是指主人公对苦难的态度，对坎坷命运的态度。欧阳不是在控诉苦难，不是夸张地将全世界的苦难都集中在一个人身上。这里的苦难是一种客观的呈现，是与国家民族命运同时表达的。因此，作家希望读者自己做出判断。小说除了对欧阳独离命运的充分展示之外，对几个女性形象的塑造，也给人留下了深刻的印象。她们的修养和价值观，在风云际会、跌宕起伏的大时代，显得那样的不合时宜，是那样的无辜、无助和无奈。谢竹韵、王月眉、殷芳草等女性形象，是小说最成功的形象之一。谢竹韵在情感和婚姻上的被迫，可能更深刻地表达了一个时代存在的问题。她不能和爱的人生活在一起，只能像物品一样被派发给一个领导。她逐渐地适应从另一个方面表达了一个女性的人生悲剧。爱情、女性的主体性等，在那个时代竟成为一个奢侈的想象。殷芳草的达观、健康的心态，典型地反映了中国知识女性在家庭中的精神地位。虽然没有那么悲壮或惨烈，但东方女性的坚忍、忠贞和脉脉温情，给了那个时代中国知识分子最大的暖意和支持。她们几乎成了那个时代知识分子生活中的最后的港湾。

还值得提及的，是小说对传统叙事学与现代叙事方法的结合。传统叙事学是"花开两朵，各表一枝"。这种方法线索清晰，故事来龙去脉交代得很清楚，便于读者的阅读和接受。但它的问题是全知视角，叙述人一览无余。《离离原上草》在继承这一叙事方法的同时，融入了现代叙事学的方法，比如欧阳独离的"纪事"，只有当事人欧阳自己知道，叙事人并不比我们了解的多；不同人物的交织叙述，也发生了时空上的变化、风物风情的变化。多种叙事方法的结合，使小说的节奏、距离和时间都发生了变化，使一部长篇巨著避免了编年史叙述的平面化的问题。

应该说，《离离原上草》是当代中国知识分子题材小说创作的重要收获，特别是在一个价值紊乱、理想跌落的时代。欧阳独离们以对国家的忠诚、对事业的热爱，为这个时代重新点燃了理想主义的火炬。因此，那一代知识分子的精神和思想，将成为我们重要的文化遗产而得到长久的注目。

范小青：赤脚医生万泉和

乡土中国社会的发展，并不是一部简单的自然发展史，并不是不变应万变的物理时间。现代中国政治风云的变幻，深刻地影响了中国乡村的发展。

百年中国文学，成就最大的就是乡土文学或后来被称为农村题材的小说。这当然是两个不同的文学概念。中国现代文学史上没有"农村题材"的命名。这个范畴被称为乡土文学，它是那个时代最成熟的文学。这当然与中国乡村的前现代社会状况有关，与作家的乡土记忆和经验有关。虽然那个时代的作家都离开了乡土进入城市，但他们并没有整合出普遍性的甚至个人性的城市文化经验。即便是都市化程度已经很高的今天，我们仍然没有看到或者感受到城市的文化经验。这是一个非常有趣的话题，农村题材发生于延安时代。面对风雨飘摇的中国，中国共产党要实现整个民族的全员动员，建立一个现代民族国家。"乡土文学"对前现代中国用文人式的脉脉温情或田园牧歌式的顾盼流连，那混沌或暧昧的书写，是不利于民族全员动员的。于是，杨白劳和黄世仁两个阶级的对立被建构起来。被动员起来的杨白劳们终于翻身做主人。"农村题材"就是在这样的背景下发生和发展的。从《太阳照在桑干河上》《暴风骤雨》《创业史》，一直到《艳阳天》《金光大道》，农村题材不仅积累了丰富的经验，而且一直是70年代以前文学的主流观念。

但是，在两个阶级对立、一个阶级消灭另一个阶级的道路中，中国广大农村和广大农民并没有找到他们希望找到的东西，甚至越来越遥远。世风代变，政治文化符号在表面上也流行于农村不同的时段，这些政治文化符号的变化告知着我们时代风云的演变。但我们同样被告知的还有，无论政治文化怎样变化，乡土中国积淀的超稳定文化结构并不因此改变。乡土的风俗风情、道德伦理、人际关系、生活方式或情感方式等，依然顽强地缓慢流淌。政治文化没有取代乡土文化。因此，"农村题材"便重新向"乡土文学"回归。无论"长三角""珠三角"等发达地区的城市化达到了怎样的程度，可以肯定的是，享受着信息化、电气化，甚至已经成为"城里人"的现代农民，在本质上仍然是"乡下人"。这就是乡土文化的力量。在这个意义上可以说，"新乡土文学"潮流的逐渐形成，是中国文化的乡土本质决定的。无论中国发展到怎样的程度，乡土性都是我们挥之不去的共同的文化记忆。

《赤脚医生万泉和》叙述的故事，从"文革"到改革开放历经几十年。万泉和生活在"文革"和改革开放两个不同的时期。这两个时期对中国的政治生活来说是两个时代。但时代的大变化、大动荡、大事件等，都退居到背景的地位。我们只是在乡村行政单位建制、万泉和的身份、批斗会现场和一些流行的政治术语中知道小说发生在"文革"背景下。但进入故事后我们发现，后窑村的日常生活并没有发生根本性的变化，传统的风俗风情仍在延续并支配着后窑人的生活方式。那些鲜活生动的乡村人物也没有因为是"文革"期间就改变了性情和面目。我们在好逸恶劳的"新娘子"万里梅、风情万种轻佻风骚的刘立、简单泼辣又工于心计的柳二月、心有怨恨又无从宣泄的裘大粉子等乡村女性那里，鲜明地感受到了乡村中国前现代周而复始的日常生活图景。进入改革开放时期，这些人物的性格或性情也没有因此而改变。

乡土中国风俗风情不变的超稳定性，还可以在后窑材男性人物和其他场景中得到证实。吴宝是一个典型的乡间花花公子，他肆无忌惮地与各种女性发生关系，"文革"前后都是如此。他虽然也曾被批斗，但那种形式化的场景不仅不严肃，而且很像是一出滑稽的言情喜剧：

    ……刘玉和吴宝并排站着，刘玉还把自己的头靠在吴宝的肩上。吴宝嬉皮笑脸，和一个看热闹的新媳妇打情骂俏，他说："你要是老盯着我看，你会怀上我的孩子。"害得人家新媳妇满脸通红。旁边的人呸他，说人家新媳妇肚子里已经有孩子了，吴宝就笑道："那孩子生下来也会像我。"新媳妇说不可能的，怎么可能呢？吴宝想要凑到新媳妇耳边说话，被裘二海喝住了，吴宝就站回原地，跟新媳妇挤眉弄眼地说："你过来，我告诉你怎么可能。"新媳妇差一点真要过去了，后来她才发现是不能过去的，就站定不动了。吴宝"嘘"了一声，说："现在人多不方便，晚上我们在竹林里见，我告诉你。"大家都笑，吴宝得意地摇晃着身子，刘玉拉他说："吴宝你站好，严肃点，这是开批斗会呀。"

这个场景就是乡村中国的政治文化。一方面它是对新道德的维护，是对不正当两性关系的"批判"；一方面，两性关系又是乡村社会带有"娱乐性"的"文化生活"。我们在各种民歌或民间故事中都会感受到。因此，即便在"文革"中，即便是被批判的对象，民众并没有把它看得多么严重。批斗会更像是娱乐民众的文化活动。这个场景，与铁凝《笨花》中的"窝棚"故事异曲同工——民众并不是将两性关系很道德化对待的。

当然，乡土中国社会的发展，并不是一部简单的自然发展史，并不是不变应万变的物理时间。现代中国政治风云的变幻，深刻地影响了中国乡村的发展。这不只是说经过百年的社会变革，中国农民的政治身份和经济地位发生了根本性的变化，而且乡村中国的社会结构也发生了极大的变化。其中重要现象就是乡绅阶层的消失。乡绅在中国乡村社会有非常重要的作用，这非常类似西方的市民社会，能够起到类似教会、工会、学校、社会救助组织、文化组织机构等的作用。当然，乡绅的作用没有也不会像西方市民社会这样完善。但是，作为非政府、非组织的乡绅阶层，在中国乡村社会结构中，有一定的权威性，在民众中有相当程度的文化领导权。它的被认同已经成为乡村中国文化传统的一部分。家长、族长、医生、先生等，对自然村落秩序的维护以及对社会各种关系的调理，都有不可替代的作用。比如《白鹿原》中白嘉轩就是这样的人物。在《赤脚医生万泉和》中，赤脚医生万人寿和万泉和，在乡土中国，就应该是"乡绅"式的人物。但在"文化大革命"中，赤脚医生作为新生事物，他们自然不会也不能行使乡绅的职责，发挥乡绅的功能。但我们可以明确感受到普通人对他们的尊敬、羡慕和热爱。普通民众的这一态度，可以肯定地说，与赤脚医生这个新生事物没有关系，民众的态度显然与他们作为乡村大夫的"身份"有关。但是，万人寿和万泉和毕竟不是乡绅了，万人寿甚至可以被批斗，万泉和几起几落、朝不保夕。这种情况就是社会政治生活对乡土中国社会结构的改变。文化或文明在乡土中国的不断跌落，在这个现象上可以充分地被认识到。

赤脚医生万泉和就是在这样的文化环境中被哺育和滋养成长的。他天生的木讷、敦厚、诚恳和诚实，在今天已经成为三代以上的古人。他的不合时宜、不能与时俱进，他的无奈、无辜、失败和悲剧，都给人一种彻骨的悲凉。因此，《赤脚医生万泉和》，是对乡土中国孕育的人性、人心以及为人处世方式的遥远想象与凭吊。那是原本的乡土中国社会，是前现代或欠发达时代中国乡村的风俗画或浮世绘。万泉和是一个普通的小人物，他是一个"医生"，他要医治的是生病的乡里。医生和被救治者本来是拯救和被拯救的关系，但在小说中，万泉和始终是力不从心、勉为其难。他不断地受到打击、嘲讽、欺骗，甚至陷害。而那些人，就是以前被称为民众、大众、群众的人。这样的民众，我们在批判国民性的小说中经常遇到。但在怀乡的小说或其他文体中还不曾遇到。

乡土中国人心复杂性的变化是意味深长的。启蒙话语受挫之后，救治者优越的启蒙地位在万泉和这里不复存在。书中万泉和居住的平面图显示，万泉和的房子越来越小，生存空间越来越狭窄直至倾家荡产。一个乡村"知识分子"就这样在精神和物质生活中濒于破产的边缘。他的两难处境、甚至自身难保的处境都预示了乡土中国超稳定文化结构的存在，同时也表达了社会历史变迁给乡土中国带来的异质性因素。

万泉和不是朱老忠，不是梁生宝，当然更不是萧长春，但万泉和也不是阿Q、陈奂生。我们暂时还难以找到他的人物谱系。他很像乡土文学女性中大地圣母形象的变体。作为一个虚构的、想象的人物，你可以说他大智若愚、逆来顺受、唯唯诺诺、没有血性，不像男人没有丈夫气。但百年文学，我们见过了太多的勇武之士、精明市侩，太多的叱咤风云的英雄，太多的血雨腥风或暴力美学，很少见到万泉和式的谦卑忍让、诚实诚恳、甘愿吃亏、只想别人的博爱人物。这时，我们却是面临着一个两难的悖论：我们不知道是应该肯定还是应该批判万泉和，不知道是应该对万泉和同情启蒙还是怒其不争。这个两难，却是范小青叙事伦理的胜利。她超越了启蒙、悲悯、同情、大悲大喜、悲痛欲绝、欢天喜地等叙事的主体霸权。她客观的描述或人物自然形成的人性力量，包括万泉和身上我们能够接受或难以接受的全部，使得万泉和成为了我们见到的独特的文学人物。我想，只要这一点，《赤脚医生万泉和》的成就就已经很了不起了。

张海迪：天长地久

张海迪不会有攀登梅里雪山的经验，不会有天文工作者探秘星空的经验。她的这些小说显然都来自于她的心理经验或某种想象。《天长地久》缘于她童年天真的梦想，缘于她挥之不去的对星空的神秘想象。

张海迪大概是这个时代最具浪漫气质和理想主义情怀的女性作家之一。几年前，她用四年时间创作的《绝顶》的出版，无论对张海迪还是对整个文坛来说，都是一个重要的事件。对张海迪来说，《绝顶》使她的创作达到了一个新的高度，对文坛来说，它是文化乱世中的空谷足音。当文坛笼罩在滚滚红尘中的时候，张海迪却穿越红尘发现了梅里雪山上孤寂的英雄背影。我当时曾评论说：这是一种和绝对精神相关的选择，也是一种彰显英雄对壮美渴望的选择。它在显示人类战胜自我和极端勇气的同时，也隐含了作者在想象中对挑战的向往和回答。五年过去之后，张海迪出版了她的《天长地久》。在题材上，这是与《绝顶》完全不同的小说，但在内在精神或品质上，它们又有内在的可以意会的关联性：这就是对一种绝对精神的向往，对高贵事物的关注。在当下的时代，我们当然听懂了张海迪要言说什么。

对当下文学的抱怨和诟病有许多，当然也有许多是当不得真的。如果说我对当下小说创作有什么不满的话，那就是书写直接经验或外部经验的作品太多，而对心理经验书写或表达的作品太少，尤其好的作品太少。这一现象表明的是作家关注问题的方式方法、对小说的理解方式，以及虚构能力和想象能力的问题。我当然不能说张海迪完全解决了这样的问题，但她的《绝顶》和《天长地久》起码为我们提供了某种参照。可以肯定的是，张海迪不会有攀登梅里雪山的经验，不会有天文工作者探秘星空的经验。她的这些小说显然都来自于她的心理经验或某种想象。《天长地久》缘于她童年天真的梦想，缘于她挥之不去的对星空的神秘想象。正是这样的心理经验成就了她的《天长地久》。在这部作品中，我们看不到那些耳熟能详、司空见惯的权力和阴谋，看不到奢靡铺排、丰艳苍白的灯红酒绿、情男痴女，也看不到文字背后欲望无边或隐蔽或直白的市场和利益的诉求。因此，《天长地久》是一部关注高贵事物的小说，是一部和理想、浪漫有关的小说，是一部远离庸俗、飞翔在云端的小说，当然也是一部探询人的精神世界和境界的小说。作品中也有对爱情的背叛，也有学界常见的抄袭，关于经费、下岗等事件的议论，但这些并不是作家主要关怀的对象。

作家在小说中虚构了天文学家杜克成、雕塑家余锦菲、河流学家曾在平、动物学家朱丽宁，以及他们身边的诸多人物，他们是这部小说主要的被述对象。但是，读过作品之后我们发现，小说真正的主角还是叙事主人公自己。她不仅了解与小说人物职业相关的多种专业知识，更重要的是她对这些人物内心世界的想象和把握。在情节构造和行文修辞上，充满诗意的抒情性是《天长地久》最大的特征，也是最值得称道的所在。有研究者认为，现代性就是科学、理性和功利性的要求，就是对传统、对诗性、对经典性的解构。事实的确如此。当下的生活，除了被放大、夸张和虚拟的物的奢华之外，我们再也难以见到与诗意、与浪漫、与纯洁相关的事物，当然也包括文学在内。但在《天长地久》中我们见到了久违的这一切。这不只与作家设定的人物和职业有关——他们都是科学和艺术工作者，同时更与作家对这些人物和事物的想象与处理有关。一个面对星空的人、面对艺术创造的人，他们面对的都与神秘世界相关，他们理应生活在另一种时间和空间中。在科学艺术领域，同样有令人不快的人与事，甚至有更糟糕的、难以言说的事物。我们不能说是作家有意的掩盖或遮蔽，我们只能说那是作家善意的隐略。她更愿意关注高贵的事物，更愿意以理想的方式表达她希望看到的东西。这是典型的浪漫主义文学。

我之所以说《天长地久》是一部充满诗意的小说，还在于，我们无论随意读起哪一节，都可以将其当作散文来读，它的抒情性弥漫四方，故事和情节反而不那么重要了。还有每节题记式的文字，不仅智慧、抒情，甚至还很哲学：

> 宇宙好像是由无数个自我一体的系统组成的，月亮围绕地球旋转，土星带着美丽的光环很炫耀地在远处运行，冥王星，最近它很悲哀地被赶出了行星的行列，还有柯伊伯带……因为有了地球，因为有了生命，因为有了人类思维和探索的伟大精神，太阳喷薄的光焰才更加耀眼，银河也更加璀璨……（太阳系）

> 孤独是多么美啊！可是人们总是用哀伤的笔调描绘一个独处的人，感慨他远离人群有多么痛苦。其实真正走向孤独的人，才是有勇气的人。（孤独）

《天长地久》在当下的文学语境中，是一个特殊的现象。它不在任何潮流中，当然也与时尚没有关系。它的情节可能有些简单，文字过于单纯。但它仍然让我们深感意外、深怀感动。或许只有张海迪才能写出这样的作品、这样的文字。

贾平凹: 高兴

《高兴》显然不只是为我们虚构一个"才子佳人"的浪漫故事。事实上，在这个浪漫故事的表象背后，隐含了贾平凹巨大的、挥之不去的心理焦虑：这就是在现代化的过程中，中国农民将以怎样的方式生存。他们被迫逃离了乡村，但都市并没有接纳他们。当他们试图返回乡村的时候，也仅仅是个愿望而已。不仅心难以归乡，就是身体的还乡也成为巨大的困难。

贾平凹的长篇小说创作，大多与现实保持着密切的关系，特别是乡村中国现代性的问题。但是，值得注意的是，贾平凹的小说又不那么现实。在他的小说中，总是注入了他丰富的个人想象或个人经验，尤其是个人的心理经验。他那不那么现实的感觉或个人经验的加入，恰恰是小说最具文学性因素的部分。

《高兴》，是贾平凹第一次用人名做书名的小说。按照流行的说法，《高兴》是一部属于"底层写作"的作品。刘高兴、五富、黄八、瘦猴、朱宗、杏胡等，都是来自乡村的都市"拾荒者"。都市的扩张和现代文明的侵蚀，使乡村的可耕土地越来越少。生存困境和都市的诱惑，使这些身份难以确定的人开始了都市的漂泊生涯。他们维持生计的主要手段是拾荒。但是，面对中国最底层的人群，贾平凹并不是悲天悯人地书写了他们无尽的苦难或万劫不复的命运。事实上，刘高兴们虽然作为都市的"他者"并不是城市的真正主人，但他们的生存哲学决定了他们的生存方式。他们并不是结着仇怨的苦闷的象征，他们有自己理解生活的方式，艰难也坦然。坚强的女人杏胡在死了丈夫之后，她为自己做的计划是一年里重新找个男人结婚，两年里还清一半的债务，结果她找到了朱宗结婚，起早贪晚地劳作真的还清了一半的欠债。她又订计划：一年还清所有的债，翻修房屋。两年后果然翻修了房屋还清了所有的债。然后她再计划如何供养孩子上大学，在旧院子盖楼，二十年后在县城办公司等。她说："你永远不要认为你不行了，没用了，你还有许多许多事需要去做！"她认真地劳作，善良地待人，也敢于和男性开大胆的玩笑。杏胡的达观、乐观和坦白的性格，可能比无尽的苦难更能够表达底层人真实的生存或精神景况。

当然，刘高兴还是小说主要表达的对象。这个自命不凡，颇有些清高并自视为应该是城里人的农民，也确实有普通农民没有的智慧：他几句话就搞定了刁难五富的门卫，用廉价的西服和劣质皮鞋就为翠花讨回了身份证，甚至可以勇武地扑在汽车前盖上，用献身的方式制伏了肇事企图逃逸的司机等，都显示了高兴的过人之处。但高兴毕竟只是一个来城里拾荒的边缘人，他再有智慧和幽默，也难以解决他城市身份的问题。有趣的是，贾平凹在塑造刘高兴的时候，有意使用了传统的"才子佳人"的叙事模式。刘高兴是落难的"才子"，妓女孟夷纯就是"佳人"。两人都生活在当下最底层，生活是否有这样的可能并不重要，重要的是贾平凹以想象的方式让他们建立了情感关系，并赋予了他们的情感浪漫的特征。他们的相识、相处以及刘高兴为了解救孟夷纯所做的一切，亦真亦幻但感人至深。我们甚至可以说，刘高兴和孟夷纯之间的故事，是小说最具可读性的文字。这种奇异的组合是贾平凹的神来之笔，它不仅为读者带来了巨大的想象空间，也为作家的创作提供了许多可能。但是，也正因为是"才子佳人"模式，刘高兴和孟夷纯之间才没有发生"嫖客与妓女"的故事。他们的情感不仅纯洁，而且还赋予了更高的精神性的价值和意义。贾平凹显然继承了中国古代白话小说和戏曲的叙事模式，危难中的浪漫情爱是最为动人的叙事方法之一。还值得注意的是，小说几乎通篇都是白描式的文字，从容练达，在淡定中显出文字的真功夫。它没有大起大落的情节，细节构成了小说的全部。我们通常都认为，小说的细节是对作家最大的考验，一个作家和一部作品，最精彩之处往往在细节的书写或描摹上。《高兴》在这一点上所取得的成就，应该说在近年来的长篇小说中是最为突出的。《废都》之后我们再没见到这样的文字，但在长篇小说进退维谷之际，贾平凹坚定地向传统文学寻找和挖掘资源，不仅为自己的小说创作找到了新的路径，同时也显示了他"为往圣继绝学"的勃勃雄心和文学抱负。

当然，《高兴》显然不只是为我们虚构一个"才子佳人"的浪漫故事。事实上，在这个浪漫故事的表象背后，隐含了贾平凹巨大的、挥之不去的心理焦虑：这就是在现代化的过程中，中国农民将以怎样的方式生存。他们被迫逃离了乡村，但都市并没有接纳他们。当他们试图返回乡村的时候，也仅仅是个愿望而已。不仅心难以归乡，就是身体的还乡也成为巨大的困难。五富的入土为安已不可能，他只能像城里人一样被火化安置。高兴们暂时留在了城市，也许可以生存下去，就像他们的拾荒岁月一样。但是，那与他们的历史、生命、生存方式和情感方式休戚与共的乡村和土地，将会怎样呢？他们习惯和熟悉的乡风乡情真的就这样渐行渐远、无可挽回了吗？因此，《高兴》虽然将情景设置在了都市，但它仍然是乡土中国的一曲悲凉挽歌。

麦家：风声

作品表达的生活与麦家没有关系。麦家的出生距风雨飘摇的中国还相当遥远。是一部电影、一个"杀人游戏"、一个教授的"叙述"，点燃了麦家的灵感。

《风声》在当下的长篇小说创作中，是一部绝处逢生的作品。一方面，小说创作正受到来自社会不同方面的诟病，"文学之死"的声音也此起彼伏。在这样的文学处境中，《风声》一出，洛阳纸贵。一方面，小说中的"老鬼"李宁玉的惨烈而死，使这部险象环生、丝丝入扣的小说，成为一曲英雄主义的慷慨悲歌。人物和作品一起在绝处拔地而起。因此是一部绝处逢生的作品。

值得我们注意的是，作品表达的生活与麦家没有关系。麦家的出生距风雨飘摇的中国还相当遥远。是一部电影、一个"杀人游戏"、一个教授的"叙述"，点燃了麦家的灵感。它的仿真性，与"贾雨村言"如出一辙。但亦真亦幻的仿真性书写以及对具体细节的描绘和人物心理的刻画，显示了麦家虚构故事的能力和掌控、驾驭小说的才华。节奏紧凑，推理合理的情节，使这部彰显智慧的小说令人兴致盎然、兴奋不已。所有的人物都是面对面的，但究竟谁是肥原要寻找的那个"老鬼"，每个人都在被怀疑和猜测之中。这个封闭的环境和结构，与流行的"杀人游戏"极端相似。但作品中不同的人物的不同的表现，使"悬疑"真假莫辨、扑朔迷离。但小说并非仅仅是一部好玩的游戏或智性的展示，它更是一部英雄主义的悲歌。在一个没有英雄的时代，麦家书写了我们期待和想象的革命时期的孤胆英雄。这个英雄可以说是在国家民族意义上的宏大叙事。这时我想到，在"宏大叙事"经过"祛魅"之后，意识形态"迷思"瓦解之后，包括宏大叙事在内的文学表达，仍然可以写出杰出的作品。或者说，在超验的想象中，过去的历史仍然能够得到合理的再现。麦家的经验证明了这并非是理论预设。

更重要的是，《风声》是一部有是非观、价值观和历史观的小说。当下中国文艺之所以遭到诟病乃至怨恨，在我看来主要是没有是非观和价值观。与《风声》在题材上类似的是刚刚播映过的李安导演的电影《色·戒》。这是一部汉奸电影，或为汉奸开脱，理解、体谅汉奸的电影。但在大陆播映后，更多质疑和谈论的却是因为剪切了12分钟的床上激情戏。这本是李安面对历史迷茫，或没有能力处理历史而转移注意力的情欲肉搏。而李安在大历史面前对个人犹疑、妥协或软弱的过分理解和同情，却鲜有论及。历史观的混乱使这部电影丧失了它应有的价值和所能达到的高度。与之相比较，《风声》是一部有价值立场、有是非观的作品。它在险象环生、命悬一线的情节中，表达了一个革命者的庄重情操，维护或捍卫了文学的最高正义。麦家对文学"游戏说"的理解有它的合理性，因为文学有它的娱性功能。文学也不负有证实历史具体细节的义务，那是历史学家的事情。但是，文学必须有它的历史观。如果不是这样，那么文学中的历史就是可以随意建构和想象的。

如果说对《风声》还有什么不满足的话，那就是因间接经验而带来的两个方面的不同问题。一方面，我欣赏麦家敢于书写间接经验。当下小说的直接经验太多，大都是与生活没有距离的直接反映；另一方面，间接经验也会带来想象力的挑战或考验。李宁玉、顾小梦、吴志国、王田香们的内心冲突、矛盾以及人性的多面性，并没有得到更充分的展开，他们的心理经验少有描绘。于是，关于文学元理论究竟应该如何理解，比如文学与生活的关系、直接经验与间接经验的关系等，显然由于《风声》的发表，再次面临着被质疑与重新阐释的问题。

杨黎光：园青坊老宅

新世纪家族小说的再度出现，是作家向历史寻找创作资源的一种形式或策略。他们没有经历过大家族生活的可能，因此也没有直接的家族生活经验。但中国家族生活的历史记忆并没有，也不可能从随着家族制度的终结而成为过去。这些作家正是凭借历史文化记忆进入创作的。当然，站在今天的立场上重新叙述家族生活，即便没有直接生活经验，但那了然于心的历史已经为他们提供了足够判断历史的合理性立场：对其解体的历史必然性的解释已经为历史所证明。于是，对那远去的历史就不是凭吊而只是挥手送别了。

从书名看，《园青坊老宅》很像是一部家族小说，但它不是家族小说。它是终结了生活于老宅中两个居民群体，反映时代历史风云变幻的社会历史小说：家族历史在老宅中终结，前现代或欠发达时代的民居生活，在老宅被付之一炬时也同时终结。但这是一个令人喜忧参半的故事。表面波澜不惊，但内部阴沉、危机四伏的家族时代永远地成了历史，喧嚣热闹、纷乱杂居的生活也即将成为历史。这两个时代的终结，都是中国社会历史巨变的象征，也应该是历史的表征。但是，当老宅化为灰烬的时候，"几乎所有老宅人都回来了，大家围着这堆废墟不发一言"。这本应该是一个进入新时代的庆典仪式，但它的场景却充满了凭吊般的感伤，成为一个告别仪式。更有趣或值得深究的是，这个让老宅的历史永远消失的人，竟是一个神志模糊的"二傻子"。

老宅的消亡，就是历史的消亡。作家在表达对这段历史消亡时的心情是复杂的。一方面，老宅中蕴含着许多鲜为人知的秘密。比如类似志怪式的各种故事："狐仙"、有声音的骨灰盒、能吞鸡的巨蛇、阴沟爬出的乌龟等。有的是人为的装神弄鬼，有的是民间神秘文化。同时，老宅中也有齐社鼎和梅香五四式的凄美动人的爱情故事，有几十年被认为是"狐仙"的一心要找到齐家浮财的谢庆芳，有满足于占小便宜的张和顺，破落公子程基泰，文物贩子钱启富，倒卖难民服装的杜媛媛，酒鬼曹老三，寡妇何惠芳和新青年成虎等。这些人的出身、教养、人生和命运，都千差万别。他们生活在老宅的时候，老宅曾是难忘爱情、热闹生活的集聚地，但老宅也曾是悲剧或悲苦命运的发源地。但这就是曾有过的生活。它存在的时候，老宅人可能意识不到它的意义。一旦消失，老宅人仿佛就和历史失去了联系。这就是老宅人为什么当老宅化为灰烬的时候，新生活即将开始的时候，反倒没有也不能欢呼雀跃、弹冠相庆的原因。这也是作家内心矛盾迷茫百感交集、欲说还休、欲言又止的原因。

小说将不同的人物汇聚到老宅，他没有将老宅写成传统的家族小说，也没有将其写成单一的大杂院，而是将两者交织在一起。书写了两种完全不同的生活。齐家老宅的家族宗法关系严明有序，但它却扼杀了齐社鼎和梅香美丽的爱情，这时的老宅应该死去；大杂院时代，捉襟见肘的条件使邻里没有私密生活，矛盾百出，老宅也应该死去。但是，历史没有也不会为老宅人提供至善至美的生活。那种凄美哀婉的爱情和既爱又恨的邻里生活，就这样永远地成为过去。所以，老宅人和叙述者究竟要生活在过去，还是生活在可以想见的现实与未来，实在是个说不清楚的事情。这就是现代性的两难。

小说对齐社鼎和梅香爱情的书写和神秘故事的书写，是其中最有光彩的段落。这种爱情在现代文学中，在巴金的小说或曹禺的戏剧里都曾出现过。男女主人公的刻骨铭心和天各一方，是浪漫主义小说常用的手法。但在浪漫主义消失的今天，这一个个故事仍然楚楚动人。那些神秘文化本来是人为的，但作为一种想象的超自然力量，虽然不同于作为民间信仰的"普化宗教"，但作为一种文学元素，它有效地控制了小说的节奏和情节的发展变化。同时，它也是我们理解民间世俗生活的重要依据。

小说最后，成虎去深圳，很酷似当年新青年的出走。新青年的出走是实在没有出路，作家必须以放逐的方式处理。但成虎似乎没有必要。老宅没有了，一个时代没有了，这对老宅所有的人都是一样的。老宅人的历史也结束了，但是他们没有走。所以成虎的出走却使小说没有走出五四时代感伤小说的旧路数。

储福金：黑白

储福金携围棋题材小说《黑白》进京，围棋界与文学界欢聚一堂，在讨论结束时，围棋国手陈祖德先生大战文学界六位业余棋手，曾一时传为美谈。文学界六位棋手虽无一胜绩，但因储福金的《黑白》成就的这段佳话，为这个红尘滚滚的时代平添了些许古风或雅趣。

储福金的小说有古风，有鲜明的古典气质。他的小说无论长篇短制，都与他对围棋的理解和认知有关。我曾经说过，储福金的小说写聚散、写情义、写无常和人间冷暖，这些与人相关的情感范畴，也恰恰是他对棋道和世道的理解。我对他过去的"红楼"故事系列有非常深刻的印象。特别是在西方小说或文学观念洗劫了文学界的时代，储福金的坚持和努力，非常值得称道。七年前，储福金携围棋题材小说《黑白》进京，围棋界与文学界欢聚一堂，在讨论结束时，围棋国手陈祖德先生大战文学界六位业余棋手，曾一时传为美谈。文学界六位棋手虽无一胜绩，但因储福金的《黑白》成就的这段佳话，为这个红尘滚滚的时代平添了些许古风或雅趣。

七年之后，储福金又创作出了《黑白——白之篇》，这部小说与其说是写围棋的小说，毋宁说是写世道与棋道和人道关系的小说。储福金通过围棋"围空""搏杀""阴阳"和"涅槃"的棋道，写出了不同时代的世风世道和人性人道。围棋高手陶羊子一直大隐于野，他培养了很多围棋高手，但自己一直身在民间、心在云端。这既是他的为人处世之道、性格使然，同时也是他对围棋理解的结果。他认为围棋的高下不在于比赛，如果去掉比赛，围棋更能回到本来的面目。围棋博大精深，既与智力博弈有关，又与修身养性、历练身心有关。但是，围棋的命运亦如人的命运，它不可能掌控在下棋人的手中。世风代变，世风不仅改变人的命运，也改变着人对棋的理解乃至下棋的风格、心气。

如果说《黑白》写了棋手陶羊子从民国初期到抗战胜利几十年的跌宕人生，那么"白之篇"则写了四代棋手的时运和对围棋的不同认知。虽然陶羊子还是贯穿始终的人物，但是，彭行、柳倩倩、侯小君同样是小说的主要人物。多个人物并置于小说中，是中国史传传统的一大特点。而小说中的四个人物分别与四个时代——50年代、"文革"、80年代和当下的时代环境有关。不同时代的棋手对围棋的不同理解和认知，与时代环境的整体变迁是一种同构关系。陶羊子是从民国走过来的人物，他经历了几个大时代，领略了沧海桑田、无常人间。比如抗战期间认识的唐高义，新中国成立后还是高级工程师、地质队的一位领导，但"文革"期间被调查，两人最后下一盘棋的几年后突然失踪了。没有人知道他究竟是间谍还是烈士。这种无常人生与无常的棋道是如此的暗合。但是，陶羊子对围棋的理解和认知一直没有变化。在他看来，世风不能改变围棋，他认为围棋是博弈，但更是精神领域的事物。因此，他一直强调棋手的文化修养，要求棋手多读书是提高棋艺的重要方法，下棋不仅仅是技术要求。他对下棋的功利主义和实用主义的观念深恶痛绝。小说收束于陶羊子与徒孙侯小君的对决，最后陶羊子"睡着了"，在棋中他走完了生命的最后一程。这是小说最为感人的华彩段落。但是，陶羊子的君子之风和对围棋的认识，在小说中渐行渐远甚至踪影全无。

彭行是陶羊子的学生，在技术层面或理念方面，他都能接受老师的教诲，但他一直难以达到老师对围棋的文化信仰的境界，而柳倩倩、侯小君莫不如此。到了侯小君这代弟子，围棋无论技术还是精神，与陶羊子一代已经大异其趣。另一方面，小说也写出了下棋与人的性格的关系。比如陶羊子和曾怀玉下棋时发现："曾怀玉棋上是有些天赋的，没有专门的师傅，却棋力不差，他下棋有大局观，只是一旦卷入缠斗的时候，偏偏又过于计较小处。人真是复杂，棋上也反映出这种复杂性来。"

当然，小说一直存在一个难以解决的悖论：围棋究竟是一种精神还是一种博弈。博弈要不要胜负输赢？究竟是围棋驯服棋手，还是棋手要掌控围棋？在我看来，这不仅是围棋的悖论，也是中国传统文化一直难以解决的悖论，就如同知识分子在达与穷、进与退、居与处的矛盾中一直没有解决一样。但是，我更感兴趣的是储福金还有在这种悖论或矛盾中敢于再次介入的勇气和愿望。中国文化的这道难解之题也许难以穷尽，而这也可能正是它的魅力所在吧。

2008

吴玄：陌生人

《陌生人》是何开来对信仰、意义、价值等"祛魅"之后的空中飘浮物，他不是入世而不得的落拓，不是因功名利禄失意的委顿，他是一个主动推卸任何社会角色的精神浪人。

从《谁的身体》和《虚构的时代》起，吴玄开始转向了与内心世界相关的文学叙述。但实事求是地说，这时的吴玄所要表达的东西在思想上还是朦胧的，他只是隐约找了一个令他兴奋不已、能够表达心理经验的文学入口。吴玄写得很慢，我想他可能是在等待那个朦胧的东西逐渐变得清晰起来。于是，我们读到了《同居》。这部小说最初被命名为《新同居时代》。这部中篇小说对吴玄说来重要无比，他开始真正地找到了"无聊时代"的感觉，何开来由此诞生。何开来这种人物我们也许并不陌生：德国的"烦恼者"维特，法国的"局外人"阿尔道夫、默尔索、"世纪儿"沃达夫，英国的"漂泊者"哈洛尔德、"孤傲的反叛者"康拉德、曼弗雷德，俄国的"当代英雄"毕巧林、"床上的废物"奥勃洛摩夫，日本的"逃遁者"内海文三，中国现代的"零余者"，美国的"遁世少年"霍尔顿及其他"落难英雄"等，他们都在何开来的家族谱系中。因此，"多余人"或"零余者"是一个世界性的文学现象。

值得我们注意的是，当中国的"现代派"文学潮流过去之后，"多余人"的形象也没了踪影。为什么在这个时候吴玄逆潮流而动，写出了何开来？

吴玄对何开来的家族谱系非常熟悉，因此，塑造何开来就是一个知难而上正面强攻的写作。哈罗德·布鲁姆早就讨论过"影响的焦虑"的问题。他认为任何一个作家都会受到前辈文学名家和经典作家的影响，这种影响正如弗洛伊德所说的那种"熟悉的、在脑子里早就有的东西"，这种影响构成了巨大的约束和内心焦虑。能否摆脱前辈大师的"影响"并创造出新的经典，对作家来说是真正的挑战。但同时布鲁姆也指出，没有文学影响的过程，没有一种令人烦恼的学习传统的过程，就不会有感染力强烈的经典作品的诞生。因此，"影响的焦虑"说到底还是一个传统与创造的问题，或者说是一个继承与创造的问题。也许正是这个"陈词滥调"有力地区别了当下诸种时髦的理论批评。比如女性主义批评、新马克思主义批评、新历史主义、拉康的心理分析、解构主义等。这些新的批评理论被布鲁姆统称为"憎恨学派"。因为这些愤世嫉俗的批评话语就是要颠覆包括文学作品与批评在内的所有经典。吴玄对这些问题很清楚，但他一直有自己独立的看法，他说"我写的这个陌生人——何开来，可能很容易让人想起俄国的多余人和加缪的局外人。是的，是有点像，但陌生人并不就是多余人，也不是局外人。多余人是19世纪批判现实主义的产物，是社会人物，多余人面对的是社会，他们和社会是一种对峙的关系，多余人是有理想的，内心是愤怒的；局外人是20世纪存在主义的人物，是哲学人物，局外人面对的是世界，而世界是荒谬的，局外人是绝望的，内心是冷漠的；陌生人，也是冷漠绝望的，开始可能是多余人，然后是局外人，这个社会确实是不能容忍的，这个世界确实是荒谬的，不过，如果仅仅到此为止，还不算是陌生人，陌生人是对自我感到陌生的那种人"。"对陌生人来说，荒谬的不仅是世界，还有自我，甚至自我比这个世界更荒谬。"（《陌生人》自序）何开来和我们见到的其他文学人物都不同，这个时代几乎所有的人物都对生活充满了盎然兴趣，对滚滚红尘心向往之义无反顾。无边的欲望是他们面对生活最大的原动力。但何开来对所有的事情都没有兴趣，生活仿佛与他无关，他不是生活的参与者，甚至连旁观者都不是。

长篇小说《陌生人》可以看作是《同居》的续篇，也可以看作是吴玄个人的精神自传，作为作家的吴玄有表达心理经验的特权。《陌生人》是何开来对信仰、意义、价值等"祛魅"之后的空中飘浮物，他不是入世而不得的落拓，不是因功名利禄失意的委顿，他是一个主动推卸任何社会角色的精神浪人。一个人连自我都陌生化了，还能够同什么建立起联系呢？社会价值观念是一个教化过程，也是一种认同关系，只有进入到这个文化同一性中，认同社会的意识形态，人才可以进入社会，才能够获得进入社会的"通行证"。何开来放弃了这个"通行证"，首先是他不能认同流行的价值观念。他既不同于何雨来，也不同于何燕来。因此在我看来，这是一部更具"新精神贵族"式的小说。吴玄是将一种对生活、对世界的感受和玄思幻化成了小说，是用小说的方式在回答一个哲学问题，一个关于存在的问题，它是一个语言建构的乌托邦，一朵匿名开放在时代精神世界的"恶之花"。在这一点上，吴玄以"片面的深刻"洞穿了这个时代生活的部分本质。有思考能力的人，都不会怀疑自己与何开来精神状态的相似性，那里的生活图像，我们不仅熟悉而且多有亲历。因此，何开来表现出的是一个时代的精神病症。如果从审美的意义上打量《陌生人》，它犹如风中残荷，带给我们的是颓唐之美，是"今宵酒醒何处，杨柳岸，晓风残月"的苍茫、无奈和怅然的无尽诗意。因此，因为有了《陌生人》，使吴玄既站在了这个时代文学的最前沿，同时使他有可能也站在了文学的最深处。我可以不夸张地说，这是很长一段时间以来我读到的最具震撼力的小说。

邓一光：我是我的神

无论是什么性质的战争，都会对人的心灵造成难以愈合的创痛，胜利的战争也不能抹去战争给人的心灵带来的阴影。对人的命运的深切关怀、对人性的关怀、对人类基本价值的守护和承诺，才是战争小说要表达的基本主题。战争结束了，但一切并没有成为过去，就像《这里的黎明静悄悄》中幸存的瓦斯科夫并没走出战争的阴影一样。

邓一光是这个时代有英雄气概的作家。从《我是太阳》《父亲是个兵》到《我是我的神》，他确立了自己独步文坛的硬朗风格。在软性文化无处不在的时代，邓一光成为一个重要的文学参照——我们毕竟还有一息尚存的阳刚之气。2008年80万言的《我是我的神》出版之后，好评如潮，一时洛阳纸贵。这部规模宏大的小说，延续了他惯有的风格和题材：这是一部充满英雄主义和理想主义的小说，是一部当代中国的编年史或精神史，是一部当代中国的"家族传奇"，是一部"红二代"的"叛逆史"、成长史和"皈依史"，同时也是一部重新思考战争和战争文化的小说。因此，《我是我的神》的丰富性可以从不同的方面得到阐发和认识。

在中国当代文学史上，普遍认为最有成就的小说是两个题材：一是农村题材或乡土文学，一是革命历史题材。而革命历史题材多以战争小说为主。作为当代文学经典的"三红一创保山青林"多与战争有关。但是，我们的战争小说到底有怎样的成就是值得讨论的。我曾说过我们的抗战文学无经典，虽然不合时宜却是事实。这种情况与作家对战争的理解、与我们的战争观或历史观有关。当然，那时的"战争文学"与实现国族的全员动员的诉求有关。国族动员的诉求就是同仇敌忾，于是，每当战斗即将展开时，"请战书像雪片般地飞向连队"，也是我们经常看到的战地气氛，中国人民在反侵略战争中的高尚、纯粹和勇于牺牲，在这类文艺作品中表达得最为充分。这样的场景一方面表达了参与战争的人对非正义战争、侵略战争的正义感和无畏精神，但另一方面，也不经意地表达了对战争这一事物本身的态度。战争结束之后，当代文学史上确实也创作了一些表达"抗战记忆"的作品，比如像《烈火金刚》《铁道游击队》《敌后武工队》《平原枪声》以及其他电影等。但这些作品更注重表达的是对战争胜利过程的描述，以及对战争胜利的庆典，而对战争本质更深入的揭示还没有完成。因国族动员需要而形成的表达策略，使这些作品对战争的价值判断淹没或遮蔽了对战争这一事物本身的思考。或者说，对反侵略战争、反对非正义战争因国家民族的叙事而忽略了战争对具体的人构成的精神影响或心灵创伤。在这一点上，我们和西方以二战或其他战争为题材的作品所表达的思想和关怀是非常不同的。

《我是我的神》书写了多场战争：解放战争、渡海战役、朝鲜战争、"8·6海战"、"对越自卫反击战"等。邓一光没有经历过战争，他对战争的讲述显然是虚构的。但他有自己的战争观和对战争文化独到的思考和表达：战争不仅是战争本身，它的遗产是战争文化以及对后来生活产生的重大影响。我看到，邓一光对战争和战争文化的重新思考，是在两个层面展开的：一是对战争场面的描述，一是对战争文化巨大影响的反思。战争的残酷场景在小说中比比皆是：解放战争中，乌力图古拉的"313师在宋部重兵围困下恶战了三天，用光了一万六千发炮弹、五十二万发子弹、九万枚手榴弹、三千公斤黄色炸药，战斗减员占全师三分之一……炸弹不断落在313师的阵地上，炸得313师官兵们连眉毛胡子都燃了起来，空气中弥漫着呛人的硝硫味，山冈上到处都是被燃烧弹烧得哔剥冒油的死尸，连日大雨也没有把那些火焰浇熄。最前沿的14团8营，官兵们的衣裳全着了火，营长战死，副营长两只眼珠给炸没了。教导员火人儿似的光着脚丫子满阵地跑，嘶哑着嗓子喊叫，要士兵们脱掉燃着的衣裳，在大雨中光着身子向冲上来的敌人射击"。具体的战争不只是"威武之师、胜利之师"的狂乱抒情，他们也有"'师长，我们完了。'14团团长和政委哭了。偌大的汉子，眼泪在脏兮兮的脸上不知羞耻地流淌，'14团打光了，我们再也挡不住了。'"的绝望，313师也有"师侧翼有好几次被敌方撕破，差一点儿陷入全军覆灭"的绝境；战斗最激烈的时候，"宋部士兵冲到师指挥所附近，连续向指挥所扔进几颗捷克造瓜式手雷，好几名参谋警卫被掀到洞壁上贴着，慢慢滑下去，软在那儿再也捡不起来"的悲惨时刻。除了对战场惨烈残酷场景的直接描写，邓一光还通过不同的视角呈现了战争的惨不忍睹：萨努娅"帮助医护人员把重伤员从车上抬下来。那些重伤员完全没有了样子——胳膊被炮弹炸飞，露出参差不齐的骨碴儿；腿被手榴弹轰得只连着一层皮，像是没发育好的婴儿躺在身体一旁；肚子被机枪子弹打成了烂筛子，花花绿绿的肠子流出一大团；腹背被刺刀挑开，肋骨白生生地刺在外面；汽油弹烧瞎了眼睛，黑黢黢的面孔上只看见两只呆滞的眼仁；因为脑震荡而成了白痴，一动弹就呵呵地傻笑；生殖器连同宝贵的膀胱被坦克机枪一块儿打掉，下身露出巨大的空洞；脊梁被炮弹掀起的石头砸碎成好几截，担架一摇晃身子就左右分开……"。这不是邓一光对惨绝人寰景象的迷恋，我相信他也没有"炫技"的个人嗜好。这些令人晕眩的场景是反人类、反人性的，当邓一光将这些呈现在读者面前的时候，那里已经隐含了他对战争的态度。

当老一代的"战争"结束后，战争文化的影响并没有结束。乌力图古拉和简先民的后代们，在和平环境的日常生活中"组建"了"简氏集团"和"乌力氏集团"，虽然是孩子的"游戏"，但这种"游戏"的思维方式和话语方式，从一个方面表达了战争文化对下一代的深刻影响：

> 简氏集团军屡败屡战，勇气可嘉，但处境并没有丝毫好转。乌力氏集团军的战争态势大气磅礴，战略步骤周密精致，战役行动出神入化，令人防不胜防。
>
> 在新的一轮战役中，乌力氏集团军开始使用更新式的装备——他们改进了弹弓的推进器部分，用止血胶管代替汽车内胎，这样制造出来的弹弓，柔韧度达到了完美无瑕的程度；他们还用整块的胶皮贴在脸上、裸露的手臂上，这样就等于穿戴上一副刀枪不入的铠甲；他们仗着优势装备，有恃无恐，一个个不要命地往前冲，攻势之猛烈，根本无法阻拦。

这样分析战争文化的影响也许有小题大做之嫌，但事情的确如此。它后来的发展我相信足以使任何人震动不已。"文革"期间：

> 简小川在六中红卫兵夺权运动中大打出手，打破了一个解放

前参加过三青团的副校长的脑袋，还打断了一个当过国民党军医的校医的肋骨。方红藤很担心，要简先民管一管自己的儿子，不要让儿子在外面惹是生非。

谩骂式的辩论。铜扣横飞的皮带。被扒下来丢进火焰的校服。清一色悲壮的光头。呼啸而过的蓝岭牌、三枪牌、飞鸽牌。风高月黑的偷袭。漫天飞舞的传单。砸烂的油印机。摔在地上再踩上几脚的高音喇叭。沾着呕吐物的皮鞋。高高举起的日本指挥刀。分辨不清敌我的群殴。喷溅而出的鲜血。打落再和血吞下的牙齿……

当然，这些现象的出现仅用战争文化是难以周延解释的。但是，这里战争文化的影子或对其"戏仿"的惊人相似，能说一点儿关系也没有吗？"红二代"也终于长大成人，他们也终于有机会参加了战争。值得欣慰的是，作为特种兵的乌力天赫，战争不仅使他获得了一种坚韧不拔的性格，更使他在经历死亡，在战争中生发出独立思考。他参加了战争又超越了战争。他从开始的为人民而战到后来发现战争的惊人相似之处，他对战争产生了质疑，进而对战争的暴力质疑和批判。对越自卫反击战的乌力天扬是一个英雄，但他极力回避这个身份。反倒赎罪似的探望死亡战友的家属，将被社会遗弃的少年时的流浪伙伴召集在一起办蔬菜养殖场，到处筹款，帮助别人，支撑着力不从心的乌力家族。这些笔致，是邓一光对战争和战争文化所做的新思考。

当然，关于战争，人们的理解随着时间的延展、国际环境的变化以及对战争本身的多方面反省已经有了很大的变化。苏联作家瓦西里耶夫自己也曾谈到了这种变化以及对他的影响。他说："在战争之后，在苏联立刻出现了战争文学表现胜利的浪潮。这是对我们的巨大牺牲的反映，大家都知道，为此，我们洒出了多少鲜血。后来，略微清醒和冷静了，为回答这种胜利浪潮我写了《这里的黎明静悄悄》，我想说，不，孩子们，请原谅我，一切并非如此，战争是残酷的事物，不是盛大的欢宴……关于伟大的卫国战争还会继续写。现在的一代人写不出，但是，我认为在下一代将会写出来。要知道每个人都有自己的战争，每个人在自己的战壕中、自己的坦克上、自己的大炮旁亲临战争……关于1812年战争的鸿篇巨制是在战争五十年以后写出来的。我们现在关于战争的小说，情况也将如此。"对战争以政治学、社会学或意识形态的角度去认知的时候，可以得出正义、非正义，侵略、反侵略的战争观念。但对战争本身的反省或检讨，却可以超越意识形态的框架，用艺术的方式去感受、认识战争就是其中的一种。我们知道，艺术是处理人类精神和心灵事务的领域，无论是什么性质的战争，都会对人的心灵造成难以愈合的创痛，胜利的战争也不能抹去战争给人的心灵带来的阴影。对人的命运的深切关怀、对人性的关怀、对人类基本价值的守护和承诺，才是战争小说要表达的基本主题。战争结束了，但一切并没有成为过去，就像《这里的黎明静悄悄》中幸存的瓦斯科夫并没走出战争的阴影一样，乌力天赫、乌力天扬的心灵也已伤痕累累不堪重负。因此，《我是我的神》是一个反对所有战争的小说。这就是邓一光对战争和战争文化重新思考的结果。

孙皓晖：大秦帝国

如果把它当作历史来读，它充满了虚构，如果把它当作文学来读，它充满了历史。

历史小说在近几年的文化市场上，可谓出尽风头、占尽风光。特别是明清两代的帝王将相，通过"戏说"或"正剧"，得到了空前的表达，尤其是通过改编电视连续剧在大众传媒上的播散，几乎走进了千家万户。这些大众文化获得了市场成功的同时，也遭到了学界的批评和有识之士的忧虑。其原因就在于，已经有了客观评价的历史和人物，通过消费性的书写和市场的推动，过去的历史又陷于混沌和不明之中。即便是文学，但在消费者或普通读者那里，他们宁愿相信那就是历史。这正如在许多人那里相信《三国演义》是三国的历史，而对《三国志》不甚了了一样。也正因为如此，如何创作历史小说及其他历史题材的文艺作品，就不能不成为一个值得我们特别关注的问题。

《大秦帝国》是一部多卷本的长篇历史小说，现已出版两部四卷。就目前已经出版的四卷来看，与坊间流行的历史小说在艺术品质上是大异其趣的。作者以敢为天下先的艺术勇气和历史眼光，开宗明义地宣告了他的大秦史观："大秦帝国是中国文明的正源"，"我对大秦帝国有着一种神圣的崇拜"。序言中对大秦帝国的认识固然可以讨论，但他对秦帝国由衷热爱的情感，显然与他严肃的历史观念和对秦帝国历史的深厚研究有密切关系。历史是被叙述出来的，被叙述的历史从来就没有离开过叙述主体，历史叙述者的观念影响甚至主导了历史叙述的过程乃至结果。因此，在这个意义上也可以说，历史就是史家的历史。即便我们不同意孙皓晖的看法，但他对大秦帝国的判断，经古今之变，可成一家之言。

当然，这是一部用小说的形式书写的历史。这一特殊的小说体式，正如历史学家汤因比在评价《伊利亚特》时所说，如果把它当作历史来

读，它充满了虚构，如果把它当作文学来读，它充满了历史。这也正是
《大秦帝国》作为历史小说的魅力。秦帝国建立之前，是诸侯蜂起、百
家争鸣的时代，在这个自由和创造力空前奔涌的大时代，诸子学说的建
立不仅奠定了中华思想的文献基础，表达了中华民族深邃的智慧，而且
也为后世树立了独立思想卓然不群的典范和楷模。小说起于六国谋秦，
在诸侯混战中揭开了"黑色裂变"的序幕，黄河西岸狼烟烽起，秦魏之
战血染少梁。场景之宏大，场面之逼真，显示了作家不同凡响的驾驭小
说的语言功力。君王将相逐一登场，名士才俊各领风骚，乱世中英雄豪
杰导演了"黑色裂变"，当然也在裂变中酝酿着以求一逞称王称霸。在
第一部中，卫鞅的形象给人留下了深刻的印象；第二部《国命纵横》展
示了纵横家的风采。张仪、苏秦各为其主，但足智多谋和治国方略以及
中国早期仕阶层的精神风貌已见端倪。他们的性格不同，但兼善天下的
抱负和情怀，在今天的知识分子中仍隐约可见。

　　《大秦帝国》是一部结构宏大、情节复杂、人物众多的史诗性作
品。更重要的是，当文化消费主义已经进入吞噬一切、消费一切的时
代，当历史已经可以用文学的方式肆意篡改、戏说，并隐约获得了合法
性的时候，这部作品则以严肃的笔触、丰沛的想象力和有训练的、简约
又富于文学性的语言，为我们重现了秦帝国前后丰富而复杂的历史场
景，为我们重塑了那个遥远而又心向往之的大时代，这是作家孙皓晖的
贡献。通过已经出版的四卷，我们可以期待和预言的是，这一定是值得
我们重视和认真研究的杰出的历史小说。

赵本夫：无土时代

我们可以批判、可以分析、可以想象更好的现代性，但有一点我们是无奈的，那就是我们还必须或不得不忍受。在这个意义上，《无土时代》既是一篇充满趣味的小说，同时它也是一部质疑现代性的启示录。

在"全球化—体化"的时代，中国仍然是一个独特的存在。这个独特不只是"中国特色的社会主义"，同时它还是全球最大的文化实验场。事实的确如此，在当下的中国，要找到任何一种文化形态或存在方式都不是困难的，也正因为如此，形成了整体性阐释中国的焦虑，这也是西方在指认中国时不说则已，一说就错的原因。因为几乎难以找到一个可以代表、概括中国整体性的具体形象或概念，所以任何一个随意的指认说它是中国，肯定是错误的。不要说是西方人，就是我们对自己期待并参与创造的这个现代性，也时常陷入迷茫、困惑或捉襟见肘、词不达意。这种迷茫或困顿，在某种意义上也是今天文学创作的一个对应性的隐喻。表达这种迷茫和困顿的作品现在已经不多见，因为表达当下是困难的，很多作家，包括一些功成名就的作家，为躲避风险和困难已经远离了对中国现实的书写。但恰恰是这些隐含了作家深切忧患和不安的作品，与我们有了内心的交流，因为他们的隐忧与我们有关。

赵本夫的《无土时代》就是这样一部作品。就像准确地概括这个时代是困难的一样，要想整体性地概括这部作品也几乎是不可能的。赵本夫试图理解和表达的这个时代，是关于传统与现代、城市与乡村、男人与女人、爱情与道德已经陷入迷茫和困顿的时代：木城，这个中国现代性的表征，每天夜晚都在"燃烧的大火"，几十年不熄，就像丹尼尔·

贝尔在飞机上观察到的那样，这个"大火"是现代都市的表征。但在叙事者那里它却是让人厌倦甚至愤懑的都市"火焰"。小说一开篇就表达了对都市的态度，但这仅仅是开始。然后小说以两个"寻找"为线索：青年女编辑谷子寻找作家柴门，村长方全林寻找天易。这两个线索推动着小说的展开。于是叙事人发现了城市包裹着无人知晓或清楚的巨大秘密。城市生活早已不能整合，它碎片般地散落在我们面前，荒诞的笔法和情节以本质的真实再现了都市生活的荒谬和琐屑；而想象的乡村业已破败，它的田园牧歌早已成为过去。无论是城市还是乡村，在一个"无土"时代，都在无根地漂流，没有方位、没有目标，也没有归期。因此，《无土时代》是一部渗透了悲凉、忧伤或失落的作品，是一部对现代性的无限膨胀、没有节制的忧心忡忡又万般无奈的作品。

谷子寻找的"柴门"，是一个虚拟的符号，他浪迹天涯居无定所，只是因为对乡村的书写引起了出版社的兴趣。因此寻找柴门在小说中是一条比较虚的线索，这也为一个青年女编辑的"寻找"之旅提供了开放式的空间，方全林寻找的天易是一个实的线索，但他必须到城里去找。于是，一个城里人漫无边界地去找一个虚拟的符号，一个乡下人要到城里寻找一个具体的人。这不同的寻找目标和方式，本身就是一个隐喻：城市的目的是虚无的，但不遗余力；乡村的目的是具体的，但又扑朔迷离。这两个不同的寻找历程所发生的一切，构成了我们现代性的图景。在谷子的线索上，布满"悬疑"，犹如武侠小说的"寻仇"，在似与不似之间柴门一如孤魂野鬼难见真面目，而天易在方村长的全力努力下亦无消息。小说的结构和文学性就这样在赵本夫的笔下充满了诱惑和迷人的魅力。

在设置的平行叙事视角上，叙事人不比我们知道的多。但在情感层面，叙事人对传统、乡村的情感要远远大于城市。天易和梁艳艳在"大串联"邂逅的描写、天易与梅老师的师生恋、方村长的个人操守等，在无意间成为赞美或向往的对象；而城市的阴暗和焦虑充斥着每一个角落：不断变换女友的男编辑、告密者、敲诈男人的卖淫者、酒吧里的男妓、弄虚作假的官员，等等。即便方全林村长对"麦子"实施的是一次想象的乡村对"城市"的"强奸"，这个"强奸"还是失败了，"麦子"不仅享受了"原始的性爱"，而且敢于公开发表在报端炫耀，方村长只能又一次陷于莫名的不解甚至"被强奸"的感觉。就像木城终于种上了"三百六十一"块麦田一样，看似是天柱的胜利，但最终还是一场难以命名的闹剧。绿色是城市喜欢的，但麦苗不能成为麦子，一旦麦子被识别出来，就不能容忍。这个隐喻就是城市不能容忍农耕文明，不能让传统文明在现代文明的环境中有立锥之地。因此乡村的失败几乎是难以改写的。

　　传统的乡村是"即将消失"的乡村，"那时大伙的心不散，'心思还在土地上'，外出挣钱回来，还是为了盖房置地，草儿洼是他们永远的家。可现在不对了，外出打工的人，头几年挣了钱还回来盖房、买化肥农机，后来就不在房屋土地上投钱了，因为他们看到外头的城市，渐渐就不想回来了，不回草儿洼还盖新房干什么？还在土地上投什么鸟钱？不如攒起来，有一天也在城市里落户安家。差不多十年了，草儿洼再没有添一口新屋，看上去一片破败景象，'老屋摇摇欲坠，一场大风雨'，总会倒几口老屋"。这是乡村中国的缩影，但那还是外部景象。方全林方村长决心要娶的因不能生育被安中华抛弃的乡村妇女刘玉芬，也不过是希望通过和方村长睡觉证实自己有生育能力，不过就算嫁给村长她还嫌弃村长"老了些"，她还是离开了草儿洼远走他乡。方村长成了一个古老的东方寓言，这个恪守传统、尽心尽职的村长，这个既为乡村女性性生活担忧，又为离乡的打工村民操心的好村长，事实上他什么都解决不了。现代性就是一条不归路，离开的村民不会再回来，回来的、见过城市世面的村民还会离去。那个只可想象而再难经验的乡村就这样与我们渐行渐远，无论城里人还是乡下人，这些都有着顽固乡村记忆的中国人，无论今天对乡村如何渴望，对田园生活多么流连，可以肯定的是，我们想象的那个乡村已不复存在。也正因为如此，《无土时代》包括它的读者，才对乡村充满了感伤式的凭吊和追怀。

谷子和方全林是否找到了各自的对象已不重要，重要的是他们殊途同归，他们寻找的竟然是同一个人。而柴门、天易居然就是那个面目不清亦真亦幻的石陀。但石陀已不是柴门，更不是天易了，一切都已成为往事。现代性就是如此无情，无论是它的理性还是非理性。这就是我们追求或不得不回应的那个现代性的两面性：我们可以批判、可以分析、可以想象更好的现代性，但有一点我们是无奈的，那就是我们还必须或不得不忍受。在这个意义上，《无土时代》既是一篇充满趣味的小说，同时它也是一部质疑现代性的启示录。

徐坤：八月狂想曲

《八月狂想曲》的语言修辞，使我们又看到了徐坤前期小说的锋芒，它凛冽犀利彻入骨髓，如八月骄阳如腊月北风。

"奥运"，在当下中国曾是一个出现频率最高的关键词之一。

"奥运"题材是"宏大叙事"，多年来，"宏大叙事"一直处在被解构的处境中。这是缘于文学关注自身的考虑，也是文学避免过于依附政治的策略性手段。但是，文学与社会政治的关系是难以彻底摆脱的。因此，当政治全面掌控文学的时候，"宏大叙事"必须解构；当文学获得了自治的可能和自由的时候，文学有责任去表达它对国家民族事务的关怀。《八月狂想曲》是作家徐坤参与、介入奥运的主动选择。但是，参与介入的激情还仅仅是开始，如何使奥运题材落实为具体的文学作品，文学性要求和文学元素的考虑就成为第一要义。这才是对作家构成的真正挑战。有趣的是，徐坤避开了北京这个奥运的主战场，而是将小说的背景设定在东北的一个协办城市，以奥运场馆建设为核心，围绕这个事件发生的各种事情，出现的各种人物，以及其间的多种不确定性，构成了小说丰富的内涵和文学的可读性。

奥运场馆建设不是已然的历史，它是正在发生的历史事件。已然的历史因为距离而变得清晰，为话语讲述提供了巨大的空间；但正在发生的历史事件充满了不确定性，这个不确定性恰恰是文学的魅力所在。我们不知道旷副市长将有多大的作为，不知道东湟河体育场的拆迁在球迷们的阻止下是否能够进行下去，也不知道二人转演员出身的崔英姿是否按时搬迁，当然也不知道曾经的奥运冠军崔国旦后来会堕落为一个粗俗不堪的名利之徒。这些不确定性因素使"八月狂想"扑朔迷离、一切未卜。更值得注意的是，徐坤的宏大叙事是建立在普通人日常生活基础上的，在任何重大的历史事件面前，总有世道人心的集中呈现。普拉尼、小土豆、崔英姿这样的球迷或市民并不是横行乡里的"刁民"，他们朴素的情感里也有合理性的东西。徐坤对这些人物的熟悉，甚至对某些"原型"的戏仿，使小说趣味横生。对台湾星姐旷美芬举手投足的描摹，对旷家老少看旷乃兴眼神的捕捉等细节，既是真实的也是象征，它显示了徐坤对世风的洞明、对当下生活的熟知。

小说对高层管理者的心态、斗争，对经济核算、招标、土地置换、银行贷款等的描写，宏大但不抽象，我们不熟悉的这些领域和知识，在徐坤文学化的书写中被形象地告知。恩格斯当年曾慨叹在巴尔扎克的小说中比在经济学家的著作中学到的东西还要多，徐坤不是巴尔扎克，我们也不是恩格斯，但我们确实在《八月狂想曲》中读到了许多需要专业学习的东西。这些知识徐坤也是需要伏案解决的。但如果没有这些知识性的背景，这个宏大叙事是不能完成的。这些和普通人很难建立联系的生活虽然与我们很遥远，但它又是支配这个时代生活最重要的主导性力量。无论我们是否喜欢。

《八月狂想曲》的语言修辞，使我们又看到了徐坤前期小说的锋芒，它凛冽犀利彻入骨髓，如八月骄阳如腊月北风。一个人物几笔就纤毫毕现、惟妙惟肖。人物的喜剧色彩是徐坤小说最大的特色。《八月狂想曲》是一次"正面强攻"的文学写作，因此也是一次历险的写作，是一次涉度关山万重的写作。

赵德发：双手合十

赵德发的文学几乎没有速度可言，如果说有也是缓慢或渐进的。他曾长期凝视着他熟悉的中国乡村，沉浸在土地的书写之中，是当代中国书写土地的圣手之一。

速度，在这个时代几乎决定了一切：速度就意味着更快、更强、发展、前进，意味着人类超越极限的无限可能性。但是，奥运冠军牙买加人博尔特速度的目标就是一百米和二百米的终点，那么，人类社会、人的心灵目标究竟是哪里呢？速度能够解决人类面临的困境尤其是精神困境吗？在速度神话的时代，文学也搭上了这趟早班车，但它不是附庸风雅与时俱进，而是随波逐流别有所图。只要看看我们每年生产的大片文学泡沫，文学"速度"的意义就大白天下。当然，我们不是哈罗德·弗罗姆所说的"憎恨学派"而对文学泡沫怀有深仇大恨，当这类亚文学能够满足另外群体阅读需要的时候，未必不是一件好事。但必须把它与真正的文学做出区别。

　　这时我想起了作家赵德发。赵德发的文学几乎没有速度可言，如果说有也是缓慢或渐进的。他曾长期凝视着他熟悉的中国乡村，沉浸在土地的书写之中，是当代中国书写土地的圣手之一。他的"农民三部曲"——《缱绻与决绝》《天理暨人欲》《青烟或白雾》，奠定了他当代文学创作坚实的地位。特别是《缱绻与决绝》的文学成就，还没有得到批评界充分的注意和研究。赵德发对中国农村社会历史进程的深切思考、对乡土中国超稳定的乡风乡俗和伦理秩序的生动描摹，使他的创作深厚而富于本土特征。当然，就在他创作"农民三部曲"的时代，中国的社会生活已经发生了重大变化，曼妙性感的文学似乎要与商品经济一道彻底清算老派文学的"专制"，"新主体性"和"新自由主义"在不断创造时尚的同时，也不做宣告地全盘占领了文学市场。但是"娱乐至死"的承诺带来的并不全是福音。更多的人群是守候在电视机旁在内容空洞的大片中寻找幸福，在烟雾缭绕的酒吧或麻将桌前寻找刺激。于是，1980年代潘晓曾在《中国青年报》上发出"人生的路啊为什么越走越窄"的困惑与迷惘，再次被我们遭遇时则变成了"心灵的归宿为什么越来越难寻"。当然，类似的问题事实上一直没有解决。不同的是，当年一代青年的思想迷惘已被当下所有的人所感知。物质生活的极大丰富，没有也不能替代人的精神需求，人对终极关怀的需要是任何物质生活难以取代的。赵德发生活在当下的语境中，这一切当然也同样被他所感知。于是，赵德发暂时离开了对土地的书写，他选择了表达或处理关乎灵魂与精神的问题。《双手合十》大概就是在这样的背景下创作的。

《双手合十》按照作者的阐释是：将寺院的宗教生活和僧人的内心世界加以展示，将当今社会变革在佛教内部引起的种种律动予以传达，将人生终极意义放在僧俗两界共同面临的处境中做出追问。这一抱负不可谓不宏大。应该说赵德发在相当大程度上实现了他的期许。在我看来，这是一部兼具形上与形下，关乎世俗欲望与终极关怀，俗僧两界同在的作品，是一部探索红尘与彼岸、浅近与高远、节操与情怀的作品，是一部真实表达两个世界复杂性的作品。

《双手合十》并不是要讲述佛魔两界的故事，也不只是呈现神秘世界的奇观。在我看来，小说在整体上是一个寓言。赵德发要表达的是，在当下的语境中，虽然人心无皈依、心灵无寄托，但信仰是一件多么艰难的事情。尘世间有世俗欢乐，但欲望无边就是苦难；信仰让人超然度外、心灵安宁，但又可望不可及。这是悖论也是矛盾。因此，《双手合十》所要追问和遭遇的矛盾，就是我们当下共同的困惑和矛盾。在形上思考远离我们多年之后，突然阅读《双手合十》，其震撼犹如醍醐灌顶，它让我们思考的是，我们究竟要去哪里，速度真是这个时代的神话吗？

赵德发潜心多年，遍访古刹名寺，熟读佛教书籍二百余种。在当代作家和小说创作中，我还不曾见过有如此恒心用五年时间了解这个陌生的世界的作者，还不曾读过有如此丰富佛教知识的小说作品。尤其当他将两个世界在小说中同时呈现的时候，这种比较就意味深长。我们也许会说，现代社会仍在飞速向前，没有人回答佛教是否能够解救现世的精神归属问题，但是，作为传统文化的重要组成部分，作为重要的精神文化资源，赵德发显然希望和呼吁我们向后看看，哪里是精神出路可以探讨，重要的是要有探讨的意愿和愿望。在我看来，《双手合十》的旨意就在于此。因此，赵德发在当下的文学速度中，不在最前面，他在最深的那一层。

潘灵：泥太阳

　　无论是否经意，小说都在不同的细节上透露了乡村中国真正的危机。这个危机不只是生存层面的，更是精神的破产、价值观的沦丧，维系乡村中国伦理、道德秩序的全面崩解和乡风乡俗的日渐恶化。

　　20世纪以来的中国的文学，在历史叙述中逐渐形成了文学的主流。这个主流不是意识形态意义上的主流，而是题材意义上的主流。中国社会在本质上是"乡土中国"，作家的文化记忆和文化经验几乎都与乡土有关。另一方面，中国革命的胜利，主要依靠的是农民的力量，新政权的获得如果没有广大农民的参与是不能想象的。因此，对乡村中国的文学叙述，不仅有中国本土的文化依据，同时有政治依据。或者说，它既有合理性又有合法性。这种现象，使中国作家对乡土中国或"农村题材"的创作积累了极为丰富的经验。因此，一般说来，与乡土有关的小说创作，起点都比较高，都相对成熟。这一点我们只要与关于城市经验的文学创作相比较就一目了然。

潘灵的长篇小说《泥太阳》，也是一部书写当下乡村社会状况的作品。小说主角路江民以一个"建设社会主义新农村指导员"的身份，进入到偏远的泥太阳村。这个角色不仅喻示了小说的当下性，使小说与最新的意识形态动向相缝合，在保证"政治正确"的同时，也确定了小说的叙事视角：路江民是一个"外来者"，一个乡村社会的"他者"。但于封闭、偏远又极端落后、复杂的泥太阳村来说，路江民无疑又是一个拯救者。这个叙事模式，与我们常见的"土改"文学、工作组文学等并没有太大的差异。就像《太阳照在桑干河上》的工作组进入暖水屯、《暴风骤雨》中的工作组进入光腚屯、《林海雪原》中的小分队进入夹皮沟一样，他们都是"救星"，是拯救民众于水火的希望。路江民替代前任女博士来到泥太阳村以后，所做的一切，与他的前辈们并没有更多的区别。调查情况、访贫问苦、寻找资金、架桥修路、改良品种，然后与乡村女青年谈恋爱。这个叙事模式与《创业史》或《艳阳天》不同：梁生宝和萧长春是土生土长的乡民，他们对蛤蟆滩或东山坞了如指掌，柳青和浩然可以选择全知叙述视角，表达了他们对乡土社会的熟悉和自信。《泥太阳》的文学或社会学意义并不在于如何描述了路江民怎样努力改变乡村的贫困状况，在怎样的程度上适应了当下中国对"三农"问题的关注。这些资讯我们在新闻、在其他社会学的文献中都可以看到。因此，我更关注的不是小说叙述的主干，不是对路江民形象的刻意塑造，而是小说在细节上的精彩描绘。无论是否经意，小说都在不同的细节上透露了乡村中国真正的危机。这个危机不只是生存层面的，而更是精神的破产、价值观的沦丧，维系乡村中国伦理、道德秩序的全面崩解和乡风乡俗的日渐恶化——商家的撤退使种植无糖萝卜的农民几近失控，他们包围了乡政府，乡长因此自尽身亡；泥太阳村唯一考上大学的钟兴旺，因大学毕业难以就业，愤怒地刺杀了招聘人员被判了死刑；马天昊的老婆在贫困时可以相依为命，但马天昊成为老板后这个女人可以一夜输掉40万；郑秃子因秋叶劝其老婆使用避孕套就诉诸暴力；乡村的二流子李武还幻想着分富人的"浮财"。更不可思议的是，李武、王二及其家属因在幻想中分"浮财"不均竟拳脚相向，酿成流血事件。这种暴力倾向在泥太阳村随时都可发生。当巫师"黄疤子"在病中的路江民面前也装神弄鬼妖言惑众的时候，"人群中发出了愤怒的吼声——把黄疤子抓起来！杀了黄疤子！打死他！"等。这些细节将泥太阳村的纷乱、无序和分崩离析的危机，形象而具体地呈现出来。

暴力倾向一触即发，究竟是什么原因使乡村社会如此愤怒。贫困是暴力的源泉之一，但在小说中，精神的贫困和不平等也是导致这一倾向的重要原因。同是车祸遇难者，但县政府的机关干部获赔20万，而泥太阳村民的赔偿只有7万。这种生命的不平等性，就不是中国的城乡差别、贫富差距和地区发展的不均衡性所能解释的。这是一种巨大的仇恨，它使偏远的泥太阳村几近一个火药筒，随时都可引爆一样。如果是这样，那么，小说内在的悖论就是难以解决的，一方面，泥太阳村的全部复杂性并不把握在救世者路江民的手中，作为一个外来者，势单力薄的他只能看到乡村社会的危机，一旦他将救世的愿望诉诸实践，后果一定是他始料不及的。在这方面，包括潘灵在内的试图表达建设社会主义新农村的小说创作，都还没有找到更好的途径。

张学东：妙音鸟

在《妙音鸟》里，关于时代的消息是通过羊角村的日常生活表现出来的。那些蝗虫、狼患、瘟疫、疾病、旱涝、地震等自然灾害造成的穷困、贫瘠、恶劣的生存环境，以及权力争夺、欲望勃发的愚昧、原初、野蛮的精神状况，都没有或者也不能阻隔人与政治的关系。

张学东是近年来脱颖而出的70年代作家。70年代的作家大多是这个时代的"异数"。普遍的评论认为，这是一个没有集体记忆的一代，是一个试图反叛但又没有反叛对象的一代。事实的确如此。当这一代人进入社会的时候，社会的大变动——疾风暴雨式的革命已经成为过去，"文革"的终结使中国社会生活以另一种方式展开，经济生活成为社会生活的主体。日常生活合法性的确立，使每个人都抛却了意义又深陷关于意义的困惑之中。80年代开始的"反叛"遍及了所有的角落，90年代后，"反叛"的神话在疲惫和焦虑中无处告别自行落幕。不知道是幸还是不幸，不论"反叛"的执行者是谁，可以肯定的是，这一切都与70年代无关或关系不大。这的确是一种宿命。

于是，70年代便成了"夹缝"中生长的一代。这种尴尬的代际位置为他们的创作造成了困难，或者说，没有精神、历史依傍的创作是非常困难的。但是，任何事物都有例外。在我看来，同样作为70年代出生的青年小说家张学东，就是在这种尴尬或"夹缝"中实现突围的。不仅在张学东过去的中短篇小说创作中证实了这一看法的成立，现在，我们读到的这部长篇小说，进一步证实了这一看法并非夸大其词。

《妙音鸟》是一部正面写"文革"的小说。"文革"对张学东这代人来说已是遥远的历史，他只能凭借间接材料或历史文献，敏锐地捕捉与题材相关的信息。对一个作家来说，这种挑战无疑是巨大的。但是，读过这部长篇小说之后，张学东超强的虚构能力和艺术想象力给人以信任和鼓舞。"妙音鸟"是个人面鸟身的神鸟，但在小说中这个意象却意味深长。面对苦难绵延的历史，乡村的文化信念在默默地承传，这既是作家的一种祈祷，也是对未来的一种祝愿。

小说叙述的是西北地区一个被命名为羊角村的地方所发生的人与事。在上世纪50至70年代特殊的历史时期，这个穷困闭塞的乡村经历了天灾人祸和无尽的劫难。在绝望和极端的生存与精神环境里，也最能够彰显人性的善与恶。于是，虎大、牛香、秀明、广种、三炮、苟文书、朱部长、糜子、红亮、串串等人物接踵而至，他们一起上演了羊角村在这个特殊时代的历史剧。这个偏远的乡村本来远离政治中心，或者说政治中心所发生的一切与他们并没有什么关系。但奇怪的是，政治文化具有神奇的魔力，它用自己的魔法渗透到中国所有的城乡角落，羊角村自然也不能幸免。但值得注意的是，在《妙音鸟》里，关于时代的消息是通过羊角村的日常生活表现出来的。那些蝗虫、狼患、瘟疫、疾病、旱涝、地震等自然灾害造成的穷困、贫瘠、恶劣的生存环境，以及权力争夺、欲望勃发的愚昧、原初、野蛮的精神状况，都没有或者也不能阻隔人与政治的关系。这时我们不得不想，是什么力量使遥远的普通民众也被掌控在政治文化之中？当然，无论是苟文书还是那个朱部长，他们都是羊角村外来的"他者"，如果说是这些外部力量实现了对羊角村统治的话，是远远不够的。在羊角村，一直有一个"超稳定"的乡村伦理、乡村秩序在起巨大的作用。无论政治环境如何，它们都在悄然地承传和蔓延。

读张学东的《妙音鸟》使我不由得想起加西亚·马尔克斯的《百年孤独》，这个比喻不是说这是两部可以相提并论的小说。我想说的是，在《百年孤独》里，马尔克斯也使用了大量的传说、神话和荒诞不经的情节，他用"魔幻现实主义"做到了"化腐朽为神奇"，不仅复活了马孔多镇的百年历史，以至于深刻地影响了当代中国文学。《妙音鸟》中关于死人与活人的对话、村边游走的冤魂、复活的狼皮与主人在梦里纠缠，凶恶的狼群一次次攻击人群，却对寺庙止步与敬畏，凡此种种。这些貌似荒诞的情节却有着文化人类学的依据，我们总是用科学主义解释一切，事实是，我们不知道的事物要远远多于我们知道的事物。也许科学主义只是解释世界的一种方法或认识论。羊角村所发生的一切事件，既是一种传说、虚构，同时也真实地流传、弥漫于羊角村的每一寸空气里。而这些荒诞的情节和真实的日常生活，与那个时代恰恰构成了本质的同构关系。

《妙音鸟》这部小说的出现，还使我想起了前苏联的卫国战争题材。关于这个题材，苏联作家写了几代人，他们对历史执着的表现、检讨的精神感人至深。但我们对重大历史事件似乎都缺乏应有的耐心，或者说，缺乏足够的把握能力和想象力。关于"文革"就是如此。张学东出生于70年代，他不可能经历"文革"。但这个重大的历史事件他却有强烈的愿望要去表达。仅凭这一点就非常了不起！

刘震云：一句顶一万句

他说有四种话最有力量，就是朴实的话、真实的话、知心的话和不同的话。如果说朴实、真实、知心的话与一个人说话的姿态、方式以及对象有关的话，那么不同的话则与一个人的修养、见识和思想的深刻性有关。因此，说不同的话是最难的。

书写历史的长篇小说是一个传统，今后仍然会产生大量的作品。2009年更值得注意的是一部"去历史化"作品的出现，这就是刘震云的《一句顶一万句》。刘震云无疑是最有"想法"的作家之一。"有想法"不是一个简单的事情，"想法"包含着追求、目标、方向、对文学的理解和自我要求，当然也包含着他理解生活和处理小说的能力和方法。这是一个作家的"内功"，这种内功的拥有，是刘震云多年潜心修炼的结果，当然也是他个人才华的一部分。所谓的"想法"就是寻找，就是寻找有力量的话。他说有四种话最有力量，就是朴实的话、真实的话、知心的话和不同的话。如果说朴实、真实、知心的话与一个人说话的姿态、方式以及对象有关的话，那么不同的话则与一个人的修养、见识和思想的深刻性有关。因此，说不同的话是最难的。多年来，我以为刘震云更多的是寻找说出不同的话。这个不同的话，就是寻找小说新的讲述对象和方式。

大概从《我叫刘跃进》开始，刘震云已经隐约找到了小说讲述的新路径，这个路径不是西方的，当然也不完全是传统的，它应该是本土的和现代的。他从传统小说那里找到了叙事的"外壳"，在市井百姓、引车卖浆者流那里，在寻常人家的日常生活中，找到了小说叙事的另一个源泉。多年来，当代小说创作一直在向西方小说学习，从现代派文学开始，加缪、卡夫卡、马尔克斯、罗伯·格里耶、博尔赫斯、卡尔维诺等，是中国当代作家的导师或楷模。这种学习当然很重要，特别是在过去的时代，中国文学一直在试图证明自己，这种证明是在缩小与发达国家文学差距的努力中实现的。许多年过去之后，这种努力确实开拓了中国作家的视野，深化了作家对文学的理解，特别是在文学观念和表现技法方面，我们拥有了空前的文学知识资本。但是，就在我们将要兑现期待的时候，另一种焦虑，或者称为"文化身份"的焦虑也不期而至、扑面而来。于是，重返传统，重新在本土传统文学和文化中寻找资源的努力悄然展开。刘震云是其中最自觉的作家之一。《我叫刘跃进》的人物、场景和流淌在小说中的气息和它的"民间性"一目了然。但因过于戏剧化，更多关注外部世界或表面生活的情节而淹没了人的内心活动，好看有余而韵味不足。这部《一句顶一万句》就完全不同了，他告知我们的是，除了突发事件如战争、灾害等不可抗拒因素外，普通人的生活就是平淡无奇的，在平淡无奇的生活中发现小说的元素，这是刘震云的能力。但刘震云的小说又不是传统的明清白话小说，叙述上是"花开两朵各表一枝"，功能上是"扬善惩恶宿命轮回"。他小说的核心部分，是对现代人内心秘密的揭示，这个内心秘密，就是关于孤独、隐痛、不安、焦虑、无处诉说的秘密，就是人与人的"说话"意味着什么的秘密。

在《一句顶一万句》中，说话是小说的核心内容。这个我们每天实践、亲历和不断延续的最平常的行为，被刘震云演绎成惊心动魄的将近百年的难解之谜。百年是一个时间概念，大多是国家民族或是家族叙事的历史依托。但在刘震云这里，"去历史化"表现在这只是一个关于人的内心秘密的历史延宕，只是一个关于人和人说话的体认。对"说话"如此历尽百年地坚韧追寻，在小说史上还没有第二人。无论是杨百顺出走延津寻女，还是牛爱国奔赴延津，都与"说话"有关。"说话"是一种交流，但更是一种"承认"。夫妻之间的关系，除了生理需要、传宗接代之外，"说话"就是最重要的形式。但吴摩西和老婆吴香香没有话，老婆说话就是骂吴摩西。理论上说就是吴香香在各方面对吴摩西的"不承认"，或者说是不屑甚至漠视。吴摩西逆来顺受一年多并没有明确的认识，真正明白了是在郑州火车站见到了因奸情败露逃跑的老高和吴香香的恩爱场景。这时吴香香已有身孕，他们"为吃一个白薯，相互依偎在一起；白薯仍是吴香香拿着，在喂老高。老高说了一句什么，吴香香笑着打了一下老高的脸，接着又笑弯了腰"。这个场景照出了吴摩西和吴香香的关系——有说有笑的夫妻就是普通百姓的日子，但吴摩西没有，于是他打消了原来的念头，离开了郑州。这个关系的处理只有现代作家才能够完成。如果是明清白话小说，比如《水浒传》，只能处理成一个仇怨关系，是"辱妻之恨"。武大发现妻子潘金莲与西门大官人私通之后，回到家里捉奸又力所不及，只能诉诸暴力，被西门大官人一脚踢在心窝卧床不起，最后被毒药害死。但刘震云处理吴摩西的时候，不是纠缠在市井风月不放，而是迅速回到了吴摩西的内心：他要离开这个让他伤心的地方，但去哪里呢？吴摩西既没有可去的地方，也没有指引他的人，一个人内心的无助和孤独在这里被刘震云写到了极致：人的一生可以有许多朋友，但真正为难和需要帮助的时候，你会突然发现，可以投奔的人竟然了无踪影。这一发现不仅表达了刘震云洞察世事的锐利和深刻，同时也表达了刘震云对人生悲凉或悲剧性的认识。

小说的下半部"回延津记"的主角，是吴摩西养女曹青娥的儿子牛爱国。牛爱国在情感上的遭遇与吴摩西没有本质差别。他也是为找一个能"说上话"的人返回延津。一出一进就是一个近百年的轮回，但牛爱国能够找到吗？我们不知道。我们知道的是，这些人物不知道存在主义，也不知道哈贝马斯的交往理论，但"话"的意味在这些人物中是不能穷尽的。说出的话，有入耳的、有难听的、有过心的、有不过心的、有说得着的、有说不着的、有说得起的、有说不起的、有说不完的还有没说出来的。老高和吴香香私通前说了什么话，吴摩西一辈子也没想出来，章楚红要告诉牛爱国的那句话最后我们也不知道，曹青娥临死也没说出要说的话。没说出的话，才是"一句顶一万句"的话。当然，那话即便说出来了，也不会是惊天动地的话。在小说中一定要这样表达，只是小说的技法而已，这和《红楼梦》中的黛玉临死也没说出宝玉如何、《废都》中有许多空格没有什么区别。

需要破译的恰恰是已经说出的话，是普通人在日常生活中的"说话"如何形成政治的。这些普通人是中国最边缘或底层的群体，在葛兰西的意义上他们是"属下"，在斯皮瓦克的意义上他们是"贱民"，他们是"沉默的大多数"，是没有话语权力的阶层。他们在日常生活中的言说被排除在历史叙事之外，是刘震云发现了这个群体"说话"的历史和隐含其间的伦理、智慧、品性等，最根本的是，说话就是他们的日子，他们最终要寻找的还是那个能说上话的人。小说也正是因为有了这些韵味，也就是理论上的萨特、哈贝马斯、米德、查尔斯泰勒等对人的存在、交往、有意义的他者和承认的政治的论述，普通人的"说话"才博大精深、深不可测，也正是因为刘震云发现了这一切，才使这部讲述市井百姓的小说超越了明清白话小说而具有了现代意义。

曹征路：问苍茫

在《问苍茫》中，"工人"的内在结构已经发生了根本性的变化。无论是柳叶叶、毛妹五姐妹，还是唐源等技术工人，他们都来自边远的乡村，这些还不具有"工人阶级"意识也没有产业工人传统的农民，是为了摆脱贫困或为了生存来到深圳幸福村和宝岛电子工厂的。因此，无论面对劳资冲突，还是具体的人与事，这个群体都存在着盲目性和摇摆性。需要指出的是，不具有产业工人意识和传统的"农民工"，首先也是人。是人就应有人的尊严和权利。

2009年，反映当代生活并以文学的方式参与当下公共事务的作品，最有影响的应该是曹征路的《问苍茫》。这些年来，曹征路站在改革开放的最前沿地带，密切关注着30年来中国大地上发生的这场改变国家民族命运的社会大变革。值得注意的是，他的作品不是那种花团锦簇、莺歌燕舞似的时代装饰物，也不是貌似揭露、实际迎合的所谓"官场文学"。他陆续发表的《那儿》《霓虹》《豆选事件》以及这部《问苍茫》等，在以"现场"的方式表现社会生活激变的同时，更以极端化的姿态或典型化的方法，发现了变革中存在、延续、放大乃至激化的问题。在这个意义上，曹征路承继了百年来"社会问题小说"的传统，特别是劳工问题的传统。不同的是，现代文学中包括劳工问题在内的"社会问题小说"，是民主主义、社会主义在中国传播的背景下展开实践的，它既是五四时代启蒙主义思潮的需要，也是启蒙主义必然的结果。在那个时代，"劳工神圣"是不二的法则，劳工利益是启蒙者或现代知识分子坚决维护或捍卫的根本利益。但是，到了曹征路的时代，事情所发生的变化大概所有人都始料不及，尽管"人民创造历史""工人阶级""社会公平""人民利益""劳动法""工会"等概念还在使用，但它们大多已经成为一个诡秘的存在。在现代性的全部复杂性和不确定中，这个诡秘的存在也被遮蔽得越来越深，以至于很难再去识别它的本来面目或真面目。无数个原本自明的概念和问题，在忽然间变得迷蒙暧昧甚至倒错。于是，便有了这个"天问"般的迷惘困惑又大义凛然的《问苍茫》。

《问苍茫》在《当代》杂志发表的年代，正值改革开放30年，各个领域都有不同形式的纪念活动或会议。客观地说，30年来的伟大成就举世公认，就连那些"万恶的资本主义"国家也不得不承认中国发生的天翻地覆的巨大变化，国家形象和国际地位的改变，是伴随着30年改革开放的历史一起发生的。因此，肯定成就是我们的前提。但是，我们也不能不承认还有没有被叙述的历史，还有另外的历史也同时在发生。这个历史，就是《问苍茫》中的历史。在这个历史中，我们首先感到"苍茫"的不仅是那些还在使用的"知识"和"理论依据"，重要的是这些"知识"和"理论依据"与现实究竟是一种怎样的关系，面对现实它的阐释是否还有效。

改革开放以来，理论上的这些问题因"不争论"被悬置起来。当年邓小平提出"不争论"是有道理的，在当时中国的语境中，"姓资""姓社"的问题在机械、僵化的理论框架内的争论将永无出头之日，如果争论，中国的改革就难以实践。但是，当改革深入到一定程度的时候，当现实出现问题逼迫我们做出理论解释的时候，我们却两手空空一贫如洗。于是，当工人罢工时，身为宝岛电子工厂书记的常来临说："你们有意见就提，公司能满足就满足，不能满足就说清楚。不要动不动就闹罢工，那个没意思。你们有你们的难处，老板也有老板的难处。老板就不困难吗？为了找订单，她几天几夜都没合眼了。没有订单，我们就没有活干，没有活干大家都没有钱赚。大家是一根绳上的蚂蚱，这个道理不是明摆着吗？"当年李大钊的"以劳动为本位，以劳动者为本位"的理论在这里没了踪影。常来临书记的立场非常明确：老板的难处就是大家共同的难处，没有老板大家就都没有钱赚，大家都不能活命。因此，老板才是"本位"、资本才是"本位"。当然，包括宝岛电子工厂的工人并不是严格意义上的产业工人，他们来自贫困的乡村，是为生存不惜任何代价讨生活的。"工人阶级"的内涵已经发生了巨大的变化。是现实的全部复杂性使90多年过去后，不再困惑我们的问题才又一次浮出水面。

"底层叙事""新左翼文学"或被我称作"新人民性文学"发生以来，评论界和创作界有截然不同的两种声音。这本来属于正常的现象。当"总体性"的文学理论瓦解之后，文学作品就失去了统一的评价尺度。因此，见仁见智在所难免。从另外一个角度看，面对当下中国的现实，思想界的"新左翼"与"自由主义"的论争已持续多年，至今仍未偃旗息鼓。文学界对这一论争的接续是迟早的事情，于是"新左翼文学"的命名被隆重推出。无论是褒贬，曹征路都历史性地站在了最前沿。2004年5期的《当代》杂志发表了他的《那儿》，一时石破天惊。在《那儿》那里，曹征路在鲜明地表达自己的情感立场的同时，也不经意间流露了他的矛盾和犹疑。《那儿》里的工人阶级是中国传统的产业工人，也只有产业工人才能做出朱主席这样决绝的选择。但是，在《问苍茫》中，"工人"的内在结构已经发生了根本性的变化。无论是柳叶叶、毛妹五姐妹，还是唐源等技术工人，他们都来自边远的乡村，这些还不具有"工人阶级"意识也没有产业工人传统的农民，是为了摆脱贫困或为了生存来到深圳幸福村和宝岛电子工厂的。因此，无论面对劳资冲突，还是具体的人与事，这个群体都存在着盲目性和摇摆性。需要指出的是，不具有产业工人意识和传统的"农民工"，首先也是人。是人就应有人的尊严和权利。小说中，这些女孩子还没有走出山区，就遭遇了"开处"的侮辱，而且是乡长、村长老爹送来的，"怎么折磨都行"。进入工厂之后，每天是十几小时的劳动，还有随时被解雇的威胁。在残酷的生存环境中，有的堕落做了妓女，有的嫁给了曾给自己"开处"的马经理风烛残年的父亲，毛妹则因救火重伤毁容，无人赔偿甚至栽赃嫁祸被逼自杀……这就是《问苍茫》中工人的处境。曹征路描述和关注了底层如此严酷的生活，就已经表明了他的情感和立场。

值得注意的是，曹征路在情感和立场上倾向于工人的同时，他并没有采取早期民粹主义者的思想策略，不是为了解决立场问题简单地站在"劳工"一面。事实上，对柳叶叶等宝岛电子工厂工人存在的软弱、功利、现实、盲目甚至庸俗的一面，同样实施了批判。初来的柳叶叶不知道罢工的真正含义，在她看来，罢工就有机会穿漂亮衣服到街上逛逛，同时又担心拿不到"加班费"。机会主义分子常来临因为没有参与"开处"使柳叶叶免遭一劫，这不仅在道德层面使柳叶叶感佩不已，同时也被他空洞高蹈的话语煽动所迷惑：她爱上了他。这应该是一个新时代的正在成长的"新人"形象，我相信作家也是按照这样的形象来塑造的，不然就不会将"打工诗人"、潜伏记者等都安插在她身上。但是，曹征路还是遵循了生活的逻辑，发现了这个"新人"难以蜕去的先天的巨大局限。这些都表明了曹征路面对"底层"时的巨大困惑和矛盾，也正是这样的困惑、矛盾和焦虑，赋予了作品真实性的力量和时代特征。

同样，《问苍茫》在塑造常来临、陈太、赵学尧、文念祖、何子钢、迟小姐等人物时，都没有做简单化的处理。尤其是常来临这个人物，这是我们在其他作品中未曾谋面的人物。他的特殊性、独特性的发现，是曹征路的一大贡献。这个军人出身也待过业，在道德上有自我约束的人，他没有参与招工时的"开处"，他的道德形象在小说的男性形象中几乎凤毛麟角，在《问苍茫》的处境中，夫妻两地分居还能够做到"守身如玉"，堪称道德楷模。但就是这样一个有道德的人，能够带着山村来的女工逛深圳、说贴心话的人，在面对工人和资本的时候，他的人格分裂了：一方面，他愿意为工人着想，并巧妙地改变了工厂集体辞工变相剥削的阴谋；一方面，在强大的资本神话面前，他无能为力举步维艰。他曾对柳叶叶说，"有句话你一定要听，你是个有前途的人，你和他们还不一样，你还会有很大发展，还会有自己的事业。什么叫现代化？什么叫全球一体化？说白了就是大改组大分化。国家是这样，个人也是这样。一部分人要上升，一部分人要下降，当然，还有一部分人要牺牲。这个是没有办法的事。"常来临没有说错，现实的确如此，但他说对了吗？哪部分人应该"上升""下降"和"牺牲"？存在的就是合理的吗？

几年来，对包括曹征路在内的书写"底层"的小说文学性或艺术性的问题，一直存有争议。诟病或指责最大的理由除了"展示苦难""述说悲情""底层"是社会学概念还是文学概念之外，就是"底层写作"的文学性问题。这个问题似乎是在"专业"范畴里的讨论，对这个文学现象普遍的指责就是"粗糙"。对"底层写作"文学性问题的讨论是一个真问题，遗憾的是，至今也没有人能够令人信服地说清楚"文学性"究竟是怎样表达的。这个问题就像前几年讨论的"纯文学"一样，文学究竟怎样"纯"，或者什么样的文学才属于"纯"，大概没有人说清楚。站在民众的立场上说话曾经是不战自胜，"政治正确"也就意味着文学的合理性。但是，在今天的文学批评看来，任何一种文学现象不仅仅取决于它的情感立场，同时，也必须用文学的内在要求衡量它的艺术性，评价它提供了多少新的文学经验。这些看法无疑是正确的。但是，需要强调的是，许多年以来，能够引发社会关注的文学现象，更多的恰恰是它的"非文学性"，恰恰是文学之外的事情。我们不能说这一现象多么合理，但它却从一个方面告知我们，在中国的语境中一般读者对文学寄予了怎样的期待，他们是如何理解文学的。另一方面，急剧变化的中国现实，不仅激发了作家介入生活的情感要求，同时也点燃了他们的创作冲动和灵感。"底层写作"正是在这样的背景下发生的。但是，就像在文学领域没有可能认同的"中国经验"一样，也没有一个共同的"底层文学"特征。

王晓方：公务员笔记

我更感兴趣的是作家在叙事方法上的探索和实验。这些探索和实验，使王晓方的"官场小说"介乎于严肃文学与通俗文学之间，或者说正是这些探索使《公务员笔记》有了雅俗共赏的可能。我们应该鼓励畅销小说作家在艺术上做更多的探索，从而更快地提高这个类型小说的文学性。

自1992年王跃文的《国画》出版以来，"官场小说"一直是文学图书市场的主打品种之一。今年，被坊间称为"官场小说""二王"的王跃文、王晓方分别出版了《苍黄》和《公务员笔记》。这两部重头作品一问世，便成为媒体抢眼的话题之一。实事求是地说，"官场小说"在当代文学市场"引领风潮"已近二十年，仍然大有市场，这种接受心理已不是秘密。但是需要追问的是，这个文学类型在叙述对象、创作方法、审美经验等方面，究竟为我们提供了哪些新鲜的东西，这显然还是一个值得追问的问题。

王晓方是这个题材领域最有影响的作家之一。据相关材料披露，他的三本《驻京办主任》、三本《市长秘书》及"前传"、一本《大房地产商》以及《外科医生》，目前已经销售二百余万册。这个庞大的销售数字，从一个方面说明了王晓方的作品在当下同类作品市场占有的巨大份额，当然，这显然也是一个特别值得研究和分析的文学现象。王晓方切入"官场"的角度以及小说的命名，读者耳熟能详但并不了解内里。它的通俗性和神秘性构成了普通读者对其窥探的巨大欲望，这也是市场号召力的巨大诱因。当然，王晓方如果没有官场经历，要凭空杜撰这些数量巨大的故事也是不可能的。

我们更关心的是，写了如此数量的官场故事之后，王晓方是否还要按照这方向一路继续走下去，或者他将如何走下去。当我读到了《公务员笔记》之后，我感到王晓方还是一个有突破欲望的作家，一个不愿意重复自己的作家。但官场事件无论是否经历，基本的可能很难再超出读者的想象，因此，要想在故事层面有所突破其难度可想而知。另一个维度就是叙事方法，在故事的讲述方面探索出新的可能性。值得注意的是，《公务员笔记》在故事和叙事两个方面都有所突破。比如小说一开始就写了东州市一位老领导患了"尿中毒"，而且作为秘书的我居然也陪着领导喝了多年的尿。这种荒诞不经的情节，使小说一开始就进入了一个普通人难以想象的世界。虽然有"噱头"之嫌，但它的可读性也是其他常见的情节不具备的。

接着，作家以平行叙述视角分别叙述了综合二处五个公务员为了升迁的作为和困惑：杨恒达、许智泰、黄小明、朱大伟、欧贝贝等，或是尔虞我诈，或是为了捞取政治上的资本不惜牺牲自己的家庭；然后以三十三个第一人称叙述了所有的当事人，这些"第一人称"事实上是全知叙事视角；然后再回到平行叙事视角。有趣的是，作家让桌子、椅子、电脑、公文包、手机等悉数登场说话。这些非人物的言说恰恰是小说最精彩的部分之一。比如椅子说："你们知道办公椅代表什么吗？实话告诉你，既代表位子，也代表位置。""对公务员来说，公文包是必不可少的，同时，公文包也装载着公务员的成就和秘密。""手机在一人手里可以发现美丽新世界，而在另一些人手里却成了'潘多拉盒子'。"作家在描述这些物质时所引发的现实感慨和历史联想，增强了小说的趣味性和历史感。

我更感兴趣的是作家在叙事方法上的探索和实验。这些探索和实验，使王晓方的"官场小说"介乎于严肃文学与通俗文学之间，或者说正是这些探索使《公务员笔记》有了雅俗共赏的可能。我们应该鼓励畅销小说作家在艺术上做更多的探索，从而更快地提高这个类型小说的文学性。至于这些在叙事形式和方法上的探索，当代叙事学已经解决了的时候，是否还用王晓方的方式命名，我倒是觉得没有必要。

2010

张炜：你在高原

用二十年的时间去完成一个夙愿或文学实践，几乎是一种"赌博"，他要同许多方面博弈，包括他自己。如果没有一股"狠劲"，这个博弈是难以完成的。

2010年，长篇小说最大的事件莫过于张炜《你在高原》的出版。对这部鸿篇巨著我们还没有做好评论的准备。但可以肯定的是，在接触它的瞬间掠过心头的就是震惊。在当下这个浮躁、焦虑和没有方向感的时代，张炜能够潜心二十年去完成它，这本身就是一个巨大的挑战和奇迹。这个选择原本也是一种拒绝，它与艳俗的世界划开了一条界线。450万字这个长度非常重要：与其说这是张炜的耐心，毋宁说这是张炜坚韧的文学精神。因此这个长度从某种意义上也是一种高度。许多年以来，张炜一直坚持理想主义的文学精神，在毁誉参半褒贬不一中安之若素。不然我们就不能看到《你在高原》中张炜疾步而从容的脚步。对张炜而言，这既是一个夙愿也是一种文学实践。

用二十年的时间去完成一个夙愿或文学实践，几乎是一种"赌博"，他要同许多方面博弈，包括他自己。如果没有一股"狠劲"，这个博弈是难以完成的。这部长卷有强烈的抒情性和诗意，它给人以飞翔的冲动，我们时常读到类似的句子：

　　"我抬头遥望北方，平原的方向，小茅屋的方向。"

　　"你千里迢迢为谁而来？

　　为你而来。

　　你历尽艰辛寻找什么？

　　寻找你这样的人。"

　　它具体而抽象，形上又形象。一切仿佛都只在冥冥之中，在召唤与祈祷之中。许多人都担心读者是否有足够的耐心读完。我想那倒大可不必。古往今来，"高山流水觅知音"者大有人在。张炜大概也没有指望让《你在高原》一头扎在红尘滚滚的人群中。通过《你在高原》，我觉得张炜的文化信念和精神谱系特别值得我们注意：张炜的文化信念是理想主义。他的理想主义与传统有关又有区别。他坚信一些东西，同时也批判一些东西。他坚持和肯定的是理想、诗意和批判性。这些概念是这个时代很少提及的。我们不能因此理解张炜与这个时代有隔膜，事实上，正是他对这个时代生活的洞若观火，才使得他坚持或选择了那些被抛弃的文化精神。这一点张炜值得我们学习。张炜的精神谱系和他的情感方式就是与生活在一起，特别是对底层生活的关注。他的足迹遍布《你在高原》的每个角落。他可以不这样做也能够写出小说。他坚持这样做的道理，是使他的写作更自信、更有内容。张炜坚持的道路是我们尊敬的道路，他的选择为当下文学提供了一种重要的参照。那些已经成为遗产的文化精神，在今天该怎样对待，这似乎是一个老生常谈的问题，但也是一个没有很好解决的问题。过去并没有死去，我们只有认真对待和识别过去，才能走好现在和未来的道路。在这个意义上张炜对过去的坚持和修正，同样值得我们珍惜和尊重。

关仁山：麦河

围绕麦河两岸土地流转这个"事件"，《麦河》在描绘冀北平原风俗风情的同时，主要书写了鹦鹉村村民在这个时代的命运和精神状态。

《麦河》是作家关仁山继《天高地厚》《白纸门》等长篇小说后，又一部表现当下中国乡村生活的长篇小说。无论对关仁山的创作做出怎样的评价都另当别论，有一点必须肯定的是，关仁山是一位长久关注当代乡村生活变迁的作家，是一位努力与当下生活建立关系的作家，是一位关怀当下中国乡村命运的作家。当下生活和与当下生活相关的文学创作，最大的特点就是它的不确定性，不确定性也意味着某种不安全性。如果是这样的话，这种创作就充满了风险和挑战。但也恰恰因为这种不确定性和不安全性，这种创作才充满了魅力。关仁山的创作几乎都与当下生活有关。我欣赏敢于和坚持书写当下生活的作家作品。

《麦河》是表现当下乡村中国正在实行的土地流转政策，以及面对这个政策麦河两岸的鹦鹉村发生的人与事。实行土地流转是小说的核心事件，围绕这个事件，小说描绘了北中国乡村的风情画或浮世绘。传统的乡村虽然在现代性的裹胁下已经风雨飘摇，但乡村的风俗、伦理、价值观以及具体的生活场景，并没有发生革命性的变化，这就是我曾经强调过的乡村中国的"超稳定文化结构"。但是，乡村中国又不是一部自然发展史，现代性对乡村的改变又几乎是难以抗拒的。因此，乡村就处在传统与现代的夹缝中——面对过去，乡村流连忘返充满怀恋；面对未来，乡村跃跃欲试又四顾茫然。这种情形，我们在《麦河》的阅读中又一次经验。有趣的是，《麦河》的叙述者是由一个"瞎子"承担的。三哥白立国是个唱大鼓的民间艺人，虽然眼睛瞎了，但他对麦河和鹦鹉村的人与事洞若观火了如指掌。他是鹦鹉村的当事人、参与者和见证者。三哥虽然是个瞎子，但他心地善良，处事达观，与人为善和宽容积极的人生态度给人留下了深刻的印象。在某种意义上他是鹦鹉村的精神象征。但作为一个残疾人，他的行动能力和处理外部事务的局限，决定了他难以主宰鹦鹉村的命运。他唯一的本事就是唱乐亭大鼓。但是这个极受当地农民欢迎的地方曲艺，能够改变鹦鹉村贫困的现实和未来的命运吗？因此，小说中重要的人物是曹双阳。这是一个我们经常见到的乡村"能人"，他见多识广、能说会道，曾经和黑道的人用真刀真枪震慑过黑石沟的地痞丁汉，也曾经为了合股开矿出让了自己的情人桃儿。这是一个不安分、性格极其复杂的人物，也是我们常见的乡村内心有"狠劲"的人物。他是当上"麦河集团"的老总以后重新回到鹦鹉村土地上的。他希望村民通过土地流转加入"麦河集团"，实现鹦鹉村的集体致富。

土地对农民来说太重要了。历朝历代只有处理好土地问题，乡村中国才有太平光景。对于农民来说，土地分下来容易合起来难。但土地流转不是合作化运动，它是充分自由的，可以流转也可以不参加流转。对乡村中国来说这当然是又一种新的探索。就鹦鹉村而言，由于双羊的集中管理和多种经营，鹦鹉村已经呈现出了新的气象，农民的生活和精神面貌发生了显著的变化。当然，小说是写人物命运的。围绕麦河两岸土地流转这个"事件"，《麦河》在描绘冀北平原风俗风情的同时，主要书写了鹦鹉村村民在这个时代的命运和精神状态。曹双羊是一个"能人",但也诚如桃儿所说,这是一个患了"现代病"的人,他被金钱宰制,现代人所有的问题他几乎都具备。但他最终还是回到了土地,对土地的敬畏才最终成就了这个能人。瞎子三哥的眼睛最后得以复明,这当然不是他说的"因果论"。但这个"大团圆"式的结局还是符合大众阅读趣味的。这个人物是《麦河》塑造得最成功的人物,他是乐亭大鼓的传人,是一个民众喜闻乐见的人物。在他身上我们才得以感受典型的冀北风情风物。应该说,就是这个乐亭大鼓将《麦河》搅动得上下翻飞风情万种。可以肯定的是,关仁山对三哥这类民间人物和乐亭大鼓相当熟悉。他身边的苍鹰是个"隐喻",这个鸟中之王,因为飞得高才看得远。三哥与苍鹰"虎子"是相互的对象,用时髦的话说,他们有"互文"关系。

《麦河》中桃儿这个人物我们在《九月还乡》中似乎接触过,她是一个来自乡村的卖淫女,但做过这类营生的人并非都是坏人。桃儿自从回到鹦鹉村,自从和瞎子三哥"好上"以后,我们再看到的桃儿和我们寻常见到的好姑娘并没有不同。她性情刚烈,但多情重义。她不仅爱三哥,而且最终治好了三哥的眼疾使他重见光明。这里当然有一个观念的问题。自从莫泊桑的《羊脂球》之后,妓女的形象大变。这当然不是作家的"从善如流"或庸俗的"跟进"。事实上妓女也是人,只是"妓女"的命名使她们必须进入"另册",她们在本质上与我们有什么区别吗?未必。桃儿的形象应该说比九月丰满丰富得多。如果说九月是一个从妓女到圣母的形象,那么桃儿就是一个冀北普通的乡村女性。这个变化可以说,关仁山在塑造乡村女性形象方面有了很大的超越。

中国的改革开放本身是一个"试错"的过程、探索的过程。中国社会及其发展道路的全部复杂性不掌控在任何人的手中，它需要全民的参与和实践。事实证明，在过去那条曾被誉为"金光大道"的路上，乡村中国和广大农民并没有找到他们希望找到的东西。但麦河两岸正在探索和实践的道路却透露出了某种微茫的曙光。但这一切仍然具有不确定性，双羊、三哥、桃儿们能找到他们的道路吗？我们拭目以待。

须一瓜：太阳黑子

《太阳黑子》作为小说，须一瓜一直贴在边界上行走。它的叙述极为特殊：三个犯有弥天大罪的人，就这样每天在众目睽睽下生活，每天与警察、警察的妹妹以及芸芸众生打交道，近在咫尺的边界随时有穿越的可能，我们就像观看一部电影，没有秘密可言。但这个边界在规定的时间内又固若金汤：两个人群表面上就这样相安无事又洞若观火地平行前进。

多年来，须一瓜一直在中短篇小说领域展开她的文学人生，她的作品在批评界曾被反复谈论，她是这个时代重要的作家之一。《太阳黑子》应该是须一瓜的第一部长篇小说，依照她的经验和积累，对这部长篇处女作我们深怀期待。这是一部险象环生的小说，是一部关于人性的善与恶、罪与罚、精神绝境与自我救赎的小说，是一部对人性深处坚韧探询执着追问的小说。在人性迷蒙、混沌和失去方向感的时代，须一瓜借助一个既扑朔迷离又一目了然的案件，表达了她对与人性有关的常识和终极问题的关怀。

一桩灭门的惊天大案，罪犯在民间蛰伏十四年之久。但须一瓜的兴趣不是停留在对案件的侦破上，不是用极端化的方式没有限制地夸大这个题材的大众文学元素，而是深入到罪犯犯案之后的心理以及在心理支配下的救赎生活。逃亡隐匿的过程，也是他们力图洗涤罪恶心灵自我拯救的过程，是他们悔不当初竭尽全力补偿罪过的过程。他们分别做了协警、的哥和鱼排工，并收养了一个在犯案同一天出生的弃婴"尾巴"。十四年的时间，他们不曾婚娶、形同一人，他们做了许多好事，为了医治"尾巴"的心脏病共同竭尽了全力。对罪犯这种心理分析和表达的视角，显示了须一瓜的与众不同。她从事"政法记者"多年，积累了深厚的我们不曾了解的这一领域的独特经验。但是，重要的不是她对一个充满了奇观和隐秘角落的展露与揭示，不是为了满足我们的好奇心。她涉足这个领域除了文学的考虑之外，更着眼于当下的精神状况或世道人心。

文学是观念的领域，但文学首先是文学。《太阳黑子》作为小说，须一瓜一直贴在边界上行走。它的叙述极为特殊：三个犯有弥天大罪的人，就这样每天在众目睽睽下生活，每天与警察、警察的妹妹以及芸芸众生打交道，近在咫尺的边界随时有穿越的可能，我们就像观看一部电影，没有秘密可言。但这个边界在规定的时间内又固若金汤：两个人群表面上就这样相安无事又洞若观火地平行前进。这个设置一方面为逃亡者隐秘的灵魂和人性的展现提供了充分的时空，一方面，表面的平静下掩盖着激烈的对决，它的路向不断在变化。在伊谷夏看来"太奇怪了，这三个人非常要好，好得超出外人想象。我是说，那种彼此的眼神，比亲兄弟还贴心。其实，那个鱼排那个，骨子里也很有教养，虽然没有老头儿通透，但也绝不像房东说的那么冷酷可怕。对我来说，他们实在都太聪明、太引人入胜了；辛小丰你最清楚了，眼神很干净。他们对'尾巴'的爱护，看了我都想哭，那是男人内心最美好的真情。你看，走马灯一样，我见了那么多谋婚的对象，还有五湖四海的客户，我还是觉得，他们三个人最特别。你看这大街上，随眼看去，这些都是什么男人啊，自私自利、猥琐、无趣、自以为是、贪婪自大，眼神不是像木头就是像大粪。这些人啊，开着名车，你立刻不想要那名车了；他浑身是钱，你立刻觉得原来钱多也没意思；这些人成了名流贤达，你立刻觉得名望原来都是垃圾箱啊；这些人……"。但在哥哥伊谷春看来："他们这种关系，也许是共同经历了一件事，那件事可能生死难忘，非常美好或者非常惨烈，所以他们才会形同一人。你等着看吧，谜底会揭开的。"这两种不同的判断都是真实的。在伊谷夏那里，她经验和看到的"的哥"杨自道因高尚而迷人，她居然热恋上了他，甚至不惜冒着风险为他篡改了一幅重要证据的照片日期。特别是在杨自道临刑时两人的诀别，更是感天撼地。一个花季的青年女性如醉如痴地爱上一个罪犯，表明的恰恰是她对生活中某些方面的拒绝；作为警察的哥哥凭着职业的敏感，一直在秘密侦察，特别是对他的助手辛小丰。但在具体处理上，伊谷春、伊谷夏和三个逃亡者的情感关系极端复杂，他们既在边界两侧，又不是水火难容。人性的复杂性在那里的纠葛或纠缠，在须一瓜的笔下得到了充分展现。这不是对分寸的拿捏，它是须一瓜对当下人性和世道人心一眼望穿的自信，以及在表达上以求一逞的自我期待。这一点她是实现了。

在结构上，《太阳黑子》是开放性的，就像一部电影，一切都在眼前没有秘密，与其说我们在"窥视"，不如说我们在等待，等待一个我们不知所终的时刻；但在叙述上它又是极为严密的，卓生发的告发以及警察哥哥的缜密侦察，在交汇处水到渠成。于是，小说就这样将悬疑、神秘、窥视、有惊无险等诸多元素融汇在一起。使我们阅读心理起伏跌宕欲罢不能。多年来，大众文学一直在向严肃文学学习，包括技巧也包括价值观。但严肃文学多年来对大众文学不置一词不屑一顾，这是不对的。事实上，大众文学可读性元素只会增强严肃文学的可读性，而不会伤害严肃文学对意义和价值的探寻。《太阳黑子》对大众文学元素的借助，也使这部小说在形式上具有了探索性。

宁肯：天·藏

宁肯的《天·藏》确实是一部特殊的小说：这不是一部讲述西藏神秘故事或往事的小说，不是因有了西藏经验就身置其间的代言之作，不是取悦读者猎奇奇观的肤浅之作。

多年来，书写藏地的小说是我们时代的时尚之一。西藏的风情风物、天高云淡或隐秘的历史风起云涌不绝于耳。每个人看到的是不同的西藏。但可以肯定的是：那个神秘的所在一定没有穷尽。不然就不会有宁肯的这部《天·藏》。

不同的是宁肯的《天·藏》确实是一部特殊的小说：这不是一部讲述西藏神秘故事或往事的小说，不是因有了西藏经验就身置其间的代言之作，不是取悦读者猎奇奇观的肤浅之作。事实上，随着青藏线的开通，越来越多的人踏上西藏的土地，西藏正逐渐被越来越多的人所认识，它的真正价值早已不是神秘和奇观。因此，宁肯的这部作品是一部因发现藏地而发现自己的小说，是自己被西藏照亮发现"疾病"的小说。如果是这样，这部小说与其说是一本书写藏地的书，毋宁说这是一本书写宁肯自己的书。发现西藏，是因了那里的高洁和宁静，静谧的西藏才有可能形上静思；发现自己，是因了有了西藏的宁净才发现了自己的荒诞、扭曲、变态和受虐。那些大胆的裸露当然是隐喻，它意在表达的是作家认识到人的多面性和不可知性，无奈感和人对自己的难以把握。有了这些，《天·藏》就是一部不同寻常的小说。

藏地是静穆或沉默的美学。多年来它一直在被言说。但没有谁说出了它的全部。言说者只是感受了它的某些部分，而藏地却如主体成了观赏者。宁肯看到的部分也是宁静：

那你——每天都干什么？

——没事，就是待着，王摩诘说。

许多次，我与马丁格的对话使我们的散步有时不知不觉在鼓声中延伸到整个寺院，我觉得整个寺院不再外在于我，以至，有段时间我也曾试图静观，试图什么也不想。我甚至差不多做到了静观；

寂静的原野是可以聆听的，唯其寂静才可聆听。

苍古寺坐落在八角街众多的小巷之中，很僻静……这个女性化的寺院长年好像只安静地承受着一小片阳光，非常内向……

维格的母亲——世界上最平静的女人。那种平静，不是寺院的平静，也不同于八角街清晨的平静。它难以形容，如果任何一种光泽下的水都是简单的，平静的，那么可以多少想象一下维格拉姆的样子。

正午。阳光。眼光直射。阴影全部消失了，总是布满阴影的寺院迷宫深处也变得异常明亮、透彻，白色墙体不但沐浴着绚丽的阳光，也绚丽地反射着阳光。寺院之透彻正如天空。

从王摩诘的无所事事地"待着"，到他作为叙述人看到的与安静有关的事物，这是宁肯对藏地目光所及的正常反应，但也并不值得夸耀：那里的确如此。但宁肯的不同就在于他对藏地正常反应的同时发现了另一种不正常：作为大学教师的王摩诘是一个哲学教师，是一个耽于形上思维、崇尚维特根斯坦、对终极事务有兴趣的学者，却原来也是一个受虐者，是一个病人。他穿丁字裤、酷爱鞭刑、吻女靴、学犬吠。"身体"或疾病在王摩诘这里是一个挥之难去的隐痛或隐喻。至于王摩诘与维格、于佑燕两个女性的关系在小说中并不重要。重要的恰恰是王摩诘"身体的隐痛"。苏姗·桑塔格在《疾病的隐喻》中说"疾病是生命的阴面，是一重更麻烦的公民身份。每个降临世间的人都拥有双重公民身份，其一属于健康王国，另一则属于疾病王国。尽管我们都只乐于使用健康王国的护照，但我们或迟或早，至少会有那么一段时间，我们每个人都被迫承认我们也是另一王国的公民……疾病并非隐喻，而看待疾病的最真诚的方式——同时也是患者对待疾病的最健康的方式——是尽可能消除或抵制隐喻性思考。然而，要居住在阴森恐怖的隐喻构成道道风景的疾病王国而不蒙受隐喻之偏见，几乎是不可能的"。因此，在藏地发现了"自己"，就是宁肯最大的发现。

《天·藏》有先锋文学洗礼的深重痕迹，比如对语言的考究：

　　我的朋友王摩诘看到马丁格的时候，雪已飘过那个午后。那时漫山皆白，视野干净，空无一物。在高原，我的朋友王摩诘说，你不知道一场雪的面积究竟有多大，也许整个拉萨河都在雪中，也许还包括了部分的雅鲁藏布江，但不会再大了。一场雪覆盖不了整个高原，我的朋友王摩诘说，就算阳光也做不到这点，马丁格那会儿或许正看着远方或山后更远的阳光呢。事实好像的确如此。马丁格的红氆氇尽管那会儿已为大雪覆盖，尽管褶皱深处也覆满了雪，可看上去他并不在雪中。

　　这样的文字使我想起余华的《在细雨中呼喊》。我在评论余华的这部作品时说："《在细雨中呼喊》可以看作是作家的精神自传。它表达的是从1960年代到1980年代二十多年的生活，也就是从'文革'到改革开放初期的生活。这二十多年中国物质生活的贫穷和精神生活的压抑几乎是空前的。关于贫困我们在许多作品中读过，那是我们曾经经历的过去，但精神上的压抑，我们在《在细雨中呼喊》才更真切地感受到。小说人物的粗暴行为如孙广才，正是精神压抑的另一种表达。在一个精神压抑的社会体制里，人们只能以性格的粗暴来表达自己人性的呼喊。'细雨'是一个意象，灰蒙蒙的景象总是给人以压抑的感受，呼喊是生命反抗压抑的表达，是人在精神领域对压抑的暴动。语言的优美是这部作品的另一个成就，它的语言像空中飞行的鸟群，带着鸽哨飞翔在大地与天空之间。"如果是这样的话，《天·藏》也可以看作是宁肯的精神自传。王摩诘虽然已经没有孙广才式的精神压抑，但孙广才作为他的"前史"并没有成为过去。无论对人对己，无论施虐或受虐，它都是一种精神病史的反映。因此，这是一部怀疑和批判的作品，是一部反对和质疑现实与自我的作品。正如阿尔贝·加缪早在1957年的一篇演讲中发出的那声感叹:"多么多的教堂,怎样的孤独啊!"这与王摩诘面对的雪域高原异曲同工,小说的力量来源于此。

刘亮程:凿空

在他们那里,乡村是一个只能想象却不能再经验的所在。其背后隐含的却是一个没有言说的逻辑——现代性没有归途,尽管它不那么好。

文学和叙事的力量,缘于一种执着的热爱和情感,缘于叙事者对讲述对象深处的了解和想象。《凿空》就是作者这样讲述出的一部小说。《凿空》不是我们惯常理解的小说。它没有可以梳理和概括的故事和情节,没有关于人物命运升降沉浮的书写,也没有刻意经营的结构。因此与其说这是一部小说,毋宁说这是刘亮程对沙湾、黄沙梁——阿不旦村庄在变动时代心灵深处感受的讲述。在刘亮程的讲述中,更多呈现的是场景,人物则是镶嵌在场景中的。与我们只见过浮光掠影的黄沙梁——阿不旦村不同的是,刘亮程是走进这个边地深处的作家。见过边地外部的人,或是对奇异景观的好奇,或是对落后面貌的拒之千里,都不能理解或解释被表面遮蔽的丰富的过去,无论是能力还是愿望。但是,就是这貌不惊人的边地,以其地方性的知识和经验,表达了另一种生活和存在。阿不旦在刘亮程的讲述中是如此的漫长、悠远。它的物理时间与世界没有区别,但它的文化时间一经作家的叙述竟是如此的缓慢:以不变应万变的边远乡村的文化时间确实是缓慢的,但作家的叙述使这一缓慢更加悠长。一头驴、一个铁匠铺、一只狗的叫声、一把坎土曼,这些再平凡不过的事物，在刘亮程那里津津乐道乐此不疲。虽然西部大开发声势浩大，阿不旦的周边机器轰鸣，但作家的目光依然从容不迫地关注那些古旧事物。这道深情的目光里隐含了刘亮程的某种拒绝或迷恋：现代生活就要改变阿不旦的时间和节奏了。它将像其他进入"现代"生活的发达地区一样：人人都将被按下了"快进键"，"把耽误的时间抢回来"变成了全民族的心声。到了当下，环境更加复杂，现代、后现代的语境交织、工业化、电子化、网络化的社会成形，资源紧缺引发争夺，分配不平衡带来倾轧，速度带来烦躁，便利加重烦躁，时代的心态就是再也不愿意等。什么时候我们丧失了慢的能力？中国人的时间观，自近代以降历经三次提速，已经停不下来了。我们需要的是时刻看着钟表，计划自己的人生：一步到位、名利双收、嫁入豪门、一夜暴富、35岁退休……没有时间感的中国人变成了最着急最不耐烦的地球人，"一万年太久，只争朝夕"（2010年7月15日《新周刊》），这是对现代人浮躁心态和烦躁情绪的绝妙描述。但阿不旦不是这样。阿不旦是随意和惬意的："铁匠铺是村里最热火的地方，人有事没事喜欢聚到铁匠铺。驴和狗也喜欢往铁匠铺前凑，鸡也凑。都爱凑人的热闹。人在哪扎堆，它们在哪结群，离不开人。狗和狗缠在一起，咬着玩，不时看看主人，主人也不时看看狗，人聊人的，狗玩狗的，驴叫驴的，鸡低头在人腿驴腿间觅食。"这是阿不旦的生活图景，刘亮程不时呈现的大多是这样的图景。它是如此平凡，但它就要被远处开发的轰鸣声吞噬了。因此，巨大的感伤是《凿空》中的"坎儿井"，它流淌在这些平凡事物的深处。

阿不旦的变迁已无可避免。于是，一个"两难"的命题再次出现了。《凿空》不能简单地理解为怀旧，事实上自现代中国开始，对乡村中国的想象就一直没有终止。无论是鲁迅、沈从文还是所有的乡土文学作家，他们一直存在一个不能解释的悖论：他们怀念乡村，他们是在城市怀念乡村，是城市的"现代"照亮了乡村传统的价值，是城市的喧嚣照亮了乡村"缓慢"的价值。一方面他们享受着城市的现代生活，一方面他们又要建构一个乡村乌托邦。就像现在的刘亮程一样，他生活在乌鲁木齐，但怀念的却是黄沙梁——阿不旦。在他们那里，乡村是一个只能想象却不能再经验的所在。其背后隐含的却是一个没有言说的逻辑——现代性没有归途，尽管它不那么好。如果是这样，《凿空》就是又一曲对乡土中国远去的挽歌。这也是《凿空》对"缓慢"如此迷恋的最后理由。

张仁译、津子围：口袋里的美国

纵览小说全貌，我必须指出的是，尽管是两个"中国作家"的"联袂出演"，但他们超越了"冷战思维"，是一次"跨社会主义和资本主义体系"的写作，是一次充满了批判精神的写作。

《口袋里的美国》是一个关于美国的"外部想象"的寓言。百余年来，中国作家对西方的书写，总会有一种忍俊不禁的"悲情"隐含其间。这与百年来中国不断遭受西方凌辱的记忆有关。从《沉沦》《又见棕榈，又见棕榈》到《北京人在纽约》《曼哈顿的中国女人》等莫不如此。其间，查建英的《丛林下的冰河》是个例外。它表达的是一个青年知识分子在美国与中国两种文化之间的犹疑不决和欲罢不能的矛盾心态。这种心态从一个方面透露了改革开放初期，离开母体文化之后的留学生对强势文化和本土文化的两难处境。但90年代初期，曹桂林的《北京人在纽约》、周莉的《曼哈顿的中国女人》等作品，开启了另外一种风尚，这种风尚可以概括为中国人在美国的成功想象。那个时代，文学界有一种强烈的"走向世界"的渴望，有一种强烈的被强势文化承认的心理要求。这种欲望或诉求本身，同样隐含着一种"悲情"历史的文化背景：越是缺乏什么就越是要突显什么。因此它是"承认的政治"的文化心理在文学上的表达。这些小说表现的是中国男人或女人在美国的成功，尤其是他们商业的成功。"中国式的智慧"在异域是否能够畅行无阻并不重要，重要的是这些作品使中国的大众文化市场喜出望外。一时间里，权威传媒响彻着"千万里我追寻着你，可是你却并不在意"，来自纽约和曼哈顿的神话几乎家喻户晓。但严格地说，这些作品的文学价值并不高，它们在文化市场的成功，只不过为中国大众文化的兴起临时性地添加了异国情调以及中国人的"美国想象"。但事过境迁也烟消云散。

后来我们陆续地读到过郁秀的《太阳鸟》、张朴的《轻轻的我走了》、顾晓阳的《收费风景区》等书写美国或欧洲的小说，虽然这些作品影响有限、反响不大，但是因为留学生数量的剧增以及内外流通的频繁和可能性的存在，这一题材的创作也空前地繁荣起来。批评界对这一领域表达了前所未有的关注。"流散文学""新移民文学""海归文学"等概念相继提出。这些不同概念的准确性另当别论，但它确实从一个方面反映了这一领域创作的丰富性和可阐释的多种可能性。而张仁译和津子围的长篇小说《口袋里的美国》，是在当下的背景下创作的，这部作品在艺术上的成就我们可以讨论，但它在政治范畴内为我们提供了新的阐释空间，同时也改写或者终结了以往对西方书写的"悲情"的历史。

与我们司空见惯的"留学生"身份不同的是，赵大卫在国内应该是一个"成功人士"。他从一个一文不名的知识青年一直做到大学中文系主任。他是因对国内体制的失望才到美国寻梦的。因此，他是带着自己的历史进入美国的。他有"以卵击石"的性格成长史，从少年、知青时代一直到大学，他的性格都不曾改变。这种挑战性与生俱来，并不是经过"美国化"之后才形成的。到美国的初期冲动，首先是个人生存，赵大卫的人生经历和个人性格决定了他的生存能力，这得益于他的成长史。比如他到美国第一个落脚点金凤餐馆的经历，与美国黑人打交道、与同胞老板打交道等，他总是有惊无险游刃有余。这段经历多少有些传奇性，甚至黑人老大托尼都俯首称臣。他的性格成就了他，他最终走进了美国的主流社会。因此，赵大卫没有了查建英《丛林下的冰河》中主人公在中西两种文化之间的犹疑、徘徊或不知所措的矛盾，也蜕去了《北京人在纽约》《曼哈顿的中国女人》等夸大商业成功从而凯旋的肤浅炫耀。《口袋里的美国》最大的不同就在于，赵大卫的成功或胜利，不仅是商业性的，更重要的是，它是一种价值观、文化精神的胜利。我们知道，一个强大的国家之所以强大，不仅在于经济、军事或GDP，更在于他的价值观，或者说他的价值观对于世界有怎样的影响。美国之所以傲慢骄横，就在于美国认为它的价值观是普适性的。但是我们对美国的想象和美国的自我想象之间，对美国的想象与个人经验之间是存在巨大分裂的，美国自我想象与美国信心危机的内在紧张正逐渐显现出来。当年乘"五月花号"逃避宗教迫害而逃到美洲的英国清教徒，抵达美洲之后，感恩之余，迅速地经历了"美国化过程"。在实现"美国化"的过程中，他们因此建立了自己的"主体性"和优越感，美国不必到任何地方就可以了解世界。但是，这个美国式的优越，并不是平等赋予每个"抵达"美利坚的人。无论具有怎样文化背景的人，都必须经过"美国化"才能进入美国社会参与美国事务。没有完成"美国化过程"的人，就没有平等、公正可言。另一方面，"在政治领域，当人们互相面对时，他们并不是什么抽象物，而是在政治上有利害关系、受政治制约的人，是公民、统治者或被统治者、政治同盟或对手，因此，在任何情况下，他们都属于政治范畴。在政治领域，一个人不可能将政治的东西抽取出来，只留下人的普遍平等。经济领域的情况亦复如此：人不是被设想成人本身，而是被设想成生产者、消费者等等。换言之，他们都属于特殊的经济范畴"。

《口袋里的美国》的核心情节，是赵大卫的被解雇。他的被解雇当然是不合理的，因此在法庭辩论中，美国律师丹尼尔说："是什么原因导致赵大卫先生这样一位优秀的、杰出的雇员不但没有得到他应有的礼遇，相反却遭遇他不应该受到的不公正待遇呢？"原因只有一个，丹尼尔停了一下，目光投向法官史密斯："那就是，他是一个亚裔，是一个中国人！导致这场悲剧的根本起因，就是种族歧视！"小说的高潮设定在赵大卫的法庭陈词自我辩护。应该说，赵大卫法庭上的辩护声情并茂感人至深。由此出现的场景是"面无表情的陪审团的十二名成员，开始变得有些坐立不安，难过的心情溢于表面。尽管他们被要求在法庭面前不可以有任何表态和彼此交流"。这一方面意味着赵大卫的诉讼已经胜利了，另一方面也表达了美国"平等、正义"的存在。赵大卫最终获得了高额赔偿，美国修改了法律例案。但这个过程我们应该注意的是，这时赵大卫的身份已经是一个"美国人"，因此，这场斗争无论是谁胜利，都可以看作是美国的胜利。但是我们又注意到，创作这部小说的，一个是华裔美国作家，一个是中国本土作家。他们共同拥有的文化背景，就像赵大卫说的那样，"我加入了美国国籍，可我还是个中国人呐。这就好像一个嫁出去的女儿，她一方面要忠诚于她的先生，那是法律上的纽带。可是，另一方面，她不可能忘记生她养她的娘家"。因此，这是一次"中国人"共同书写的小说。如果是这样的话，我们就不能不联想到当下中国新的处境，或者说，今天的中国同《丛林下的冰河》和《曼哈顿的中国女人》的时代已大不相同，更不要说郁达夫的《沉沦》时代了。当年《沉沦》的主人公"祖国啊你快强大起来吧"的呼唤，从某种意义上已经实现。经济和军事不再被欺凌，但事实上的不平等仍然存在。美国的文化优越感和文化霸权仍然让人感到不舒服。这时，国家的整体战略也发生了变化。这个变化就是提高文化软实力，加强中国价值观对世界的影响。学术界也从"让中国文学走向世界"弱势文化心态，改变为"文化输出"理论或"21世纪是中国的世纪"的豪言壮语。这些背景是《口袋里的美国》人物塑造、情节设置乃至叙述话语的基础。离开了这个背景，就没有《口袋里的美国》，当然也就没有赵大卫的慷慨陈词和改变美国法律的神话。因此，《口袋里的美国》最终还要在政治的范畴内得到解释，这与文学批评最终都是政治的是同样的。

但是，纵览小说全貌，我必须指出的是，尽管是两个"中国作家"的"联袂出演"，但他们超越了"冷战思维"，是一次"跨社会主义和资本主义体系"的写作，是一次充满了批判精神的写作。无论对中国还是对美国，那些有悖于公平、正义的事务，他们都给予了没有妥协的批判。在中国，许文禄三天杀了苏大哥一家两条人命却只被判了七年徒刑；美国虽然经过赵大卫案修改了法律例案，但中国人杨小慧不久又惨遭解雇，她只能远走他国。这些不公正、不平等的现象与国别、主义没有关系，都在作家的批判视野中。因此，最后赵大卫在回答美国记者采访时说：

> "我最感动的是美国公民们的正义和诚实。陪审团成员，与我无亲无故、素不相识，可他们愿意主持公道，伸张正义。从他们身上，我看到了美国的光明与希望。"

> "我最失望的是我曾经那么尊重和信赖的人。他们对我口蜜腹剑，居心巨测，编造出各种莫须有的罪状加害于我。从这点上看，美国要彻底消灭种族歧视，让所有人种取得真正的平等，还需要走很长的路，还需要我们几代移民不懈地去努力，去争取。"

这些感动和失望和批判就不仅是针对个人的经验，它应该适于所有地区、领域的所有事务。但是，这些具有悖论性的表达，也从一个方面反映了全球化时代文化认同的危机和焦虑。张旭东在谈到韦伯与文化政治时说：

> 人都有其最根本的冲动，这种冲动是不能被消解的。你不能不承认这种冲动，比如说什么是基督徒，什么是西方，什么是德国，什么是德国文化，什么是德国人，这是一些非常基本的冲动，你不能拿一套所谓的民族国家都是建构起来的或虚构出来的时髦理论去一笔勾销它的存在。这不是一个纯粹的理论游戏的问题。实际上，种种以"解构"面目出现的新的普遍论也不是纯粹的理论游戏，因为它们都预设了一个新的普遍性的平台，一个新的"主

体之后的主体"，一种新的反民族文化的全球文化。然而，只要分析一下这种新世界主义文化的物质、社会、政治和意识形态的具体形态，人们就不会对其普遍性的修辞抱任何不切实际的幻想。因为它所对应并赖以存在的生活世界从来就没有在政治上和文化认同上放弃自己的特殊地位。在这个意义上，如果你说，人不一定要做德国人或中国人，做一个普遍的世界公民个体不是很好吗？那你只是在表达一种特定的生活态度，它本身则是一种特定的生活方式的表象。你也可以说，后现代人都是多样的多面的，人都是随机的，是偶然性的等等，不一定要把自己纳入民族国家或阶级或历史这样的大叙事。为什么要让自己服从于一种本质化的叙述？等等。你可以从各种各样的角度去把它拆掉，但这种态度就是捷克裔英国社会学家盖尔纳（Ernest Gellner）所谓的"普遍的、原子式的态度"，它要以最小公约数来打掉集体性的种种壁垒，打掉种种"浪漫的、社群式的"人生观。盖尔纳讲的还不是当代，是十九世纪，是德国浪漫派面对工商社会的问题。韦伯的问题可以追溯到这个交叉路口，是这个现代性内在矛盾的较为晚近的表述。他问的问题简单地说就是我们要做什么样的人。什么是我们身为德国人的基本冲动？这个东西你要不要？第一是有没有，第二是要不要，第三是拿它怎么办？

政治就这样真实地存在于我们的生活中，无论是否喜欢都不能改变这样的现实。有趣的是，这两部长篇小说在2010年完整地表达了内外两种不同的政治。它既表达了当代作家对社会政治生活的关注和介入，同时也给文学批评提供了新的阐释和批判空间。

艾伟：风和日丽

《风和日丽》是一部深怀艾伟巨大文学抱负的作品：在后革命时代，如何认识20世纪漫长的革命历史，如何揭示隐藏在革命这个巨型符号下的诸多秘密，是他的期待所在。应该说艾伟部分地实现了自己的期许，小说那些和革命相关的浪漫场景、人物以及历史，是我们记忆或亲历的一部分。它虽然过去了许多年，但它仍在我们记忆的深处，因此读来仍有热血沸腾般的感动。

无产阶级革命在20世纪的发生和终结，应该是这个世纪最重要的文化遗产。如何评价、检讨这场革命，也应该是文学创作最重要的资源之一。我们当然也有很多表达这场革命的作品甚至是经典作品，比如"三红一创保山青林"等。但这些作品还不是我们所说的对革命进行评价和检讨的作品。这些作品还只是从外部强调或证明某一时期革命的合理性或合法性，并没有走进革命内部去分析革命以及革命文化带来的深刻影响。而正面书写被革命修辞、革命文化遮蔽的革命内部的隐秘，当代文学创作还不曾表达过。过去我们曾读过类似的作品，比如索尔仁尼琴的《古拉格群岛》、雷巴科夫的《阿尔巴特街的儿女们》、帕斯捷尔纳克的《日瓦格医生》、昆德拉的《生命不能承受之轻》等。这些作品曾给过我们以巨大的震动：这些作家对无产阶级和社会主义革命的态度，与那些耳熟能详的革命文化是如此的不同。遗憾的是，我们很少有作家对20世纪中国革命做正面强攻式的书写。在这个意义上，艾伟的《风和日丽》的出现是我们期待已久的。这显然是一部大作品，可以从不同的方面去解读。但更重要的是艾伟对革命历史多有同情的理解。他用文学的方式揭开了革命内部的隐秘，同时用理性的方式处理了对革命历史的态度。

主人公杨小翼是一个"革命"的私生女。这个身份与革命构成了一种"吊诡"关系：一方面她身上流淌着革命者的血液，是革命者的后代；一方面她的身份不具有合法性，因此她是一个"革命弃儿"。虽然革命是风流、浪漫的孪生兄弟，革命文学也多在浪漫主义范畴内展开。但革命的感召力本身具有鲜明的道德色彩，一切与"私"有关的事物都是与革命格格不入的："私情""私通""私人""私仇""私心""私利"，更不要说"私生子"了。"私"是革命的禁忌，是被严格排斥在革命话语和道德之外的。因此，杨小翼只因革命家尹桂泽和"革命情人"杨泸的一夜风流而出生，实属偶然和意外。革命具有强烈的流动性，它天上人间居无定所风驰电掣。尹桂泽从此没了消息，他只对革命负责而不对"私"的领域负责。问题是杨小翼作为"私"的产物总要有人对她负责，她也有权利知道自己的来处。于是，革命内部的隐秘就这样在一个他者的寻觅中逐渐呈现出来。

革命的风流气质决定了革命家的风流。将军的合法妻子周楠是在延安时组织安排，因此将军以及所有人对"革命情人"杨泸以及在法国里昂留学时的法兰西姑娘守口如瓶讳莫如深。革命家的风流史是不能言说的，这不仅关系到将军个人的命运前程，更重要的是与革命禁忌构成的尖锐对立，与革命的信仰以及革命教义是不相容的。如果谈到，那也是"年轻时代的一件荒唐事而已"。将军的情感世界不会向任何人打开，但他并不是一个没有情感的人，只是将个人的感情掩藏在最深处而已。他可以不见杨泸、多次拒绝杨小翼，但当外孙伍天安被警察带走后，是他亲自出面把天安接走了；当天安在逃亡路上意外车祸死不见尸

时，是将军找到了外孙的尸体并安葬在香山旁的墓地。这些细节是在紧
要处同时也是在险要处表达了将军作为人的情感和伦理。

小说以杨小翼的经历和视角展开，这个视角使小说充满了私密性。
神秘的个人身世是杨小翼内心焦虑、紧张的根源，身份探寻既坚韧不拔
又举步维艰。寻找的过程也是杨小翼经历社会，与社会以及血缘逐步建
立关系的过程。将军、尹南方、夏津博、伍思岷、陈主任、北原、舒畅
等。这个过程是杨小翼的成长过程，也是作家展示中国社会历史变迁的
过程。杨小翼的身份决定了她命运的一波三折，包括她的婚姻、社会角
色、社会地位以及心理环境。杨小翼的人生可谓一言难尽。有趣的是，
将军经历了三个女人，杨小翼也无意中经历了三个男人：伍思岷、吕维
宁、刘世军与杨小翼都有身体关系。这三个男性与林道静遭遇的三个男
性不同，林道静是在寻找精神导师。杨小翼或是因身份政治不得已的
选择或被迫就范，或是因童年记忆的情感认同。这个过程艾伟写得惊心
动魄感人至深，杨小翼的经历就是身份政治的具体诠释。但在这个过程
中，艾伟对杨小翼身体的书写过于沉迷。我理解作家的意图，艾伟不是
道德化地书写杨小翼与男性的关系，也不是出于对革命浪漫"风流"的
报复。他是对身体自由狂欢的赞誉，也是对革命时期虚伪禁忌的挑战。
但这个本来危机四伏的私生女，她的身体却险些成为公共场所。特别是
和流氓吕维宁的关系，杨小翼的悲剧性被残酷地化解了。

身份是政治、承认也是政治。在20世纪中国漫长的革命过程中，
一直存在"承认"的政治。但杨小翼"寻父"过程在作家观念的支配
下，从迫切逐渐转化为淡然。"寻父"曾是杨小翼最大的焦虑，但当将
军不久人世就要接纳她的时候，她却放弃了这个机会。与其说她是在
"求证疑虑"，毋宁说她是在言辞激烈地质询历史。当杨小翼对将军实

施了一次面对面的"报复"之后，她释然了，"她不再纠缠于和将军的关系"，"不再想得到他的认同"，她终于成了一个"心无挂碍"的人。这个过程与其说是杨小翼个人完成的，毋宁说是历史进步完成的。是改革开放的社会政治瓦解了身份政治，杨小翼个人没有这样的力量。但事实上"心无挂碍"的杨小翼从来也没有离开过父亲的形象。这不是血缘关系，它是革命神话的巨大魅力。小说最后为我们展现了一派"风和日丽"的景象，博大的情怀、理解和同情，将历史转述为一种误会并在这里冰释前嫌言归于好。但于我们说来，事情远没有这样简单，我们深怀的前期"杨小翼"式的困惑，并没有跟随后期的杨小翼一起释然。

我必须承认，《风和日丽》是一部深怀艾伟巨大文学抱负的作品：在后革命时代，如何认识20世纪漫长的革命历史，如何揭示隐藏在革命这个巨型符号下的诸多秘密，是他的期待所在。应该说艾伟部分地实现了自己的期许，小说那些和革命相关的浪漫场景、人物以及历史，是我们记忆或亲历的一部分。它虽然过去了许多年，但它仍在我们记忆的深处，因此读来仍有热血沸腾般的感动。这一点我们应该感谢艾伟。

但是，我不能不遗憾地指出，这部深怀艾伟巨大文学抱负的作品，这部距帕斯捷尔纳克、米兰·昆德拉仅一步之遥的作品，就毁于他"政治正确"的历史观。艾伟对革命历史深切的同情和理解是绝对正确的。这就是为什么包括俄罗斯作家在内的文学界对雷巴科夫的《阿尔巴特街的儿女们》评价不高的原因。这部作品对斯大林时代的控诉几乎空前绝后，在它看来，革命给俄罗斯带来的只有无尽的灾难。因此，这是用斯大林的方式来控诉斯大林，雷巴科夫对苏联革命历史的叙述是不客观的。但问题也会出现在另一个方面：正确的历史观不能替代文学性。艾伟正确地理解了中国革命史，却是以牺牲杨小翼作为一个成功的文学人物为代价实现的。无论我们如何评价历史，杨小翼的悲剧性都不能改写，她的身份无论暧昧还是被证实都不能改变。但作家为了表达他正确的历史观，将杨小翼的悲剧人生拱手让出，一个本来可以塑造出的震撼人心的人物，就这样在艾伟的"风和日丽"中消失了。文学的力量在历史观中被极大地弱化，我为此遗憾不已。但总体说来，这是我近年来读到的最喜欢的小说之一。它改变了当下文学创作气象不大的格局，修正了我们正在迷失的文学方向。

葛水平：裸地

《裸地》是隐藏在太行深处的民间秘史，它是没有被处理过的原生态的生活，它平静地密封在太行山的皱褶里，是葛水平第一次打开了太行山的皱褶，发现了盖运昌懵懂混乱和没有章法的一生。他不是柳青、浩然笔下的人物，盖运昌没有方向；他甚至也不是陈忠实笔下《白鹿原》的白嘉轩，白嘉轩深受儒家文化和家族宗法制度的影响，他是中国传统文化的产物和继承者。

乡土文学的历史演变，本质上说是农村题材的介入和最终的被否定。乡土文学又回到了它的起点而放弃了农村题材两个阶级对立的内在结构。但是《裸地》与此前的乡土文学和农村题材都大不相同——沈从文的乡土是诗性的，那是被都市文明发现和照亮的乡土，抑或说，那是乡村作家进城之后感受到挫败感重新想象乡土的结果，因此，没有城市文明就没有那个时代的乡土文学；1942年之后的乡土文学被改造为农村题材，在这个意识形态支配下的文学，乡土文学中的诗性被彻底剿灭，留下的是无尽的血腥和暴力。《太阳照在桑干河上》《暴风骤雨》等作品在两个阶级的冲突和决斗中为乡村中国找到了方向。这个方向就是后来梁生宝、萧长春、高大泉坚持的方向。但是，广大农民后来发现，在这条道路上，他们没有找到自己希望找到的东西。他们不仅在物质世界一贫如洗，即便在精神世界，也依然没有改变华老栓、祥林嫂的状况。改革开放初期，我们在周克芹的《许茂和他的女儿们》、古华的《爬满青藤的木屋》等作品中看到了中国农民的精神状况。从那个时代起，中国文学从农村题材又回到了乡土文学的道路上。

《裸地》显然是一部乡土小说。但是，它与过去的乡土文学和农村题材大不相同。《裸地》是隐藏在太行深处的民间秘史，它是没有被处理过的原生态的生活，它平静地密封在太行山的皱褶里，是葛水平第一次打开了太行山的皱褶，发现了盖运昌懵懂混乱和没有章法的一生。他不是柳青、浩然笔下的人物，盖运昌没有方向；他甚至也不是陈忠实笔下《白鹿原》的白嘉轩，白嘉轩深受儒家文化和家族宗法制度的影响，他是中国传统文化的产物和继承者。盖运昌虽然是暴店镇的大户人家，娶过四房太太，并且承典女女为妻。他妻妾成群只为能生一个继承香火和家业的儿子。盖运昌纠结一生似乎只为这一件事。你也不能说他与诗书礼仪全然没有关系，在迎神赛会大殿外，他对花祭上的对联和大殿外对联的评价，足见其修养和见识。更重要的是他世事洞明人情练达，在暴店内外，他处理各种事物包括统治四房家眷，都得心应手挥洒自如。而暴店虽然偏远却并非蛮荒之地，庙会、药材大会、迎神赛会以及各种民间文化活动显示着它的生机和自给自足的生产关系。民国初年，暴店与外界已经有了文化联系，比如传教士米丘来到了暴店，和暴店人有了广泛的接触。但是，这些都不能改变盖运昌的性格和眼界，他深受自然的农耕经济哺育，不孝有三无后为大，接续香火传宗接代就是他一生念念不忘唯此为大的事情。但是，人愿难遂，盖运昌最终也没有实现自己的心愿，最终也没有一个健康的儿子站在他面前。如上所述，盖运昌不是梁生宝或萧长春，这些社会主义新人有明确的方向，尽管这个方向后来证明是错误的。盖运昌的时代没有方向，太行深处原生状态在葛水平那里就是这样存在的。于是盖运昌的意义就大不相同了，他是我们乡土文学中不曾出现的人物，他土生土长、他自以为是、他狂猖不羁。他的性格决定了他悲剧的命运，他像暴店的许多事物一样消失了。1945年光复以后，新社会新政权新婚姻法，六月红带着两个女儿改嫁，盖运昌一命呜呼——这就是"土地裸露着，日子过去了"。

克罗齐说一切历史都是当代史。如果是这样的话，那么《裸地》所表达的精神状况，构成了当下生活完整的隐喻。这也是一个没有方向的时代，就像盖运昌一样，在懵懂中得过且过没有章法，我们不知道要奔向哪里，未来对我们来说早已成为一个迷失的所在。另一方面，盖家女性的命运从另一个侧面喻示了我们的生活状态。我们也像盖家的四房太太和女女一样，在无奈无助中只能"迎接"被安排的命运和生活。特别是女女的命运，从一个弃儿到出典的妻子，自己的命运她从来无从把握，生活对她而言就是"迎接"。当下的小说创作，最大的问题可能就是对这个时代精神状况的漠视或回避。应该说，我们的精神状况正处在一个极具危机的时代，但是，很多重要的作家不再处理这样的问题，他们对这个时代的精神事务失去了处理的能力甚至愿望。《裸地》虽然不是正面面对这个时代的焦虑或不安，但是，它通过历史所表达的这一切，无不是对当下而言的。因此，太行深处的民间秘史，正是今天精神状况的真实写照。

贾平凹：古炉

激进的社会政治实践在乡村以一种扭曲变形的方式完成了，当人性之恶被空前地刺激起来，乡村中国精神与物质都遭受"革命"洗礼、几乎化为灰烬之时，灵魂如何安放、乡村中国靠什么重生？

乡村中国存在一个"超稳定"的文化结构，但这并不意味着乡村中国就是一部自然发展史。事实上，任何一次社会变革或变动，不仅表层地改变了乡村中国的生活方式，同时也在内部程度不同地改变着这个"超稳定"的文化结构。不同的是，历史是由历史学家叙述出来的，因历史观的差异便有了不同讲述的历史。对文学家来说也一样：历史观决定了他们在文学中如何讲述历史。"文革"结束后，关于这一段历史的文学叙述时断时续若隐若现。略显清楚的是"知识分子"的命运，是被流放的干部和知青在"文革"中遭遇的"不幸"，这也是这些作品共同的主题。但是，作为那一时代中国主体的乡村是怎样的状况，文学的表达并不清晰。如果是这样的话，关于"文革"的历史讲述是有欠缺的，这个欠缺遮蔽的问题，除了历史之外，当然包括作家的历史观。

贾平凹的《古炉》讲述的是古炉村的"文革"。小说中烧制瓷器的叫古炉村，以朱姓和夜姓人家为主，原本山水清明、民风淳朴。支书经常给人讲起古炉村先人的故事：那时有风水先生想要弄明白古炉村为何如此兴旺，他去坟地看风水的时候，先人说等一会儿再去吧，因为坟旁边他家的萝卜地里，几个孩子正偷拔萝卜吃，怕大人突然去了，吓着了孩子。风水先生立刻明白了古炉村兴旺的原因。这则先人的故事，就是中国乡村伦理的一个方面。乡村伦理是乡村中国的"生活政治"，是支配、规约乡村生活的文化信条，它弥漫在生活的空气中并世代相传。当然，这也可以理解为是对乡村中国一种"历史性"的充满温情和诗意的怀想或传说。但无论如何，它都温暖人心，让人想象东方古风与传统的魅力。现实的乡村却面目皆非：1960年代古炉村村民虽擅长技工，生活却极度贫穷，以至于村里人的名字大多跟吃相关，"贫穷容易使人使强用狠，显得凶残"：村子里人人都有偷拿瓜果蔬菜，在生产队弄虚作假的经历，不过这些小狡黠和小利己却还不至于影响人们的和睦相处，至少夜不闭户是没有问题的。但持续的运动带来深刻的变化，"人人病病恹恹，使强用狠，惊惊恐恐，争吵不休。在公社体制下，像鸟护巢一样守着老婆娃娃热炕头，却老婆不贤，儿女不孝。他们相互依赖，又相互攻讦……他们一方面极其的自私，一方面不惜生命"。

"历来被运动着，也有了运动的惯性"的村民，熟悉各种政治口号和运动形式，在"阶级觉悟"上却并不合格：他们感兴趣的是把学习会上念完的报纸据为己有，评论着水皮念报纸文件的两片嘴，然后昏昏欲睡。1965年拉开序幕的"文化大革命"对他们而言自然更加陌生：这一表达首次进入古炉人视野是狗尿苔跟随霸槽去洛镇卖瓷货，他们在街上目睹了学生游行，霸槽看到"文化大革命万岁"的标语，他疑问道："这文化我知道，革命我也知道，但文化和革命加在一起是怎么回事？"霸槽的"革命"知识从公路上来来往往搞串联的学生那里逐渐丰富起来，通过不断地与更高一级组织接触，他掌握了"革命"行动的法则，但村民们却始终未能对"文化大革命"有清晰的认识，他们在最表浅的层面理解眼前发生的一切："文化大革命"就是砸屋脊上的砖刻泥塑，铲窑神庙里的对联壁画，收缴销毁旧书古董，开学习会批判会，发传单贴大字报，封窑查账分瓷货分存粮……没有人反对"破四旧"这种新的"革命"形式，"道理似乎明摆着：如果霸槽是偷偷摸摸干，那是他个人行为，在破坏，但霸槽明火执仗地砸烧东西，没有来头他能这样吗？既然有来头，依照以往的经验，这是另一个运动又来了，凡是运动一来，你就要眼儿亮着，顺着走，否则就得倒霉了，这如同大风来了所有的草木都匍匐，冬天了你能不穿棉衣吗？"这是人们在运动中总结出的明哲保身的生存哲学，更是对长期流于形式的运动产生疲劳厌倦的表征。

夜霸槽组织的"红色榔头战斗队"忙于革命，无暇农业生产，其有针对性的打砸行为引发朱姓人家的不满，他们针锋相对地成立了"红大刀队"与之抗衡，其最初用意也不过是想在农业劳动中求得公平。"古炉村有了两派，都说是革命的，造反的，是毛主席的红卫兵，又都在较劲，互相攻击，像两个手腕子在扳。"而在日常的摩擦之中，两派之间以至整个村子里人们关系渐趋紧张，冷漠、敌对、防备甚至仇恨的情绪滋长起来。"破四旧"本意是要"拥有人类最优秀的文化"，但人们的破坏欲望被煽动起来之后，这一理想主义诉求却演变成了帮派和姓氏之间你死我活、鱼死网破的较量。发展到极致，便是由围绕窑场而展开的伤亡惨重的激烈武斗。

如果说"文化大革命"是毛泽东在政党国家化的条件下，试图重新进行社会动员，形成大众参与性民主的话，这一构想最终被证明在当时的乡村社会难以实现。至少不识字的农民无法理解其中丰富的政治意涵，甚至夜霸槽的"革命导师"黄生生都无法解释"为什么北京会有两个司令部"。他说："党中央的事我说不清楚……你也用不着清楚，你记住，毛主席是我们伟大领袖和统帅，毛主席让我们进行'文化大革命'，我们就进行'文化大革命'，你不喜欢运动？"霸槽说："我就喜欢运动！"对伟大领袖的个人崇拜心理和急欲升华的力比多驱力成为"革命"的原动力。在古炉村，激进的政治实践最终被还原为日常生活中的利益再分配，而非理性的狂热情绪则使整个乡土世界变成了上演暴力和荒诞剧目的大舞台。小说逐层推进的繁密细节剥茧抽丝般地展示了人性"恶"的萌芽、生长与爆发的全过程。作品中令人印象深刻地写到霸槽和黄生生几个人在洛镇参加三四万人的庆祝集会,宏大的场面和热烈的气氛使他们受到感染,激动不已,"跟着人群,不停地呐喊,不停地蹦跶,张狂得放不下";古炉村人也终于按捺不住了,在黄生生等"造反派"的带动下批斗公社书记张德章,人们从沉默到呼口号再到朝人脸上唾唾沫;更荒诞的是榔头队与红大刀竞赛呼口号的场景,以荒诞的方式展现了深陷集体无意识的群体狂欢的黑色幽默;而榔头队、红大刀、金箍棒、麻子黑等几路人马在村子里的混战,将荒诞的闹剧推向了极致。当六升老婆抱着六升的牌位愤怒地控诉"文化大革命"害人不浅时,"中国社会的最底层怎样使'文革'之火一点就着"的答案一目了然。这样的情节,生动地表达了政治文化怎样改变或破坏了中国的乡村伦理,那个"礼义廉耻"的乡村不在了。

古炉村农民的日常生活的呈现并不是为了给批判"国民性"提供佐证或理由——在这样的事件中任何对农民劣根性的指责都没有力量。当然《古炉》也不同于"伤痕文学""反思文学"通过展露创伤来表达对"加害者"的控诉——它意在将完好皮肤上伤口从出现到溃烂的过程展现出来。一个小村庄折射出了整个中国底层社会的"革命"图景。贾平凹选择的是直面历史,他用丰富的细节完成了对那一时代民族—国家的政治构想的形象处理。

一面是"古炉"中"革命"烈焰熊熊,一面是贾平凹以平静的心态审视着中国民众这段心灵的历史,并以客观的态度探索了极端环境下人性善与恶的边界,他的人物因此在遵循现实主义创作原则的同时,也具备了寓言的性质。作品中，作家视点聚焦于名叫狗尿苔的少年。这个被蚕婆收养的矮小、丑陋的小孩儿，一方面因为不好的"出身"备受歧视和作践，另一方面又因年纪小、个头小躲过了真正的政治批判。他有敏锐的"嗅觉"，每当大事发生之前，总能提前感知；他能与动物植物交流，与它们为伴，所以他善待每一个生命，这与吃蛇、吃麻雀的黄生生不同，与炸死灶火、砍倒百年古松的马部长不同。作者借狗尿苔表达了对宇宙万物的敬畏心情；他的心底极为善良，村民们要对付霸槽时是他通风报信，灶火秘密救磨子时也是他鼎力相助；他既有天真可爱之处，也有与年龄不相称的早熟的心智，"狗尿苔"这种不中看不中用的蘑菇正是他形象的写照——"两指来高，白胖胖的，似乎嫩得一碰能流水儿，但用手去摸，却像橡皮做的，又柔又顽"。他的可贵之处在于具备心灵变质的条件，却保有一份纯真和美好。他承受苦难最终化解了苦难。

另一个重要人物是霸槽。他上过学，资质聪颖，受到过不公正对待，因此成为一个愤世嫉俗、不服管教的浪荡子，他在小木屋主持粮食黑市交易，为了招徕补鞋补胎的生意，在公路上砸玻璃酒瓶；他狂妄傲世，常常怨恨自己的才能得不到舒展；他志向远大，甚至愿意将恋爱作为革命前途的筹码；组织梛头队又充分显示了他的领导才能和"革命"创意。他养了一个太岁，卖太岁水。太岁无疑是霸槽的镜像。狗尿苔和他一正一邪、一丑一美构成了古炉村的善恶两界。他是一个复杂的人物，生逢其时，可称雄称霸，生不逢时，则为祸作乱。也许正是他的这种精神气质，才总是吸引狗尿苔向他靠近。像他这样志向得不到伸张、激情无处释放，而性情之中又充满暴戾气息的人，成为"文革"中"破"的主力军，1967年的春天，他终于被押赴刑场。古炉村的"文化大革命"故事在从冬到春的季节轮回中告了一个段落。

激进的社会政治实践在乡村以一种扭曲变形的方式完成了，当人性之恶被空前地刺激起来，乡村中国精神与物质都遭受"革命"洗礼、几乎化为灰烬之时，灵魂如何安放，乡村中国靠什么重生？不是传统——以善人为代表的传统伦理道德和五色杂陈的民间宗教信仰已然追随山顶那棵标志性的白皮松仙去；不是智慧——蚕婆也许是生活智慧的化身，然而她全然地聋了，又如此地衰老。乡村中国的诗意叙事由《古炉》彻底终结了。贾平凹说：人活成精了，伟大了，都说的是人生哲言，又都是家常话。他用一种质朴地道的乡村土语，展现了乡村生活的原生态风貌，在无比丰富细腻的细节呈现之中，他的清丽、优美抑或诡异统统淡出视野，"我是偏爱我后来的东西……因为早起的东西都是读别人的书受启发而写的，而后来的虽没那么多起承转合的技巧了，写得复杂，似乎没了章法，但都是我从生活中、从生命中自己悟出来的东西，文章的质感不一样了"。

在《古炉》之前，贾平凹从未停止形式上的实验和探索，写《秦腔》的时候，疯人引生的第一人称限制性叙事总是令人想起《喧哗与骚动》，而文本里的曲谱则有些后现代小说文本嬉戏的味道。到了《高兴》，其行文归于简淡，而以《古炉》这样广阔的历史视野和厚重的文化思考，又能将现代意识圆融于散点透视的叙事方式之中，也许我们可以说是"古炉"把他的文字锤炼到如此炉火纯青的地步。大道至简，《古炉》的出现，从一个方面弥补了中国乡村"文革"历史的书写。

贾平凹一直密切关注当代中国的现实，他的每部作品都与中国现实有关。即便是这部书写"文革"的作品，也密切联系着他对待历史的现实立场。可以说，只有书写"现实"才构成了对作家的真正挑战。现实的不确定性也意味着某种不安全性，但是，也正是这种不确定性和不

安全性才使得"当代"文学充满了魅力。贾平凹的真正价值也许更在这里。（本篇与刘虹利合写）

张之路：千雯之舞

文学语言的问题，至今我们仍在谈论，但语言的基础是文字。汉语文字的魅力和独特性，在中外语言学家、文字学家和文学家那里都得到广泛的认同。张之路的《千雯之舞》的别开生面就在于，他赋予了汉字以鲜活的生命，让汉字在小说中跃动起来。

当下的文学创作，让作家最感困扰的可能还是创作资源的问题。经验固然重要，但经验怎样转化为文学，让经验依附在一个可靠的文学形象上，更多的作品并没有得到解决。张之路的长篇小说《千雯之舞》，是借助本土文化资源进行小说创作的一次有效的尝试。这个尝试在两个方面取得了重要的突破和成就。虽然小说也借助了当下流行的穿越、荒诞或魔幻等方法，但小说的内在结构和基本构思，还是在本土传统的文化资源中展开。

文学语言的问题，至今我们仍在谈论，但语言的基础是文字。汉语文字的魅力和独特性，在中外语言学家、文字学家和文学家那里都得到广泛的认同。张之路的《千雯之舞》的别开生面就在于，他赋予了汉字以鲜活的生命，让汉字在小说中跃动起来。他选择了与小说总体构思有关的汉字，并将其作为具体的"人物"，比如"雯""飒""朵""爽""谋""义""失"等，不仅生动地阐释了每一个具体汉字的形与意，在视觉和审美的意义上，使汉字与我们的理解与感觉构成了只可意会难以言传的对应关系，重要的是这些字"人物"在小说中的"命运"与汉字本身的意义，构成了绝妙的可以意会的意味。因此，这是一部向本土伟大传统致敬的小说，是对中国汉字深表敬畏和无限热爱的小说，是一部有非凡想象力和创造力的小说。它在最古老和最有代表性的本土文化中找到了新的文学资源，它奇异的想象力，将从一个方面点燃中国作家新的灵感。

另一方面，是《千雯之舞》在情感方式上的坚守。我们知道"纯情"小说是一个时期以来流行的类型文学，比如《山楂树之恋》《那一曲军校恋歌》《1980的情人》，特别是《山楂树之恋》被张艺谋搬上荧幕之后，纯情文学在坊间燃起了空前的阅读热情。这些作品不能不说有感人的局部，那些被回放或重新结构的场景或人物，是我们曾经的文化或情感记忆。但是我们也不能不指出，这些作品还是在浅表的大众文化层面表达的，就像90年代初期长篇电视连续剧《渴望》一样，它的市场诉求溢于言表。《千雯之舞》的不同在于，小说以最古老的本土文化作为资源，但贯穿于小说的毕竟是人，穿越也好，幻想也好，荒诞也好，真正感人的还是杨天飒和莫千雯的爱情。这里的爱情不是夸张渲染的"纯情"，不是"一场风花雪月的事"，那是刻骨铭心的爱情绝唱。这里的爱情与传统的中国文化息息相关一脉相承，那是"两情若是久长时，此恨绵绵无绝期"的爱情，是"何当共剪西窗烛，却话巴山夜雨时"的爱情。出身名门的莫千雯对救自己于险境的杨天飒一见钟情，不料他们双双变成了"汉字"被囚禁于一个房间：

　　一个汉字从队伍中走出来。走到莫千雯跟前手舞足蹈，并发出纤细的声音。莫千雯用手轻轻将这个字拿起，原来是个"飒"字。那个字说："你赶快离开！""你是谁？怎么会说话？""我是杨天飒，我变成了字。"莫千雯靠着项链玉石的微光仔细观看，"飒"字变成一个寸许的小人，莫千雯奋力营救，把杨天飒从门缝里塞了出去。不料自己却被变成了一个字。

杨天飒得救了，他在门口大声说："姑娘，你等着，我一定救你出去。今生不成，来世也要救你！"莫千雯答道："我等你！今生，来世。"

小说就此展开，演绎了一场惊天动地的爱情故事。在穿越和魔幻的表达中，亦真亦幻真假难辨。读完这个千古绝唱般的爱情故事后，既为他们梦中相会感到欣然，也为他们在现实中难以结合而惆怅感伤不已。许多年以来，我们很少在文学中被感动，很少读到自然、水到渠成的情感故事。因为如此，《千雯之舞》才格外为我们重视，它超越了儿童文学与成人文学的界限，它纯正的文学品格如高山雪冠，古老的文化资源因《千雯之舞》放射出了现代之光，它为这个时代的文学带来了新的希望和灵感。

石一枫：青春三部曲

石一枫在小说中重新"组织"了他所感知的生活，而他"组织"起来的生活竟然比我们身处的生活更"真实"、更有穿透性。他让我们看到，生活远不那么光鲜但也不至于让人彻底绝望。他的人物是这个时代"多余的人"，但是恰恰是这些"多余的人"的眼光，为我们提供了理解或认识这个时代最犀利的视角。

对当下文学的评价，80年代的文学是一个重要的参照。80年代的文学之所以被怀念，在我看来，其中一个重要的原因就是80年代的文学整体上有一个"青年"形象，高加林、白音宝立格、孙少平以及知青形象、右派形象、现代派文学中的反抗者、叛逆者形象等，一起构成了80年代文学绵延不绝的青春形象序列。这些青春形象同那个时代的港台音乐、校园歌曲以及崔健的摇滚、第五代导演的电影等，共同构建了80年代激越的文化氛围和扑面而来的、充满激情的青春气息。任何一个时代的文化心理、氛围和具有领导意义的潮流，都是由青年担当的。因此，没有青春文化和没有青春形象的文学，在任何时代都是不能想象的。

新世纪以后，虽然有很多青春文学，但是文学中的青春形象逐渐模糊起来，我们很难在这样的文学中识别当下的青春形象。依稀可辨的，是吴玄、李师江、刘汀、马小予等塑造的校园和社会青年形象。这些青年形象已不再是80年代"偶像"式的人物，比如路遥《平凡的世界》中的孙少平等。当然也不是风行一时的叛逆的、个人英雄式的形象。这个时代的青春形象，特别酷似法国的"局外人"，英国的"漂泊者"，俄国的"当代英雄""床上的废物"，日本的"逃遁者"，中国现代的"零余者"，美国的"遁世少年"等，他们都在这个青年家族谱系中。"多余人"或"零余者"是一个世界性的文学现象，但是我不认为这只是一个文学形象谱系的承继问题，这还与当下中国现实以及当代作家对现实的感知有关。这些形象，与没有方向感和皈依感的时代密切相关。在这一文学背景下，我们读到了石一枫的"青春三部曲"。这三部作品分别是《红旗下的果儿》《节节最爱声光电》和《恋恋北京》。三部作品没有情节故事的连续关系，它们各自成篇，但是，它们的内在情绪、外在姿态和所表达的与现实的关系有内在的同一性。

因此我将其称为"青春三部曲"。

三部作品都与成长有关，与80后的精神状况有关。《红旗下的果儿》写了四个青年的成长，他们的成长不是"50后""60后"的成长，这几个年代的青年都有"导师"，除了家长还有老师，除了老师还有流行的时代英雄偶像。因此，这几个时代的青春大多是循规蹈矩亦步亦趋的。80后这代青春的不同，在于他们生长在价值完全失范的时代，精神生活几乎完全溃败的时代。他们几乎是生活在一个价值真空中。生活留给陈星们的更多的是孤独、无聊和无所事事，因此，他们内心迷茫走向颓废，是另一种"别无选择"。《节节最爱声光电》是写出生在元旦和春节之间的"节节"的成长史。这个有着天使般模样的北京小妞儿，成长史却远要坎坷，父母失和家庭破碎，父亲外遇母亲重病。节节是一个十足的普通女孩，一个普通孩子在这个时代的经历才是这个时代真实的感觉。《恋恋北京》虽然也是话语的狂欢，但隐匿其间的故事还是清晰的。赵小提的父母希望他成为一个小提琴家，他还是让父母彻底失望，成为了一个"一辈子都干不成什么事"混日子的人。与妻子茉莉的离异，与北漂女孩姚睫的邂逅，与姚睫的误会和三年后的重逢，是小说的基本线索。全文大致情节并无特别之处，但在石一枫若即若离不经意的讲述中，便成了一个浪漫感伤并非常感人的情爱故事。看似漫不经心的赵小提，心中毕竟还有江山。他对人世间真情的眷顾，使这部小说有了鲜明的浪漫主义文学色彩。因此，石一枫的"青春三部曲"不只让我们有机会看到了80后内心涌动的另一种情怀和情感方式，同时也让我们看到了这代青年作家对浪漫主义文学资源的发掘和发展。浪漫主义文学在本质上是感伤的文学，从青年德意志到法国浪漫派，从司汤达到乔治桑，诗意的感伤是浪漫主义文学的核心美学。石一枫小说中感伤的青春，从一个方面显示了他从生活中提炼美学的能力，显示了他的历史感和文学史修养。这是一个多变的时代，无论是流行的时尚还是社会风貌，"变"是这个时代的神话，它的另一个表述是"创新"。但我还是希望我们能够经常看到有一些不变的存在，比如对人类基本价值的维护。有些时候，坚持一些观念更需要勇气和远见卓识。"青春三部曲"的主人公对爱情的一往情深，就是不变的和敢于坚持的表征，当然也是小说感人至深最主要的原因。

石一枫不是王朔，也不是朱文和韩东。应该说，这三位作家对石一枫都有一些影响，但这些影响都是外在的，是姿态性的，比如语言。但文学气质和价值观上，石一枫远没有上述三位作家决绝。应该说石一枫在这一层面上要宽厚得多，当然也软弱得多，这是石一枫的性格使然。他没有刻意解构什么，也不执意反对什么。他只是讲述了他所感知的现实生活。在他狂欢的语言世界里，那弥漫四方灿烂逼人的调侃，只是玩笑而已，只是"八旗后裔"的磨嘴皮抖机灵，并无微言大义。因此，我们看到的也只是难以融入这个时代的"零余者"。如果是这样的话，石一枫的小说可以在吴玄、李师江这个流脉中展开讨论。当然，将石一枫归属到"哪门哪派"并不重要，重要的是，石一枫在小说中重新"组织"了他所感知的生活，而他"组织"起来的生活竟然比我们身处的生活更"真实"，更有穿透性。他让我们看到，生活远不那么光鲜但也不至于让人彻底绝望。他的人物是这个时代"多余的人"，但是恰恰是这些"多余的人"的眼光，为我们提供了理解或认识这个时代最犀利的视角。他们感到或看到的生活，也是生活的一部分，而且是重要的一部分。因此，石一枫的小说对我们来说，也是"关己"的，在这个时代我们依然困惑，这使他的小说表达的问题超越了年龄界限。

津子围：童年书

《童年书》是津子围至今为止最重要的作品之一。它的重要可以和《口袋里的美国》相提并论。《口袋里的美国》重建了文学的政治，终结了留学生的悲情书写；《童年书》则表达了津子围的另一种才能，即小说的散文化笔墨温婉柔美的风格。

津子围的《童年书》当然也是自传体的小说。《城南旧事》是林海音七岁到十三岁时的生活记忆，津子围书中讲述的生活应该也是这个年纪。这个年纪的记忆真实可靠。因此，津子围《童年书》中的故事，记载和隐含的社会密码与文化记忆是我感兴趣的。书中主人公讲述的故事发生在"一个叫八面通的小镇"上的"窄街"。"它处在黑龙江的东南部，离中苏边境不足一百公里，过了马桥河林场，就要检查边防通行证了。中国这么大，没多少人知道那个地方。不过我们那个地方的人都知道北京，知道外面的世界。"它的时代是"中苏关系正紧张，'深挖洞，广积粮'、'返修防修'的条幅到处都是……我家也和很多家庭一样，在窗玻璃上贴'米'字的纸条，以防玻璃被震碎了伤到人；在自己家的院子里挖了地窖，以防空袭。预防空袭的警报经常在大修厂的灰楼上响起来。这时，大家就把准备好的干粮和炒面背上，跟着前呼后拥的人群，向铁道旁的防空洞跑去"。这是一个极其简单和苍白的时代，那个时代留给我们的记忆几乎是相同的。物质生活极度贫困，精神生活极度贫乏。小说中曾讲述了这样一个细节：定量供应的粮食使每个家庭经常断粮。一次家里断粮时，母亲给了他钱和粮票，让他到饭店买馒头，陪他去的有几个伙伴，买的二十个馒头让他和伙伴们吃掉了。"回家已经是傍晚了，母亲看到我两手空空，问我馒头呢，我撒谎说钱丢了。母亲的眼泪立即涌出来。事后我才知道，母亲和妹妹都没有吃中午饭，而且，那些粮票是那个月最后的指标。多年后，我一直无法回忆那件事，每当想起，我的心都在流血。"没有那种生活经历的人，很难想象几个馒头对母亲意味着什么。作者不是"无法"回忆，而是不能回忆或不敢回忆。物质生活的贫困，在这样一个细节上被揭示得一览无余。

物质生活的极度贫困，使无知的少年走上了一条犯罪的道路。他们开始是捡废品，换钱买简单的零食，后来逐渐地发展到去工厂偷生产物资，甚至毁坏变电器。这些情节都是真实的。另一方面，那又是一个极度道德化的时代。无论成人还是孩子，都对两性关系讳莫如深又兴致盎然。比如大人和孩子对"姜破鞋"通奸的议论、好奇和窥视，孩子对鸭子性交的审判，这种道德的两面性只能发生在那个年代。它也从另一方面反映了那个时代精神生活的贫乏状态。因此，《童年书》隐含着丰富的社会信息和密码。对这些信息和密码的破译与识别，是我们进一步认识那个时代的重要方式。另一方面，是《童年书》中记载的文化记忆。一般的意义上，作家的所有创作，都是对童年记忆的反复书写，童年记忆会影响作家的一生。对津子围而言，《童年书》中最重要的记忆是"战争文化记忆"。一方面，这与叙述者讲述话语的年代有关。那个时代中苏关系紧张，战争叙事不断强化。这种战争文化一旦进入童年记忆，会激化成一种幻觉。比如叙事主人公希望原子战争真的打起来，为的是检验自己防原子弹卧倒的姿势正确与否。同时他坚定地认为：原子弹没什么可怕的，不过是纸老虎罢了。战争文化塑造了男孩子虚幻的"英雄主义精神"，并且渗透到了日常生活中。比如，窄街的伙伴们都被封了军队的职务，从"司令"开始，一直到侦查员、通信兵。

这种军事文化符号使童年生活有了满足感，但他们并不满足于口腔的快感，他们还要诉诸行动。比如他们经常打群架，经常有"血染的风采"。为了逃避家长惩罚，他们还有进山"打游击"的壮举，尽管是场闹剧。

战争文化是20世纪最重要的文化，它深刻地影响了20世纪中国的思想和社会发展历程。我们经常使用的"战线""堡垒""摧毁"等话语都是来自战争文化，甚至至今没有终结。这种文化使人的思想板结僵化，作为一种硬性文化，它成为一种进入、理解人的情感的障碍或屏障。这一点在《童年书》中有极为生动的表达。比如"我"对女孩子的情感是相当复杂的，感觉到女孩子强烈的吸引力，又要表达出自己"男子汉"的不屑和轻蔑。《丛丹的口琴》中有一段讲述"我"看女孩子跳皮筋的情节，作者记述得极为详尽。女孩子并不理睬他，他暗中和暗恋的丛丹在较劲。他沉浸在丛丹美丽的跃动中，情不自禁地大喊一声"跳的不错呀"！女孩子表面上也对"我"表示了不屑，让他远一点儿别碍事。但是"我能听她们的吗？自然不能，我还磐石一般立在那儿"。这种不经意流露的对立情感，是战争文化的直接影响。这种影响以至于使叙事主人公失去了一次刻骨铭心的爱情，也就是丛丹在农历七夕与他的约会。这是小说中最为动人的段落，但这个动人的童年记忆就这样被战争文化毁坏了。当然这构不成悲剧，但少年的爱情我们还会再经历吗？

《童年书》是津子围至今为止最重要的作品之一。它的重要可以和《口袋里的美国》相提并论。《口袋里的美国》重建了文学的政治，终结了留学生的悲情书写；《童年书》则表达了津子围的另一种才能，即小说的散文化笔墨温婉柔美的风格。

林那北：我的唐山

　　《我的唐山》恰恰在虚构部分显示了北北的才华和能力，她抓住了这段历史中人的颠沛和离散，抓住了人物命运的阴差阳错悲欢离合，使一段我们不熟悉的历史，因北北的艺术虚构形象地展现在我们面前，而人物的命运、生存和情感的苦难，更是令人感慨万端唏嘘不已。可以说，"情和义"是小说表达的基本主题。

　　近年来，北北（现用笔名林那北）的小说创作似乎正在转型：她将关注当下生活尤其是底层生活的目光投向了历史。这部《我的唐山》就是她转型后的重要作品。小说从光绪元年（1875）写起，写到《马关条约》签订的光绪二十一年（1895），这一年台湾人民组成义军，阻止日本人入台但惨遭失败。这段历史是真实的历史。但小说不是历史著作，而是以真实的历史作为依托或依据，通过虚构的方式，呈现或表达这段历史中人的情感、精神以及人与历史、人与人之间的关系。在这个意义上可以说，这类小说既是历史著作，又是艺术作品。《我的唐山》以陈浩年、陈浩月兄弟，曲普圣、曲普莲兄妹，秦海庭、朱墨轩、丁范忠等人物为中心，表达了作者对大陆移居民众和台湾的一腔深情，充分体现了台湾和大陆休戚与共的历史事实。

　　历史小说最困难的不是如何讲述历史，历史已经被解构进历史著作中。只要熟读几部与小说相关的历史著作，小说中的历史事实将大体不谬。历史小说最紧要处是虚构部分，比如人物，比如细节。这是考验一个作家有怎样的能力驾驭历史小说。《我的唐山》恰恰在虚构部分显示了北北的才华和能力，她抓住了这段历史中人的颠沛和离散，抓住了人物命运的阴差阳错悲欢离合，使一段我们不熟悉的历史，因北北的艺术虚构形象地展现在我们面前，而人物的命运、生存和情感的苦难，更是令人感慨万端唏嘘不已。可以说，"情和义"是小说表达的基本主题。其间陈浩年、陈浩月和曲普莲，曲普圣和陈浩年，丁范忠和蛾娘等的情意感人至深。小说中的陈浩年是梨园中人，因唱戏和朱墨轩的小妾曲普莲一见钟情。曲普莲并非轻薄之人，她是为哥哥和母亲做了朱墨轩的小妾，但朱墨轩性无能，其景况可想而知。糟糕的是两人第一次夜里约会陈浩年便走错了地方。私情败露曲普莲误以为是陈浩年告密，便道出实情。县令朱墨轩大怒，误将陈浩年的弟弟陈浩月带回衙门。陈浩月和曲普莲到台湾后，陈浩年为了寻找曲普莲，也去了台湾，到台湾却发现普莲已为弟媳。陈浩年为情所累苦不堪言，曲普圣为解脱陈浩年跳崖而亡，妻子秦海庭难产而死。这种极端化的人物塑造方法，给人留下了深刻的印象。对"情和义"的书写，对一言九鼎、对承诺的看重价值连城重要无比。从某种意义上说，是北北对传统文化的怀念和尊重，是试图复活传统文化的努力。这不只是北北个人的主观意图，同时更符合传统文化的核心要义：传统文化的核心不只是艰深的经典文献，它更蕴含在如此朴素的"礼义廉耻"中。

大陆与台湾在民间的关系，与北方的闯关东、走西口有很大的相似性。在这个意义上《我的唐山》也有移民文学、迁徙文学、离散文学的意味。在民间的传统观念里，"故土难离""父母在不远游"的观念根深蒂固。因此"怀乡"成为现代中国文学的一个基本母题或叙事原型。"怀乡"或"还乡"以及"乡愁"，是现代以来中国文学常见的情感类型。《我的唐山》继承了这一文学传统并在题材上填补了当代小说创作的空白。从这个意义上说，北北的贡献功莫大焉。

2012

袁志学：真情岁月

《真情岁月》是一部优秀的长篇小说。这部小说对堡子村前现代日常生活的描摹，对生活细节的生动讲述，对堡子村艰难变革历程的表达，特别是对那个渐行渐远、变革后堡子村的难以名状的感伤或留恋，显示了袁志学对乡村生活及其变革的真切理解和感知。

从身份的意义上说，袁志学先生还是个农民，是一个业余作家。这时我们会讲出许多关于农民、业余作家如何不容易、如何艰难坎坷的话。但这些话没有价值，这里隐含的同情甚至怜悯，与一个作家的创作没有关系，只要评价一个作家的创作，其标准和尺度都是一样的，这和评价一个大人和一个孩子不同；另一方面，身份在文化研究的意义上有等级的意味，或者说，一个农民、一个业余作家还不是"作家"，这里隐含着一个没做宣告的设定——"承认的政治"，或者说作家是一个更高级的阶层或群体，起码袁志学现在还没有进入这个阶层或群体，还没有获得"承认"。但是这个设定是"政治不正确"，它有明显的歧视嫌疑。如果我们认真的话，首先需要质疑的是，这个"等级"是谁构建的？这个"承认"是谁指认的？过去加上一个身份——比如"工人作家""农民作家"，那是意识形态的需要，那时作为修饰语的"工人""农民"与当下的意义并不完全相同。因此，在我看来，评论《真情岁月》与我们评价其他作品的尺度没有二致。

我首先认为《真情岁月》是一部优秀的长篇小说。这部小说对堡子村前现代日常生活的描摹，对生活细节的生动讲述，对堡子村艰难变革历程的表达，特别是对那个渐行渐远、变革后的堡子村的难以名状的感伤或留恋，显示了袁志学对乡村生活及其变革的真切理解和感知。当他将这些生活用小说的笔法表现出来的时候，他就是一个现实主义作家。从底层成长起来的作家的处女作，大抵都有自叙传性质，大抵是他们个人经历的艺术概括或演绎。袁志学的《真情岁月》也大抵如此。小说从堡子村"清汤寡水的日子度日如年"的年代写起，那个年代，村里人"都眼角深陷，饿得皮包骨头，他们期盼能将洋芋煮熟后饱饱吃上一顿，那才是福分呢，如同进了天堂一般"。堡子村和所有的村庄一样，虽然已经是70年代，从互助组、合作社到人们公社，在这条道路上的探索已经30多年，但是，中国共产党和广大农民在这条道路上并没有找到他们希望找到的东西。堡子村"清汤寡水的日子"为这条道路做了形象的注释，这为当代中国的乡村变革提供了合理性的前提和依据。当然，堡子村不是中国发达地区的"华西村"或"韩村河"，这些村庄的变化因地缘优势和强大的资本支持，可以在很短的时间内发生变化，从前现代进入现代的进程被大大缩短。但是堡子村不是这样，作为一个边缘的欠发达地区的村庄，它的变化是缓慢和渐进的。这个变化是从有了"新政策"开始的。堡子村有了电、有了第一台电视机，陆续有人捏起了瓦，有人磨起了面，村里有了第一眼机井等等。但是真正改变堡子村生活面貌的，还是"农村电网改造"和"退耕还林"，这时堡子村家家户户都在自己家的水井里下了一寸的水泵，将水用泵抽了上来，抽到了自个儿家的水缸内，结束了用辘轳吊水吃的历史。这个变化当然是巨大的。但是，堡子村的历史变革，应该说只是小说的背景，小说要处理的还是堡子村人的心理、精神状态的巨大变化。小说通过陈家三兄弟陈大、陈二、陈三，王生辉、乔怀仁、海生、强子、顺来、敏子、陈二家的四蛋儿，以及刘二喜和齐小凤的不同命运，展示了堡子村从前现代进入现代的历史过程。陈家兄弟、王生辉等这代人，无论物资生活还是精神面貌，事实都还处于"原生态"的状态。那种生存状态与周克芹的《许茂和他的女儿们》、古华的《爬满青藤的木屋》等乡村生活和人物的精神状态没有区别。但是，到了海生、强子这一代，堡子村才真正发生了革命性的改变。新一代在现代文明沐浴下，真正改写了堡子村的文明史。最简单的例子是刘二喜与齐小凤的婚姻关系。刘二喜对齐小凤没有起码的尊重，他对两性关系的痴迷和混乱，与现代文明没有任何关系。但是，到了敏子和顺来这一代，他们的爱情关系应该是小说最为感人的段落。袁志学通过这样的比较，已经形象地表达了堡子村翻天覆地的内在变化，表达了堡子村真正走上了现代文明之路。它与物质生活有关，但更与人的精神世界的改变有关。另一方面，在具体的表现上，《真情岁月》还有可圈可点的方面。因此，小说也无意识地表达了在当下的环境中，乡村中国的未竟道路。

余一鸣：江入大荒流

《入流》构建的是一个江湖王国，这个王国有自己的"潜规则"，有不做宣告的"秩序"和等级关系。有规则、秩序和等级，就有颠覆规则、秩序和等级的存在。在颠覆与反颠覆的争斗中，人物的性格、命运被呈现出来。

2011年第2期的《人民文学》发表了余一鸣的中篇小说《入流》，发表后好评如潮。小说构建了一个江湖王国，这个王国里的人物、场景、规则等是我们完全不熟悉的。但是，这个陌生的世界不是金庸小说中虚构的江湖，也不是网络的虚拟世界。余一鸣构建的这个江湖王国具有"仿真性"，或者说，他想象和虚构的基础、前提是真实的生活。具体地说，小说中的每一处细节，几乎都是生活的摹写，都有坚实的生活依据。但小说整体看来，却在大地与云端之间——那是一个距我们如此遥远、不能企及的生活或世界。

《入流》构建的是一个江湖王国，这个王国有自己的"潜规则"，有不做宣告的"秩序"和等级关系。有规则、秩序和等级，就有颠覆规则、秩序和等级的存在。在颠覆与反颠覆的争斗中，人物的性格、命运被呈现出来。长篇小说主要是写人物命运的。在《入流》中，白脸郑守志、船队老大陈栓钱和月香、三弟陈三宝、大大和小小、官吏沈宏伟等众多人物命运，被余一鸣信手拈来举重若轻地表达出来。这些人物命运的归宿中，隐含了余一鸣宿命论或因果报应的世界观。这个世界观决定了他塑造人物性格的方式和归宿的处理。当然，这只是理论阐释余一鸣的一个方面。事实上，小说在具体写作中，特别是一些具体细节的处理，并不完全在观念的统摄中。在这部小说里，我感受鲜明的是人的欲望的横冲直撞，欲望是每个人物避之不及挥之不去的幽灵。这个欲望的幽灵看不见摸不着又无处不在，它在每个人的身体、血液和思想中，它支配着每个人的行为方式和情感方式。

现代性的过程也可以理解为欲望的释放过程。1978年以前的中国，是欲望被抑制、控制的时代，欲望在革命的狂欢中得到宣泄，革命的高蹈和道德化转移了人们对身体和物质欲望的关注或向往。1978年以后，控制欲望的闸门被打开，没有人想到，欲望之流是如此的汹涌，它一泻千里不可阻挡。这个欲望就是资本原始积累和身体狂欢不计后果的集中表现。小说中也写到了亲情、友情和爱情。比如大大与小小的姐妹情谊、栓钱与三宝的兄弟情义、栓钱与月香的夫妻情分等，都有感人之处。但是，为了男人姐妹可以互相算计，为了利益兄弟可以反目，为了身体欲望夫妻可以徒有名分。情在欲望面前纷纷落败，金钱和利益是永恒的信念。在这条大江上，郑总、罗总、栓钱、三宝无不为一个"钱"字在奔波和争斗不止，他们绞尽脑汁机关算尽，最后的目的都是为了让自己的利益在江湖上最大化。因此，金钱是贯穿小说始终的一个幽灵。

另一方面是人物关系的幽灵化：白脸郑守志是所有人的幽灵。无论是罗总、栓钱、三宝，无一不在他的掌控之中。小说中的江湖从某种意义上说是白脸建构并强化的。在他看来，"长江上的道理攥在强人手里"，而他，就是长江上的强人。当他决意干掉罗总的时候，他精心设计了一场赌局，罗总犯了赌场大忌因小失大，在这场赌局中彻底陷落并淡出江湖；栓钱做了固城船队的老大，郑守志自然也成了栓钱的幽灵。小说中的人物关系是一个循环的幽灵化关系：小小与栓钱、沈宏伟与小小、三宝与沈宏伟、栓钱与三宝等等。这种互为幽灵的关系扯不断理还乱，欲说还休欲罢不能。其间难以名状的"纠结"状态和严密的结构，是我们阅读经验中感受最为强烈的，这构成了小说魅力的一部分。

特别值得我们注意的，还有余一鸣的写实功力。他对场景的描述，气氛的烘托，让人如临其境置身其间，人物性格也在场景的描述中凸显出来。还有一点我感受明显的，是余一鸣对本土传统文学的学习。在他的小说中，有《水浒传》梁山好汉的味道，有《说唐》中瓦岗寨的气息。这个印象，我在评论他2010年发表的《不二》时就感受到了。这些笔法在《人流》中有进一步的发挥。比如小说对白脸编织毛衣的描写，他的淡定从容和作家的欲擒故纵，都恰到好处，使小说的节奏张弛有致别有光景。

"山随平野尽，江入大荒流"，这是李白《渡荆门送别》中的名句，是写李白出蜀入楚时的心情：蜀地的峻岭、连绵的群山随着平原的出现不见了，江水汹涌奔流进入无边无际的旷野。李白此时明朗的心境可想而知。理解小说《江入大荒流》，一定要知道上句"山随平野尽"，这显然是余一鸣的祝愿和祈祷——但愿那无边的、幽灵般的欲望早日过去，让所有人都能过上像"江入大荒流"一样的日子。这样的日子能够到来吗？它会到来吗？让我们和余一鸣一起祈祷祝愿吧！

周大新：安魂

这是阴阳两界的对话，它既是虚构的，也是真实的。说它虚构，是因为儿子周宁已在天国，不存在与父亲对话的可能；说它真实，是因为这些话不仅是父亲的心声，而且应该是父亲在冥冥中对儿子无声的千百次的述说。

《安魂》是一部极端特殊的小说，它的特殊性几乎没有任何一部小说可以与它作比较。它是作家周大新在爱子周宁不幸去世整整四年之后出版的一部长篇小说。与其说它是一部小说，毋宁说它是一部父子灵魂对话的长篇散文或一部心灵的自叙传。但它又确实是一部小说。它记叙了与儿子生前生活的能够写进小说的全部重要情节，记叙了与儿子一起同病魔斗争的整个过程。但是，作为一部啼血之作，小说的创作诉求，显然不止是讲述生离死别的"伤怀"。在我看来，它更是一部耐心讲述的父子情感史，是一部父亲忏悔录，更是一部与爱子的诚恳对话集。

这是阴阳两界的对话，它既是虚构的，也是真实的。说它虚构，是因为儿子周宁已在天国，不存在与父亲对话的可能；说它真实，是因为这些话不仅是父亲的心声，而且应该是父亲在冥冥中对儿子无声的千百次的述说。这个述说，首先是父亲的忏悔录。过去讲"树欲静而风不止，子欲养而亲不待"，说的是欲供养的双亲已经不再，逝者已矣，其情难忘。但在小说《安魂》中，却是白发人送黑发人，这是人生的三大不幸——少年丧父、中年丧妻、老年丧子中最为凄惨悲凉的事情。但是，身处悲惨境地的父亲并不是顾影自怜哀叹自身命运多舛。他更多的是面对过去的深刻忏悔。小说中，我们读到最对的句子大概就是"爸亏欠你太多了"，"对你表扬太少了"，"我后悔呀！"等等。他后悔第一次打了一个半岁的孩子；后悔不顾孩子意愿，逼迫他读研究生；后悔以个人意志终结了孩子的初恋……天下的父亲都有"望子成龙"的心理，这个心理不能用对或错来判断。父亲期待孩子更有出息错了吗？当然不是。但是，父亲的这种期待常常有不近人情的方面。比如，父亲希望还能有一个高学历，是因为自己学历不高，希望自己的愿望能够在孩子那里获得实现，比如，孩子喜欢自己处的女朋友，但父亲却用小说中对女性美的要求，拒绝了孩子的初恋。这种检讨刻骨铭心，对孩子的伤害是父亲在忏悔中理解的。无论如何，我们还是被父亲坦荡的忏悔所感动——这不是所有的父亲都能做到的，不是因为能力，而是因为意愿。

第二点，小说的感人之处是对父子情感史的讲述，它是重新走进父子心灵深处的精神之旅。对父子情感关系的重新审视和相互理解，是小说最动人的篇章之一。过去我们常说的一个词叫"代沟"，有没有这种东西，也许应该有。但是父子之间交流的不平等，更多的不是代沟，而是身份和权力的不平等使然。父亲作为一个作家不懂爱情吗？不懂爱情怎么写小说！但是，面对孩子的爱情的时候，作家糊涂了。

生病后的周宁曾给前女友小怡打过电话，他说：当我突然得了重病，你说个实话，你会选择离开我吗？

她说，那怎么可能？朋友遇到病灾就抛弃，那还是朋友？同性朋友都能做到两肋插刀，何况我们是在谈对象？你又不是不知道我对你的感情，你是不是遇到了什么难处？

你怎么回答的？我不由自主地问。

我说有一点。

她咋说？

她说，需要我过去吗？如果需要，我就过去。

她丈夫会让她过来？

我也这样问他了，儿子抬脸向天花板上看。

她咋回答的？

她说，他不让我去我就同他离婚……

作家听到这里时，"心被猛地一刺"。这种感受是父子交流前不曾体会的。正是这样的交流构成了父子的情感史。在这样的交流中，儿子的听话、孝敬、理智和隐忍的形象被刻画出来。它使痛失爱子的情感越发走向了高潮。

还值得谈论的是，小说是生者与死者的诚恳对话。作家周大新先生的为人为文，在文学界有口皆碑。即便是如此重大灾难的降临，在他承受了不能承受的生命之重之后，他依然坚强，重新出现在我们面前，此刻，我们除了向大新先生表达我们由衷的同情之外，我们必须向他表达我们由衷的敬意。他将无边的痛苦化作想象的长虹，他将这条长虹挂在了天国也挂在了人间。他抚慰了爱子周宁远去的灵魂，也开启了我们对于生命、生活、生死的严肃思考。

初十：刺青

可以肯定地说，这是当下文学创作的稀缺题材，因此，也可以说初十在这一领域的创作填补了当下文学题材方面的空白。

反恐，是当下国际社会的共同主题。无论社会制度和意识形态有多大差异，在反恐的问题上都可以达成共识，由此可见恐怖组织的反人类性特征。我们通过其他渠道可以得到关于反恐的许多消息或资讯，但还没有读过与这一题材相关的文学作品。因此，初十《刺青》的出版才格外引人瞩目，尽管此前他已经出版过同类题材的长篇小说《摄氏零度》。可以肯定地说，这是当下文学创作的稀缺题材，因此，也可以说初十在这一领域的创作填补了当下文学题材方面的空白。

稀缺题材对创作者来说应该是"喜忧参半"，稀缺既是优势也是困难：它的优势在于因题材原因可以迅速占有市场的制高点，它的"眼球效应"短时期是其他题材难以抗衡的；说它困难，是因为可供参照的资源几乎没有，一切都从零开始。这对作家的想象力和虚构能力是极大的考验。作家初十有职业优势，他是一位职业记者，而且是法制报的记者。他可以直接经历或了解这一题材的第一手材料。这是他创作反恐小说的基础。但是，小说毕竟是艺术的领域，有了素材，如何结构成为文学作品是他面临的另一个考验。

小说写的跌宕起伏一波三折，因此有很强的可读性。在具体的写法上，小说借鉴了凶杀、侦破、探案、悬疑等小说的多种方法。在这个意义上，《刺青》的可读性与通俗性有很大的关系。应该说，大众文学的重要元素《刺青》都具备，比如暴力、情欲、爱情、阴谋等。但是，《刺青》又并不是一部只"争夺眼球"的大众文学作品。这诚如批评家施战军所说："《刺青》具有畅销读物和严肃小说的双重品相。"它的严肃小说的特点，主要表现在人物的塑造方面。特别是警察贾尼克形象的塑造，显示了初十具有的文学功力。这个质朴忠诚的警察，不仅在职业方面恪尽职守，而且在爱情方面也感人至深。他虽然最后牺牲在"7·5"事件中，但他的未婚妻月柳毅然决然地在他的追悼会上披上了婚纱。一个中年男人被一个青年女性至死相恋，这个男人的魅力可见一斑。

另外值得注意的，是小说的内在结构。小说不是按照传统的线性结构或时间结构展开的，而是以时空不断变换的方式结构的。从新疆到内地海滨，从伊斯坦布尔到慕尼黑等，空间结构的大开大合，使小说有了巨大的展开可能，而且其跳跃性也使小说绚丽缤纷五彩夺目。这种时空结构与小说题材恰如其分。因为恐怖活动不是出现在单一的地区与国家，它的巨大危害恰恰在于它的全球性。初十以艺术的直觉意识到这一点，因此在结构上的新意水到渠成。这一经验是特别值得我们注意的。

彭名燕：倾斜至深处

这部小说远在主流或非主流的议论范畴之内，它书写的人物于我们来说非常陌生，但书写的内容我们却耳熟能详，这些家长里短鸡零狗碎的日常生活，也就是我们的生活。当我们身置其间的时候完全浑然不觉，一旦彭名燕用小说的方式集中和盘托出，它会让我们震惊不已。在这个意义上可以说：生活是被小说家发现的。

《倾斜至深处》的封底评论说："这是作家彭名燕迄今为止写得最棒的一部小说。"我完全同意这个判断。这部小说远在主流或非主流的议论范畴之内，它书写的人物于我们来说非常陌生，但书写的内容我们却耳熟能详，这些家长里短鸡零狗碎的日常生活，也就是我们的生活。当我们身置其间的时候完全浑然不觉，一旦彭名燕用小说的方式集中和盘托出，它会让我们震惊不已。在这个意义上可以说：生活是被小说家发现的。

那么，彭名燕究竟发现了什么，是什么事物让我们深感震惊？在我看来，重要的就在于彭名燕发现了生活的本质就是矛盾和冲突。小说的基本故事在一个家庭里展开，这是一个特殊的家庭，男主人杰克是新加坡人，却有二十多年的美国学习和工作经历；女主人容容是中国人，也有很长的德国学习和工作经历；而家里的保姆除了菲律宾人就是印度尼西亚人，"一个家有五个国籍，四种信仰，等于联合国，能吃到一锅里已经是奇迹"。这样一个家庭构成，为小说提供的可能性是完全可以想象的。小说的主要人物是岳母、女儿和女婿。矛盾当然也在这些人物中展开。有趣的是，一般家庭、特别传统的中国家庭，矛盾主要集中在婆媳之间，婆媳是一对天敌，做儿子的处境可想而知。能处理好婆媳关系的人，应该是一个智力、能力都超长的女人，她应该有能力处理任何关系。而岳母和女婿的关系处理起来相对容易些。但是在《倾斜至深处》中，矛盾的双方恰恰是岳母和女婿。女婿杰克是一个出身平民、毕业于哈佛的知识精英。他对贵族生活不仅向往而且不遗余力地追求，对物质消费和享受极端迷恋，贷款也买奔驰车，出门从来不坐经济舱，没钱透支也要坐头等舱，几十万的信用卡瞬间就挥霍一空，冰柜里是两百多瓶几十年前收藏的法国名贵葡萄酒，并且要恒温保存……这个异国女婿在岳母看来，是"外表美观，但灵魂千疮百孔"，这样的男人能爱吗？矛盾和冲突由此埋下种子。

意料之中的是，家庭里面没有路线冲突或政治斗争。但日常生活的政治和斗争同样会让人筋疲力尽，同样会耗尽对生活的热情和欣赏的态度。但是，《倾斜至深处》又不是阶级斗争和道德批判，不是20世纪60年代话剧《千万不要忘记》中的丁爷爷和父亲丁海宽与丁少纯的矛盾。那里的批判有阶级救赎的微言大义。而《倾斜至深处》的岳母与女婿的关系，是文化观念的冲突和矛盾。这种矛盾没有对和错，没有谁更有道理，当然，也不可能谁来说服谁。这样的矛盾和冲突是不可化解的。

因此，对于岳母白竹芳来说，她遭遇了与自己文化观念截然不同的另一种文化。这位成就卓著的教育家，培育的学生有院士、部长、中央委员，社会主义的文化观念于她而言根深蒂固。因此，当她面对一个有极端化倾向的女婿的时候，她遇到了挑战。这种挑战是不同文明的挑战。不能说白竹芳的观念是错误的，我们只能说，她的观念是过去的，尽管过去的也没什么不好。但是，事实上，无论白竹芳对女婿杰克有怎样的不满，都不能掩饰作家彭名燕对杰克的欣赏。无论是观念还是生活方式。或者说，面对难以阻挡的新文明或新的生活变局，彭名燕虽然有些许犹疑，但总体上她是以开放的姿态和兴奋的心情欢迎它的到来。

李兰妮：我因思爱成病

我们不必急于从文体上指认这究竟是一部怎样的著作，它是散文抑或是小说都不重要。重要的是李兰妮以常人难以想象的毅力长久地坚持：她完成的是一部苦难的抑郁病史，是一部艰难的非虚构的精神自传，当然更是一部用爱作良药自我疗治的试验记录。

在我们看来，2013年最具城市文学意味的，是李兰妮的《我因思爱成病——狗医生周乐乐和病人李兰妮》。这应该是一部非虚构小说。它是李兰妮2008年出版的《旷野无人》的续篇。《旷野无人》出版之后，在国内刮起了一阵不大不小的"李兰妮旋风"——这部作品太重要了。记得次年吴丽艳发表了一篇《强大的内心与爱的伟力》的评论文章。文章说：李兰妮的《旷野无人》，在形式上是一部"超文体"的文学作品，它的内容则是一次向死而生捍卫生命尊严的决绝宣言，是一部不堪回首的与死神自我决斗的"精神的战地日记"，是一个内心强大、大爱无疆的勇者与读者坦诚无碍的交流，是一次在精神悬崖上的英武凯旋。它的光荣堪比任何奖章式的荣誉，因为没有什么能够比敢于走过捍卫生命尊严漫长而残酷的过程更值得感佩和尊重。我们难以想象抑郁症患者的生理与精神苦痛，但我们知道，《旷野无人》"往日重现"的叙述，不是回忆一场难忘的音乐会，不是回忆一场朋友久别重逢的感人场景，它是李兰妮再次重返精神黑洞，再次复述她曾无数次经历的生命暗夜的痛苦之旅，她知道这个想法漫长并敢于诉诸实践的勇气，就足以使我们对她举手加额并须仰视。作为一部作品，它文字的质朴、叙述的诚恳以及深怀惊恐并非淡定的诚实，是我们多年不曾见到的。因此我可以说，《旷野无人》无论对于忧郁症患者还是普通读者，都是一部开卷有益、值得阅读的有价值的好作品"。[1]但是，实事求是地说，《旷野无人》的重要性并没有得到应有的重视。在今天的文学环境下，任何一部作品无论多么重要，都难再产生石破天惊的效应。这个时代的浮躁之气可见一斑。

但是，浮躁的环境没有影响李兰妮继续创作的热情和坚定。五年过去之后，李兰妮出版了这部《我因思爱成病——狗医生周乐乐和病人李兰妮》的著作。我们不必急于从文体上指认这究竟是一部怎样的著作，它是散文抑或是小说都不重要。重要的是李兰妮以常人难以想象的毅力长久地坚持：她完成的是一部苦难的抑郁病史，是一部艰难的非虚构的精神自传，当然更是一部用爱作良药自我疗治的试验记录。读过这部大书，内心唯有感动与震撼。《旷野无人》虽然有治疗、认知和其他事物的讲述，但仍可以看作是一个人的独白或自述；而《我因思爱成病》除了"认知"部分外，最主要的部分则是李兰妮与小狗周乐乐的"对话"。周乐乐从出生月余到七周岁，整整七年时间与"姐姐"李兰妮和"哥哥"周教授生活在一起。七年的朝夕相处不仅没有出现"七年之痒"，而且感情与日俱增。自国内养狗之风日盛以来，人与狗的感人故事愈演愈烈。但是，人与狗的感情是怎样建立起来的则鲜有陈述。读过《我因思爱成病》后我们才知道，与狗建立情感是需要付出代价

---

1 吴丽艳：《强大的内心与爱的伟力——评李兰妮的〈旷野无人〉》，载《文艺争鸣》2009年12期。

的：对狗性的了解、理解，花时间陪狗、照顾狗，狗生病要医治，狗绝食要劝诱进食，狗咬了人居然还要安抚狗，等等。这确实需要耐心、爱意和不厌其烦。

但是，狗对主人的回报也是令人难以想象的。这个回报就是没有条件的忠诚：

往常，我若心脏难受或胃痛，也会起来走动。每次悄悄走出卧室，乐乐都会立刻跟着出来。哪怕前一分钟他还在床底下熟睡，甚至打着小呼噜。不管我的脚步多么轻，他都会醒来跟着我，陪我呆在同一个房间里。我若在黑暗的客厅里走动，他就趴在茶几下似睡非睡。我若躺在沙发上，他会跳上沙发，与我保持一段距离。抬头看看我，掉过头去，屁股尾巴对着我。左挪一下，右挪一下，踏实了，就不动了。我以为他睡着了，一起身，他立刻跟过来。不远不近地守着，像高素质的保镖，内紧外松。黑夜中，我不知道他的小脑瓜里想什么，有时去抱他，他会挣脱我的怀抱。就像初一的小男生不许女老师摸脑袋一样，闪一边去，闷头守望。这种时候，我心里会觉得温暖。我会看着他的影子不出声地笑。

这就是周乐乐为主人带来的快乐。可以想象此时李兰妮的幸福和满足。动物与人的这种关系实在是太微妙了，它不是人与人之间的关爱或交流，动物没有语言。但动物用它的行为弥补了人与人交往中的某些难以言说的不满足，这样的体会或许只有与动物长久、诚恳的交往中才能获得。这就是动物为主人带来的回报。

《旷野无人》的发表，李兰妮向世人告知了她的病情，也告知了她与疾病顽强、毫不妥协的抗争；《我因思爱成病》则是她进一步向疾病抗争的记录和证词。不同的是，她在偶遇狗医生周乐乐的过程中，也没有条件地施加了自己的善与爱。这个善与爱就是安德鲁·所罗门说的"在忧郁中成长的人，可以从痛苦经验中培养精神世界的深度，这就是潘朵拉的盒子最底下那带翅膀的东西"[2]。李兰妮培养出了潘朵拉盒子最底下那带翅膀的东西，她试图因此走出困惑已久的境地。作为文学作品，我们完全可以将《我因思爱成病》看成一个隐喻——那是我们这个时代共同的病症。治疗这个病症或走出这样的困境没有别的良药，它还要靠我们自己，那就是让我们每个人都拥有发自内心的善与爱，捆绑心灵的绳索可能由此解脱。

---

2 安德鲁.所罗门：《走出忧郁》，重庆出版社2010年版。

2013

凡一平：上岭村的谋杀案

> 韦三得是上岭村的一个流氓无产者，他不外出打工，每日在村里幽灵般地游荡。他觉得自己在上岭村非常快活非常享受，因为村里的青壮男人都外出打工了，留守的女人们都很寂寞，他想睡哪个女人就可以睡哪个女人，被睡过的女人不但不忌恨他，而且还感激他甚至爱上了他。

当下中国乡村的"空心化"以及带来的诸多问题，我们在各种资讯里已经耳熟能详，这是我们正在经历的现代性后果之一。这个后果还在变化中，它究竟会走向哪里没有人能够预期。如果说这个笼而统之的判断还过于抽象的话，那么，我们却在文学作品中经久不绝地听到了它炸雷般的回响。凡一平新近出版的长篇小说《上岭村的谋杀案》，就是这样的作品。

小说开篇就是主角韦三得的死。韦三得是吊在村口的榕树上死的。但是，"韦三得的意外死亡，给了许多人意外的惊喜，尤其是那些肯定或怀疑妻女被韦三得奸淫的男人，他们真的太高兴了"。小说描述的这个心理情形，发生在因韦三得死亡开设的宴会上，但没有人提起韦三得，"大家心照不宣，或顾左右而言他。一切尽在不言中，一切尽在酒中、肉中"。看来韦三得是死有余辜。那么，韦三得究竟是一个什么

人，为什么他的死会让人拍手称快弹冠相庆。小说开篇就是一个悬念，
不由得你不急切地读下去。韦三得是上岭村的一个流氓无产者，他不外
出打工，每日在村里幽灵般地游荡。他觉得自己在上岭村非常快活非常
享受，因为村里的青壮男人都外出打工了，留守的女人们都很寂寞，他
想睡哪个女人就可以睡哪个女人，被睡过的女人不但不忌恨他，而且还
感激他甚至爱上了他。只因为外出的男人们只有春节时在家半个月的时
间里，除了回来的那天晚上和走的头天晚上和她们履行一下夫妻的义
务，余下的时间都花在赌桌和酒桌上了。韦三得在那些男人们离家之
后，便与她们苟且，事后还教这些妇女识字，于是她们起码能在汇款单
上认识自己的名字。这些男人不在家时，有的妇女得了病，是韦三得把
她们弄到医院，村庄道路坏了，也是韦三得出面处理。有的老人挑水，
韦三得见了，还会主动接过担子。因此，在上岭村的妇女眼里，韦三得
是好人。韦三得死后，还是女人暗地里发短信给办案人员，说他不是自
杀，是他杀。

　　韦三得的确是他杀。他的恶劣行径，上岭村外出打工的男人几乎尽
人皆知。男人们离乡背井拼死拼活，自己的老婆却和韦三得不清不白。
大学生黄康贤的父亲被韦三得打残，青梅竹马的恋人唐艳也被韦三得
奸污，这几乎就是杀父辱妻。黄康贤怒从心头起恶向胆边生，顿生复仇
之心。于是便与韦民先、韦民全兄弟，韦波、唐艳等人密谋，要处死韦
三得。韦民全的妻子黄秀华与韦三得有染，韦波的祖宗遗骨被韦三得偷
盗，几个人都与韦三得有深仇大恨。黄康贤出的主意，在韦波家韦三得
被灌了药酒，唐艳用身体和毒品引诱了韦三得，韦民先兄弟二人下手，
黄康贤清理现场，韦三得就这样"自杀"了。

　　韦三得的情人苏春葵从男人酒后中得知韦三得之死的真相便报了

案。但是面对民警的调查，上岭村所有的人并不配合。大家都觉得韦三得的死是去掉了一个祸害。但苏春葵却不依不饶，她利用自己知晓的秘密要挟黄康贤满足自己的性欲。黄康贤的父亲黄宝央设计了一场苏春葵跌落粪坑死亡的谋杀案，作为警察的黄康贤利用职务之便，在父亲作案的现场做了手脚。黄康贤最后不堪父子两代杀人的压力自杀了。

老羿：桃源遗事

《桃源遗事》一改老羿过去正大、英武的创作风格，而更多地突显了婉约、悠远、空灵、恬淡或静穆的风格。

老羿是理论家、画家和小说家，是文艺界的多面手。老羿过去的创作特别是画作，更钟情于黄钟大吕，更意属正大、英武，有鲜明的理想主义和英雄主义气质。比如他的《观沧海》《大漠那边红一角》等名作。可以明确地感知老羿知识背景和青春期的时代烙印。今天，理想主义和英雄主义已经渐行渐远，实利主义和金钱拜物教已经成为支配我们当下社会生活的基本价值观，对一个民族来说，这是非常危险的。国家民族的强大不仅需要不断攀升的GDP，不仅需要丰富的物质生活保障，同时更需要正确的价值观和不断提升的文明。这是一个国家民族能够得到普遍尊重的前提。

《桃源遗事》一改老羿过去正大、英武的创作风格，而更多地突显了婉约、悠远、空灵、恬淡或静穆的风格。小说以小Y童年或少年的成长为基本线索，以眷恋和怀旧的笔触书写了前现代时期岳麓山下的童年生活。在我看来，任何一个作家的创作本质上都是对童年记忆的书写，后来的写作，是成人后的阅历和经验照亮了童年生活，激活了童年记忆。《桃源遗事》可以看作是老羿的童年生活的自叙传，是对早已逝去的童年生活的追忆和凭吊。这部小说的最大特点或值得注意的，不是老羿提供的故事，也不是小说书写的人物。更重要的也许是老羿接续了一种逐渐消失的小说写作风格，以及他在小说中营造了整体氛围。看到这部小说，我们很容易想到沈从文的遗风流韵，似乎又看到了沈从文在《边城》中对世风世情的描写，看到了类似潇潇那样如青山绿水般单纯、天真的笑脸和眼睛；似乎又看到了林海音在《城南旧事》中塑造的小英子形象，以及小英子眼中的北京城南生活。在老羿朴实无华的讲述中，童年岳麓山下展现出的是没有任何虚饰和雕琢的原生态生活，就像是一幅波澜不惊、风和日丽的长沙日常生活的风俗画。长沙也是一座大城市，它是湖南省会城市。但是，在共和国建国之初的时代，长沙远没有今天这般喧嚣和嘈杂，远没有今天这般红尘滚滚欲望横流。小Y被父母从衡阳送到桃园里叔叔家读小学，此后，小Y就在这个逐渐熟悉的环境里开始了他童年的读书生涯。他认识了喜欢的教美术的张老师、班主任许老师、小伙伴谈三、史文玉等。和叔叔、婶婶以及老师同学的生活简单而快乐。小说讲述的是小Y从小学到升初中六年的童年生活。这六年童年时光是何等快乐！小Y也曾有过些许紧张和烦忧，比如看到美术老师带来的男人女人图片，比如成长期对女同学的排斥等。但是，无论是哪位老师，对同学都与人为善，都有师长风范；伙伴之间的友谊亲密而单纯。童年更多的时光是疯跑、玩耍。与今天孩子的童年比较起来，小Y的童年几乎是天堂。他们唱的歌、读的课外读物，都与理想主义和英雄主义有关。这也是多年之后的老羿一直怀有这样情怀的重要原因。

如何评价现代与传统的关系，是一件非常复杂的事情。当西方缔造了"现代性"之后，回应西方现代性的过程造就了中国特有的现代性。中国的现代性最大的特点就是不确定性。我们一直在修正国家的思想路线，这是我们现代性不确定性的重要佐证。如何走向繁荣、健康、合理的中国道路，是我们一直探索的。改革开放是这一探求的有效方式。但是，文学要处理的可能不是这种宏大叙事。它要处理的还是社会发展与世道人心的关系。改革开放三十多年，我们取得的成就世人瞩目，中国经验正在被越来越多的人所关注。但是，现代性是一把双刃剑，我们在取得巨大成就的同时，也积累了越来越多的问题。最重要的问题，大概就是价值观的问题。文学作品有义务为社会提供正确的价值观。在这个意义上可以说，一个作家在讲述什么，表明的是他在关注什么和倡导什么。老羿在年近七十的时候突然怀恋起自己的童年生活，也表明了他内心对当下某些事物的拒绝和批判。中小学生教育是当下中国问题最多的领域之一，来自社会的批评和不满日益严重。如果用老羿的童年时光和今天的孩子相比较，我们教育的倒退一目了然。如果是这样的话，《桃源遗事》就不能简单看作是老羿在进入老年之后的怀旧之作。它是一种用委婉、温和的方式，对当下某些现象的批判。另一方面，老羿也用自己的作品告知我们，现代的不一定就是好的，传统也不一定就是坏的。前现代的生活简单甚至贫瘠，但人的精神生活和内心世界却是健康快乐的。面对渐行渐远的过去，我们无能为力无法挽回，但是，那只能想象再难经验的过去其实并没有消失，它存活在我们的记忆里无法忘记，已经证明了它的价值及其合理的一面。我还要强调的是，作为一部文学作品，老易的讲述方式与他书写的内容是如此的和谐，他所接续的文学传统，也有理由让我们对他怀有敬意。

李凤群：颤抖

这部作品如果不是一部自叙传的话，那么，起码它与作家的精神传记有关。因此，《颤抖》可以看作是一部心灵史、精神成长史。

李凤群是一位特别值得注意的青年作家，年轻的她先后出版了《非城市爱情》《活着的理由》《背道而驰》《如是我爱》等长篇小说。特别是《大江边》的出版，使这位青年作家让人刮目相看。她对一个农民家族三代人命运的书写，不仅体现了她的历史感和叙述能力，更重要的是，她对农民面对的生存和精神难题的探究所达到的深度，为乡土文学提供了新的经验和视角。《颤抖》获得"紫金山文学奖"当之无愧。

现在我们讨论的这部《颤抖》，是李凤群新近出版的长篇小说。这部作品如果不是一部自叙传的话，那么，起码它与作家的精神传记有关。因此，《颤抖》可以看作是一部心灵史、精神成长史。所谓"颤抖"，就是控制不住的哆嗦，它是生理现象，更是一种精神现象，所谓心惊胆战就是这个意思。而且颤抖也是抑郁病病人的一种表现形式之一。主人公的抑郁症和"颤抖"，主要是来自她的童年记忆：我"战战兢兢地长大。我得说，有些人的不幸是可以避免的，有些人的不幸是自己亲手制造的，我家庭的不幸则是无可奈何的，那是个不能完全自主的时空"。俗话说"家贫万事哀"，每个家庭都有它的秘史。一个农民家庭三代同处一室，没有矛盾是不可能的。但是，重要的是这个家庭不仅矛盾重重，更糟糕的是家里阴霾密布，从来没有任何欢乐和爱。一个孩子生活在这样的环境中，其身心感受可想而知。

家庭气氛一般来说是由女主人掌控的。这与"女主内"无关，有关的是，女主人如果是一个贤惠的妻子和慈祥的母亲，家里的气氛大体是祥和的。但主人公的母亲却是一个心地扭曲、极不和善的女性。家里的许多矛盾都与她有关。她不仅不善待公婆，而且极端厌恶自己的孩子。这是一件匪夷所思的事情，但它确实发生了。主人公童年阴霾的记忆和"颤抖"的后果，大都来源于母亲的不善，她随意斥责自己的孩子，让孩子打探大人的谈话。更重要的是，爷爷的死与母亲有直接关系。这个秘密父亲一直怀疑，二十年后真相才大白于父亲面前。懦弱的父亲对这个秘密"认定了二十年，也忍耐了二十年，既没有爆发也没有原谅"。在一个充满猜忌、怨恨的家庭里，完成了孩子最初的心理培育。没有爱的温暖和教育。这是很多贫贱人家普遍存在的现象。渴望爱和关心，是每个孩子最正常不过的心理要求，但他们的存在和要求没人理会。不信任、没有安全感等，就这样成为一个孩子童年记忆的全部。对母亲心理、行为的袒露和描述，不是先锋文学的"弑母"诉求，李凤群是用写实主义的方法，塑造一个性格鲜明、有真实感的母亲形象。她过去是一个凶神，老年则是一个"乞怜"的形象。"乞怜"一词就像狙击手，对形象而言一枪毙命。

小说的另一条线索是"我"与一凡的关系。一凡这个人物有明显的虚构性。他若隐若现，面目并不十分清晰。但作为现代青年，他让主人公看到了另一个世界。他是一个善良温暖、举止得体、十分敬业的知识分子。他的存在像阳光一样照耀着"我"。在鲜明的对比中，前现代的乡村中国并不是田园牧歌，那里更像一个无边的泥淖，谁都会在那里越陷越深。但是，作为现代知识分子的一凡，尽管多有理想化的色彩，与前现代的昏暗比较起来，它终还给人以乌托邦式的指望。不幸的是，当"我"满怀欣喜来到一凡的城市找他的时候，一凡不在了。"他可能出国了，也有人说他得了抑郁症，回家隐居去了。"这自然是一个晴天霹雳。"我"曾有过的与一凡见面的各种可能和想象都瞬间烟消云散。对"我"而言，那仅存的一缕阳光消失了，这是"颤抖"又一次来临的时刻。

如果一凡得的也是抑郁症，那么，这个不约而同的病症就具有了隐喻性质。它的普遍发生，示喻了"现代"精神生态的一个方面。因此，李凤群在这里也没有盲目地歌颂"现代"，现代有它自己的问题，而且现代的问题是以另外一种方式造就了同一种后果：病患并没有从我们的世界消失。《颤抖》深入到了中国社会生活的细部，它令人颤抖又难以回避。应该说，这是一个年轻的大勇者来自内心深处的自我告白。生活是如此的沉重和惨烈。穷苦人和弱势群体甚至难以维护自己生存尊严的最后底线。当然，作家呈现"颤抖"是为了拒绝生活中的颤抖，是为了"颤抖"不再发生。

张欣：终极底牌

无论是处世还是为文，还有什么比理解、同情、悲悯更重要呢。

当代中国的城市文化还没有建构起来，城市文学也在建构之中。一方面，我们充分肯定当下城市文学创作的丰富性，通过这些作品，我们有可能部分地了解当下中国城市生活的面貌；另一方面，建构时期的中国城市文学，也确实表现出过渡时期的诸多特征和问题。城市文学的热闹和繁荣仅仅表现在数量和趋向上，而城市生活最深层的东西还是一个隐秘的存在，最有价值的文学形象很可能没有在当下的作品中得到表达，隐藏在城市人内心的秘密还远没有被揭示出来。具体地说，当下城市文学存在的主要问题包括城市文学还没有表征性的人物，没有"共名"式青春形象以及城市文学的纪实性困境。这个看法表达了我对当下中国城市文学的某种隐忧。

另一方面，我也看到以城市生活为创作背景的作家的坚持和努力。他们对城市生活的深层秘密正在努力地勘探和发掘。这个深层秘密就是城市生活的隐结构，它不在光鲜的城市生活表面，不在高楼大厦的写字间，也不在标示城市现代化的各种高科技的手段工具中，它在人的心里。城市人心的秘密才是城市生活的深层秘密，谁发现了这个秘密，谁就有机会、有可能写出生动的城市故事、撼动人心的城市人物。张欣的《终极底牌》就是努力接近这样的城市文学的一部作品：小说讲述的是崖嫣与张豆崩两个高二女孩的成长故事，通过这两个人物，引发出与她们生活有关的各种人物：高中班主任兼语文老师兰老师、美术老师江渡、汪校长、崖嫣的妈妈、张豆崩的父母、同学程思敏、王行长、"筷子"，还有江渡老师的父母等等。这些当下生活中的寻常人物，一旦被结构进小说中，在作家的调动下竟是如此的生动，因此我们也就有了与其接触或熟悉的愿望。两个孩子都生活在特殊家庭里，特别是对崖嫣来说这是一个秘密，她不愿意让同学知道这个秘密。在她们看来，如果能够守住这个秘密，她们便可以和正常家庭的孩子一样正常成长。但是，崖嫣单亲家庭的背景还是被兰老师透露出来。于是波澜就此展开。小说人物关系极为复杂：崖嫣、美术老师江渡、张豆崩、程思敏以及他们的各自家庭；学校、课堂、家里等场景；夫妻、闺蜜、母女、父女、同学关系等，在张欣笔下风生水起跌宕起伏。每一种关系里既是发生在百姓家里的寻常事，又每每旁逸斜出生出许多枝蔓。在一个设定的人群关系里，暗藏诸多难以想象的复杂。这就是张欣对城市生活的理解：这既是小说情节的需要，也是张欣对城市生活的一种隐喻表达。

小说写了崖嫣、张豆崩的成长经历和情感历程，但也确如作者自述那般："所谓言情，无非都是在掩饰我们心灵的跋山涉水。"有过经历并对生活认真考量过的人才会有如此万般感慨并化作文字的行云流水。我惊异的是，当许多人都在彰显炫耀城市罪恶的时候，张欣却张扬起另一面旗帜，这就是书写温暖。除了小说的结局和对主人公关系的处理之外，我还读到了这样的文字：当江渡回到家里吃饭时，作者这样描写了当时的境况：

> 晚餐的饭桌上也依旧平静，从江渡的眼中望去，母亲刘小贞有着圣玛利亚一般的安详，她做的饭菜对江渡来说都是美味佳肴，乐当百吃不厌的骨灰级粉丝。此时她正在盛饭，微低着头，额前有几绺发丝垂落，更让人感到心安。这些年母亲因为操劳犹显憔悴疲惫，但是那份安然若素不止是对他，江渡认为几乎对所有的男人都是有照耀、有力量的。

在这样的时代，关于恶的写作，可能会解一时的心头之恨，过了把快意恩仇的瘾，但文学的力量尤其在当下应该还是温暖。张欣的《终极底牌》的底色就是温暖。这一点大概与张欣对当下文学和世风的理解有关吧。她说："都市文学真正开始其实是在改革开放以后。在这之前，所谓的城市人和乡村人是一样的。为什么说一样呢？因为思维是一样的，只不过他穿的是老棉袄，我们穿的是超短裙。观念一旦一样，文学就显现不出来。有些人写都市，最多写一个夜总会，写烫了头又涂着红指甲的女郎，这些都是非常表面的东西。如果在观念上没有任何变化，我觉得就不是都市文学，而只不过是乡村文学里的人物穿上了都市的衣服。所以，我觉得都市文学不是表象的。乡村故事可能是血淋淋的，没有饭吃，没有衣服穿，压力来自生活层面。但是城市人，他或许有房有车，但可能遭受的精神压力非常大，其实是一样病态的，对人来说也很残酷。"无论是处世还是为文，还有什么比理解、同情、悲悯更重要呢。

黄永玉：无愁河的浪荡汉子

《无愁河的浪荡汉子》共分为三部，第一部《朱雀城》的原型湘西凤凰县在当时扮演了重要角色，民国第一任内阁总理熊希龄就是凤凰人。小说在知识启蒙和革命运动大背景下展开。

《朱雀城》洋洋洒洒80万字，是《无愁河的浪荡汉子》的第一部。它是以作者儿时的经历为蓝本创作的自传体小说。描写了黄永玉在湖南凤凰的童年生活和故乡风貌。小说最早发表于十几年前的《芙蓉》杂志，写到二十多万字，黄永玉搁笔。后来经作家李辉不断督促，黄永玉重新提笔续写，2009年在《收获》开始连载，续写字数长达50万之多。《无愁河的浪荡汉子》共分为三部，第一部《朱雀城》的内容年代设定在1926年到1937年之间；第二部内容时间设定在"抗战八年"间；第三部的内容则是1949年后的事情。黄老曾颇为自信地说："小说写的就是我的亲身经历，而非虚构。如我这般的生活，没有人经历过，相信尤为引人注意。它是部很好玩的小说，一定能引起读者的兴趣。"

他在故乡凤凰虽然只生活了12年，但这12年正是中国从封建王朝走向现代文明的转折时期，幼小的黄永玉见证了一个偏僻小镇的动荡和裂变。他用一种这个时代不大熟悉的语言讲出来，从出生到12岁，写了80多万字。小说展现了那个时代湘西边陲小镇的民俗、逸闻、教育、饮食、时尚、社会运动等，以及隐藏在小说文本里的作者令人惊叹的修养和能力，更让人高兴的是作者亲自创作的133幅插图和一张印有"开笔大吉"的作者自画像藏书票。

朱雀城给人一种遥远而古老的想象，主人公序子的家庭是当地名望很高的大家族，成员庞大，各种身份的人物形成一个盘根错节的社会关系。上个世纪二三十年代军阀混战，群雄逐鹿，朱雀城的原型湘西凤凰县在当时扮演了重要角色，民国第一任内阁总理熊希龄就是凤凰人。小说在知识启蒙和革命运动大背景下展开。序子的爸爸是男校校长，妈妈是女校校长，爷爷是总理府的幕僚；西门坡上的"老王"（湘西王陈渠珍）是序子家的至交加邻居；序子的表叔孙得豫是黄埔一期的学生，后来当师长；另一个表叔在北京当文学家。序子父母的同学同事都是朱雀城的文化精英，还有许多市井平民的亲戚朋友们。因此，小说背后隐含了诸多的文化信息和符号。

《八年》，是《无愁河的浪荡汉子》第二部的上卷。小说从序子找父亲来到128师留守处沙河街讲起，还是讲他的见闻，讲他经历的人与事。在《八年》上卷中，小说有名有姓的人物就有80人。有128师的师长顾家齐、副师长戴季韬、工兵团团长孙得豫四叔张紫和及钟敬文、许钦文等真实的作家诗人等人物。当然，小说主要是写序子的见识，或者说是作家黄永玉的自叙传。他下九江，走芜湖，乘火轮，坐火车。湘军的日常生活、军人的性情禀赋，都在不紧不慢的讲述中栩栩如生；他也说到文人，比如在杭州见到许钦文先生，本以为大老远来看他会带他游街巷或吃大餐，但都没有，只听得许先生哈哈大笑地讲话；钟敬文先生也是奇人，他居然在殡仪馆边上写作。当钟先生请序子吃饭，还第一次吃了醉虾。先生当然无可避免地写到七七事变、八月打厦门等。在写他漂泊生涯的同时也写到他的读书生活。

这是一本非常独特的小说。它没有刻意的结构，没有核心情节，甚至连相对完整的故事也没有。它是作家个人的漂流记，是一个百岁老人回望过去的生活史。它文笔散漫，信手拈来。但是，小说写得好看，不仅语言幽默有趣，重要的是在不经意中写了一个少年的成长史。我相信，一个百岁老人的见识就是一种巨大的财富，我们既不能经验也难以想象。我们可以认为，《无愁河的浪荡汉子》之第二部《八年》上卷，就是一部值得我们认真关注的作品。

李晓桦：世纪病人

这是一部用"病人呓语"方式讲述的小说，是在虚构与纪实之间一挥而就的小说，是在理想与自由边缘举棋不定充满悖论的小说，当然，它还是一部痛定思痛野心勃勃的小说。

李晓桦是诗人、作家，他曾获得过全国优秀诗歌奖，但他似乎又并不以文学为业。他有多种经历，曾入伍当兵、下海经商、远走国外。在2014年，他卷土重来发表了长篇小说《世纪病人》。这是一部让我们震惊不已的小说，小说用黑色幽默的笔法，讲述了一个在第一世界与第三世界之间的边缘人的生存与精神状况。欲罢不能的过去与无可奈何的现状打造出的这个"世纪病人"，让人忍俊不禁的同时，更让人不由得悲从中来。这是我们多年不曾见过的具有"共名"价值的人物。从某种意义上说，我们可能都是"世纪病人"。

这是一部用"病人呓语"方式讲述的小说，是在虚构与纪实之间一挥而就的小说，是在理想与自由边缘举棋不定充满悖论的小说，当然，它还是一部痛定思痛野心勃勃的小说。讲述者"李晓桦"一出现，就是一个"领着刚满十五岁的儿子，站在加拿大国、不列颠哥伦比亚省、温哥华市、西区——这所被叫作麦吉的中学门前"的父亲。这个场景的设定，使李晓桦一开始就处在了两个世界的边缘地带：他离开了祖国，自我放逐于异国他乡，他也不可能进入加国的主流文化，这一尴尬的个人处境注定了主人公的社会身份和精神地位。于是我们看到的是李晓桦矛盾、茫然、无根、无望、有来路无去处的精神处境。他看到了那些在异国他乡同胞的生活状态，他们只为了活着而忙碌。李晓桦在应对了无意义生活的同时，只能将思绪安放在曾经经历的历史或过去。我注意到，小说多次讲到主人公当兵的经历，讲他站岗、出差、到军队办的杂志当编辑、成为军旅诗人；讲他与国内作家的关系、喝酒吃饭、到京丰宾馆开文学的会，写到了莫言、王朔、刘震云、王海鸽等；他还提到他那首要和鬼子决斗的诗以及梦见老作家叶楠，当然他还写了那难忘的与"二炮"女兵喝酒的情形。还有，他还写到那个将军的女儿爱美，她随丈夫到了温哥华，她全部的念想就是期待女儿的成功，成为一名能跳"小天鹅"的芭蕾舞明星。为此，甚至连父母离世她都没有回国见上最后一面。李晓桦显然在质疑这一生活道路的选择。另一方面，这代人曾经有过的历史，或者当时可以炫耀、追忆的生活，比如"一追"偷军区大院各家白菜给爱美家的恶作剧，在尘埃落定之后，也随之烟消云散。

一切都破碎了。历史与现实都已经是难以拾掇的碎片，既不能连缀又难以割舍。进亦忧退亦忧，前路茫茫无知己，这是此时李晓桦的心境，当然也是我们共同的心境。小说中有这样一段话："家为心之所在。我之所以要还乡，就是为了找到一个地方，把心安放。可我发现我无法找到。因为，家为心之所在，而心在流浪中已不知遗忘在何处。心丢了，家何在啊？！"小说有鲜明的80年代精神遗产的风韵，也许，只有经历过这个年代的作家，才有如此痛苦的诗意，有如此强烈的历史感和悲剧性，才会写得如此风流倜傥一览无余。

文学史反复证实，任何一个能在文学史上存留下来并对后来的文学产生影响的文学现象，首先是创造了独特的文学人物，特别是那些"共名"的文学人物。比如19世纪的俄国，普希金、莱蒙托夫、冈察洛夫、契诃夫等共同创造的"多余人"的形象，深刻地影响了法国的"局外人"、英国的"漂泊者"、日本的"逃遁者"、美国的"遁世少年"等人物，这些人物代表了西方不同时期文学的成就。如果没有这些人物，西方文学的巨大影响就无从谈起。中国二三十年代也出现了不同的"多余人"形象，如鲁迅笔下的涓生、郁达夫笔下的"零余者"、巴金笔下的觉新、柔石笔下的肖涧秋、叶圣陶笔下的倪焕之、曹禺笔下的周萍等等。新时期现代派文学中的反抗者形象，"新写实文学"中的小人物形象，以庄之蝶为代表的知识分子形象，王朔的"顽主"等，也是这个"多余人"形象谱系的当代表达。

"世纪病人"是这个谱系中的人物。不同的是，他还在追问关于归属、尊严、孤独、价值等终极问题。他在否定中有肯定，在放弃中有不舍。他的不彻底性不是他个人的问题，那是我们这一代人共同的属性。他内心深处的矛盾，孤魂野鬼式的落魄，以及心有不甘的那份余勇，都如此恰如其分地击中我们的内心。于是我想到，我们都是世纪病人。于是，世纪病人——"李晓桦"就这样成了我们这个时代的"共名"人物。

关仁山：日头

如果说《天高地厚》《麦河》等小说，还对乡村中国的当下状况多持有乐观主义，更多的还是歌颂的话，那么《日头》则更多地探究了当下中国乡村文明崩溃的历史过程和原因。

关仁山是一位长期关注当代乡村生活变迁的作家，是一位努力与当下生活建立关系的作家，是一位关怀当下中国乡村命运的作家。当下生活和与当下生活相关的文学创作，最大的特点就是它的不确定性，不确定性也意味着某种不安全性。如果是这样的话，这种创作就充满了风险和挑战。但也恰恰因为这种不确定性和不安全性，这种创作才充满了魅力。关仁山的创作几乎都与当下生活有关。我欣赏敢于和坚持书写当下生活的作家作品。他的《天高地厚》《白纸门》《麦河》等长篇小说，在批评界和读者那里都有很好的评价。现在，关仁山又发表了47万字的长篇小说新作《日头》（人民文学出版社2014年8月出版）。《日头》是关仁山讲述的冀东平原日头村近半个世纪的历史与现实，小说对中国"史传传统"的自觉承传，使《日头》既是虚构的故事或传奇，同时也是半个世纪乡村中国变革的真实缩影。我们仿佛听到了深刻反映这个时代的"黄钟大吕"之音。冀东平原的风土人情爱恨情仇，就这样波澜壮阔地展现在我们面前。重要的是，关仁山书写了乡村文明崩溃的过程和新文明建构的艰难。他的文化记忆和文学想象，为当下中国的乡土文学提供了新的经验和路向。

如果说《天高地厚》《麦河》等小说，还对乡村中国的当下状况多持有乐观主义，更多的还是歌颂的话，那么《日头》则更多地探究了当下中国乡村文明崩溃的历史过程和原因。

小说从"文革"发生开始，日头村成立了造反组织，红卫兵也进入了日头村。"日头村很多事说不清来龙去脉，只知道状元槐、古钟和魁星阁。"千年老槐树上挂着古钟，为金状元修的魁星阁，这三件东西是日头村的象征，也是日头村的文化符号。但是，"文革"首先从烧魁星阁开始："魁星阁着火了！火光簇簇，一片通明，血燕四处惊飞，整个天空好像涂满了血。我和老槐树一道，眼睁睁看着文庙的大火烧了起来。大火烧得凶，像跟文庙有仇似的。天亮时文庙全都烧塌了，只剩下半堵墙。红卫兵排起长队，向着残垣断壁鼓掌。黑五说，这是毛泽东思想的伟大胜利！让我们欢呼吧！"小学校长金世鑫突然跪倒在地，仰天长啸："日头村的文脉断了，文脉呀！没了文脉，我们和子孙后代都要成为野蛮人啊！"接着是批斗金世鑫。这一切都是在造反司令权桑麻指使下完成的。金家和权家有世仇，这个世仇可以追溯至"土改"。于是，权家与金家的争斗，成了日头村一直未变的生活政治。"权桑麻掌权以后，视天启大钟、状元槐和魁星阁为眼中钉。"权桑麻的这种仇怨，只因为日头村的这三个文化符号与金家有关。因此，从"土改"一直到"文革"，权家一直没有终止对金家的打击和争斗。这几个事件，集中表达了日头村乡村文明和伦理的崩溃过程。

这个过程当然不是始于关仁山，丁玲的《太阳照在桑干河上》、周立波的《暴风骤雨》、赵树理的《李家庄的变迁》等反映"土改"斗争的小说，都有详尽的对地主斗争和诉诸暴力行为的描写。比如对钱文贵的批斗、对韩老六的批斗，李如珍在批斗中被活活打死。那个时代，只要把人命名为"地主""富农"，无论怎样羞辱、折磨直至肉体消灭，都是合法的。而这些反映"土改"斗争的小说，都对这些暴力行为给予了热情赞扬，这一立场在今天看来是需要讨论的。从某种意义可以说，乡村中国乡绅制度的终结，也就是乡村中国文明崩溃的开始。《日头》也写到了日头村的这些场景，从"土改"到"文革"。但是，关仁山不是在讴歌这些暴力和破坏行为，他在展现这些场景的时候，显然是带着强烈的反省和批判立场的。

小说中的两个主要人物——金沐灶、权国金，他们都是当代乡村青年。但是权国金，继承了祖上仇怨心理，无论是恋爱还是日头村的发展道路，一定要和金沐灶斗争。这既与家族盘根错节的历史渊源有关，同时也与父亲权桑麻的灌输有关。权桑麻曾说："老二，你哥不在，爹跟你说几句私密话。这么多年来，你爹最大的贡献是啥？不是搞了企业，不是挣到了多少个亿的钱，而是替权家树了一个敌人，就是金家。不管金沐灶救没救过你的命，你都不能感情用事。因为，我们家族要强大，需要一个更强大的敌人。你懂这个道理吗？"这就是权桑麻的斗争哲学。

但是，改变乡村命运更强大的力量或许还不是权、金两家的争斗。日头村也终于在招商引资的潮流中办起了工厂，权家掌控着工厂。乡村中国的发展并没有完全掌控在想象或设计的路线图上，在发展的同时我们也看到，发展起来的村庄逐渐实现了与城市的同质化，落后的村庄变成了"空心化"。这两极化的村庄其文明的载体已不复存在，而对所有村庄进行共同教育的则是大众传媒——电视。电视是这个时代影响最为广泛的教育家，电视的声音和传播的消息、价值观早已深入千家万户。乡村之外的滚滚红尘和杂陈五色早已被接受和向往。在这样的文化和媒体环境中，乡村文明不战自败，哪里还有什么乡村文明的立足之地。乡村再也不是令人羡慕的所在，很多乡村，大可以用"荒凉衰败"来形容。与此同时，"乡村的伦理秩序也在发生异化。传统的信任关系正被不公和不法所瓦解，勤俭持家的观念被短视的消费文化所刺激，人与人的关系正在变得紧张而缺乏温情。故乡的沦陷，加剧了中国人自我身份认同的焦虑，也加剧了中国基层社会的秩序混乱"。（见《中国新闻周

刊》总第540期特稿《深度中国·重建故乡》，2012年3月29日）这就是
乡村文明崩溃的前世今生。

在火苗的说服下，权国金把魁星阁又建了起来。但是在金沐灶看
来："这表面看是好事，细想想，这又不是什么好事，也许是一个陷
阱，是一个难以预料的灾难。如果不在人心中建设魁星阁，浮华的建筑
当年镇不住权桑麻，以后它照样镇不住权国金的。我对未来的魁星阁还
是充满忧虑啊！是什么让我这样忧虑，它的深层原因到底是什么呢？"
作为乡长的金沐灶显然看到了乡村中国文明的沦陷，但是他又能怎样
呢？谷县长批评权国金招商不利。权国金便伙同邝老板破坏耕地挖湖，
为了动员村民拆迁，人们都被赶到简易安置房里去了。"村口的石碑被
挖了出来。蝈蝈挥舞大锤砸着，两声脆响，石碑断裂了。"石碑是一个
象征性的事物，石碑的断裂表明日头村已不复存在。当乡村文明的载体
已经被彻底颠覆的时候，乡村文明哪里还有藏身之地。

权国金不止是日头村独特的人物。从某种意义上说，他是中国从
"土改"经"文革"再到乡村城镇化改造过程中，形成的"特权农民"
的一个典型。他不仅作风上专横跋扈，而且个人品性上厚颜无耻，从个
人生活，比如失去性功能后专门拍摄女人的脚，一直到后来的侵吞占地
款。乡村文明的终结虽然是中国社会发展整体趋势决定的，但是，在乡
村中国内部，即便没有外力的推动，传统乡村文明也在权国金这类人物
的践踏下名存实亡了。

小说中的老槐树流血、血燕、天启钟自鸣、敲钟不响、状元树被
烧、大钟滑落响了三天三夜、枯井冒黑水、红嘴乌鸦的传说等，都有
《白纸门》的遗风流韵，也有《百年孤独》的某些影响。这些魔幻或超
现实的笔法，丰富了小说的文化内涵。另一方面，小说用中国古代审

定乐音的高低标准"十二律"作为各章的命名，不仅强化了小说的节奏感，同时与小说各章的起承转合相吻合。这一别开生面的想象，也是中国经验在《日头》中恰到好处的表达。《日头》是关仁山突破自己创作的一次重要的挑战，一个作家突破自己是最困难的。关仁山韬光养晦多年，他用自己坚实的生活积累和敏锐观察，书写了日头村传统文明崩溃的前世今生，实现自己多年的期许。他对乡村中国当下面临的问题的思考和文学想象，也应和了我曾提出的一个观点：乡村文明的崩溃，并不意味着对乡村中国书写的终结，这一领域仍然是那些有抱负的作家一展身手前途无限的巨大空间。

范小青：我的名字叫王村

小说显示了范小青持续的创作能力，更重要的是她对当下中国社会生活的整体判断和感知。道德水准的全面下跌，是我们取得巨大物质财富付出的最大代价，是我们可以感受却未道出的真实存在。这就是当今中国的最大"病相"。

范小青的《我的名字叫王村》，一改她相对写实的特点，而是用了对她来说并不常见的极端荒诞、变形和写实交织的方法。小说的情节非常简单，就是丢掉一个患有精神分裂病人的家庭成员和寻找他的过程。"弟弟"因为有精神分裂症，便想象自己是一只老鼠，这并没有引起一个穷困家庭过分的关注。但是，"作为一只老鼠的弟弟渐渐长大了，长大了的老鼠比小老鼠聪明多了，这主要表现在他把自己的妄想和现实愈来愈紧密地联系在一起了。比如弟弟听到一声猫叫，立刻吓得抱头鼠窜；比如弟弟看到油瓶，就会脱下裤子，调转屁股，对着油瓶做一些奇怪的动作。开始我们都不知道他是什么意思，后来才想通了，那是老鼠偷油。我们谁都没有看见过老鼠是怎么偷油的，只是小时候曾经听老人说过，老鼠很聪明，如果油瓶没有盖住，老鼠会用尾巴伸到油瓶里偷油，弟弟学会了运用这一招式。弟弟还会把鸡蛋抱在怀里，仰面躺下，双手双脚蜷起，如果我们不能假装是另一只老鼠把他拖走，他就会一直躺在那里"。

然后是由哥哥王全带着弟弟看病。到神经科给一个精神病人看病本身就充满了悬念，弟弟听不懂除了王全以外任何别的名字，哥哥只能使用王全的名字给弟弟看病。于是王全便理所应当地与医生护士构成了险象环生的各种误会。弟弟的病是不会医好的，家人一致通过遗弃弟弟。于是哥哥王全带着弟弟踏上了通往临县的路途。不管哥哥王全有怎样矛盾丛生的心境，弟弟终于在一家小旅馆里走失了。看到这里时，我想起了一百年前卡夫卡的《变形记》。《变形记》开篇写道："一天早晨，格里高尔·萨姆沙从不安的睡梦中醒来，发现自己躺在床上变成了一只巨大的甲虫。他仰卧着，那坚硬的像铁甲一般的背贴着床，他稍稍抬了抬头，便看见自己那穹顶似的棕色肚子分成了好多块弧形的硬片，被子几乎盖不住肚子尖，都快滑下来了。比起偌大的身躯来，他那许多只腿真是细得可怜，都在他眼前无可奈何地舞动着。"格里高尔虽然为还清父亲债务、为家庭生活吃尽辛苦。但父亲发现他变成大甲虫，脸上露出的是一副恶狠和嫌恶。格里高尔忍辱负重，仍对父亲顺从孝敬。当一只苹果砸在背上，身受重伤的格里高尔终于也被妹妹厌弃。妹妹一再说"我们必须设法摆脱它"。格里高尔"怀着深情和爱意回忆他的一家人。他认为自己必须离开这里，他的这个意见也许比他妹妹的意见还坚决呢"。格里高尔终于在冷静、绝望但也平和的心境中死去了。

卡夫卡的《变形记》是现代派文学的奠基之作，它对新时期以来中国文学的巨大影响至今仍然没有成为过去。值得注意的是，可怜的格里高尔不仅无辜而且无助，他最终只能走向死亡。小说表达了卡夫卡对第一次世界大战资本主义时代病相的敏锐感知。从这个意义上可以说，范小青的《我的名字叫王村》与卡夫卡的《变形记》有异曲同工之妙。不同的是，在表现形式上弟弟是精神变形，更重要的是范小青面对弟弟的处理：弟弟虽然也像格里高尔一样受到家里人的厌弃并被遗弃，但关键是弟弟被遗弃之后怎么办。结果是弟弟被遗弃之后，家里人都很不安，特别是哥哥王全。于是，哥哥王全又踏上了寻找弟弟的漫漫长途。在王全寻找弟弟的路途中，当代中国的"病相"在日常生活中逐一暴露出来。王全不断被误解、欺骗。他从下车开始，到乘车、住店、遇到同乡、到精神病院等，没有一件事情不是在受骗和误解中经历的。王全完全迷失了自己，他是谁、谁是弟弟、他从哪里来要做什么都混沌一片。另一方面，在家乡小王村，村长王长贵与王图为了图谋私利，在内讧中相互揭发、控告，终导致实业"大蒜250"彻底失败，企业血本无归，村民却手足无措一筹莫展。

《我的名字叫王村》，整体的荒诞与具体的写实相互交织。整体来看，小说完全是一个荒诞不经的故事，无论王全还是弟弟，他们的智力水平以及社会对他们的态度，是难以想象的。那似乎是另一个我们完全不熟悉的社会环境，但它却以整体的荒诞预示了我们这个时代的真问题。在具体细节上，小说的每个细节几乎都经得起认真追究。比如王全下车住店的整个过程，比如在精神病院里的每一个细节的处理，都达到精雕细刻的程度。那些让人忍俊不禁哭笑不得的精神病人的思维方式和行为方式，不仅令人会心更令人倍感酸楚。小说显示了范小青持续的创作能力，更重要的是她对当下中国社会生活的整体判断和感知。道德水准的全面下跌，是我们取得巨大物质财富付出的最大代价，是我们可以感受却未道出的真实存在。这就是当今中国的最大"病相"。所不同的是，范小青在处理这一巨大社会问题时，她不是以决绝的否定和绝望的姿态——王全从未放弃过对弟弟的寻找——尽管不无悲壮却注定是悲剧，但一直是小说的主线，寻找就是还有希望，就是人性还未全然泯灭。这一点，对范小青来说，她又是对卡夫卡决绝和绝望的逆向写作。当然，这里也不乏范小青的谨慎和理性——那最后的"我的名字叫王村"，与其说是弟弟的"奇迹"，毋宁说是作家对社会病相有所限定以及小说整体构思的奇迹。

王妹英：山川记

　　《山川记》就这样写出了乡村中国历史变迁的两难处境，两种不同文明的冲突还使作家难以找到解决的可能。我想这不是王妹英个人的犹疑和矛盾，那应该是我们共同的困惑。

　　对于乡村中国的当下状况，我们可以有多重描述。一方面是城市化进程不断加快，乡村文明的崩溃已无可避免。这一点我们不仅在虚构的文学作品中屡见不鲜，而且在多种非虚构的资讯中也耳熟能详。另一方面，不同地区发展的不平衡性，也决定了并不存在一个"统一的乡村"。于是我们看到，在不同作家的乡土文学作品中，差异性仍然是一个普遍的存在。特别是那些发展相对缓慢、商业主义和消费主义尚未完全渗透的乡村，传统文明在生活中仍然具有支配性。王妹英的《山川记》所讲述的桃花村，就是这样一个所在：

> 桃花村四面环山，藏于沟谷。九道山梁依势向谷而奔，一山
> 独起谷中，大有九龙抱珠之势。一条小河奔流而过，名字叫作石头
> 河。点点村居宛若散星，西临苍岩树，东依凤凰翅，地势风貌，疏
> 朗俊逸，山谷随意而驰，有弯便拐。老辈人说先周老祖曾在此立
> 国，到了公刘之父周老王时，有人报告说桃花村龙气积聚，为祥瑞
> 之兆。为了江山永固，周老王命人在此疏浚河道，龙脉暗藏，飞鸟
> 低回，人丁繁盛。桃花村位于老城东南三十公里处。百多户人家，
> 人不过千，刘姓、李姓占到八九成以上。

一个诗意的、田园牧歌式的所在，就这样在作家的笔下被描摹出
来。这种村志和鲜明的抒情笔致，从一个方面表达了王妹英对桃花村溢
于言表的挚爱之情。这一乡村中国的表达方式，其谱系可追溯至新文学
发端时期，鲁迅、蹇先艾、艾芜、沙汀、沈从文等。但是，到了王妹英
笔下的桃花村，想象与现实的乡村发生了分裂：此时的桃花村正在上
演"文革"，桃花村的地富反坏正在被批斗，即将莫名其妙变成地主婆
的香莲此时命悬一线……桃花村笼罩在一种陌生和彼此仇怨的紧张中。
小说书写了桃花村从"文革"一直到改革开放近半个世纪的历史，塑造
了东明、蓝花、二喜、小山、翠平和东明爹铁石、香莲、二喜爹妈、三
寡妇等形象。这些形象虽然可以在百年乡土文学的大传统里找到各自的
原型，但在王妹英的讲述中，他们不仅有坚实的生活质感，重要的是有
鲜明的时代特征。特别是东明和蓝花，他们在乡村文明的哺育下，蓝花
集乡村中国女性优点之大成，她美丽、多情、勤劳、坚忍，几乎就是

《人生》中巧珍的转世，却更高于《人生》中的巧珍，她能看出平凡生活的美和意义；她始终爱着东明，但嫁给二喜后，也能一心和二喜过日子；东明是这个时代的理想人物，他婚姻不幸，没有娶到蓝花。但他自尊自重，没有随波逐流放纵自己，他有机会但都把持住了自己，最后成为大河县的父母官。传统乡村文明在东明身上依然闪烁着动人的光彩。但是，变化的世风不可能不影响到桃花村。二喜爹和三寡妇的风流事，山村里日常生活中的摩擦或掣肘时有发生，特别是小山这个人物，金钱至上的价值观使他彻底背离了桃花村的文明，他卷走耐火材料厂的公款，出卖桃花村的矿藏，直至矿窑崩塌数十人被活埋，最后逃离了桃花村。王妹英书写了桃花村的历史变迁，这个历史，是乡村中国正在经历的切近的历史，它不是作家杜撰和想象的历史，它来自于生活本身。在这种"千年未有之大变局"中，王妹英也不免踌躇。一方面，她对传统的乡村文明充满眷恋，对那里流淌的诗意的文明她有充分的书写。这里的合理性在于，这种文明的超稳定性的内在结构，对族群的生活方式、行为方式、思维方式以及道德准则具有支配意义的功能并没有完全成为过去。这种具有"超稳定"意义的文明，虽然也处在不断被建构或重构之中，但在本质上并不因时代或社会制度的变迁发生变化。而这种文明的代表性人物，就是小说着墨最多，用力最勤的东明和蓝花，尽管如此，现代性还是具有历史合理目的性，它是不可阻挡的，这不以任何个人的意志为转移。王妹英对小山等的批判同时也隐含了她对呼啸而下的现代性的某种隐忧。《山川记》就这样写出了乡村中国历史变迁的两难处境，两种不同文明的冲突还使作家难以找到解决的可能。我想这不是王妹英个人的犹疑和矛盾，那应该是我们共同的困惑。

范稳：吾血吾土

多年后，范稳离开了这一创作领域，他开掘了一个新的创作资源——在现代历史的长河中追问个人的命运，特别是知识分子的命运。这是一个重要的社会历史问题，尤其在现代中国。

范稳的"大地三部曲"（《悲悯大地》《水乳大地》《大地雅歌》）的影响仍在文坛回响，那边地的文化和信仰塑造的独特人物，使范稳的创作在文坛独树一帜卓然不群。多年后，范稳离开了这一创作领域，他开掘了一个新的创作资源——在现代历史的长河中追问个人的命运，特别是知识分子的命运。这是一个重要的社会历史问题，尤其在现代中国。自90年代开始，关于知识分子命运的思考和检讨，曾是知识界一个重要的话题，那里当然也隐含了部分知识分子关于个人道路选择的思考。但是，在现代中国——当然也包括未来，知识分子个人道路和命运的选择，是否掌握在个人手中，仍然是一个悬而未决的问题。或者说，90年代推崇的陈寅恪、吴宓等知识分子个人道路的选择，并不具有普遍性，陈寅恪、吴宓等人的道路，也并不是所有知识分子道路选择的样板。

事实的确如此。范稳的这部长篇小说——《吾血吾土》开篇第一句话就是："那么，你现在如实地向组织说清楚，1949年以前，你在干什么？"询问者是云南文学艺术家联合会筹备处的领导李旷田，回答问题的是一个历史面目不清的叫作赵迅的人。小说的这个开头奠定了赵迅此后一生的命运：他一直处在审查、询问、坐牢、改造的过程中。但是，赵迅只是这个主人公的一个名字，关于赵迅的历史，也只是主人公全部历史的一部分。于是，小说变得复杂起来。赵迅还叫赵鲁班、赵广陵、廖志弘等。每一个名字背后，都有与主人公相关的秘史。那真是一个乱世，赵迅就如一个人乘坐着船帆，在历史的大海上没有方向地闯荡。大海喜怒无常，更糟糕的是，赵迅乘船的这个历史时段，大海一直没有风平浪静的时候，他一直处在波峰浪谷之间。因此赵迅的命运从未掌握在个人手里过。

按说，赵迅是在乱世见过大世面的人。他虽然自学成才，只念过高中，但他见过西南联大的闻一多教授，在国民党部队里深受名将李弥军长的赏识，他经历过血与火的战事，获得过"四等云麾"勋章。但是，他就是说不清楚个人的历史。但是又有谁能够说清楚呢？50年代初期非常赏识他的那位云南文联筹备处的领导、云南文联第一任主席李旷田先生，后来居然和赵广陵同样在松山劳改农场一起改造，并经历了刑场的"陪杀"：

> 一阵排枪响后，江水凝固，太阳沉落，松山矮了下去……但这不是死亡，也不是天堂的景象。赵广陵依然跪着挺立在刑场上，他转头四处张望，发现李旷田和他一样跪得笔直，只是头低垂，像是很害羞的样子，又像在思索生与死的界限……

这不是历史的倒错，也不是作家的虚构想象。在一个监狱或劳改场所，这样的景象确实发生过并且不是个别的。松山曾是赵广陵和日本鬼子血战过的地方，现在却变成了自己的囚禁之地，并且还有共产党人。

《吾血吾土》也有如涓涓细流般的柔软片段。那是赵迅只能想象不堪回首的过去——他曾和一对亲姐妹的恋爱与婚姻。当年的赵迅是文艺青年范儿，是剧社的导演。于是舒家大小姐舒菲菲爱上了赵迅，但舒菲菲执意和家人去了台湾，赵迅鬼使神差地和妹妹舒淑文结了婚。妹妹舒淑文之所以留下来取代了姐姐，是因为舒淑文真爱这个才华横溢的赵迅。但赵迅一波三折的命运，为了孩子的未来，舒淑文只能选择和赵迅离婚嫁了他人。如果说小说中人物命运的升降沉浮都是作家安排的话，那么，当小说写到赵迅的儿子也曾"告密"，心理也多有阴暗的时候，我们被震惊了：过去的文化是有承传性的，尤其那些恶劣的文化性格，竟是无师自通。这不是对赵迅个人曾经告密的报应，这是一种我们不曾留意的文化基因。小说结束于赵广陵送廖志弘的尸骨还乡，那曾经"死去"的赵广陵的真实身份是廖志弘。赵迅、赵广陵的另一段不明的历史也由此发生。但是，这个结尾意味深长的是，说不清道不明个人历史的岂止是赵迅一个人？还有多少人的历史和个人命运默默无闻以致阴差阳错。因此，《吾血吾土》讲述的不止是赵迅、廖志弘乃至李旷田的个人悲剧，小说要说或隐喻的，当然还有很多。我对小说略有不满足的是：关于赵迅个人苦难的情节过于密集。这不仅使赵迅作为小说人物有明显的人为痕迹，艺术的真实性受到影响，也使小说内在节奏一直趋于紧张中，小说张弛之间没有间隔和距离，使阅读一直处于疲劳中。即便如此，我仍然认为，范稳的《吾血吾土》是今年最优秀的小说之一。它复杂的结构、没有疏漏的人物和细节设计、水到渠成的悲剧效果等，都是值得肯定和称赞的。

荆永鸣：北京时间

北京发生了天翻地覆的变化，但是北京的底色没有变。北京时间一日千里，但北京人特别是北京胡同里的底层人，他们还是按照过去的生活方式，特别是在处理人际关系方面，还是那老礼儿和热情。荆永鸣的文字，并不惊心动魄，但字里行间所隐含的对于生活的理解，却远远高于正确而空洞的说教。

多年来，荆永鸣一直以"外地人"的身份和姿态进行小说创作。他的《北京候鸟》《大声呼吸》《白水羊头葫芦丝》等为他赢得了极大的声誉，他成了"外地人"写作的代表性作家。这篇《北京时间》还是他"外地人"写的北京故事，还是他以往外地人看北京的视角。实事求是地说，这些年"北京故事"或"北京往事"渐次退出了作家笔端，书写北京的人与事已不多见，其间的缘由暂付之阙如。荆永鸣的"北京故事"与以往老舍等"京味小说"并不完全相同：老舍的"京味小说"是身置其间的讲述，他就是老北京，因此，关于北京的四九城、风物风情、习俗俚语都耳熟能详信手拈来。而荆永鸣则是外来视角，是通过观察和认知来描摹北京的。但有一点相同的是，他们写的都是平民的北京。这一点非常重要，今天的北京表面看早已不是平民的北京，它是政治、文化、商业精英和中产阶级以及白领阶层的北京，是这些人物在主导着北京的生活和趋向。因此，如果没有北京平民生活的经验，要想写出北京平民的魂灵是没有可能的。

荆永鸣多年"漂"在北京，他的生活经历注定了他对当下北京的熟悉，在他的小饭馆里，五行八作三教九流都穿堂而过，永鸣又是一个喜欢并善于交结朋友的人，这些条件为他的小说创作提供了丰富的资源。现在，我们的主人公就要住进北京四合院了。他目光所及，院子是这样的：

从旧的布局上看，甲32号院就是一座老式四合院。据院里的邻居讲，在清朝年间，这里曾住过一位武官。如今大门外的胡同里还残留着一块不完整的上马石，只是不见了清朝的人和马。这个古老的院落，留给现在的已经不是当年的古色古香。伴随着时间的推移和历史变迁，院里"天棚、鱼缸、石榴树"的景致已全然不在，就连当初的整体格局也已面目全非。原来的"二进式"院落，不知在什么年代，出于什么原因，被隔成了一前一后两个院子。一些不同年代翻盖或新建的房子则高低不等，大小不一。有的小库房、小煤屋甚至是用砖头砌成的。走进院子里，给人的感觉零零乱乱，到处是门：厨房，煤棚，还有某户人家用来淋浴的小木板屋，等等。屋宇式的门楼下，两扇木制大门，厚重，古旧，原有的红漆已经剥落了，斑驳着一种烟熏火燎的底色。

北京发生了天翻地覆的变化，但是北京的底色没有变。什么是北京的底色，荆永鸣描述的32号院就是。北京时间一日千里，但北京人特别是北京胡同里的底层人，他们还是按照过去的生活方式，特别是在处理人际关系方面，还是那老礼儿和热情。小说写了众多的小人物：房东方长贵、方悦，邻居赵公安、胡冬，八旗后裔海师傅、小女孩楠楠、李大妈、冯老太太等，这些人物是北京胡同常见的人物，也都是小人物。他们和老舍的《四世同堂》《骆驼祥子》里的人物身份大体相似。但是社会环境变了，这些人甚至与陈建功《辘轳把儿胡同9号》里的人物也大不相同。荆永鸣在处理这些人物关系的时候，几乎用的都是写实的手法，比如找房子租房子，找朋友牵线搭桥，比如与赵公安"抄电表"时的冲突，海师傅的从中调停，小酒馆里的温暖话语，小女孩楠楠和小朋友的对话等，小说充满了北京的生活气息。不仅如此，荆永鸣的过人之处还在于他对所有有文学价值的生活细节的关注，比如他初入出租屋时发现的那个小日记本记录的个人收支账目。用叙述者的话说："这些不同的物件和信息，既朴素又动人。它让我发现了生活的丰富与多彩，同时给了我多少关于生命的想象！我在想，原先的房客，无论他们有着怎样不同的生活烦恼、不同的生活激情、不同的生活目标和不同的生活信念，对于这间小屋而言，都已成为过去了。"这样的文字，并不惊心动魄，但那里隐含的对于生活的理解，远远高于正确而空洞的说教。

虽然"外地人"有自己生活的难处，虽然皇城北京人有先天的优越，但他们都是好人，都是善良的普通平民。小说最后，方悦从日本打来了电话，与小说叙述者有一段非常爽朗又暧昧的对话，重要的是，方悦回国还要和他在"老地方"见面。他们要说什么和做什么已经不重要，重要的是，普通人之间建立的那种不能磨灭又发乎情止乎礼的情感。于是，《北京时间》就意味深长了。它虽然写的是当下，但却浑然不觉间写出了当下瞬息万变转眼即逝的历史时间，这个变化之快实在是太惊人了。仅此一点，《北京时间》就不同凡响。

徐则臣：耶路撒冷

耶路撒冷是个所指不明的所在，它几乎就是一个虚妄的能指。但是，恰恰是这个虚妄的能指，标示了一代人对理想、信仰不灭的坚持，对精神圣殿的向往。

徐则臣则是在一个巨大的物理空间展开他关于"70后"一代的精神世界和成长履历。徐则臣的成名作大概是《跑步走过中关村》，由此开始了他的"京漂之旅"和"花街叙事"。"客居"和"故乡"是百年来离乡出走青年作家最常见的题材和路数。这个路数与现代中国从前现代走向现代的社会历史有一种同构关系。如果是这样的话,无论几代作家经历有多么不同,但大体是殊途同归。现在,徐则臣发表了经过六年潜心创作完成的长篇小说《耶路撒冷》。这部作品无论对徐则臣、对"70后"作家还是对当下长篇小说而言,都有非常重要的意义。对徐则臣来说,这部作品超越了他曾发表过的长篇小说《午夜之门》和《夜火车》;对"70后"作家来说,它标志性地改写这个代际作家不擅长长篇创作的历史;对当下长篇小说创作来说,它敢于直面这个时代的精神难题,处理了虽然是"70后"一代——也是我们普遍遭遇的精神难题。

《耶路撒冷》书写的不是一个人的成长史,书中有五个主要人物:初平阳,一个来自小城的大学生,既有青春的骚动,也心怀大的抱负和理想。他本来可以通过求学的方式留在京城,但他又要去耶路撒冷游学。耶路撒冷显然是一个象征之物,它的乌托邦意味将初平阳置于大地与天空之间。舒袖是初平阳的女友,她曾陪初平阳"京漂"多时。但是,生活只有爱情是不够的,它必须有所附丽。舒袖面对无所附丽的爱情还是回到故乡嫁了富豪。旧情未了心有不甘却又别无选择。易长安是花街妓女的儿子,他靠在北京办假证发了财,他纵情酒色,不断"跑路"最后也只能被投进监狱。秦福小,花街妓女秦奶奶的孙女,她曾怀揣着对自杀弟弟景天赐的负疚和对恋人的失望而出走,后又回到故乡。秦福小是小说中最符合男性想象的形象。她的回归,使那些离乡的男人们都有了"念想"。杨杰是一个北京知青的儿子,这个桀骜不驯的叛逆之子,一直行走在另一条人生轨迹上。但他还是以做正经水晶生意的方式在京城出人头地,衣锦还乡后洗心革面,在这个时代他堪称"成功"。小说通过这五个人物的形象和命运，书写了来自底层的一代青年的精神困境及成长路程。

耶路撒冷是个所指不明的所在，它几乎就是一个虚妄的能指。但是，恰恰是这个虚妄的能指，标示了一代人对理想、信仰不灭的坚持，对精神圣殿的向往。在价值和理想重建的时代，如何表达年轻一代的精神世界和精神履历，应该是一道难题。它极易流于空疏、苍白和虚假。这方面有太多的失败例子。因此，徐则臣《耶路撒冷》的出版，在这方面为我们提供了非常可贵的新经验。

世纪之交，李敬泽、施战军、宗仁发提出了"70后"概念，他们认为这个代际的作家被严重遮蔽了。几位批评家在当时提出这个问题是有战略眼光和历史感的。后来，这个概念广为流传并毁誉参半。对他们的创作，也大多流于"历史夹缝"而鲜有新见。事实上，是否有共同的历史记忆远没那么重要。徐则臣自己也认为："呈现出人类复杂的内心才最有深度，也最具难度。并不是非得写大历史，你的格局才大，才有深度，人的内心比时代更为宽阔，把内心生活写好了，同样可以成就史诗。"（《徐则臣：写内心风暴，也能成就史诗》，见《北京青年报》2014年5月23日）一代人有一代人的生活，一代人有一代人对于文学的理解。《耶路撒冷》的发表，从创作实践上回答了关于这代人的种种流言蜚语。1979年，全国大学生联合创办的刊物就叫《这一代》，小说中的专栏文章的标题是《我们这一代》，这个命名的相似性足以说明问题：每代人都愿意强调自己这一代的特殊性，其实，许多年之后，会发现50后与70后并没有什么本质差别。当下以想象的方式建构的代际差异性，经过并不太长的时间冲洗，就会看到很可能是为赋新诗强说愁的无病呻吟。因此，夸大的差异性也是虚构的一种形式，所以也可以称为

story。于是我越发感觉到，就内心生活而言，我们这一代人与"70后"是如此的相似：我们出发的时间相差二十年，但我们内心的经历、迷惘、彷徨以及那种难以言说的苍茫感，并没有区别。因此，这部书写70后成长过程和精神履历的小说，同样也深深地感动了我们。仅此一点，《耶路撒冷》就是一部了不起的小说。

徐兆寿：荒原问道

"荒原问道"只是一个具有象征意义的小说题目。"荒原"当然不只指涉中国西部，它更寓意着这个时代的思想环境和知识分子的精神处境。

如果从小说的题目看，徐兆寿的《荒原问道》应该是一部"天问"式的作品。小说提出的问题，即道统与政统、居与处、进与退等，从传统的士阶层一直到现代知识分子，都没有得到彻底解决。当80年代中国知识分子试图从整体上解决传统与现代、中国与西方等大叙事问题逐渐落潮之后，困扰这个阶层内心的真问题便又不断浮出水面。《荒原问道》要处理的还是这个如鲠在喉挥之难去的问题。因此，说它是一部"天问"式的作品并非空穴来风。

但有趣的是，"荒原问道"只是一个具有象征意义的小说题目。"荒原"当然不只指涉中国西部，它更寓意着这个时代的思想环境和知识分子的精神处境。而小说写的两个主要人物夏木和陈子兴，究竟怎样或如何"荒原问道"，事实上是语焉不详的。因此，我更感兴趣的是徐兆寿如何书写了这两个人物的命运。夏木在"反右斗争"中被放逐，村支书老钟一家接纳了他并许配了二女儿秋香，粉碎"四人帮"后再读大学，与彭教授的误解关系解除后又回到文学系教书，但他天上人间兴之所至，不按照教材讲反而批教材，于是被系里"约谈"，回到家里妻子秋香也奚落他。一个特立独行但性情古怪的荒原知识分子的命运，在今天是如此的不合时宜。最后夏木只好归隐。陈子兴少年时代经历了一场师生恋之后，成为一种刻骨铭心的"情结"。这一"情结"与那个钟表匠的儿子卢梭有极大的相似性。卢梭遇上了比他大12岁的华伦夫人，华伦夫人叫卢梭为"孩子"，卢梭叫华伦夫人为"妈妈"。他们两人的最初形同母子。华伦夫人出身于贵族家庭，她是因婚姻不幸出逃，并在得到国王赐予年金后而虔诚皈依天主教的。卢梭住在华伦夫人家里，经历了许多事，也阅读了大量的书籍，他们一起探讨人生和信仰，后来卢梭冲破了"母子"关系的界限，将自己的童贞给予了他亲爱的"妈妈"。这一关系令卢梭神魂颠倒。以至于卢梭无法忍受"妈妈"的另有所爱而只身远走，这份爱情伴随了卢梭的一生。陈子兴就这样与卢梭先生一样，再也难爱上任何一个女性。此后无论陈子兴如何求学和访贤问道，有多少佳丽追求爱慕，他难以走出的还是这个情结。从这个意义上说，《荒原问道》又有了心理小说的基本要素和"忏悔录"的某些品质。

　　小说中陈子兴与黄美伦之间关系的展开以及迷恋的书写，冬梅对爱情乌托邦的想象，夏木面对冬梅时人性的弱点，对陈子兴好高骛远一事无成的呈现等，是小说最为华彩的段落。其诗意的语言也是《荒原问道》最值得提及的。比如陈子兴心中的黄美伦：

　　　　她的名字叫黄美伦，在外人面前，她永远是我的黄老师，而在我和她的私底下，她永远是我无名的女人，是我的至爱。我无法读出她的名字，任何称谓都妨碍我与她的爱情。她也愿意如此。事实上（原文"事情上"疑有误），无名也只能如此。但她名声不好，在我还未与她相爱时，我就知道了她，还从匆匆驶过的自行车上目击过她。之所以说是目击，是因为她真会像电一样击中你，不仅是我，任凭谁也难逃此运。她的美，她的那种孤独的行走，她的那种毫无畏惧，你只能被击中。

美人难写，心爱的美人更难写。但在徐兆寿这里，却以"情人眼里"的角度，极端诗意地呈现了他的黄美伦。

《荒原问道》如果意在求道的话，那么，这个"道"是否在夏木和陈子兴的探求方式之中是大可讨论的。然而无论夏木还是陈子兴，他们在"荒原"上的真实生活和获得的生命体验，可能恰恰是他们没有意识到却获得了的没有言说的"大道"。这就是"道可道，非常道"。而"道"，就这样弥漫在天地之间的"荒原"之上。这是小说留给我们的最有价值的启迪。徐兆寿在"有心栽花"与"无心插柳"之间，得到的显然是后者。小说不是抽象的说教，形象永远大于理念。小说要处理的最终还是人物命运、性格、人际关系和世道人心，而不是学院知识分子处理的那个"道"。在文化多元化和"千年未有之大变局"的时代，要想寻求一个包医百病的所谓的"道"，无疑是缘木求鱼水中捞月。但是，徐兆寿却在不经意间写出了两代知识分子在人间的生命体验。至于那个难解之谜，夏木和陈子兴的"道"，也是我们共同的困惑，我们不能一劳永逸轻易破解，而"道"的魅力或许也正在于此吧。

2015

陈彦：装台

看过太多无情无义充满怀疑猜忌仇恨的小说之后，再读《装台》有太多的感慨。刁顺子的生活状态与社会当然有关系，尤其将他设定在"底层"维度上，我们可能有很多话可说。

《装台》是一部充满了人间烟火气的小说，说它是民间写作、底层写作都未尝不可。重要的是《装台》的确是一部好看好读又意味深长的小说。"装台"作为一个行当过去闻所未闻，可见人世间学问之大之深。因此，当看到刁顺子和围绕着他相继出现的刁菊花、韩梅、蔡素芬、刁大军、疤子叔、三皮等一干人物的时候，既感到似曾相识又想不起在哪见过——这就是过去的老话：熟悉的陌生人。

以刁顺子为首的这帮人，他们不是西京丐帮，也不是西部响马，当然也不是有组织有纪律正规的团体。他们是一个"临时共同体"，有活儿大伙一起干，没活儿即刻鸟兽散。但这也是一群有情有义有苦有乐有爱有痛的人群。他们装台糊口没日没夜，靠几个散碎钞票勉强度日。在正经的大戏开戏之前，这个处在艺术生产链条最末端的环节，上演的是自己的戏，是自己人生苦辣酸甜的戏。如果仅仅是装台，刁顺子们的生活还有可圈可点之处，他们在大牌导演、剧团团长的吆五喝六之下，将一个舞台装扮得花团锦簇五彩缤纷，各种"角儿"们粉墨登场演他们规定好剧情的戏，然后"角儿"和观众在满足中纷纷散去。这原本没有什么，社会有分工，每个人角色不同，总要有人装台有人演戏。但是，问题是刁顺子们也是生活结构中的最末端。他们的生活不是享受而是挣扎。刁顺子很像演艺界的"穴头儿"或工地上的"包工头"。他在这个行当有人脉，上下两端都有。时间长了还有信誉，演出单位一有演出需要装台首先想到的就是刁顺子，他的弟兄们也傍着他养家糊口。在装台的行当中，刁顺子无疑是一个中心人物。但是，生活在生活结构末端的刁顺子，他的悲剧性几乎是没有尽头的：女儿刁菊花似乎生来就是与他作对的。刁菊花三十多岁仍未婚嫁，她将自己生活的所有不如意都归结到"蹬三轮"的老爹刁顺子身上：她视刁顺子第三任妻子蔡素芬为死敌，蔡素芬无论怎样忍让都不能化解，她终于将蔡素芬撵出了家门。她也不能容忍刁顺子的养女韩梅，知书达理的韩梅也终于让她逐出家门远走他乡。她还残忍地虐杀了小狗"好了"，其手段无所不用其极。但刁顺子面对菊花除了逆来顺受别无选择，他的隐忍让菊花更加看不起他这个爹。除了刁菊花刁顺子还有一个哥哥刁大军。这个哥哥是十里八乡大名鼎鼎的人物，挥金如土花天酒地——他终于衣锦还乡了。他的还乡除了给刁菊花一个离家去澳门的幻觉之外，给刁顺子带来的是无尽的麻烦和烦恼。刁大军嗜赌如命，平日里呼朋唤友大宴宾客。糟糕的是刁顺子经常被电话催去赌场送钱餐厅买单，一次便是几万。刁顺子的赚钱方式使他不可能有这样的支付能力，刁顺子每当听到送钱买单消息的时候，内心的为难和折磨可想而知。更要命的是，刁大军在赌场欠了近百万赌资后连夜不辞而别，刁顺子又成了债主屡屡被催促还赌债。刁顺子的日子真真是千疮百孔狼狈不堪。

　　当然，刁顺子也不只是一个倒霉蛋，他也有自己快乐满足的时候，特别是刚把第三任妻子蔡素芬领到家的时候，让他饱尝了家的温暖和男欢女爱。但对刁顺子来说，这样的时光实在太短暂了。他没有时间也没有机会去体会享受，每天装台不止、乱麻似的家事一波三折，他哪里有心情享受呢？果然好景不长，蔡素芬很快被菊花撵的不知所终；菊花也和谭道贵远走大连；刁大军病在珠海，被刁顺子接回西京后很快一命呜呼。读到这里的时候，情不自禁会想到"冤冤相报实非轻，分离聚合皆前定"，"好一似食尽鸟投林，落了片白茫茫大地真干净"。《红楼梦》是琼楼玉宇，是高处不胜寒。在高处望断天涯路不易，那里的生活大多隐秘，普通人难以想象无从知晓，而陈彦则从人间烟火处看到虚无虚空，看到了与《好了歌》相似的内容，这更需世事洞明和文学慧眼。

　　看过太多无情无义充满怀疑猜忌仇恨的小说之后，再读《装台》有太多的感慨。刁顺子的生活状态与社会当然有关系，尤其将他设定在"底层"维度上，我们可能有很多话可说。但是，看过小说之后，我们感受更多的还是刁顺子面临的人性之扰，特别是女儿菊花的变态心理和哥哥刁大军的混不吝。刁顺子能够选择的就是无奈和忍让，他几乎没有个人生活。这是刁顺子的性格也是他的宿命。我更感到惊异的是作家陈彦对这个行当生活的熟悉，顺子、墩子、大吊、三皮、素芬、桂荣等人物，或粗鄙朴实，或幽默狡诈，都栩栩如生跃然纸上，对如何分配装台收入、装台人如何相互帮衬体谅，都写得细致入微滴水不漏。当疤子叔再次见到病入膏肓的刁大军时，他的眼睛一直在刁大军的脖子、手腕、手指上游移，那里有金项链、玉镯子和镶玉的金戒指。疤子叔的眼睛"几乎都能盯出血来了"。寥寥几笔，一个人内心的贪婪、凶残形神兼具。于是，当这些人物在眼前纷纷走过之后，心里真的颇有失落之感。

好小说应该是可遇不可求，这与批评或呼唤可能没有太多关系。我们不知道将在哪里与它遭逢相遇，一旦遭逢内心便有"喜大普奔"的巨大冲动。陈彦的长篇小说《装台》就是这样的小说，这出人间大戏带着人间烟火突如其来亦如飓风席卷。

东西：篡改的命

东西不是在刘高兴和刁顺子的路径上塑造汪长尺，而是突发奇想地用"篡改命"的方式结束汪长尺家族或血缘的命运。汪长尺当然是异想天开。但是，作为底层的边缘群体，还有一个重要的特征是他们缺乏或者没有实现自救的资源和可能性。这一特征决定了他们的承传性。

东西写作的速度非常缓慢，他发表的三部长篇小说，都是十年一部。《篡改的命》，是他距《后悔录》发表十年之后的作品。小说封面介绍这部作品时说："有人篡改历史，有人篡改年龄，有人篡改性别，但汪长尺篡改命。"汪长尺就是小说的主人公，他要篡改的不是自己的命，是他的儿子汪大志的命。篡改历史、年龄、性别，尽管有的合法有的不合法，但都有可能做到。命，如何篡改？小说的题目充满了悲怆和悬念——究竟是什么力量要一个人冒险去篡改自己的命？

汪长尺是一个农家子弟，高考超过上线二十分不被录取。不被录取的理由是"志愿填歪了"。汪长尺的父亲汪槐决定去找"招生的"理论，经过几天静坐示威抗议，汪长尺的大学梦还是没有解决。汪槐从招生办的楼上跌落摔成重伤。从此，汪长尺就命定般地成了屌丝命。为了还债、养家糊口，也为了改变下一代的命运，他决定到城里谋生。但他不知道，城里不是为他准备的。生存的艰困使他的践行远远超出个人的想象：替人坐牢、讨薪受刀伤、与文盲贺小文结婚，为了生计贺小文去按摩店当按摩师，然后逐渐成了卖淫女。破碎的生活让汪长尺眼看到，汪大志长大后就是又一个自己。于是他铤而走险把儿子汪大志送给了富贵人家。贺小文改了嫁，汪长尺多年后死于非命。这是一出惨烈的悲剧。小说具有鲜明的社会批判性。权力关系和贫富悬殊使底层或边缘群体的生存状态日益恶劣不堪。而底层边缘群体的特征之一就是它的承传性。贫困使这个群体的下一代少有接受良好教育的机会，没有良好的教育，就没有改变命运的可能。这是汪长尺要篡改汪大志的命的最重要的理由。但篡改汪大志的命，只是汪长尺的一厢情愿。且不说汪大志是否从此就改变了命运，是否就能过上汪长尺期待想象的生活，仅就汪长尺、贺小文失去汪大志之后的日子和心境，就是汪长尺想象不到的。不只他失魂落魄魂不守舍，贺小文压根儿就不同意将汪大志送人。当汪大志被送人之后，贺小文也弃汪长尺而去改嫁他人。

近十年来，长篇小说中著名的来自底层的人物，一个是贾平凹《高兴》中的刘高兴，一个是陈彦《装台》中的刁顺子。刘高兴虽然是一个"拾荒者"，但贾平凹并不是悲天悯人地书写他无尽的苦难和仇怨，刘高兴等也并非是结着仇怨的苦闷象征，他们以自己的生活方式在城市生活着。贾平凹在塑造刘高兴时，有意使用了传统"才子佳人"的叙事模式，刘高兴是落难的"才子"，妓女孟夷纯是堕入风尘的"佳人"。两人都生活在社会的最底层，但这都不重要，重要的是贾平凹以想象的方式让他们建立了情感关系，并赋予这种情感以浪漫色彩。贾平凹显然继承了中国古代白话小说和戏曲的叙事模式。刁顺子是西京土著，居有定所。但无固定收入，靠一个"临时共同体"为剧团"装台"为生。刁顺子的困境还不在于生存，而是家庭内部的恶劣环境。刁顺子逆来顺受忍辱负重，一直在不堪的生活中挣扎。这两个人物都是底层写作有代表性的人物。

东西不是在刘高兴和刁顺子的路径上塑造汪长尺，而是突发奇想地用"篡改命"的方式结束汪长尺家族或血缘的命运。汪长尺当然是异想天开。但是，作为底层的边缘群体，还有一个重要的特征是他们缺乏或者没有实现自救的资源和可能性。这一特征决定了他们的承传性。因此，东西设定的汪长尺"篡改命"的合理性就在这里。汪大志的命在汪长尺这里被"篡改"了，但是，汪大志真的能够改变他的命运吗？作为小说，值得一提的是东西对偶然性和戏剧性的掌控。汪长尺高考被人顶替、进城替人坐牢、讨薪身负重伤、被人嫁祸杀人、结婚妻子做了妓女、儿子送给的竟是自己的仇家……一系列的情节合情合理，但又充满了偶然性和戏剧性。这是小说充满悬念令人欲罢不能的艺术魅力。这方面足见东西结构小说的艺术才能。

弋舟：我们的踟蹰

"是什么，使得我们不再葆有磊落的爱意？是什么，使得我们不再具备生死契阔的深情？"这也是小说试图回答和处理的问题。

"问世间情是何物，直教生死相许？天南地北双飞客，老翅几回寒暑。"这是元好问《雁丘词》中的千古名句，也是文学创作千古不衰的永恒的主题。当然，其间如何理解爱情，如何守护爱情，爱情与政治、经济、文化等社会历史的关系等，亦经历过长久的探讨。但无论如何，情与爱是人类不能或缺的，也是文学创作永远关注、读者永远期待的永恒主题。但是，近些年来我们发现，情爱、情义在我们的文学作品中开始发生了巨大的变化：情爱、情义正在悄然消失，正在变成生活中的累赘、负担甚至更不堪的身心折磨。我们的生活到底发生了什么？

弋舟的《我们的踟蹰》只有十二万多字，在如此短小的篇幅里弋舟要处理的却是当下最困难的精神问题——中年的情爱危机。小说腰封有一段被回避已久的发问："是什么，使得我们不再葆有磊落的爱意？是什么，使得我们不再具备生死契阔的深情？"这也是小说试图回答和处理的问题。小说的情感纠葛主要集中在李选、曾铖、张立均三人之间。李选与曾铖是小学同学，三十年后的曾铖已经是个画家，李选偶然联系纯属出于好奇。此时的李选是单身母亲，和公司老总张立均保持着身体交易关系和若即若离的情感关系，这种关系完全处于地下状态。

这是小说人物关系的基本图景。李选各方面条件并不优越，但在公司有较高薪水，张立均选择李选作为身体交易对象，看重的也只是李选各方面比较可靠和稳妥。作为女性的李选自知与张立均没有可能性，但她又确实需要婚姻和男人，于是，与曾铖的关系从三十年的小学同学开始升温并大有明确之势。三人情感关系越发明朗于一个突发的车祸事件：曾铖驾车撞了一个名叫杨丽丽的女人，李选顶替肇事者而曾铖逃逸。面对一个突发事件，三人关系更加微妙起来：张立均通过各种关系安抚受害人并试图用金钱摆平此事，曾铖则暗中将钱给了李选。张立均因李选解决了钱的问题顿感失落，曾铖通过事件则明了了与李选的不可能。

三人的关系本质上还是利用或占有关系：当张立均听李选说四十万已交给受害人，受害人保证不再追究其他责任时，突然狂躁起来。他觉得李选仰仗的是自己，而李选解决了钱的问题自己就成了事情的局外人。而街头监视器告知了肇事者不是李选，那么，是什么关系使李选能够挺身而出顶替肇事者？从事情本身来说张立均的愤怒不是没有道理，但从张立均对待事情的心理状态说，显然与爱情没有关系。李选决然离去也在意料之中。曾铖逃逸后到了海口，在与前妻戴瑶的讨论中，他发现了李选背后一定有一个男人，这使曾铖顿时感到与李选并没有生活在一个情感世界里。于是，曾铖与李选的情感纠葛也到此结束。小说在醒目处提出的那"磊落的爱意"和"生死契阔的深情"还是没有到来。那么，三个中年人"踟蹰"的究竟是什么呢？三个人物没有回答，但所有读者都知道了。这真是一部意味深长的小说，这个时代还会有真情义吗？

周大新：曲终人在

"《曲终人在》是一部书写大变革时代人间万象的和世道人心的警世通言。""这是一部面对今日中国的忧患之作。"

周大新的长篇小说《曲终人在》的出版，无论在哪个意义上都注定了它无可避免的引人注目：一方面，毁誉参半的官场小说风行了几十年，面对过去的官场小说，他是跟着说、接着说，还是另起一行独辟蹊径；一方面，"反腐"已经成为这个时代的关键词或日常生活的一部分。官场生涯几乎就是"高危职业"的另一种说法，那些惴惴不安的贪腐官员如履薄冰夜不能寐早已耳熟能详。这时，周大新将会用怎样的态度对待他要书写的历史大舞台上的主角，而且——这是一个省级大员、一个"封疆大吏"。如果这些说法成立的话，那么，我们就可以指认

《曲终人在》确实是一部"官场小说"。但是，小说表达的关于欧阳万彤的隐秘人生与复杂人性，他的日常生活以及各种身份和关系，显然又不是"官场小说"能够概括的。因此，在我看来，这是一部面对今日中国的忧患之作，是一位政治家修齐治平的简史，是一位农家子弟的成长史和情感史，是一部面对现实的批判之作，也是主人公欧阳万彤捍卫灵魂深处尊严、隐忍挣扎的悲苦人生。

《曲终人在》，是一个"仿真"结构，在"致网友"的开篇中，作家以真实的姓名公布了本书的完工时间以及类似出版"招标"的广告。虚拟的被采访的26个人，以"非虚构"的方式讲述了他们与欧阳万彤省长的交往或接触。这个"仿真"结构背后有作家秘而未宣的巨大诉求：他试图通过不同人物的不同讲述，多侧面、多角度地"复活"已经死去的省长欧阳万彤，而这不同的讲述犹如推土机般强大，它将塑造出一个立体的、难以撼动的、真实的欧阳万彤的形象。这些被采访者的身份不同，与欧阳万彤的关系也亲疏轻重有别。通过这些讲述我们看到，欧阳万彤除了"省长"这个巨大光环的身份之外，他同时还是父亲、继父、丈夫、前夫、朋友、舅舅、儿子、下级、病人、同乡、男人、男主人、被暗恋者等。这不同的身份和"省长"就这样一起统一在一个叫欧阳万彤的人身上。这也是判断《曲终人在》不仅是"官场小说"的重要依据。

欧阳万彤的从政经历，应该说是非常谨慎，对自己有严格要求。他曾说：

> 我们这些走上仕途的人，在任乡、县级官员的时候，把为官作为一种谋生的手段，遇事为个人为家庭考虑的多一点，还勉强可

以理解；在任地、厅、司、局、市一级的官员时，把为官作为一种光宗耀祖、个人成功的标志，还多少可以容忍；如果在任省、部一级官员时，仍然脱不开个人和家庭的束缚，仍然在想着为个人和家庭谋名谋利，想不到国家和民族，那就是一个罪人。你想想，全中国的省部级官员加上军队的军级官员能有多少？不就一两千人吗？如果连这一两千人也不为国家、民族考虑，那我们的国家、民族岂不是太悲哀了？！

如果按照党内原则来说，这番话未必多么冠冕堂皇高大上，但是我们却能够感受到其中的诚恳，或者这里隐含了无奈的"退一万步说"的"底线"承诺。

但是，这只是欧阳万彤政治生涯的一个方面。他人生更重要的经历是那些隐秘的、不为人知或不足为外人道的"人与事"。这些"人与事"是通过欧阳万彤"辞职"前后披露出来的。"辞职"事件，在小说的整体结构中非常重要：一方面，通过"辞职"呈现了欧阳万彤的执政环境、人际关系以及大变革时代瞬息万变的不确定性特征；一方面，作为"后叙事"视角的讲述方式，使小说悬疑迭起疑窦丛生，小说的节奏感和可读性大大增强。欧阳万彤为什么辞职一直是一个谜，也是小说的核心情节之一。小说最终也没有直接说明他为什么辞职，但在所有当事人的讲述中，呈现出了欧阳万彤辞职的具体原因。

当然，欧阳万彤不是一个完人，他也有他的缺点和人性的复杂性，他也有意乱情迷的时候。面对演员殷倩倩的万种风情，他也难以自持。那虽然是一段"英雄救美"的古旧桥段，但情节的可读性却可圈可点。欧阳万彤可以用喝了酒一时糊涂来搪塞，但那显然没有说服力，那个弱点是男性共同的弱点，他能够浅尝辄止而没有误入歧途已经很了不起。还有，当欧阳万彤谈起与儿子欧阳千籽不和谐关系时非常在意和伤感，他不止一次说他是一个很失败的父亲。作为一个高级干部，小说更着意书写了他的胸怀和眼光，比如他对购买美债、网络安全、稀土出口、GDP等问题的看法，显示出一个政治家应有的独立判断能力；将《新启蒙》杂志舒缓地变为市委内参智库，显示了他处理理论问题和知识分子不同意见的远见卓识和水平。

因此可以说，《曲终人在》是一部对当下中国干部制度有深入研究、对执政环境复杂性多有体认的作品。小说与此前所有的官场小说大不相同，它不是展示官员如何腐败，如何权钱、权色交易，如何胆大妄为肆无忌惮滥用职权。这样的作品我们从和珅到《官场现形记》到当代官场小说早已耳熟能详。如何写出更有力量更符合生活逻辑和作家理想的小说，是《曲终人在》的追求之一。作为小说，它要提供的是既与现实生活有关，同时又要对生活有更高提炼或概括的想象。因此才能更本质地揭示出生活的真面目。更重要的是，小说是一个虚构的领域，如何塑造出有新的审美价值的人物，才是小说的根本要义。周大新说："官员也有各自的苦衷。他们作为一个人生活在这个环境里并不容易，甚至很艰难。前些年我没有注意到官场上的精神氛围，官员看上去非常光鲜，但他们背后其实有很多可以同情、悲悯的地方。""原来看过一些官场小说，纯粹揭露黑暗，把当官的过程写得很详细，其实带有教科书的性质，我不愿意那样写。"因此，在我看来，《曲终人在》绵里藏针，它不仅讲述了艰难的执政环境，同时也讲述了入仕做官的全部复杂性，它是一部书写大变革时代人间万象和世道人心的警世通言。它既是过去"官场小说"的终结者，也是书写历史大舞台主角隐秘人生和复杂人性的开启者。小说是一种讲述，但讲述什么或怎样讲述，都掌控在作家手里。所以，小说最后写的还是作家自己，这样的话，欧阳万彤这个人物，显然寄托了周大新的个人理想。欧阳万彤那理想化的人格、作为，以及忍辱负重、壮志未酬的悲苦人生，隐含了周大新对人生理想和抱负，对人性、对男女、对亲情、对朋友等的理解。如此，我们就可以认为，周大新通过对欧阳万彤这个人物的塑造，同样表达了他用文学书写官场人生的新的理解。

晓航：被声音打扰的时光

《被声音打扰的时光》也是一部具有鲜明批判意识的小说。"日出城堡"是一个无所不有的地方，也是一个欲望的集散地。无论城堡内外，资本是掌控这个世界的主，利益是永恒原则。情感在今天已经沦落为不堪的愚昧之举，沉迷于儿女情长就是不可雕的朽木，就是难成大器。小说与现实的关系在似与不似之间，但它比我们感知的现实世界更本质地接近现实。

晓航一直生活在北京，他是真正的"城市之子"。因此，晓航自从事小说创作以来，一直以城市生活作为他的书写对象。他的诸多中篇小说，为当下城市小说创作提供了重要经验，也受到广泛好评。《被声音打扰的时光》，是晓航新近发表的长篇小说。这部长篇之所以重要，就在于晓航努力探究和发现这个时代城市最深层的秘密，用他的眼光和想象打捞这个时代城市最本质的事物——那是我们完全陌生的人与事。这是一部荒诞却更本质地说出了当下城市生活秘密的小说。小说从建造城市观光塔写起。城市观光塔的建造本身就是一个隐喻：这个荒诞的决定一如这个荒诞的时代，一个突发奇想的官员为了金钱的目的，在酒足饭饱之后发现了天空的价值。因为城市该开发的项目基本都开发了，他在空中看到了希望——他要建造一个城市观光塔。这个官员落马之后，接任者不仅完成了观光塔的建造，并且通过事件化的方式转移了市民不满的议论和目光。如此荒诞的决定发生在城市管理阶层，那么，这个城市所有离奇古怪事情的发生就顺理成章不足为怪了。

于是，我们看到了最先出现的主人公之一卫尽宇选择的"备胎人生"："职业备胎"的任务是为婚介所中超白金会员提供专业的陪伴服务，负责为她们在寻找结婚对象的活动中，提供各种建议，解答各种疑惑，谈论人生，还包括参与她们的一些休闲、社交和出游活动，直到她们找到称心的伴侣为止。卫尽宇看着猎头罗列的条件，他明确地知道，他是一个非常合适的人选。卫尽宇的第一单生意的对象是青年女性冯慧桐：24岁，硕士毕业，身高1.70米，是这个时代典型的"白富美"。陪伴这样一个年轻貌美的单身女性并进入她的个人生活，已经预设了险象环生的过程或结局。事实也的确如此。但是，我们预料的那个结局只是其中的一部分，而且不足以表达这个时代的最大秘密。这个时代最大的秘密，从冯慧桐一开始要求陪伴服务起就公之于众了。她说："我很需要男朋友，如果我能找到一个适合的男朋友并且结了婚，我就会骗到一大笔钱，它够我花一辈子。"冯慧桐需要男朋友是因为她可以得到一大笔钱。于是，"演出就这样开始了，冯慧桐在卫尽宇的指引下，投入到广泛的城市生活当中。卫尽宇给她指向的并不是权贵们与暴发户们的生活，而是广大城市青年乐此不疲的。他让冯慧桐参与了网上发起的各种各样的活动，比如，团购，去一个老四合院吃一个老先生烙的馅儿饼；比如参加某个下午的集体朗诵；比如周末去美术馆听一堂有关现代派美术的讲座。当然也包括各种户外运动，跟驴友们一起划船，远足，登山，卫尽宇还和冯慧桐参与了几次城市快闪，一次是关于音乐，一次关于环保，还有一次是关于机械的安装"。但是，当两人的关系不断升温并已经成为恋人时，卫尽宇突然反悔了："是我不好，不该拉你去度假村趟那趟浑水，我想我们将来还是保持业务关系为好。"卫尽宇异常艰难地说。卫尽宇中断恋人关系的最终考虑的还是金钱成本。这与冯慧桐后来的性伙伴刘欣没有区别，刘欣和冯慧桐已经上床了，可刘欣还是按捺不住地向冯慧桐推荐一款理财产品。他们的方式不同，但本质上都与他们的价值观联系在一起。

城市生活最大的秘密，集中地表现在"日出城堡"所有的人际关系上。从城堡的主人万青一直到秦枫、吴爱红等，每个人无时不在为金钱绞尽脑汁。"日出城堡"从打造一直到易主，它的隐形之手就是金融资本，"日出城堡"真正的主人是金钱。而宰制或掌控小说所有人物的主，也从来没有离开金钱。晓航所揭示的当下城市生活的最大秘密，就是金钱至上的价值观。当年泰纳在《巴尔扎克论》中指出：巴尔扎克的小说，金钱问题是他最得意的题目……他的系统化的能力和对人类明目张胆的偏爱创作了金钱和买卖的史诗。从巴尔扎克时代到今天，城市生活的价值观和宰制者没有发生革命性的变化。因此，无论晓航在小说技法上有多少吸收或借鉴，但在这个意义上可以说他坚持和延续的还是巴尔扎克的传统——通过对金钱的态度，洞穿当下城市生活最隐秘的角落。

《被声音打扰的时光》也是一部具有鲜明批判意识的小说。"日出城堡"是一个无所不有的地方，也是一个欲望的集散地。无论城堡内外，资本是掌控这个世界的主，利益是永恒原则。情感在今天已经沦落

迟子建：群山之巅
333

为不堪的愚昧之举，沉迷于儿女情长就是不可雕的朽木，就是难成大
器。小说与现实的关系在似与不似之间，但它比我们感知的现实世界更
本质地接近现实。它有一股笼罩于现实之上未名的气韵——形象而深刻
地昭示了现实究竟是什么样子。这就是晓航的小说，对拜金主义尖刻而
辛辣的嘲讽，是小说从未妥协的承诺。另一方面，小说又不只是简单的
批判。简单的批判虽然站在道德制高点占据了道德优越性，但是，它还
没有能力回答城市现代性带来的全部疑难问题，包括它的复杂性和混杂
感。因此，这样的批判是没有力量的。在我看来，恰恰是晓航表达出的
束手无措的无奈感，更深刻体现了我们当下面对的困境——我们已经没
有能力改变这个现实。这才是让我们感到惊讶和震动的所在。

迟子建：群山之巅

迟子建的故事、人物和讲述对象一直没有离开东北广袤的平原山
川。这个地理环境造就了迟子建小说的气象和格局。

迟子建的《群山之巅》以两个家族相互交织的当下生活为主要内
容。这两个家族因历史原因而成为两个截然不同的家庭：安家的祖辈安
玉顺是一个"赶走了日本人，又赶走了国民党人"的老英雄，这个"英
雄"是国家授予的，他的合法性毋庸置疑。安玉顺的历史泽被了子孙，
安家因他的身份荣耀乡里，安家是龙盏镇名副其实的新"望族"。辛家
则因辛永库是"逃兵"的恶名而一蹶不振。辛永库被命名为"辛开溜"
纯属杜撰，人们完全出于没有任何道理的想象命名了"辛开溜"：那么
多人都战死了，为什么你能够在枪林弹雨中活着回来还娶了日本女人？

你肯定是一个"逃兵"。于是，一个凭空想象决定了"辛开溜"的命名和命运。"英雄"与"逃兵"的对立关系，在小说中是一个难解的矛盾关系，也是小说内部结构的基本线索。这一在小说中被虚构的关系，本身就是一个荒诞的关系："辛开溜"并不是逃兵，他的"逃兵"身份是被虚构并强加给他的。但是这一命名却被"历史化"，并在"历史化"过程中被"合理化"：一个人的命运个人不能主宰，它的偶然性几乎就是宿命的。"辛开溜"不仅没有能力为自己辩护解脱，甚至他的儿子辛七杂都不相信他不是逃兵，直到辛开溜死后火化出了弹片，辛七杂才相信父亲不是逃兵，辛开溜的这一不白之冤才得以洗刷。如果这只是辛开溜的个人命运还构不成小说的历史感，重要的是这一"血统"带来了令人意想不到的后果。"辛开溜"的儿子辛七杂因老婆不育，抱养了一个男孩辛欣来。辛欣来长大成人不仅与养父母形同路人，而且先后两次入狱：一次是与人在深山种罂粟、贩毒品而获刑三年，一次是在山中吸烟引起森林大火又被判了三年。出狱后他对家人和社会的不满亦在情理之中，但没有想到的是，他问养母王秀满自己生母名字未被理睬，一怒之下将斩马刀挥向了王秀满，王秀满身首异处。作案后的辛欣来尽管惊恐不已，但他还是扔掉斩马刀，进屋取了条蓝色印花枕巾罩在了养母头上，他洗了脸换掉了血衣，拿走了家里两千多元钱，居然还抽了一支烟才走出家门。关键是，他走出家门之后去了石碑坊，强奸了他一直觊觎的小矮人安雪儿后，才亡命天涯。于是，小说波澜骤起一如漫天风雪。

捉拿辛欣来的过程牵扯出各种人物和人际关系。辛开溜与辛欣来没有血缘关系，但他自认还是辛欣来的爷爷。辛欣来强奸安雪儿之后，安雪儿居然怀孕并生下了孩子。辛开溜为逃亡的辛欣来不断地雪夜送给养，为的是让辛欣来能够在死之前看到自己的孩子。而安平等捉拿辛欣来，不仅因为辛欣来有命案，同时也因为他强奸的是自己的独生女。陈庆北亲自坐镇缉拿辛欣来，并不是要给受害人伸冤，而是为了辛欣来的肾。因为他父亲陈金谷的尿毒症急需换肾。陈庆北不愿意为父亲捐肾，但他愿意为父亲积极寻找肾源。而通过唐眉陈庆北得知，辛欣来的生父恰恰就是自己的父亲陈金谷——当年与一上海女知青刘爱娣生的"孽债"，是辛七杂夫妇接纳了被遗弃的辛欣来。辛欣来作为陈金谷的亲生儿子，他的肾不用配型就是最好的肾源。权力关系和人的命运支配与被支配的关系，是小说揭示的重要内容。辛欣来确实心有大恶，他报复家人和社会就是缘于他的怨恨心理。但是辛欣来的控诉能说没有道理吗？小说在讲述这个基本线索的同时，旁溢出各色人等和诸多复杂的人际关系。特别是对当下社会价值混乱道德沦陷的揭示和指控，显示了小说的现实批判力量和作家的勇气。比如饭馆罂粟壳做火锅底料；唐眉给同学陈媛在引用水里投放化学制品，致使陈媛成为生活不能自理的废人；比如警察对辛欣来惨无人道的行刑逼供；部队刘师长八万元与刘大花的"买处"交易；窃贼到陈金谷家行窃，虽然没有拿到钱财，但却窃得一个主人记载收礼的记录本等，虽然隐藏在生活的皱褶里，但在现实生活中早已是未作宣告的秘密。

当然，小说中那些温暖的部分虽然还不能构成主体，但却感人至深。比如辛开溜对日本女人的不变的深情，虽然辛七杂也未必是辛开溜亲生的，因为秋山爱子当时还同两个男人有关系。但辛开溜似乎并不介意。日本战败，秋山爱子突然失踪，"辛开溜再没找过女人，他对秋山爱子难以忘怀，尤其是她的体息，一经回味，总会落泪。秋山爱子留下的每件东西，他都视作宝贝"。秋山爱子对丈夫的寻找和深爱以及最后的失踪，让我们看到了一个日本女人内心永未平息的巨大伤痛，她的失踪是个秘密，但她没有言说的苦痛却也能够被我们深切感知或体悟。还有法警安平和理容师李素贞的爱情等，都写得如杜鹃啼血山高水长，那是小说最为感人的片段。甚至辛开溜为辛欣来送给养的情节，虽然在情理之间有巨大的矛盾，但却使人物性格愈加鲜活生动。

另一方面，小说的后记《每个故事都有回忆》和结尾的那首诗非常重要。或者说那是我们理解《群山之巅》的一把钥匙。后记告诉我们：每个故事都有回忆，那是每个故事都有来处，每个人物、细节，都并非空穴来风。不说字字有来历，也可以说都有现实依据而绝非杜撰。最后的那首诗，不仅含蓄地告白了迟子建对创作《群山之巅》的诗意诉求，更重要的是，这首诗用另一种形式表达了迟子建与讲述对象的情感关系。这个关系就是她的"未名的爱和忧伤"。她的这句诗让我想起了艾青的"为什么我的眼里常含泪水，因为我对这土地爱得深沉"。迟子建的故事、人物和讲述对象一直没有离开东北广袤的平原山川。这个地理环境造就了迟子建小说的气象和格局。

格非：望春风

格非写《望春风》，不是要解决乡村中国变革的"问题"，而那些试图解决乡村中国变革问题的小说，在今天恰恰成了问题。他还是要对他记忆中的乡村做文学化的处理——努力写出他的人物。这样，《望春风》就有别于那些急切处理乡村变革问题的作品——那是社会学家、经济学家和政治家的事情。

《望春风》书写的是记忆中的乡村，是作者以自己的城市生活经验照亮的乡村记忆。格非的上海、北京生活经验对他书写他的乡村非常重要。如果格非没有他的城市生活经验，他是不能完成《望春风》的写作的。小说虽然也写到当下乡村的变革，但他很少做出评价。显然，格非对当下乡村变革的评价持有非常谨慎的态度，这与他的历史感有关。我们知道，包括乡村变革的中国变革，它的整体塑型还远远没有完成。如果说中国变革是一个漫长的链条的话，当下的状况只是这个链条中的一环。如果把一个环节当作整体，显然是缺乏历史感的。这也正如恩格斯在《自然辩证法·导言》中所说：人预定的目的和达到的结果之间还总是存在着非常大的出入。不能预见的作用占了优势，不能控制的力量比有计划发动的力量强得多。只要人的最重要的历史活动，使人从动物界上升到人类并构成人的其他一切活动的物质基础的历史活动，满足人的生活需要的生产，即今天的社会生产，还被不可控制的力量的无意识的作用所左右，只要人所希望的目的只是作为例外才能实现，而且往往得到相反的结果，那么上述情况是不能不如此的。作为学者型作家的格非，除了有发达敏锐的感性触角，他还有清楚的理性思考在制约他的感性表达。

我发现《望春风》的写作，基本是"史传"笔法，以写人物为主。比如写父亲、母亲、德正、猪倌、王曼卿、章珠、雪兰、朱虎平、孙耀庭、婶子、高定邦、同彬、梅芳、沈祖英、赵礼平、唐文宽、斜眼、高定国、春琴等等。但作家又不是平均使用笔墨。这也正如《史记》的本纪、世家、列传一样。父亲和赵德正着墨多，母亲少些；春琴着墨较多，其他人少些。通过小说的写法和内部结构。我们也会发现：格非也很难将他的乡村结构成一个完整的故事，他的记忆也是碎片化的。他只能片段地书写一个个乡村人物，通过这些人物发现乡村在今天的变化。因此，格非写《望春风》，不是要解决乡村中国变革的"问题"，而那些试图解决乡村中国变革问题的小说，在今天恰恰成了问题。他还是要对他记忆中的乡村做文学化的处理——努力写出他的人物。这样，《望春风》就有别于那些急切处理乡村变革问题的作品——那是社会学家、经济学家和政治家的事情。

小说中很多细节非常感人，比如父亲从工地带来一碗饭，只是为了让我尝尝数月未知的"肉味"，我则偷偷地将肉埋在饭里，让父亲吃。格非讲得很好，他说，个人经验，只有通过和"他者"构成关系时才有意义。现在的孩子如果愿意，一顿饭可以吃两斤肉。但格非话语讲述的时代，是没有可能的。我们能够理解他在讲述什么。还比如朱虎平和雪兰的"不伦之恋"，这是乡村"差序格局"遭到破坏的一个症候性的情节。乡村中国的秩序，就靠"差序格局"和伦理、礼仪等维系。如果这个格局破坏了，乡村中国的秩序也就不存在了。但格非不是呼天抢地痛不欲生地讲述乡村秩序的"炸裂"，而是通过文学性的情节一览无余。所幸的是，朱虎平和雪兰绝处逢生，那令人忧心如焚的事情还是没有发生。这是作家格非的过人之处。同彬和春琴的恋情虽然是"姐弟恋"，但还在伦理秩序之中。小说中对前现代人际关系的书写，温暖而多有情致。但格非清楚，那一切是只可想象而不能再经验的。

格非在写完《望春风》后的一次演讲中说，他曾多次回乡，但后来"突然发现有一个惊人的变化，我发现我不想家了。而且我对家乡感到厌恶，我发现农村已经凋敝到一个没法让我待下去的程度"。"我突然发现，你到了乡村以后，你碰到的乡民，乡里面的乡亲父老，他的价值观突然变得极其单一，就是完全是为了钱，完全为了一些简单的经济上的问题，比如他们会不断地问你的收入，他们会说，你当了大学教授，你拿这么点钱，这种观点在乡村变得非常非常严重。"现代性是一条不归路，它不可能按原来路线返回起点。《望春风》的返乡之旅并不是要回到那个起点。因此，当下以"乡愁"为代表的话题，是向后看的、以煽情为能事的怀乡病，是成功人士和小资产阶级的无病呻吟。它试图建构起一个怀乡的"总体性"，以潜隐的方式抗拒有无限可能性的现代性。这是一种未做宣告的秘密，它与当下乡土文学写作的局限性不在一个范畴里。当任何一个作家难以讲述今日中国乡村全貌的时候，每一种局限性就都有合理性。不同的是他们讲述乡村的出发点不同，但他们试图认识当下乡村中国的目的是一致的。我们希望文学在作用世道人心的同时，也能够直接或间接地参与到当下中国的巨大变革中来，推动中国乡村变革朝着更加合理的方向发展。中国的现代性设计了乡村发展的路线图，它有历史目的性，但左右这个预期和目的的多种力量有不可掌控的一面。乡村改革，就是尽可能祛除那不可掌控的力量缩短我们抵达目的的时间或周期，但它绝不是回到过去。这也正是乡土文学的价值所在。

哲贵：猛虎图

他改写了习以为常的社会观念以及文学本质化书写的传统。这就是对商人"为富不仁""无商不奸""唯利是图""钱权交易""钱色交易"等不变的成见。这是哲贵关于反其道而行之的文学勇气。

哲贵以写信河街闻名。信河街是他的"高密东北乡""马孔多镇"。他写了众多的信河街上的"时代英雄"。他改写了习以为常的社会观念以及文学本质化书写的传统。这就是对商人"为富不仁""无商不奸""唯利是图""钱权交易""钱色交易"等不变的成见。这是哲贵关于反其道而行之的文学勇气。但是，这一"反弹琵琶"也确实存在一定的问题：就是忽略了这些时代英雄的"前史"。他们是有各种不为人知的痛苦、烦恼和麻烦。但这心理苦痛是不是都需要理解和同情？他们是如何成为时代英雄或成功人士的？把他们的前史略去，我们不能不疑窦丛生。

《猛虎图》重新书写了信河街奋斗的英雄们。小说以陈震东经商的经历为主线，他白手起家，从家里、朋友那里融资几千块钱开始，他开一家"多美丽"服装店，迅速脱颖而出。成功会膨胀一个人的欲望，陈震东当然希望越做越大，他潜意识里甚至希望吞噬整个世界。正如后来他老婆柯铜锣说的那样：别人背后叫你大老虎，可见什么咬什么，看见谁咬谁，每时每刻虎视眈眈，准备吃掉全世界。当然，商场有商场的规则，在陈震东看来，他是一只老虎，每天虎视眈眈要吃掉全世界。但是也有成千上万只老虎想吃掉陈震东。资本原始积累时代，就是丛林法则。当然，陈震东最后被更大的老虎吃掉了。他的疑似情人楼雪飞三番五次找陈震东让他贷款投资房地产、投资光伏项目。银行突然断了他的续贷，房子卖不出、光伏项目还要后续投入，没钱还银行。银行通过法律手段查封和拍卖了他所有的固定资产，并用法律名义宣告他破产。英雄陈震东从人生的巅峰状态被打回原形。小说如果只是写了陈震东个人经商的履历，《猛虎图》并无惊人之处。这样的故事几乎是改革开放四十年来最司空见惯的故事。现在这样的故事已经庸常无比。

《猛虎图》的过人之处，在于哲贵用极为简约的方式，在商场丛林法则面前，写出了人性的温暖与善。小说写到了长辈、父亲陈文化、母亲胡虹，师傅胡长清，柯又绿的父亲柯无涯等。师傅胡长清是陈震东的亲生父亲，父亲陈文华知道并秘而不宣。这个故事本来有无尽的艳体想象，但哲贵没有沿着这个路线展开。他为前辈留了足够的面子。这些长辈有各种问题，他们都善良得可爱，他的几个把兄弟——刘发展、许琼、王万千以及刘发展与李美丽、伍大卫与丁香芹、霍军与丁香芹、王万千与许琼等的情感与婚姻等，如果不厌其烦，可以写得洋洋洒洒兴致盎然。但在哲贵这里，既写出了他们各自不尽相同的复杂情感经历，又删繁就简一览无余。现在的小说越写越复杂，越写越哲学，这当然也必要。但好的作品可以既要标新立异，又能满目青山。《猛虎图》做到了。我读小说的时候，特别注意人物对话，对话非常难写。《猛虎图》

的人物对话非常简单，有时甚至感觉这是发生在未庄时代的故事。人物
似乎理智不那么健全，没有曲笔没有隐喻，说话都是直奔主题。但是，
这貌似简单的写法，是哲贵提炼或感悟的结果。这些普通的小人物，没
有阴谋，没有心机。生活中的他们是另外一回事，小说中的他们远没有
那么复杂。这里只有一个不那么可爱的人物就是黄丽君。她抛弃了私生
子篮生，在篮生要换肾的时候又畏缩不前，还是李美丽义无反顾地舍生
取义般地为篮生换了肾。小说中刘发展、李美丽对篮生的情感，是最为
动人的桥段之一。小说承继了中国古代史传笔法，虽然不设章节，但
人物一个一个出场，非常有耐心地写每一个人物。人物之间有关系，
但一节重点写一两个人物，线条极为清晰。这是小说做到简约的技术
保障。从这个意义上说，本土的文学经典仍然是我们巨大的可资开掘
的文学资源。

　　小说结束于陈震东破产后躲进山林土地庙，他落魄的情形可想而
知。但所有的人都没有放弃他：柯又绿见不到人，她上山规劝自言自
语，每天坚持送食物，甚至被褥、枕头、牙刷、脸盆、水杯，然后是陈
震东所有的朋友、部下、父母以及楼雪飞等。从这些关系中我们可以看
到，失败商人陈震东的人性、品行大获全胜。一年以后，陈震东的儿子
陈宇宙的公司上市，他成了亿万富翁。他劝父亲下山时，陈震东想的
是：陈宇宙，你现在有钱了，该还老子债了。但他没有发出声音。陈震
东下山了吗？他回来了吗？他还坚持躲在山里吗？我们不知道。这个结
尾当然很有意思，但像短篇小说结尾，显得有些"小"。

　　哲贵自己说，他的这部小说只"负责对世界提出疑问"，也就是陈
震东的出路在哪里？他的身体和灵魂何去何从？他能否找到自己的封神
台？或者，他注定要成为一个野鬼孤魂？"这也是我的疑问，我觉得应

当也是我们所有人的疑问，甚至是这个时代的疑问。"事情好像不是这样，文学不负责，也没有能力为陈震东指出方向，也就没有能力为人类指出方向。文学只负责呈现人生的无限可能性，或者说写出人生的"无常"。《猛虎图》在这一点上已经做到了，而且做得如此之好。

北村：安慰书

在小说讲述方式上，北村延续了先锋小说叙事的复杂和盎然兴致。每个人物都有无尽的可能性，阅读如果遗漏一个段落，人物性格和命运都会大相径庭。因此，这是一部非常好看的小说。

北村的《安慰书》是一部既有现实关怀，又有审美理想，既有先锋性，又有可读性的作品。小说从陈瞳杀人案进入，逐渐牵扯出陈先汉、杜秀丽、陈瞳一家，刘青山、刘种田、刘智慧一家，李义、李江一家。三个家庭在今天的社会生活结构中，分别代表了不同的阶层：陈家有权力资本，刘家有金融资本，李家则是认同了权力资本的底层普通人。当然，这是老一辈人的身份，也就是陈先汉、刘氏兄弟和李义的身份。而第二代的陈瞳、刘智慧和李江，并没有完全秉承家族的身份地位。因此，小说并不是类型化地演绎当下社会阶层矛盾的作品。

我注意到，作为先锋文学重要作家的北村，《安慰书》的写作与他的《逃亡者说》系列、《施洗的河》《武则天》《卓玛的爱情》，以及《周渔的喊叫》或后期的《望着你》《玻璃》《愤怒》《发烧》等都有所不同。这些作品，表达了北村不同时期的追求和关注。《安慰书》应该是北村在以往创作基础上新的发展。这部作品，北村的现实关怀一览无余。陈瞳杀了人，但对陈瞳的评价并不完全一致。北村用抽丝剥茧的方法，耐心地牵出了与小说有关的所有人物。值得注意的是，北村并不是殚思竭虑地要写一个侦破或悬疑小说。我们看到的是，当所有人物都登场之后，三个家庭几乎都家破人亡。在各种人际关系和利益争夺中，在陈瞳的母亲杜秀丽恳请石原律师为自己的儿子辩护时，她在讲述当年修高铁拆迁导致血案，然后才有了花乡今日繁荣时说："你当年是反对我们的，现在时过境迁，你说一句公道话，恶，是不是推动历史进步的力量。"杜秀丽的这一问几近天问。还有，李义是当年血案的顶替者或执行者，但他不是决策者。当年决策者的策略是，不发文件、不打电话、不留任何痕迹。而李义这个顶替者却甘心下地狱。在他看来："陈先汉让我清场的，起先我不干，我不是杀人犯，我连一只鸡都没有杀过，但陈先汉磨了我三天三夜，最后我想明白了，伟人说过，革命不是请客吃饭，死人的事时常发生的，不付出代价，历史不会进步，是英雄在推动历史，而我是英雄的战友。"

这些人物表达的历史观和价值观，才是小说最令人震撼的。当然，这不是一部讨论历史或现实的理论著作。通过小说的具体细节，我们看到了北村一览无余的批判笔触。高铁给花乡带来了几十亿的价值，姑且不说这几十亿价值的受益者有多少是民众。而那些真正受益的比如陈先汉、刘青山、刘种田又怎样呢？他们不是惶惶不可终日，就是选择了死亡。

在作者北村看来，人性是不可相信的。无论是陈先汉、刘种田还是李江、石原，即便是刘智慧，也是城府极深怨恨无边。小说揭露了人性的贪嗔痴，也告知了贪嗔痴的因果报应。最后，小说在一片虚空中结束。除了陈先汉、刘青山的死亡，刘智慧也在域外做了修女。因此，小说有鲜明的中国佛教观念。

这是一部大作品。特别是在小说讲述方式上，北村延续了先锋小说叙事的复杂和盎然兴致。每个人物都有无尽的可能性，阅读如果遗漏一个段落，人物性格和命运都会大相径庭。因此，这是一部非常好看的小说。我唯一不大满意的，是对刘智慧的处理。我以为，她亲生父亲已死，母亲成了植物人，写到她出家时就可以了。但后来又写到她处心积虑地报复陈瞳，并且心机太深。这个曾经让我们同情和喜欢的人物，也完全幻灭了。我对此深感遗憾。或者说，北村对人物处理的决绝，给人一种深刻的绝望。这个世界一点暖意也没有了。即便小说命名为"安慰书"，我们却没有从中得到任何安慰。

胡学文：血梅花

《血梅花》就像萨特的《死无葬身之地》一样，它守住了最后的底线。胡学文的探索虽然"欲说还休"，但我看到了他心中燃起的些许勇气。这是很了不起的。我想，只要作家敢于在文学中探索人性的无限丰富性和复杂性，我们的大作品终有一天会诞生。

胡学文的《血梅花》在题材上很难界定——抗日、复仇、土匪、情爱？都可以，但都难以概括。因此《血梅花》很复杂。小说是以民间抗日作为主线，间杂以东北土匪、山里生活或情感生活等不同的内容。第五章之前，小说内容平平。山里生活或土匪生活并无特别之处。和其他写东北响马或剿匪题材的小说比较还略显平淡。但是，到了第五章柳东风和柳东雨在田埂上发现了一个男人之后，小说波澜骤起。一个名叫宋高的男人出现之后，小说变得扑朔迷离深不可测。这个叫宋高的男人是一个日本人,他叫松岛,但他的身份几乎到最后我们才得知。他是一个日本的刑事警察。专门搜集与抗日相关的各种情报,特别是"梅华军"的情报。这样,小说又沾染了悬疑、侦探、间谍等小说的情节或内容。但这些对《血梅花》来说都不重要。重要的是胡学文铤而走险地处理了日本间谍松岛与柳东雨的关系。这个关系险象环生,两个人就像一直处在悬崖边缘,稍不谨慎就会玉石俱焚。

松岛的身份开始是一个商人,他在安图做生意。因为柳氏兄妹的救命之恩,他即便日本商人的身份公开后,仍与柳氏兄妹有关系,仍在小说的逻辑之中。但日久生情,松岛爱上了柳东雨,柳东雨讨厌松岛口是心非。两人的暧昧关系一度发展为"同居"——尽管没有实质性关系。但从一个方面表达了柳东雨对松岛的情感。小说也或明或暗地写到了柳东雨对松岛的情与爱。这是小说最大的突破。松岛是一个隐藏很深的日本刑警。但他卑躬屈膝温文尔雅地周旋于柳氏兄妹之间,有极大的迷惑性。柳东雨对他产生感情,在人性的范畴里讨论是完全合理的。但是,在家国利益面前,柳氏兄妹义无反顾地站在国家民族一边,也就完成了人物性格塑造和小说的全貌。人物关系的设置,表达了胡学文对人性探讨所能达到的深度。这个问题是绝处逢生还是铤而走险,可能会引起讨论。但我会坚决支持胡学文的探讨。因为那里有符合人性的极大合理性。

过去,我们曾读到过严歌苓的《小姨多鹤》。这部作品表达了新的与战争文学有关的观念。严歌苓的观念与瓦西里耶夫有很大的相似性。就是在书写战争的时候,不再将战争简单地分为正义战争与非正义战争,侵略战争与反侵略战争。而是认为战争给人类带来的都是苦难。多鹤是一个日本遗孤,战后她留在了中国。"文革"时期她遭受了比普通中国人还要多的苦难。严歌苓并没有站在狭隘的民族主义立场上书写多鹤，多鹤也是一个人。小说同样打动了我们。《血梅花》中，在松岛身份暴露之前，他与柳东雨的情感不能不说是真挚的。情感方面的诚恳是不能骗人的。当然，《血梅花》就像萨特的《死无葬身之地》一样，它守住了最后的底线。胡学文的探索虽然"欲说还休"，但我看到了他心中燃起的些许勇气。这是很了不起的。我想，只要作家敢于在文学中探索人性的无限丰富性和复杂性，我们的大作品终有一天会诞生。

宗璞：北归记

宗璞是重要的知识分子题材作家。特殊的家庭学养和她自己学贯中西的文化根底，使宗璞小说具有的文化内涵和艺术品质有极高的辨识度，她无人可代替。大家闺秀的才情、气质在举手投足间，宗璞的才情气质则在遣词用语和人物的一招一式间。

《北归记》是著名作家宗璞多卷本长篇小说《野葫芦引》的压卷之作。前三卷《南渡记》《东藏记》《西征记》，发表之后在读者和批评界引起极大反响。其中第二卷《东藏记》获第六届茅盾文学奖。《北归记》的发表，使我们有机会看到了《野葫芦引》的全貌，有机会看到了一个知识分子书写的大历史和自叙传。应该说，包括《北归记》在内的《野葫芦引》四大卷，是当代文坛的重要收获。

我之所以说这部巨著写的是大历史，是因为在前三卷中，在风雨飘摇国将不国的时代，我们看到了知识分子与时代的密切关系。看到了为人正直慷慨，有一颗拳拳爱国之心的明仑大学教授孟樾孟弗之，看到了学识渊博心系家国，宁死不做汉奸的吕清非，看到了用一死呼吁停止内战的将军严亮祖，看到了参军后壮烈牺牲的明仑大学学生澹台玮，当然还有地下党员卫葑、远征军师长高明全、游击队队长彭田力等。这些人物与中国波澜壮阔的现代历史有关，与中华民族仁人志士的家国情怀有关，是他们在国破家亡的时代，共同书写了一个民族浩歌般的抗争史和精神史。小说从北平沦陷，明仑大学南迁写起，然后是抗日军队长沙一战失败，明仑大学不得不再次西迁昆明，1944年抗日军队克复腾冲，第二年抗战胜利，1946年孟樾和家人返回北平。

《北归记》写的就是孟樾一家回到北平的生活。多年离乱，盼望的和平生活终于到来，离别北平多年的孟樾一家和明仑大学的教授们，心情可想而知。因此，明快的风格是《北归记》的主调。战乱中成长起来的一代，尽情享受和平生活带来的欢乐。他们跳舞、滑冰、听音乐、读书、堆雪人、搞诗歌朗诵会、学术报告会等。小说充满了校园的青春气息。我们知道，作家书写什么表明的是作家关注什么。《北归记》中对日常生活的盎然兴致，表达的恰恰是作家对和平生活的向往和热爱。只有经历了这一切的人，对和平生活的来之不易才有更深刻的体会。而此时，爱情生活如带露的玫瑰，勃然绽放在年轻一代的心头。玹子与卫葑、嵋与无因、之薇与颖书、峨与家殺等，无论是热烈、温婉还是怪异，爱情既是他们的相互选择，同时也是对未来和进步的选择。宗璞是书写青春爱情的圣手，当年的《红豆》曾传诵一时。北大曾有新生到颐和园寻找过江玫与齐虹当年定情处。《北归记》中几对年轻人爱情的讲述，是小说最华彩的篇章。

抗战胜利后，内战接踵而来。因此，教授和青年学子们并不是尽情享受胜利后的和平生活。他们举办严亮祖将军座谈会，组织出版纪念严亮祖将军专辑。这些活动先后影响到南京、昆明、重庆等地，停止内战的呼吁此起彼伏。反内战、反饥饿是《北归记》记述大历史的基本旋律。即便是在场景描述中，仍隐约透露着这样的痕迹："随着五月的到来，校园里柳枝已经成荫，各类花朵依次开放，五月的鲜花十分绚烂。桥头的墙壁、大饭厅、各宿舍张贴了许多纪念五四的壁报，也有很多反饥饿、反内战的标语和文章。"尽管内战是知识分子不能阻止的，但他们一定要表达他们的良知和责任。教授和青年学子在表达对时局态度的同时，当然也没有忘记自身的使命。对大学之道的坚守，是那一时代知识分子最值得尊重的文化信念。当一个高级职业学校向教育部申请要将他们的学校设在明仑大学里的时候，卣辰教授说："职业学校培养的是谋生的手段，这是社会和个人都需要的。大学培养的是独立的全面发展的人，而不只是技术手段。"孟弗之说："大学培养出来的人，应该有理想有热情，能够独立的自己判断是非，而不是被人驱使。我们培养的是人，不是工具。大学不只是教育机构，还是学术机构，它的人物是继往开来、传授知识并且创造知识。国家的命脉在于此。"大学教授们对大学功能的议论，显然不止是话语讲述的年代，它与讲述话语的年代同样有关。因此，宗璞在讲述个人经验的同时，她也就是在讲述历史。抗日战争爆发后，宗璞和全家随父亲冯友兰先生自北京南渡昆明，在西南联大度过了八年时光。亡国之痛、流离之苦、父辈师长的操守气节，给少年宗璞留下了难以磨灭的记忆，这段生活对她而言弥足珍贵，既不可复制也难再经验，既是她丰富的创作素材，也是她灵感的一部分。她年过八旬之后，这段经历历久弥新，可见它对宗璞的重要。她不惜用几十年的时间要完成这一巨著的创作。因此，1989年，《野葫芦引》第一卷《南渡记》发表之后，卞之琳评价说："就题材而论，这部小说填补了写民族解放战争即抗日战争小说之中的一个重要空白；就艺术而论，在新时期小说创作的繁荣当中独具特色，开出了一条小说真正创新的康庄大道的起点。"

另一方面，宗璞是重要的知识分子题材作家。特殊的家庭学养和她自己学贯中西的文化根底，使宗璞小说具有的文化内涵和艺术品质有极高的辨识度，她无人可代替。大家闺秀的才情、气质在举手投足间，宗璞的才情气质则在遣词用语和人物的一招一式间。孙犁先生评价宗璞的文字时说："明朗而有含蓄，流畅而有余韵。"我们发现，《北归记》对日常生活的讲述，多有"红楼风"，"方壶"里外进出的人物以及对话方式，与《红楼梦》确有谱系关系。而小说蕴含的浑然天成的高雅气质，更是令人过目难忘。

严歌苓：芳华

《芳华》是一部回忆性的作品，但它既不是怀旧也不是炫耀曾经的青春作品。话语讲述的是曾经的青春年华，但在讲述话语的时代，它用个人的方式深刻地反省和检讨了那个时代，因此，这是一部今天与过去对话的小说。

严歌苓的长篇小说《芳华》，应该是她的《一个女兵的悄悄话》《雌性的草地》《灰舞鞋》等一个谱系的作品。青年时代的从军经历，为她的创作带来了巨大的资源。因此，《芳华》也可看作是严歌苓具有自叙传性质的小说。一群青年男女构成的文工团，在一座小红楼里演绎着他们的青春年华。于是，刘峰、小穗子、林丁丁、何小曼、郝淑雯等，在那个时代的前台后台，正挥霍着他们的青春年华。

《芳华》是一部回忆性的作品，但它既不是怀旧也不是炫耀曾经的青春作品。话语讲述的是曾经的青春年华，但在讲述话语的时代，它用个人的方式深刻地反省和检讨了那个时代，因此，这是一部今天与过去对话的小说。那是一个简单、透明、单纯和理想的时代。这个时代前台演出的，是毛泽东"新文化猜想"的具体实践。人间大戏是革命"样板戏"，这些时代英雄经过不断地"过滤"，几乎了却了人间"念想"。他们一门心思投入革命，要拯救"普天下受苦人"。这一浪漫的理想主义文艺，迅速蔓延至所有的文艺工作团体。无论排演任何节目，"样板戏美学"都是它的核心要素。于是，小穗子的文工团也概莫能外。但是，前台的演出与后台的人间生活并没有建立起"同构关系"。那些少男少女，尤其是文工团的少男少女，他们的小心思、小伎俩、小是非、小矛盾以及更加难免的两情两性关系，都在或明或暗、若隐若现没有剧终地演出着。时代的主旋律威武雄壮，女生的小零食欲罢不能。那个不谙世事少不更事的小穗子，在貌似不经意的讲述中，通过女孩之间的秘密、男女之间的秘密，讲述了人性与生俱来的顽强，它是如此的难以规训、难以改变。女孩子之间的关系，与今天比较起来，除了表现形式和程度有所不同之外，在本质上并无差别。但是，小说因为有了另一个人物——刘峰，便异峰突起、卓然不群。

刘峰在文工团是"名人"。住在红楼——也是危楼的文艺青年们，日常生活中的琐事、麻烦事，大家最好的办法是"找刘峰"。刘峰不厌其烦，他乐于助人、没有坏心眼，是一个极端朴实厚道的山东青年。大家异口同声地叫他"雷又峰"——既和发音有关，也切合他的个人形象。小说极有耐心地书写了刘峰作为好人和模范的先进事迹。在和平年代，做个雷锋式的模范何其艰难。但刘峰做到了。那个时代，一个人如果做了英模，就如同镶嵌进了云端——一如样板戏的人物一样，他们与世俗生活没有关系。但是，刘峰毕竟没有走向云端，他生活的真实环境是小红楼，身边是触手可及的文艺女兵。于是，刘峰多年暗恋的对象锁定了，她是林丁丁。一个偶然的机会，刘峰与林丁丁有了单独在一个封闭空间的机会，慌乱的刘峰顾左右而言他，在前言不搭后语中完成了对林丁丁的爱情表白。当刘峰扑向了林丁丁，将她抱在怀里的时候，林丁丁不仅哇哇大哭，甚至破口喊出了"救命啊"的呼救声。这一声呼救，将在云端的刘峰径直送进了地狱。至于林丁丁为什么有如此激烈的反应——

> 林丁丁说不出来，脸上和眼睛里的表达我多年后试着诠释：受了奇耻大辱的委屈……也不对，好像还有一种幻灭：你一直以为他是圣人，原来圣人一直惦记你呢！像所有男人一样，惦记的也是那点东西！……她感到惊悚，幻灭，恶心，辜负……

假如刘峰的示爱打破的仅仅是和林丁丁个人的关系，林丁丁夸张地认为刘峰的示爱就是对她的"强暴"，虽然尴尬也无大碍。但事情引起了组织的注意并不厌其详地审问了具体内容，刘峰被公开批判了。然后是党内严重警告、下放伐木连当兵。中越边境发生冲突，刘峰回到了他的老连队，野战部队的一个工兵营。战争让刘峰失去了一条手臂。转业后他去海南做生意，老婆跟别人跑了，但刘峰顽强地生活下来。刘峰的顽强，是来自土地和底层的顽强。改革开放高昂的时代与刘峰低迷的人生构成了鲜明的对比。善良的刘峰还是那么具有悲悯心和同情心。他要拯救一个妓女小惠，甚至不惜与她同居；他不麻烦任何人，当战友们联系到他之后，他主动地"消失"。他做好人的历史没有断裂，当年战友的情义也没有断裂。不仅小穗子、郝淑雯没有忘记他，在刘峰人生的垂危时期，那个大家都不待见的何小曼出现了。何小曼的"芳华"时代实在乏善可陈：她是一个"拖油瓶"和母亲一起进入一个老干部家庭的，那个家庭气氛堪比炼狱。母亲委曲求全如寄人篱下，何小曼的少年生活可想而知。不幸的童年生活如影随形地带进文工团，她的屈辱远未结束。她进入医院之后，鬼使神差地上了前线并当了英雄。她像当年的刘峰一样到处做报告。她每天接受崇拜，继父、母亲以及战友的欺凌和侮辱，已经千百倍地抵消。何小曼知道自己是怎么成为英雄的，这个巨大的痛楚她难以超越。于是她得了精神分裂症，三年之后痊愈留在军区医院当宣传干事，也找到了曾经看过她的刘峰。他们走到了一起。但他们既不是恋人、情人，甚至也没有肌肤之亲："我们是好朋友，亲密归亲密。"好人刘峰最后还是因绝症去世了，小曼和小穗子告别了最后的刘峰。

严歌苓说，她写《天浴》的时候还要控诉情绪，但现在拉开了距离，觉得一个人写童年，再苦也不是苦，都是亲的。所以到"穗子"系列虽然都是悲剧，但全是嘻嘻哈哈讲的，那是更高的境界。这是作家的自述，应该无可辩驳。我也认为《芳华》的前半部，确实松弛，那个青春好年华就这样过来了，无大悲亦无大喜。但读到刘峰后来的人生，我们很难再看到嘻哈。刘峰毕竟是个好人，尤其是今天再难见到的好人。他爱林丁丁有什么错呢？他一生执着地爱一个人——尽管这个人最大限度地伤害了他，他一直活在这个巨大的创伤性记忆中。但仍然无法改变他对那个"假想的"林丁丁的爱。这是一个怎样的人啊！他有过自己的芳华，他的芳华却酿成了悲歌。因此，《芳华》不是一部怀旧之作，也不是有关于"芳华"的嘻哈之作。我想，创作《芳华》的严歌苓，显然是在同她的"芳华"时代对话——那个时代并未终结，它一直和我们生活在一起。而且，人生之短暂、人生之无常，是任何人都无从把握的。但是，好人会被记住，他合乎人性，他温暖我们一生。

关仁山：金谷银山

如何书写乡土中国几十年来的巨变，如何看待和想象大变动时代的中国乡村，是这个时代作家面临的共同难题。关仁山一直执着地以探索的姿态乐观地看待这场巨变，他的文学人物都是乡村中国变革的支持者。这使他在同类农村题材创作中独树一帜。这部《金谷银山》，用大红大绿的色彩描绘了北中国一幅绚丽的画卷。"金谷银山"，是乡土中国的梦幻，"披金挂银"是乡村吉祥的福音。主人公范少山是新时代的农民英雄，是新时代的梁生宝。残酷的生存环境与美好的心灵图景形成温暖的落差，不同的是，他在白羊峪建构的不是一个虚幻的文化乌托邦，而是一个巨大的、触手可及的、金谷银山的物质世界。物质世界同时也是精神的世界。

关仁山是这个时代真正的乡土文学作家。几十年来，他立足或扎根于乡土，认真书写他的冀东大地。他的"中国农村三部曲"——《天高地厚》《麦河》和《日头》，出版后深受好评。这三部小说生动地记述了冀东大地几十年来的巨大变迁，在追踪乡土变迁的过程中，他塑造了属于这块土地的文学的农民形象。如何书写乡土中国几十年来的巨变，如何看待和想象大变动时代的中国乡村，是这个时代作家面临的共同难题。关仁山一直乐观地看待这场巨变，他的文学人物都是乡村中国变革的支持者。这部《金谷银山》，用大红大绿的色彩描绘了北中国一幅绚丽的画卷。"金谷银山"，是乡土中国的梦幻，"披金挂银"是乡村吉祥的福音。主人公范少山是新时代的农民英雄,是新时代的梁生宝。他在白羊峪建构的不是一个虚幻的文化乌托邦,而是一个巨大的、触手可及的、金谷银山的物质世界。

塑造社会主义的文学新人,曾是一个时代的主流文学观。梁生宝、萧长春、高大泉等,是社会主义新农村文学新人的代表。他们来自大春哥、二黑哥们的同一条道路。这些人物,让我们看到了活泼、健康、生动的中国农民形象。他们改写了阿Q、华老栓、老通宝、祥林嫂等中国旧有的农民形象。他们自有其文学史的意义和价值。但是,实事求是地说,这些形象与其说是在塑造文学形象,毋宁说是在构建社会主义的价值观。或者说,这些新人的道路,就是社会主义新农村的道路。而这些形象也确实建构起了社会主义的文化空间。他们极大地影响了那个时代的精神面貌。另一方面,在这条道路上,中国农民并没有找到他们希望找到的东西。1980年代,当周克芹的《许茂和他的女儿们》出版之后,我们发现,无论是老许茂和他的女儿们,其目光、衣着、肤色乃至精神状态,与60年前的阿Q、老通宝们并无差别。或者说,60年来,真正的革命并没有在中国农村发生。这也是中国共产党实行改革开放的前提。从互助组到人民公社,中国农民并没有过上好日子。于是才有了“联产承包责任制”为开端的农村改革。当然,我们也得承认,中国农村的改革也是一个“试错”的过程,也是一个不断探索、不断试验的过程。这也是中国的“现代性”不确定性的具体体现。应该说,关仁山一直关注这场关乎无数人命运的重大变革。他的目光一直没有离开乡土中国的变化过程。他的“三部曲”就是例证。

现在我们看到的这部《金谷银山》,在创作方法上,与“三部曲”有了非常大的变化。它不是有意反映农村流行的政策或农民对政策的不同态度，也不是以同情者的角度悲天悯人地专注于农民的生存景况。而是着力塑造了一个"新时代的农民形象"——范少山。这是一个有着梁生宝血统的冀东农民：他喜欢小说《创业史》，喜欢梁生宝。当他决定离开北京回白羊峪时，这部小说就成了他的"口袋书"。他不仅喜欢，重要的是他还要践行梁生宝的人生，要造福于白羊峪的乡亲们。实事求是地说，对关仁山而言，这是一条"险象环生"的选择：当英雄的时代早已过去之后，如何塑造新的时代"英雄"，实在是太艰难了。即便这个时代仍然有英雄，但从已有的创作经验而言，"正面英雄人物"的塑造，其难度也远远大于书写普通人。普通人被塑造出来仍然是"人"的形象，英雄被塑造出来大多是"神"的形象。他们可敬却难以让人亲近。关仁山自己也不讳言，这就是一部"主旋律"的小说。任何一个国家和民族都有自己的"主旋律"，关键是怎样理解和怎样写"主旋律"。就我们而言，"主旋律"也不只是革命历史和当代英雄。我曾经表达过，那些凡是对人类基本价值尺度有维护的最低承诺的文学作品，也就是对人类进步、民主、自由、忠诚、爱和善等的维护和张扬，都应该看作是主旋律。如果是这样的话，《金谷银山》就是一部主旋律小说。

范少山有梁生宝的血统，但是梁生宝的时代毕竟已经过去。范少山是带着他的时代印记走到我们面前的。他有个人的情感史，有失败的婚姻。他常年在外经商，妻子迟春英耐不住寂寞，在马玉刚的诱惑下终于越出了底线，人也嫁给了马玉刚。但是刺激范少山"拯救"白羊峪的还不是个人的情感挫败，是村民老德安的死。老德安是贫困户，虽然有儿子，儿子搬到城里后就没了音信。他"养了两只鸡，快要下蛋了，让黄鼠狼叼走了；种的苞米囤在院子里，也让耗子啃得差不多了。种了点儿土豆，卖不出去，只能上顿吃，下顿吃；白羊峪没有小麦，不种水稻，吃白面大米要下山去买。钱呢？得用鸡蛋、苹果、山楂去换。咋换呢？'鬼难登'在那横着呢！不能车运，只能提着篮子翻过那段险路去卖。老德安本来山货就少，又是老胳膊老腿儿下不了山，只能整天吃土豆，连苞米都接不上来年的。让土豆埋没的一颗心，看不到指望，上吊了"。范少山埋葬了老德安，也激起了他要拯救白羊峪的愿望，并自诩为"超人"。原本在北京和恋人杏儿卖菜的他，决定返回家乡白羊峪，带领乡亲们创业。

范少山带领乡亲们走的是绿色生态的创业之路。为了挖掘祖宗留下的谷种，与外国种子抗争，终于在太行山找到具有传奇色彩的金谷子，种在了白羊峪的土地上并获得成功。在农大孙教授的指导下，他利用本村的苹果园，培育无农药苹果，成果即中国第一个"永不腐烂"的苹果，被称为"金苹果"。为了打通白羊峪与外界的道路，范少山带领乡亲们奋力开掘，进行了一场艰苦卓绝的奋斗，使一个贫困绝望即将消失的小山村，最终脱贫致富，成为远近闻名的旅游观光村，过上了城里人也艳羡的绿色生活。范少山没有止步，他还下山推动土地流转，建成了万亩金谷子种植基地，在成就新农民梦想的同时，也使中国北方更多的农民受益。他们曲折的创业故事，同时也在进行新农村的道德与文化重建，充满温暖和希望，为时代谱写了一曲感天动地的新的创业史。小说的主人公范少山，当然不是传统意义上的梁生宝。梁生宝践行和寻找的是一条社会主义集体化的道路，新的生活观念是他前行的最大动力。后来的社会发展证明了这条道路的失败。这是社会主义集体化运动"试错"的结果，也是改革开放重新寻找农村变革的起点。范少山出现的时候，农村变革已经实行多年。他可以在农村自由城市穿行。见多识广的他和恋人杏儿在城市和乡村搭建了电子商务平台，让更多的城市人也在白羊峪的生态果实和旅游中见证了山村绿色生态之美。本书塑造范少山这一新农民形象有眼界、有智慧、有胸怀、有风骨，是新时代农民英雄。闫杏儿、白腿儿、余来锁、田新仓、泰奶奶、范老井等人物形象也生动传神多有特点。小说改变了作家自己旧有的写作格局，打破了同类题材的模式，为农村题材写作提供了新的艺术经验，它的探索性显然是有价值的。

王妹英：得城记

城市有机会放大了她们也最后毁灭了她们。从这个意义上说，《进城记》也是一部批判城市文明的小说：城市文明是现代的，但城市文明的本质也许带有"现代的原罪"。

王妹英是陕西新崛起的作家中具有代表性的人物。陕西是文学强省，新时期形成的"三座大山"——路遥、陈忠实、贾平凹，几乎是难以逾越的文学高峰，他们不仅是陕西同时也是中国文学的无限风光。因此，在陕西从事文学创作要脱颖而出何其艰难。当然，这只是事情的一个方面，另一方面，陕西的文学高峰也是励志的丰碑，为后来者标示了文学的高度。可以想象，后来的陕西作家作品引起的全国性的反响，那一定是出手不凡。在陕西众多新崛起的作家中，王妹英是引人瞩目的一位。

《得城记》，是迄今为止王妹英最成熟、最有文学价值的作品，即便放在当下长篇小说整体格局中，也不失为一部优秀之作。《得城记》写桃花沟三个女孩子——凌霄、艳红和九米二十年前进城的故事。

凌霄进城与九米、艳红不同。凌霄十八岁，父亲修书一封，让凌霄进城寻找父亲当年为她定下的娃娃亲家。是凌霄的亲祖爷爷救过都城里那家祖上的谁谁，于是结下了这门娃娃亲。九米和艳红进城，心思或动机与当下大多农村青年大体一个路数："不离开桃花沟子，咱这辈子就哪里都去不了！北京、上海、省里，都去不了，更别说远地里的外国。注定要烂在这里，和上一辈、上几辈人一样，变成一头瞎驴，拴在早就规定好的磨道里，没明没暗地推磨。"于是三个青年女子怀着不同的追求和目标来到了旧都。凌霄日夜苦读考取了省城数一数二的大学，九米和艳红考取了幼师学校。凌霄分配到社科院从事研究工作（应是科学院，社科院没有从事物理、天文研究专业），九米、艳红中专毕业，分配到梨花县政府幼儿园，然后是一波三折又心有不甘地嫁人。青年男女的婚恋嫁娶各不相同，本是人之常情。但九米和艳红的婚恋——一个是杀猪的屠夫，一个是监狱的二线狱警，夫贱妻贫，为两个女子日后的命运埋下了不幸的伏笔。作为小说，如果仅仅是这些家长里短男欢女爱也不足观。但开篇不久小说波澜骤起——艳红在省城旧都梨花新区做起了当朝大官。艳红攀上了梨花县副县长礼财，梨花县撤县建区，通过礼财，艳红进了区政府。艳红出身卑微，但心高气傲生性妒忌，她一直攀比凌霄，初心是一定要压凌霄一头，为此她不择手段。为了实现目的，与礼财勾搭成奸。被礼财老婆发现时，艳红说，"是我在酒里下了迷魂春药，曲意奉承，诱他上钩，与他无关。你要告官法办，要杀要剐，都尽由你。我要有片刻躲闪，都不是人生父母养的。随你发落处置"。可见艳红为了日后发达真是舍出了身家性命，她敢做敢当，性格中有"豁出去"的一面。这也是礼财临死时还念念不忘艳红，想见她一面的原因。艳红出身贫寒，颜值身段乏善可陈，她可以利用的个人资源，除了身体

之外，大概也就是不计后路的"断然"了。艳红做官之后，性格、欲望
无限地膨胀起来。她不仅敛财而且同样"好色"。她同二十六个男人有
性关系，而且还要到会馆找男妓，并要几个人"伺候她"。这是我们见
过的"官场文化"权色交易的"逆向书写"，也是现代版的女西门大官
人。加之社科院人文所、经济所的女研究员在旧都德福巷酒吧的放纵享
乐，女性欲望在严肃文学中首次取得了无坚不摧的凯旋。艳红的性格和
行为方式预示了她的命运，她最后走进监狱去"争强好胜"已在预料之
中。但艳红的人物性格跃然纸上，是近年来不多见的、可称为具有典型
意义的人物。九米在艳红的影响下虽然艳羡不已蠢蠢欲动，但终因性格
还不那么决绝而只限于随波逐流而已。

　　小说的"正面人物"是凌霄。这是一个儒雅、知书达理的现代知识
分子形象。她善良、友好、忍辱负重，一心从事她热爱的研究专业。她
也和艳红见过一些场面，但她对旧都新时尚显然是拒斥的。通过凌霄，
王妹英构建起了历史与当下的关系。在讲述者王妹英看来，旧都的"现
代"，只是旧都的一部分而远非全部。沉浸在旧都深处的历史，仍是旧
都当下生活的魂灵——祖奶奶作为一个历史符号，她仍深刻地影响着今
天旧都的生活。这个当年大户人家的阔小姐，嫁给了一个县长，县长因
在县城寻花问柳，面对祖奶奶时有心理障碍。后因祸匪绑票失了性命。
一个救下了自己性命的年轻团长，在祖奶奶家里养伤，日久生情有了肌
肤之亲。团长养好伤归队时承诺，秋后再来旧都明媒正娶。但因城北匪
首告密被捕，一时谣言四起，团长下落不明，祖奶奶秋后同一只大公鸡
拜堂成亲。此后几朝几代，祖奶奶矢志不移，等待她的团长归来。祖
奶奶关于人生、爱情的信念，与艳红、九米和社科院的知识分子们，形
成了鲜明的比照。那历经沧桑的高门大院建构起来的"旧文明"，依然

如"夜明珠"般地照耀着旧都的大街小巷。凌霄后来与"红脸汉子"的交往，虽然有渊远的历史缘故，但她还是发乎情止乎礼，没有越雷池一步。凌霄的情怀和行为方式，就这样与历史、与过去、与祖奶奶建立了联系。因此，《得城记》是一部有历史感的小说。这一点，《得城记》与《山川记》在内在理路上是一致的。

还值得提及的，是小说的讲述方式。旧都的市井文化仍是主流文化，各色人等五行八作，沉浸在旧都文化中。因此，小说语言行腔也多有"话本"调：

> 夜色越来越沉。街灯送凉，冷冷清清。残月西沉，星宿不明。灰蓝色的夜空，沉静如水。犹如世间万象，红尘物语，皆被地心吸走。一个旧都，肃静无声。街景楼宇，岁月空度。城垣马道，犹如画面。九米和凌霄合力怀抱大公鸡，往东绕了三匝，往西绕了三匝。嘴里念念有词。虽为妄语，却是真心希望厉鬼孤魂，放开艳红，各归各处……

对明清白话小说语言和"行腔"的运用，使小说看起来不那么写实，但更有小说的韵味，特别是中国小说的韵味。这是一种新的尝试。这一尝试在传承古代小说语言和讲述方式的同时，显然也汲取了《废都》的经验。《废都》将西京的知识分子的精神幻灭写得入木三分，《得城记》将乡下女子艳红进城后的欲望喷张写得活色生香。小说不足的是，历史与现实的连接处还显得有裂隙，还不那么自然，还是"花开两朵各表一枝"，如果在结构上能够更加浑然天成，小说会有更高的成就。《得城记》是三个女子二十多年来在旧都的生活阅历。她们进了都城，但她们得到都城了吗？城市是什么她们也许自有体会，除了凌霄，艳红和九米也就是进城走了一遭而已。与其说她们得到了城市，毋宁说她们通过城市更深刻地发现了自己，自己的欲望——情欲、贪欲、权欲。城市有机会放大了她们也最后毁灭了她们。从这个意义上说，《进城记》也是一部批判城市文明的小说：城市文明是现代的，但城市文明的本质也许带有"现代的原罪"。

刘震云：吃瓜时代的儿女们

小说讲述的是价值失范，人的欲望喷薄四溢的社会现实中的人与事。通过民间、官场等不同生活场景、不同的人群以及不同的人际关系，立体地描绘了当下的世风世情，这是一幅丰富复杂、生动的众生相和浮世绘。

刘震云是这个时代最具时代感和现实感的作家。自1987年他发表"新写实"系列小说以来，他目光所及，笔力所至，无不与当下生活有密切关系。这里所说的"当下生活"，是普通人的日常生活，是通过普通人日常生活折射出的世风世情和世道人心。一个作家反映了这一切的生活，他就是这个时代生活的记录者。这是现实主义文学观念对作家创作的基本要求。在这个意义上，刘震云是一位最坚定的现实主义作家。现实主义在不断建构过程中几乎完全被意识形态化的今天，对一个作家的评价，现实主义的标签似乎已经失效，起码已经没有足够的力量。但是，当我们回到巴尔扎克、托尔斯泰、狄更斯和鲁迅现实主义的时候，我们对现实主义的文学脉流和作家作品，仍然情有独钟。刘震云的小说创作，接续的是欧洲19世纪现实主义和中国新文学启蒙的精神传统，他是一个真正意义上的"现代"中国作家。

《吃瓜时代的儿女们》，是刘震云最新的长篇小说。小说讲述的是价值失范，人的欲望喷薄四溢的社会现实中的人与事。通过民间、官场等不同生活场景、不同的人群以及不同的人际关系，立体地描绘了当下的世风世情，这是一幅丰富复杂、生动的众生相和浮世绘。它超强的虚构能力和讲述能力，就当下的小说而言，几乎无出其右者。可以说，就小说的可读性和深刻程度而言，在近年来的中国文坛，《吃瓜时代的儿女们》独占鳌头。它甚至超越了刘震云的《我叫刘跃进》和《我不是潘金莲》。在艺术上的贡献可以和《一句顶一万句》相媲美。

按照刘震云的说法，《吃瓜时代的儿女们》，是四个素不相识的人，农村姑娘牛小丽、省长李安邦、县公路局局长杨开拓、市环保局副局长马忠诚，四人不一个县，不一个市，也不一个省，更不是一个阶层，但他们之间，却发生了极为可笑和生死攸关的联系。八竿子打不着的事，穿越大半个中国打着了。于是，眼看他起高楼，眼看他宴宾客，眼看他楼塌了。这可以看作是小说的基本框架结构和结局。

小说最初出现的人物是牛小丽和宋彩霞。牛小丽，一个普通的乡村姑娘。她为哥哥牛小实花了十万块钱买了从西南来的女子宋彩霞当媳妇。五天后宋彩霞逃跑了。倔强要强的牛小丽决定带着介绍人老辛老婆朱菊花去找宋彩霞。于是牛小丽和朱菊花踏上了寻找的漫漫长途。其间一波三折艰辛无比。在沁汗长途汽车站朱菊花带着孩子也逃跑了。此时的牛小丽不仅举目无亲，而且唯一能够与宋彩霞有关系的线索也彻底中断。牛小丽从寻找宋彩霞转而寻找朱菊花，一切未果又遇上了皮条客苏爽。牛小丽在巨大债务压力下，不得不装作"处女"开始接客。李安邦出现时，已经是一个常务副省长。但突然有了新的升迁的机会：省委书记要调中央，省长接省委书记，省长有三个人选，李安邦在其中。中央考察组十天之后便到该省对候选人考察。考察组负责人是自己的政敌省人大副主任朱玉臣三十五年前的大学同学。如何摆平这一关系，对李安邦来说生死攸关。福不双降祸不单行，李安邦的儿子李栋梁驾车肇事出了车祸，同车赤裸下体的"小姐"死亡，然后是自己提拔的干部——也有利益交换的某市长宋耀武被双规。一波未平一波又起，三箭齐发不期而至，虽然带有戏剧性，但对李安邦来说箭箭夺命。一筹莫展的李安邦想找个人商量，但能说上心腹话的竟无一人。当电话簿上出现赵平凡的时候，李安邦"心里不由得一亮"。赵平凡是一房地产商人，两人有利益巨大的交易。赵平凡此时已退出江湖，他为李安邦介绍了易经大师一宗。一宗大师断言李安邦"犯了红色"，红顶子要出问题。破解的方法就是"破红"，要找一处女。县公路局局长杨开拓因县里彩虹三桥被炸塌，牵扯出豆腐渣工程腐败案被双规。在交代问题中被办案人员发现了一条信息。皮条客苏爽给杨开拓找处女，杨开拓不给钱给工程，然后苏爽再给杨开拓回扣。最后是市环保局副局长马忠诚。他莫名其妙稀里糊涂地当上了副局长，一家人外出旅游庆贺。值班副局长的老娘突然去世，局长要他回单位值班。在车站，他经不起诱惑去了洗脚屋，然后被联防大队捉拿，交了罚款被放出。小说至此结束。

　　表面看，这四个人各行其是并无关联。但是，小说在紧要处让四个人建立起了"血肉相连"的关系。李安邦找的处女是牛小丽，杨开拓的贪腐通过牛小丽的皮条客苏爽东窗事发，马忠诚在洗脚屋做龌龊事的女主竟是落难后李安邦的妻子康淑萍。这种关系的建立，如同暗道通向的四个堡垒，表面上了无痕迹，但通过权钱、权色交易，他们的关系终于真相大白。通过这些人物关系，我们深切感受到的是世风的全面陷落。不同群体陷落的处境不同：牛小丽是为了偿还八万高利贷，还是为了生存的层面；李安邦"破处"，是有病乱投医为了升迁；杨开拓是为了金钱；马忠诚是肉体欲望。但无论为了什么，他们在道德、法律和人的基本价值尺度方面，都颜面尽失。对世相的剖析和展示，表达和体现了作家刘震云深切的忧患意识和批判精神。他的忧患和批判，不只是面对官场的腐败，他发现的是社会整体价值观和精神世界的全面危机。90年代至今，我们在思想和精神领域面对的问题，没有发生大的变化。只要看看这些领域使用的关键词和讨论的问题便一目了然。我们所遇到的这些问题是不能回避的精神难题。归根到底，就是社会已经达成共识的普遍价值观遭遇了颠覆、挑战和动摇。个人利益和欲望横行的结果，就是世风的普遍沦陷。事实的确如此：我们强调精神文明建设，说明我们的精神文明存在问题；我们强调反腐倡廉，说明治理干部队伍的腐败刻不容缓。如果是这样的话，那么，《吃瓜时代的儿女们》就是一部与时代生活密切相关、与时代同步的大作品。

在艺术方面，《吃瓜时代的儿女们》同样有创造性的贡献。如果说《一句顶一万句》，在结构上改写了文学的历史哲学的话，那么，《吃瓜时代的儿女们》则改写了小说传统的结构方式。我们知道，凡是与时间相关的小说，作家一定要同历史建立联系。这既与史传传统有关，同时也与现代作家的史诗情结有关。抑或说，如果离开了历史叙述，小说在时间的意义上是无法展开的。但是，《一句顶一万句》从"出延津记"到"回延津记"前后七十年，我们几乎没有看到历史的风云际会，叙事只是在杨百顺到牛爱国三代人的情感关系中展开。这一经验完全是崭新的。《吃瓜时代的儿女们》在结构上的创造，同样是开创性的。小说看似四个团块，四个人物各行其是。但内在结构严丝合缝，没有一丝破绽。表面看，这四个人的联系气若游丝，给人一种险象环生的错觉。事实上，作家通过奇崛的想象将他的人物阴差阳错地纠结到了一起并建立了不可颠覆的关系；小说在时间和空间上的掌控，使小说的节奏和讲述方式变化多样。牛小丽的时空漫长阔大，一个乡下女子在这一时空环境中，作家的想象力有足够发挥的场域和长度。因此小说对牛小丽的讲述不疾不徐。但李安邦要"破解"三只利箭却只有十天的时间，节奏必须短促，短促必然带来紧张。这就是小说的张弛有致。小说题目标识的是一个"主体"，是"吃瓜时代的儿女们"，但又是一个缺席或不在场的"主体"。小说如同一出上演的多幕大戏，这出戏是通过主体"吃瓜时代的儿女们"的"看"体现出来的。这个主体一如在暗中光鲜舞台上演的人间悲喜剧。我们这些"吃瓜群众"看过之后，应该是悲喜交加喜忧参半。世风如是我们很难强颜欢笑，因为世风与我们有关。但是，小说在艺术上的出奇制胜或成功凯旋，又使我们不由得拍案惊奇。我惊异于刘震云的小说才能，当然更敬佩他对文学创作的严肃态度。多年来，他的每一部作品的发表，都会在文学界或读者那里引起强烈反响。一方面他的小说的确好看。他对本土文学资源的接续，对明清白话小说的熟悉，使他小说的语言和人物，都打上了鲜明的本土烙印。他讲的是地地道道的"中国故事"。另一方面，刘震云的小说并不是为这个"娱乐至死"的时代锦上添花。他的小说无一不具有现实主义的批判性。如果是这样的话，那么，刘震云的价值和意义显然还没有被我们充分认识到。

后　记

　　新世纪以来，传媒的发达和各种驱动力量，使长篇小说获得了前所未有的生产机会与可能。浩如烟海的长篇小说不要说全部阅读，就是阅读其中的一部分都是一件困难的事情。对于我来说，选择阅读和"奉命阅读"是了解长篇小说的基本方式。我们得承认，从总体状况而言，长篇小说在普遍写作和竞争的环境中，它的发展是惊人的，这不只是指数量，同时也是指它的质量和可读性。但我又不得不承认，在我阅读的这些长篇小说中，内心期待的、具有大气象或撼动人心的大作品还不是经常出现。但是，在鱼龙混杂的文学时代，能够读到这样一些作品，已经是一件快乐的事情了。

　　这个所谓的"编年"，是我阅读长篇小说的一部分，有些文字找不到了，有些略去了，只能勉为其难地构成一部"编年"。所幸的是，它们还有连续性，也算是对新世纪小说的一种记录和纪念吧。

　　商务印书馆大概不出当代文学的书，因此我要感谢刘玥妍编辑，她诚恳的组稿和极端认真的专业态度十分感人。没有她的努力，本书的面世是不可能的。

2018年4月22日